AÑORANZAS y PESARES

TAD WILLIAMS

AÑORANZAS y PESARES

2/2

EL TRONO DE HUESOS DE DRAGÓN

minotauro

Añoranzas y pesares nº 01 El trono de huesos de dragón 2/2

MEMORY, SORROW AND THORN - THE DRAGONBONE CHAIR
by Tad Williams © 1988 by Daw Books, an imprint of Astra Publishing House inc,
New York Rights negotiated through Books Crossing Borders
and Ute Körner Literary Agent.

Publicación de Editorial Planeta, SA. Diagonal, 662-664, 08034 Barcelona.
Copyright © 2024 Editorial Planeta, SA, sobre la presente edición.
Reservados todos los derechos.

Traducción: © Miguel J. Portillo

Diseño de cubierta: Coverkitchen

ISBN: 978-84-450-1460-8
Depósito legal: B. 6.127-2023
Printed in EU / Impreso en UE.

Inscríbete en nuestra newsletter en: www.edicionesminotauro.com
Facebook/Instagram: @EdicionesMinotauro
Twitter: @minotaurolibros

NOTA DEL AUTOR

He llevado a cabo una labor, una grata labor dirigida al mundo y destinada a consolar nobles corazones: a aquellos a los que aprecio y al mundo sobre el que descansa el mío propio. No me refiero al mundo común, a ese mundo de los que, según he oído decir, no pueden soportar el dolor y únicamente ansían estar inmersos en la felicidad. ¡Que Dios se lo permita! Mi historia no está dirigida ni a su mundo ni a su forma de vivir; su vida y la mía son dos mundos aparte. Es a otro mundo al que me dirijo, al mundo que lleva en su corazón una carga de dulce amargura, que se deleita con ello y con el dolor de la nostalgia, que ama la vida y se entristece con la muerte, que ama la muerte y se entristece con la vida. Dejad que tenga mi mundo en ese mundo, que me condene o me salve con él.

Gottfried von Strassburg
(autor de *Tristán e Isolda*)

Este trabajo no hubiera sido posible sin la ayuda de muchas otras personas. Mi agradecimiento para Eva Cumming, Nancy Deming-Williams, Arthur Ross Evans, Peter Stampfel y para Michael Whelan, quienes leyeron un manuscrito horriblemente extenso, me ofrecieron apoyo, consejos útiles e inteligentes sugerencias; también para Andrew Harris, por el soporte logístico más allá de la amistad; y especialmente para mis editores, Betsy Wollheim y Sheila Gilbert, que trabajaron larga y duramente para ayudarme a escribir el mejor libro que soy capaz de escribir, todos ellos son grandes personas.

Este libro está dedicado a mi madre, Barbara Jean Evans, que me inculcó un profundo cariño por Toad Hall, los Bosques de Aker y Shire, así coma por otros lugares y países recónditos más allá de lo conocido. También inculcó en mí un inagotable deseo de realizar mis propios descubrimientos y de compartirlos con los demás. Quisiera compartir este libro con ella.

ADVERTENCIA DEL AUTOR

A los viajeros que circulen por la tierra de Osten Ard se les aconseja no menospreciar las antiguas reglas y formalidades, y observar todos los rituales cuidadosamente, ya que a veces pueden confundir el *ser* con el *parecer*.

El pueblo qanuc de las nevadas Montañas de los Gnomos tiene un proverbio: «El que está seguro de conocer el fin de las cosas cuando tan sólo ha empezado a realizarlas es o un sabio o un loco; no importa cuál de las dos cosas sea, lo cierto es que será un hombre *desgraciado*, ya que ha puesto un cuchillo en el corazón del enigma».

Como premisa, los nuevos visitantes de esta tierra deben prestar especial atención a lo siguiente:
Eviten las suposiciones.

Los qanuc tienen otro dicho: «Bienvenido, extranjero. Los caminos no están hoy nada seguros».

TERCERA PARTE

SIMÓN CABELLONEVADO

Mil clavos

Alguien echaba abajo la puerca con hachas y cortaba, tajaba y astillaba la madera de la hoja.

—¡Doctor! —gritó Simón, sentándose sobre el lecho—. ¡Son los soldados! ¡Han llegado los soldados!

Pero no se encontraba en las estancias de Morgenes. Yacía envuelto en sábanas limpias sobre una camita, en una pequeña y limpia habitación. El sonido de las hachas astillando madera continuó percibiéndose; un instante después la puerta se abrió hacia adentro y el ruido aumentó en intensidad.

Un rostro desconocido asomó la cabeza por el hueco de la puerta, un rostro pálido y de alargada barbilla, coronado por una rala cresta de cabello cobrizo, similar al de Simón, que lanzaba destellos al reflejar la luz del sol. El único ojo visible era azul. El otro aparecía cubierto por un parche negro.

—¡Ah! —dijo el desconocido—, veo que te has despertado. Eso está bien.

Por el acento parecía erkyno, aunque tenía una ligera entonación norteña. Cerró la puerta tras él, haciendo que el ruido disminuyese de intensidad. El extraño vestía un largo hábito sacerdotal que colgaba liso sobre su delgada figura.

—Soy el padre Strangyeard.

Se sentó en una silla de alto respaldo junto a Simón. Aparte del lecho y de una mesita cubierta de pergaminos y otros objetos, era el único mueble que había en la habitación. Cuando pareció acomodado, el extraño se inclinó hacia el chico y le dio unas palmaditas en la mano.

—¿Cómo te sientes? ¿Mejor? Eso espero.

—Sí... Sí, me parece que sí. —El muchacho miró a su alrededor—. ¿Dónde estoy?

—En Naglimund, pero imagino que eso ya lo sabes, claro. —El padre Strangyeard sonrió—. Concretando más, te encuentras en mi habitación..., en mi cama, también. —Levantó una mano—. Espero que te parezca cómoda. No es gran cosa, pero ¡Dios mío, qué tonto soy! Has dormido en el bosque, ¿no es así? —El sacerdote sonrió otra vez—. Seguro que *debe* de ser mejor que el bosque, ¿verdad?

Simón puso los pies sobre el frío suelo, aliviado al ver que llevaba unos pantalones puestos, pero un poco incómodo al darse cuenta de que no eran los suyos.

—¿Dónde están mis amigos? —Sus pensamientos se vieron oscurecidos por una sombra—. ¿Binabik... ha muerto?

Strangyeard frunció los labios, como si el joven hubiese pronunciado una blasfemia.

—¿Muerto? Por Jesuris, no, aunque la verdad es que no se encuentra bien, nada bien.

—¿Puedo verlo? —Simón caminó por las baldosas en busca de sus botas—. ¿Dónde está? ¿Y cómo se encuentra Marya?

—¿Marya? —La expresión del sacerdote era de perplejidad, mientras el muchacho gateaba por el suelo—. ¡Ah!, tu otra compañera está bien. Creo que podrás verla, no lo dudo.

Las botas se hallaban bajo la mesa. Cuando Simón las alcanzó, el padre Strangyeard se levantó y cogió una limpia y blanca camisa del respaldo de la silla.

—Aquí —indicó—. Veo que tienes prisa. ¿Qué quieres hacer primero, ver a tu amigo o comer algo?

El chico ya se abrochaba la camisa.

—Primero, Binabik y Marya, después comeré —gruñó, concentrado—. Y también quiero ver a Qantaqa.

—Han sido tiempos difíciles estos últimos —dijo el padre, en tono conciliador—, pero nunca comimos lobos en Naglimund. Imagino que la cuentas entre tus amigos.

Simón levantó la mirada y vio que el hombre del parche en el ojo le estaba gastando una broma.

—Sí —respondió, sintiéndose tímido—. Una amiga.

—Entonces, vayamos —concluyó el sacerdote, incorporándose—.

Se me ha encargado de tu comodidad, así que cuanto antes hayas comido, antes habré acabado con mi labor.

Strangyeard abrió la puerta, lo que provocó la irrupción de otra oleada de luz y ruido.

Simón bizqueó al ser expuesto a tan potente luminosidad y mirar hacia las altas murallas del bastión y a la vasta extensión púrpura y marrón de las Wealdhelm, por encima de ellos, que empequeñecían a los centinelas vestidos de gris. Una concentración de edificios de angulosas piedras se elevaba en el centro del bastión, pero emplazados sin la excéntrica belleza de Hayholt, con su contraste de estilos y eras. Las oscuras areniscas, las pequeñas ventanas y las pesadas puertas daban la impresión de haber sido construidas con un solo propósito: mantener algo fuera de ellas.

A un tiro de piedra de distancia, en medio del ajetreado patio de armas, un grupo de hombres que aparecían despojados de sus camisas amontonaban leños en una pila ya tan alta como sus propias cabezas.

—Así que eso era lo que hacían las hachas... —dijo Simón, observando los reflejos de las afiladas hojas al descender sobre los troncos—. ¿Qué hacen?

El padre Strangyeard se volvió para seguir la mirada del chico.

—Ah, ah. Construyen una pira. Van a quemar al Hunc..., al gigante.

—¿Al gigante? —La imagen regresó a él como una fiebre: recordó el rostro pellejudo, el rugido, los brazos de increíble largura que se acercaban a él—. ¿No murió?

—Oh, sí, está bien muerto.

El sacerdote empezó a caminar hacia el edificio principal. El muchacho se quedó atrás, echando un último vistazo a la creciente pila de leña.

—Mira, Simón, algunos de los hombres de Josua quieren hacer de ello un espectáculo; cortarle la cabeza y colgarla sobre la puerta, ese tipo de cosas, ¿entiendes? El príncipe no quiere nada de eso. Dice que era un ser diabólico pero no un animal. ¿Sabías que visten una especie de ropas? También llevan a sus crías con ellos, y salen en defensa de los suyos. Bueno, Josua dice que no le cortará la cabeza a ningún enemigo sólo por divertimiento. Ordenó que lo quemasen. —Strangyeard le tiró de la oreja—. Así que lo quemarán.

—¿Esta noche?

Simón tuvo que esforzarse por mantenerse a la altura del sacerdote, que andaba con zancadas largas.

—En cuanto acaben con la pira. El príncipe Josua no quiere que la cosa dure más de lo que ha de durar. Estoy seguro de que le hubiera dado igual enterrarlo en las montañas, pero la gente quiere verlo morir. —El padre hizo rápidamente la señal del Árbol sobre su pecho—. Es el tercero que baja del norte en lo que llevamos de mes. Uno de los otros mató al hermano del obispo. Es algo de lo más extraño.

Binabik se encontraba en una pequeña habitación, junto a la capilla, que se erigía en el patio central de los edificios principales. Tenía un pálido aspecto y parecía más pequeño, como si algún tipo de sustancia se hubiese vaciado en su interior, pero su sonrisa era alegre.

—Amigo Simón —dijo, tratando de sentarse.

El pequeño torso moreno aparecía cubierto de vendajes hasta la clavícula. El joven se resistió al deseo de lanzarse hacia el hombrecillo y abrazarlo, pues no quería que se abrieran sus heridas. En lugar de hacerlo se sentó en el borde del jergón y cogió una de las cálidas manos de Binabik.

—Pensé que te perdíamos —le explicó, sintiendo la lengua espesa.

—Como yo mismo creí cuando me alcanzó la flecha —añadió el gnomo con un triste oscilar de cabeza—. Pero, al parecer, el dardo no atravesó ningún órgano vital. Me han cuidado bien, y, aparte del dolor que me provoca el moverme, me encuentro casi recuperado. —El hombrecillo se volvió hacia el sacerdote—. Hoy estuve paseando por el patio.

—Bien, muy bien —sonrió con aire ausente el padre Strangyeard, jugueteando con la cinta que sostenía el parche sobre su ojo—. Bueno, tengo que irme. Estoy seguro de que habrá muchas cosas sobre las que deseéis hablar. —El sacerdote se dirigió a la puerta—. Por favor, Simón, utiliza mi habitación durante tanto tiempo como desees. Yo comparto las estancias del padre Eglaf. Produce un ruido terrible al dormir, pero ha demostrado ser un buen hombre al acogerme.

El muchacho se lo agradeció. Después de expresar sus votos por la pronta recuperación de Binabik, el padre salió de la habitación.

—Es un hombre muy bueno, Simón —explicó Binabik mientras oían desaparecer los pasos del sacerdote por el corredor—. Es el encargado de los archivos del castillo. Ya hemos mantenido algunas conversaciones muy interesantes.

—Es un poco extraño, ¿no? Algo… distraído.

El gnomo rió; después hizo un gesto de dolor y tosió. Su amigo se inclinó sobre él, preocupado, pero el hombrecillo lo rechazó con un movimiento de su mano.

—Es sólo un momento —dijo. Continuó una vez recuperado el

aliento—. Simón, algunos hombres, cuyas mentes están llenas de pensamientos, se olvidan de hablar o de actuar como seres normales.

El chico asintió y paseó su mirada por la habitación. Se parecía mucho a la de Strangyeard: sobria, pequeña, con las paredes encaladas. En lugar de montones de pergaminos y libros, en la mesa sólo había un ejemplar del Libro de Aedón, con una cinta roja que sobresalía indicando el lugar en que el lector había detenido su consulta.

—¿Sabes dónde está Marya? —preguntó.

—No. —Binabik pareció ponerse extremadamente serio. Simón se preguntó por qué—. Espero que haya podido entregarle el mensaje a Josua. Tal vez la volvió a mandar de regreso hacia donde se encuentre la princesa, para que le transmita su respuesta.

—¡No! —exclamó Simón, a quien la idea no le hacía ninguna gracia—. ¿Cómo puede haber sucedido todo con tanta rapidez?

—¿Rapidez? —sonrió el hombrecillo—. Ésta es la mañana del segundo día que estamos en Naglimund.

El joven estaba sorprendido.

—¡¿Cómo puede ser?! ¡Pero si acabo de levantarme!

Binabik movió la cabeza y se metió entre las sábanas.

—No es así, Simón. Dormiste durante la mayor parte del día de ayer, te despertaste para beber agua y volviste a dormir. Supongo que la última parte del viaje te debilitó, además de la fiebre que te atacó cuando caíste al río.

—¡Jesuris! —Se sintió como si hubiese sido traicionado por su propio cuerpo—. ¿Y han vuelto a enviar lejos a Marya?

El gnomo levantó una mano de debajo de las sábanas para tratar de aplacar el humor del chico.

—Desconozco si así ha ocurrido. Eso es sólo lo que creo. Puede que esté por aquí, en alguna parte; tal vez se aloje con alguna de las mujeres, o en las estancias de la servidumbre. Por lo que sé, se trata de una sirvienta.

Simón se puso colorado, Binabik retiró la mano que el muchacho había liberado presa de la agitación.

—Sé paciente, Simón, amigo —le dijo—. Has realizado un trabajo de héroe al llegar tan lejos. ¿Quién sabe lo que puede ocurrir a partir de ahora?

—Supongo que... tienes razón... —Respiró profundamente.

—Y además, me has salvado la vida —puntualizó el gnomo.

—¿Importa eso? —Simón dio palmadas con aire distraído sobre la manirá y se levantó—. Tú has salvado la mía en un montón de ocasiones. Los amigos son los amigos.

Binabik sonrió, pero sus ojos mostraban cansancio.

—Los amigos son los amigos —estuvo de acuerdo—. Hablando de ello, tendría que volver a dormir. Habrá importantes cosas que hacer en los días que se aproximan. ¿Te ocuparás de Qantaqa y de cómo la tratan? Se suponía que Strangyeard iba a hacerlo por mí, pero me temo que se le haya olvidado con lo atareado que está.

—Así es —contestó Simón, abriendo la puerta—. ¿Sabes dónde está?

—Strangyeard dijo… que en los establos… —respondió Binabik, bostezando.

El muchacho salió de la habitación.

Cuando pisó el patio de armas se detuvo para observar a la gente que por allí pasaba: cortesanos, sirvientes y clérigos. Ninguno de ellos le hizo el menor caso y Simón se sintió sorprendido por partida doble.

En primer lugar, no tenía idea de dónde se encontraban los establos. Y en segundo lugar, tenía hambre, mucha hambre. El padre Strangyeard le había dicho algo de que había sido encargado de proporcionarle alimento, pero había desaparecido. ¡*Era* como un pájaro bobo!

De repente vio un rostro familiar al otro lado del patio. Ya había avanzado varios pasos antes de poder recordar el nombre que acompañaba a aquel rostro.

—¡Sangfugol! —llamó.

El arpista se detuvo y miró a su alrededor, para ver quién lo llamaba. Vio a Simón que corría hacia él y con una mano resguardó sus ojos de la luz del sol, mirando perplejo hasta que el joven se detuvo ante él.

—¿Sí? —preguntó.

Iba vestido con un rico justillo y su oscuro cabello colgaba graciosamente por detrás de un sombrero adornado con plumas. Incluso vistiendo ropas limpias, Simón se sintió como un desharrapado en presencia del músico, que permanecía ante él con una cortés sonrisa.

—¿Tienes algún mensaje para mí? —inquirió Sangfugol.

—Soy Simón. Probablemente no me recuerdes… Hablamos en la fiesta del funeral, en Hayholt.

El arpista lo miró durante largos instantes, con el entrecejo levemente fruncido; luego se le iluminó el rostro.

—¡Simón! ¡Ajá, claro! El chico del aguamanil, que era tan bien hablado. Te pido mil excusas por no haberte reconocido. Has crecido mucho.

—¿De veras?

El músico sonrió mostrando los dientes.

—¡Pues claro! Cuando nos conocimos no tenías esa pelusilla en el rostro. —Se adelantó para sostener con su mano la barbilla de Simón—. O al menos no la recuerdo…

—¿Pelusilla?

Sorprendido, el muchacho levantó la mano y se tocó la mejilla. *Parecía* que tenía pelo…, pero suave, como el vello de sus brazos. Sangfugol hizo un mohín con los labios y rió.

—¿Cómo has podido no darte cuenta? Cuando me salieron los primeros pelos de hombre, no podía apartarme del espejo de mi madre, y a diario veía los progresos —dijo y levantó una mano hacia su rasurada barbilla—. Ahora me la afeito de mala gana cada mañana, para así mantener mi piel suave para las damas.

Simón se sintió enrojecer. ¡Debía de parecer un patán!

—He estado lejos de espejos durante un tiempo.

—Huummm. —El arpista lo miró de arriba abajo—. También estás más alto, si no me traiciona la memoria. ¿Qué es lo que te ha traído a Naglimund? No es que no pueda suponerlo. Aquí hay muchos que han huido de Hayholt, y mi señor el príncipe Josua no es el único.

—Lo sé —respondió Simón. Sintió la necesidad de decir algo que le proporcionase una posición equiparable a la del joven tan bien vestido—. Yo lo ayudé a escapar.

El hombre enarcó una ceja.

—¿En serio? ¡Bueno, en verdad que ésta parece ser una historia interesante! ¿Ya has comido? ¿O preferirías algo de vino? Ya sé que es una hora temprana, pero, para ser sincero, todavía no me he acostado…

—Lo de la comida será estupendo —dijo el chico—, pero primero debo hacer algo. ¿Puedes mostrarme dónde están los establos?

Sangfugol sonrió.

—¿Qué ocurre, joven héroe? ¿Vas a cabalgar hasta Erchester para traernos la cabeza de Pryrates en un saco?

Simón volvió a ponerse colorado, aunque no sin placer en esta ocasión.

—Ven —concluyó el arpista—. Primero los establos y luego la comida.

El hombre de rostro agrio que aparecía algo doblado y moviendo heno con una horca le dirigió una mirada sospechosa cuando Simón le preguntó sobre el paradero de Qantaqa.

—Está aquí, ¿qué quieres de ella? —interrogó el individuo, moviendo la cabeza—. Es repugnante. No está bien haberla dejado aquí. Yo no quería, pero el príncipe lo ordenó. Casi me arrancó la mano, la bestia.

—Bien, entonces —dijo Simón—, tenéis que alegraros al deshaceros de ella. Llevadme a donde esté.

—Es un animal del demonio, te lo digo de verdad —añadió el hombre.

Siguieron caminando por el interior de los oscuros establos hasta llegar a la puerta trasera, que iba a desembocar a un patio lleno de barro a la sombra de la muralla.

—A veces traen las vacas aquí antes de llevarlas al matadero —explicó el hombre, señalando un pozo cuadrado—. No sé por qué el príncipe quiso que viviese, para preocupación del viejo Lucuman. Tendría que haber clavado una lanza en ese maldito demonio, como hizo con el gigante.

Simón le dirigió una mirada de disgusto al hombre encorvado y se acercó al borde del pozo. Una cuerda atada a una argolla que había en el suelo se hundía en el foso. La cuerda estaba atada al cuello de la loba, que permanecía tendida en el fondo.

El muchacho se irritó.

—¡¿Qué le habéis hecho?! —gritó, dirigiéndose al encargado de los establos.

Sangfugol, que se abría paso por el barrizal con más lentitud, llegó por fin junto a Simón.

Las sospechas del viejo se convirtieron en mal humor.

—No he hecho nada —dijo, con resentimiento—. Es un auténtico demonio: aúlla y aúlla como un diablo. Además, trató de morderme.

—Yo también lo habría hecho —lo cortó Simón—. Es más, todavía tengo ganas de hacerlo. Sacadla de ahí.

—¿Cómo? —preguntó, intranquilo—. ¿Tirando de la cuerda? Es demasiado pesado.

—*Pesada*, idiota. —El chico estaba lleno de rabia al ver el estado en que se encontraba la loba, su compañera durante incontables millas, la cual aparecía en el fondo de un oscuro y asqueroso agujero. Se inclinó sobre el borde.

—¡Qantaqa! —llamó—. ¡Eh, Qantaqa!

El animal enderezó las orejas, como para apartarse una mosca, pero no abrió los ojos. Simón buscó alrededor del patio hasta que vio lo que necesitaba: un madero tan grande como el pecho de un hombre. Lo llevó hasta el pozo ante la mirada perpleja del arpista y del viejo de los establos.

—Mira —le dijo a la loba.

Hizo rodar el madero por encima del borde y lo dejó caer por él. Fue a parar a apenas un codo de las patas de Qantaqa, que levantó un poco la cabeza para mirar, aunque luego volvió a bajarla.

—Ten cuidado, por favor —aconsejó Sangfugol.

—Tiene suerte de que la bestia esté descansando —añadió el otro hombre, mordisqueando la uña de su pulgar—. Si lo hubiese oído ya estaría aullando.

Simón dejó colgando los pies sobre el borde del agujero y se tiró. Fue a caer en el resbaladizo y blando lodo de abajo.

—Pero ¿qué es lo que haces? —gritó el músico—. ¿Te has vuelto loco?

El joven se agachó junto a la loba, y lentamente adelantó una mano. El animal le gruñó, y él apartó los dedos. El hocico lleno de lodo de Qantaqa lo husmeó brevemente, después extrajo su larga lengua y le lamió el dorso de la mano. Simón se puso a rascarla entre las orejas, y observó si presentaba alguna herida o fractura. No descubrió ninguna de las dos cosas. Se volvió y apoyó la base del tronco sobre el suelo y la pared del pozo; después regresó junto al animal. Lo rodeó con los brazos y lo obligó a levantarse.

—¿Verdad que está loco? —susurró el hombre de mirada agria al arpista.

—Cierra la boca —gruñó Simón, al ver sus limpias botas y ropas ya manchadas de barro—. Coged la cuerda y tirad cuando os lo diga. Sangfugol, córtale la cabeza si pierde el tiempo.

—Ya voy —dijo el viejo, de mala gana, pero cogiendo la cuerda.

Al principio Qantaqa se resistió, pero Simón la persuadió para que apoyase sus patas delanteras sobre el tronco. El muchacho empujó los cuartos traseros de la loba con el hombro.

—¿Preparado? ¡Tira! —gritó.

La cuerda adquirió tirantez. La loba volvió a resistirse al principio, tirando del hombre de arriba y dejando caer su considerable peso sobre Simón, cuyos pies resbalaban en el barrizal. Justo cuando empezó a pensar que lo aplastaría y moriría bajo su cuerpo, Qantaqa se dejó llevar por el tirón de la cuerda. Simón resbaló al no encontrar resistencia, pero estaba lleno de satisfacción al ver subir al animal por el madero. Hubo un sonido de voces sorprendidas y consternación provenientes del encargado de los establos y de Sangfugol cuando la cabeza de ojos amarillentos asomó por el borde superior del agujero.

El chico también utilizó el madero para subir. El hombre de los establos estaba acobardado y lleno de terror ante la loba, que lo miró siniestramente. Sangfugol, con aspecto de estar algo más que alarmado, se apartaba de ella moviéndose hacia atrás, sobre sus cuartos traseros, sin preocuparse demasiado por el estado en que estaban quedando sus finos ropajes.

21

Simón rió y ayudó a incorporarse al arpista.

—Ven —dijo—. Llevaremos a Qantaqa junto a su amo y amigo, a quien conocerás. Y luego…, oye, ¿*no* habíamos hablado de una comida?

Sangfugol asintió con la cabeza lentamente.

—Ahora que he visto a Simón, Compañero de Lobos, algunas de las demás cosas resultan más fáciles de creer. De cualquier modo, volvamos al tema de la comida.

Qantaqa miró una vez al postrado encargado de los establos, lo que provocó en él un último gemido de pavor. El muchacho desató la cuerda de la argolla y atravesaron el establo, dejando tras ellos cuatro pares de huellas llenas de barro.

Mientras Binabik y Qantaqa se encontraban de nuevo, una reunión moderada por Simón para preservar al todavía débil gnomo de la peligrosa exuberancia de su montura, Sangfugol se dirigió a las cocinas. Regresó al cabo de un rato con una jarra de cerveza, una buena cantidad de cordero, queso y pan, envueltos en una tela; él todavía seguía —lo que sorprendió al chico— con la misma ropa llena de manchas de barro.

—Las almenas del sur, adonde nos encaminamos, son un lugar muy polvoriento —explicó el arpista—. Estaría loco si me cambiase para arruinar otro vestido.

Se dirigieron a la puerta principal del bastión y de allí a la empinada escalera que conducía a las almenas. Simón hizo un comentario sobre el gran número de gente que cruzaba el patio de armas, y sobre las tiendas que se veían en los espacios descubiertos.

—Muchos de ellos vienen en busca de refugio —aclaró Sangfugol—. La mayoría proceden de la Marca Helada y del valle del río Vadoverde. Otros llegaron de Utanyeat, en la creencia de que la mano del conde Guthwulf se les hacía demasiado pesada. Pero en su mayor parte se trata de gente que ha sido expulsada de sus tierras por las condiciones climatológicas o por bandidos. U otras cosas, como los Hunën.

El músico señaló, mientras cruzaban el patio, hacia la pira ya completa. Los hombres que cargaban la leña habían desaparecido; el montón de maderas permanecía tan mudo y significativo como una iglesia destruida.

Una vez en las almenas se sentaron sobre piedras ásperas y desgastadas. El sol aparecía alto en el cielo, atravesando unas cuantas nubes. Simón deseó tener un sombrero.

—Parece que tú o algún otro hayáis traído el buen tiempo. —Sangfugol se desabrochó el traje a causa del calor—. Ha sido el mes de maya más extraño que recuerdo. Ha habido tempestades de nieve en la Marca Helada, lluvias y frío en Utanyeat…, ¡y granizo! Granizó hace un par de semanas: caían piedras tan grandes como huevos de pájaros.

El arpista empezó a desenvolver la comida mientras el muchacho admiraba la vista. Desde su atalaya, en lo alto de los muros del bastión interior, Naglimund se extendía a sus pies como una manta.

El castillo estaba enclavado en una escabrosa depresión de las colinas Wealdhelm, como en la palma de una mano. Bajo las almenas occidentales, a través de donde ellos se hallaban sentados, se extendían las amplias murallas exteriores del castillo; más allá de éstas, las tortuosas calles del pueblo de Naglimund descendían hasta los muros de la propia ciudad. En el exterior había una casi ilimitada extensión de tierra rocosa y bajas colinas.

Al otro lado, entre las murallas orientales y el rígido muro de las Wealdhelm, discurría un largo y retorcido camino que descendía desde la cresta de las colinas. Salpicando las vertientes, a ambos lados de la pista, se veían un millar de puntos negros que brillaban a causa de la luz solar.

—¿Qué es eso? —señaló Simón.

Sangfugol entrecerró los ojos, mientras masticaba.

—¿Te refieres a los clavos?

—¿Qué clavos? Te pregunto sobre esas púas de la falda de la colina.

El arpista asintió.

—Los clavos. ¿Qué crees que significa Naglimund? Vosotros, la gente de Hayholt, habéis olvidado vuestra antigua lengua erkyna. «Fuerte de Clavos», eso es lo que significa. El duque Aeswides los clavó cuando construyó Naglimund.

—¿Eso cuándo fue? ¿Y para qué sirven?

Simón se quedó mirándolos y dejó que el viento se llevase las migas de su regazo y las hiciera caer sobre el bastión exterior.

—Tiempo atrás los rimmerios llegaron al sur, eso es todo lo que sé —respondió Sangfugol—. El duque consiguió el hierro de los norteños, todas esas barras. Los dverningos les dieron forma —añadió significativamente, pero el nombre no le dijo nada especial al muchacho.

—¿Por qué? Es como un jardín de hierro.

—Para mantener alejados a los sitha —declaró el músico—. Aeswides les tenía terror, ya que, en realidad, éstas eran sus tierras. Una de sus grandes ciudades, cuyo nombre he olvidado, estaba al otro lado de las colmas.

—Da'ai Chikiza —dijo Simón, lentamente, con la mirada puesta sobre la espesura de deslustrado metal.

—Eso es —asintió el arpista—. Y se dice que los sitha no soportan el hierro. Los pone enfermos, incluso llega a matarlos. Así que Aeswides rodeó su castillo con esos «clavos», que acostumbran estar alrededor de todo el bastión, pero los quitaron cuando los sitha se fueron, ya que resultaban una molestia para los carros que llegaban los días de mercado, por ejemplo. Así que cuando el rey Juan dio este lugar a Josua, sospecho que para mantener a los hermanos tan separados como fuese posible, mi señor los desenterró todos excepto los de las pendientes. Creo que le resultaban graciosos. Le gustan mucho las cosas antiguas al príncipe, mi señor.

Mientras compartían la jarra de cerveza, Simón le relató una versión de lo que le había sucedido desde que se vieran por última vez; dejó sin mencionar algunas de las cosas para las que no tenía una explicación que dar a las preguntas que con toda seguridad le haría el arpista. Sangfugol se mostró impresionado, pero lo que más le afectó fue la historia del rescate de Josua y la horrible muerte de Morgenes.

—Ah, ese villano de Elías… —dijo, al final, y Simón se sorprendió al ver una mirada de cólera oscureciendo como una tormenta el rostro del músico—. El rey Juan debería haber estrangulado a ese monstruo cuando nació, o si no, al menos, hacerlo general de sus ejércitos y mandarlo a hostigar a las tribus de las Thrithings. ¡Cualquier cosa antes que dejarlo instalarse en el Trono del Dragón y ser una plaga para todos nosotros!

—Pero allí sigue estando —añadió Simón, mientras masticaba—. ¿Crees que nos atacará aquí, en Naglimund?

—Sólo Dios y el Diablo lo saben —Sangfugol sonrió con amargura—, y el Diablo lleva las apuestas. Todavía no debe de haberse enterado de que Josua está aquí, aunque *esta* situación no puede durar mucho más. Este bastión es fuerte y poderoso. Tenemos que agradecérselo al hace tanto tiempo muerto Aeswides; pero da lo mismo: fuerte o no, no puedo imaginar a Elías permaneciendo quieto mientras Josua se va haciendo poderoso aquí, en el norte.

—Pero yo creía que Josua no quería ser rey —dijo el muchacho.

—Y no lo desea. Pero Elías no es de la clase de gente que pueda entenderlo así. Los hombres ambiciosos siempre piensan que los demás son de su misma condición. También tiene a Pryrates, que vierte envenenados consejos en sus oídos.

—Pero ¿Josua y el rey no eran enemigos desde hace años? ¿Antes de que apareciese Pryrates?

Sangfugol asintió.

—No ha dejado de existir una cierta animosidad entre ellos. Una vez se quisieron como hermanos, más que la mayoría de los hermanos, o así me han explicado los viejos criados del príncipe. Pero todo ocurrió cuando murió Hylissa.

—¿Hylissa? —preguntó Simón.

—La esposa nabbana de Elías. Josua la traía hacia donde estaba el rey, que todavía era príncipe, y por aquel entonces se hallaba guerreando en las Thrithings. La partida fue atacada por jinetes thrithingos. Josua perdió la mano derecha al tratar de defender a Hylissa, pero no sirvió de nada, pues los jinetes eran muy numerosos.

El chico dejó escapar un suspiro.

—¡Así que *eso* es lo que pasó!

—Fue la muerte de todo amor que pudiera haber existido entre ellos…, al menos eso dice la gente.

Después de pensar durante unos instantes en las palabras de Sangfugol, Simón se levantó y se estiró; la herida que tenía junto a sus costillas le envió una punzada de dolor.

—¿Qué hará ahora el príncipe Josua? —preguntó.

El músico se rascó el brazo y miró hacia el patio de armas.

—No puedo ni imaginármelo —respondió—. Es un hombre cauteloso, y de lentas decisiones; de cualquier modo, no suelen llamarme para que acuda a discutir las estrategias —sonrió—. Corre el rumor de que están al llegar importantes emisarios y de que en el plazo de una semana Josua convocará una Raed.

—¿Una qué?

—Una Raed. Se trata de un viejo término erkyno que significa consejo, más o menos. Las gentes de estos lugares tienen una tendencia a permanecer fieles a las viejas costumbres. En el campo, lejos del castillo, la mayoría de ellos todavía usan la vieja lengua. Un hombre de Hayholt como tú necesitaría un intérprete, con toda probabilidad.

Simón no quería que lo distrajesen con una conversación sobre costumbres campesinas.

—¿Has hablado de una…, una Raed? ¿Es una especie de consejo de… guerra?

—En estos tiempos que corren —replicó el músico, y su rostro volvió a ensombrecerse—, cualquier consejo que tenga lugar en Naglimund puede convertirse en un consejo de guerra.

Caminaron por las almenas.

—Estoy sorprendido —dijo Sangfugol— de que con todos los servicios que has rendido a mi señor, todavía no te haya llamado para una audiencia.

—Me acabo de levantar de la cama esta mañana —declaró Simón—. Además, quizá no sepa que soy yo… Estaba muy oscuro el claro, y con el gigante y todo eso…

—Supongo que tienes razón —contestó el arpista, cogiéndose el sombrero, que ponía todo de su parte para salir volando con el viento.

«Espero —pensó el muchacho— que si Marya le entregó el mensaje de la princesa, al menos le mencionaría a sus compañeros. Nunca he creído que fuese la clase de chica que se olvida de los demás.»

Pensó que tenía que ser realista. ¿Qué muchacha, súbitamente salvada de los peligros de la tierra salvaje, no preferiría pasar su tiempo con la amable gente del castillo en lugar de hacerlo con un desgarbado pinche de cocina?

—¿No habrás visto, por casualidad, a Marya, la joven que vino con nosotros? —preguntó.

Sangfugol movió la cabeza negativamente.

—Hay montones de gente que cruza las puertas a diario, y no me refiero solamente a los que huyen de granjas y pueblos alejados. Los exploradores del príncipe Gwythinn de Hernystir llegaron ayer por la noche, con los caballos llenos de espuma sudorosa. La compañía del príncipe llegará esta noche. Lord Ethelferth de Tinsett ha permanecido aquí durante una semana con doscientos hombres. Justo antes, el barón Ordmaer trajo a cien ciudadanos de Utersall. Otros lores llegan con sus asambleas. Se está preparando una cacería, Simón; aunque sólo Aedón sabe quién caza a quién.

Llegaron a la torre del nordeste. Sangfugol saludó a un joven soldado que hacía guardia. Por detrás de los hombros uniformados de gris del hombre, se elevaba la mole de las Wealdhelm, y las impresionantes colinas parecían estar al alcance de la mano.

—Tan ocupado como está —dijo el arpista, de repente—, no es de extrañar que todavía no te haya recibido. ¿Te importaría que le hiciese un comentario sobre ti? Voy a estar en su presencia durante la cena.

—Es cierto que me gustaría verlo, sí. Estuve… muy preocupado por su salud. Y *mi* maestro hizo un gran sacrificio para que Josua pudiera regresar aquí, a su hogar.

Simón se sorprendió al darse cuenta del leve tono de amargura que reflejaba su voz. No quería darle aquel sentido, pero había sido él quien lo había hecho, y *había* sido él y nadie más quien había encontrado a Josua, atado y colgado, como un faisán en el dintel de la puerta de un campesino.

El tono del comentario no había pasado inadvertido a los oídos de Sangfugol, y la mirada que le dirigió estaba llena de simpatía y diversión.

—Entiendo. De cualquier modo, te aconsejo que no te presentes ante mi señor con ese humor. Es un hombre orgulloso y complicado, Simón, pero estoy seguro de que no te habrá olvidado. Las cosas, como sabes, se han puesto difíciles en estos lugares, casi tan difíciles como tu propio viaje.

El muchacho levantó la barbilla y miró hacia las colinas, al extraño resplandor de los árboles batidos por el viento.

—Lo sé —dijo—. Si pudiera verme, sería un honor para mí. Si no pudiera…, bueno, pues no pasaría nada.

El arpista sonrió con pereza, y un poco divertido.

—Un bonito discurso. Ahora vayámonos, deja que te enseñe los clavos de Naglimund.

A plena luz del día resultaba una vista impresionante. El campo de brillantes postes, que daba comienzo a algunas anas de distancia de la zanja enclavada bajo la muralla oriental del castillo, se extendía vertiente arriba y hacia la lejanía durante quizás un cuarto de legua, hasta llegar al pie de las colinas. Aparecían alineados en filas simétricas, como una legión de lanceros que hubieran sido enterrados allí, dejando que sólo sus armas sobresaliesen por encima del suelo para mostrar lo concienzudo de su guardia. El camino que serpenteaba desde una caverna, en el lado oriental de los montes, cruzaba las hileras con tanta sinuosidad como el rastro de una serpiente. Finalmente se detenía ante la pesada puerta oriental de Naglimund.

—¿Y…, no me acuerdo del nombre…; hizo todo eso porque lo asustaban los sithas? —preguntó Simón, aturdido ante la extraña y oscura plantación que se extendía ante él—. ¿Por qué no se limitó a colocarlos sobre las murallas?

—Se llamaba Aeswides, duque Aeswides. Era el gobernador nabbano de este lugar, y establecía un precedente al construir este castillo en tierras sitha. Y sobre el porqué de no colocarlos sobre las murallas, bueno, supongo que temía que los sitha pudieran encontrar algún medio para pasar a través de un simple muro, *o por debajo*, tal vez. De esta manera, tendrían que atravesarlos. ¡No has visto ni la mitad, Simón; esas cosas rodeaban el castillo por todas partes! —Sangfugol acompañó sus palabras con un gesto que abarcaba toda la construcción.

—¿Qué hicieron los sitha? —inquirió el chico—. ¿Trataron de atacar?

—Por lo que he oído, parece que no. Pero si quieres saberlo con seguridad será mejor que se lo preguntes al anciano padre Strangyeard. Es el bibliotecario e historiador del lugar.

Simón sonrió.

—Ya lo conozco.

—Un anciano interesante, ¿verdad? Una vez me dijo que cuando Aeswides construyó todo esto, los sitha lo llamaron..., lo llamaron..., ¡maldita sea! Tendría que saber esas viejas historias, siendo un trovador. Bueno, el nombre que le dieron quería decir algo así como «Trampa que atrapa al cazador»..., como si Aeswides se hubiese atrapado a sí mismo en el interior, o algo así; como si hubiese construido su propia trampa.

—¿Y fue así? ¿Qué ocurrió?

Sangfugol movió la cabeza para negar, y casi perdió el sombrero.

—Maldita sea si lo sé. Lo más seguro es que envejeciese y muriese aquí. No creo que los sitha le prestasen demasiada atención.

Les llevó una hora completar el circuito. Hacía tiempo ya que habían vaciado la jarra de cerveza que Sangfugol había traído para acompañar la comida, pero el arpista había cogido una bota de vino, por si acaso, lo que les evitó una caminata con la garganta seca. Reían; el músico le enseñaba a Simón una canción verde sobre una mujer nabbana, perteneciente a la nobleza, cuando llegaron a la puerta principal y a las ventosas escaleras que conducían al suelo.

Al emerger por la puerta se encontraron rodeados por una multitud de trabajadores y soldados; la mayor parte de estos últimos se hallaban de permiso, a juzgar por el desorden que mostraban sus uniformes, todos gritaban y se empujaban. Pronto se encontró Simón aplastado entre un hombre gordo y un barbudo guardia.

—¿Qué sucede? —le preguntó a Sangfugol, que había sido arrastrado a alguna distancia a causa del movimiento de la multitud.

—No estoy seguro —gritó al responder—. Tal vez esté llegando Gwythinn de Hernysadharc.

El gordo volvió su enrojecido rostro hacia Simón.

—No, no es eso —dijo, con júbilo. El aliento le olía a cebollas y cerveza—. Es el gigante, el que mató el príncipe —señaló hacia la pira, que permanecía vacía a un extremo del patio de armas.

—Pero no lo veo —declaró el muchacho.

—Han ido a buscarlo —contestó el hombre—. He venido con los otros para no perdérmelo. ¡El hijo de mi hermana es uno de los batidores que ayudó a atrapar a la bestia maligna! —añadió con orgullo.

Otra oleada de ruido atravesó la multitud. Alguien de la primera fila vio algo y el comentario rápidamente pasó a los de atrás. Los cuellos se estiraron, y los niños fueron levantados hasta los hombros de pacientes madres de sucio rostro.

Simón miró a su alrededor, pero Sangfugol parecía haber desaparecido. Se mantuvo de puntillas, y vio que sólo algunos más en la multitud eran tan altos como él. Más allá de la pira distinguió las brillantes sedas de una tienda o una marquesina, ante la cual podían observarse los brillantes colores de los vestidos de algunos cortesanos del castillo, sentados en taburetes y hablando entre sí, moviendo las mangas al hacer gestos, como ramas llenas de brillantes pájaros. Se fijó en los rostros en busca del de Marya; tal vez ya hubiera encontrado una dama noble a la que servir, pues no era nada seguro para ella volver junto a la princesa en Hayholt o donde estuviese. Ninguno de los rostros resultó ser el suyo, y, antes de que pudiera buscarla por entre la gente allí congregada, apareció, bajo una de las puertas arqueadas de la muralla interior, una hilera de soldados con armadura.

Ahora la multitud murmuraba llena de ansiedad, porque a la primera media docena de soldados seguía un tiro de caballos que arrastraba un alto carruaje de madera. Simón sintió un vacío en el estómago, pero trató de deshacerse de él. ¿Es que iba a ponerse enfermo cada vez que oyese crujir un carro?

Cuando las ruedas se detuvieron y los soldados se repartieron alrededor del vehículo para descargar la descolorida cosa que sobresalía, el muchacho llegó a ver un cabello negro como ala de cuervo y una blanca piel justo donde estaban los nobles, más allá de la pira de maderas; cuando pudo mirar mejor, esperando que fuese Marya, los alegres cortesanos le volvieron a tapar y se quedó sin ver nada.

Fueron necesarios ocho fornidos guardias para levantar el poste del que colgaba el cuerpo del gigante, como si fuese un ciervo cazado en el coso del rey, y tuvieron que moverlo del carro al suelo antes de poder sostener el poste sobre los hombros, de forma cómoda. La criatura había sido atada por las rodillas y los codos; unas inmensas manos colgaban en el aire cuando la espalda estuvo paralela al suelo. La muchedumbre, que se echaba hacia adelante para no perder un solo detalle, empezó a retroceder en medio de exclamaciones de miedo y disgusto.

La cosa tenía ahora un aspecto más humano, pensó Simón, que cuando se le había echado encima, en el bosque de la Escalera. Con la piel del rostro ahora fláccida a causa de la muerte, y sin el amenazante rugido, el gigante mantenía en la cara la expresión de perplejidad de un hombre al que le han comunicado noticias incomprensibles. Como había dicho Strangyeard, llevaba una especie de prenda de áspero tejido alrededor del cuerpo. Un cinturón de piedras de un color rojizo colgaba arrastrando por el suelo del patio del castillo.

El gordo que estaba junto a Simón, que había exhortado a los soldados a darse más prisa, se volvió con ojos llenos de alborozo hacia él.

—¿Sabes lo que llevaba alrededor del cuello? —gritó.

El chico, apretado por ambos lados, se limitó a encogerse de hombros.

—¡Calaveras! —dijo el hombre, tan satisfecho como si se las hubiera dado él mismo al gigante muerto—. Las llevaba como si fuesen un collar. El príncipe les ha proporcionado un entierro aedonita, aunque nadie sabe a quién pertenecían —acabó y volvió a dirigir su atención al espectáculo.

Algunos soldados habían trepado a la pira y ayudaban a los portadores a poner a la gran criatura en el lugar que le estaba destinado. Cuando la dejaron encima del montón de madera, boca arriba, levantaron el poste con los brazos y piernas cruzados y lo alzaron como pudieron. Cuando el último hombre saltó al suelo, el gigantesco cuerpo pareció querer caer hacia adelante y el súbito movimiento provocó el grito de una mujer. Algunos niños empezaron a llorar. Un oficial de gris uniforme gritó una orden y uno de los soldados se adelantó y lanzó una antorcha entre los montones de paja seca que había en la base de la pira. Las llamas, extrañamente incoloras a la luz del sol del atardecer, empezaron a doblarse entre la paja, hasta alcanzar la madera. Se levantaron grandes humaredas alrededor del cuerpo del gigante, y una ráfaga de viento movió su velluda piel como si se tratase de seca hierba de verano.

«¡Allí!» Simón la había vuelto a ver, ¡al otro lado de la pira! Trató de abrirse paso, pero recibió un fuerte codazo en las costillas de alguien que pretendía mantener su lugar de observación. Se detuvo, frustrado, y miró hacia el lugar en el que creyó haberla visto.

Volvió a mirar y se dio cuenta de que no era Marya. Aquella mujer de cabello negro, envuelta en una sombría y exquisitamente bordada capa verde, tendría unos veinte años más. Era ciertamente hermosa, pues tenía una piel marfileña y grandes ojos.

Mientras Simón la miraba, la mujer observaba cómo el gigante iba quemándose: su cabello empezaba a ensortijarse y a ennegrecer a medida que el fuego escalaba la pira de troncos. El humo se elevó como una cortina, impidiendo que el chico pudiera seguir mirándola.

Se preguntó de quién se trataría, y por qué —mientras todos los habitantes de Naglimund allí concentrados gritaban y agitaban los brazos ante la pira de humo— daba la impresión de mirar el resplandor de las llamas con ojos tan tristes y furiosos.

Los consejos del príncipe

Aunque se había sentido muy hambriento mientras paseaba por los muros del castillo en compañía de Sangfugol, cuando el padre Strangyeard se acercó para llevarlo a las cocinas —cumpliendo su promesa con retraso— Simón se dio cuenta de que su apetito había desaparecido. El hedor de la quema de la tarde todavía estaba en sus narices; casi podía sentir el humo en su interior cuando caminó tras el archivador del castillo.

Cuando atravesaban el neblinoso patio, ya de regreso, después de que Simón hubiese comido sin ganas un plato de salchichas y pan que había depositado ante él una severa cocinera, Strangyeard intentó entablar conversación.

—Tal vez estés…, tal vez sólo se trata de que estás cansado, muchacho. Sí, eso debe de ser. El apetito regresará pronto. Los jóvenes siempre tienen apetito.

—Estoy seguro de que estáis en lo cierto, padre —dijo Simón.

Estaba cansado, y a veces resultaba más sencillo estar de acuerdo con la gente que tratar de explicarse. Además, no estaba del todo seguro de lo que lo hacía sentirse tan flojo, tan fatigado.

En un momento atravesaron la tenebrosa puerta interior.

—Ah —dijo el sacerdote—. Quería preguntarte…, espero que no creas que trato de hacerme con él…

—¿Sí?

—Bueno, Binbines…, Binabik me dijo…, me contó algo acerca de cierto manuscrito. Un manuscrito escrito por el doctor Morgenes de Erchester. ¿Es así? Qué gran hombre, y qué pérdida más trágica para toda la comunidad del saber…

Strangyeard agitó la cabeza con pesar, y pareció olvidar lo que preguntaba, ya que caminó varios pasos en actitud contemplativa. Simón se sintió obligado a romper el silencio.

—¿El libro del doctor Morgenes? —preguntó.

—¡Ah! Ah, sí…, bueno, lo que deseaba pedirte…, y estoy seguro de que es un favor demasiado grande…, Binbines dice que ha sido salvado el manuscrito, y que lo trajiste en tu bolsa.

Simón escondió una sonrisa. ¡Aquel hombre era un caso!

—No sé dónde ha ido a parar el bolso.

—Oh, bueno, está debajo de mi cama…, de tu cama, ahora, que lo será mientras quieras. Vi cómo un hombre del príncipe lo ponía allí. No lo he tocado, puedo asegurártelo —se apresuró a añadir.

—¿Queréis leerlo? —El muchacho se conmovió ante la seriedad del anciano—. Yo me encuentro demasiado cansado para hacerlo. Además, estoy seguro de que el doctor preferiría que lo examinase un hombre de conocimiento, que, desde luego, no es mi caso.

—¿De verdad? —Strangyeard pareció excitado y jugueteó con la tira del parche. Tenía el aspecto de alguien que estuviera a punto de saltar en el aire de alegría—. ¡Oh! —suspiró, recobrando la compostura—, eso sería estupendo.

Simón se sentía incómodo: el archivador había tenido que abandonar su propia habitación para que él, un extraño, pudiese utilizarla. Resultaba embarazoso que además se mostrase tan agradecido.

«Ah —decidió—, pero creo que no me está agradecido a mí, sino a la oportunidad de leer el trabajo de Morgenes sobre el rey Juan. Este es un hombre al que le gustan tanto los libros como a Raquel el agua y el jabón.»

Casi habían llegado al bloque de habitaciones que se extendía a lo largo del muro sureño cuando apareció ante ellos la forma de un hombre, que resultaba irreconocible envuelta en aquella niebla y con tan poca luz. Se oyó un tintineo metálico a medida que se iba acercando a ellos.

—Busco al sacerdote Strangyeard —dijo el hombre, con un tono de voz poco correcto. Parecía tambalearse, y de nuevo se oyó el ruido metálico.

—Soy yo —respondió Strangyeard, con voz más chillona de lo habitual—, hummm…, eso es, soy yo. ¿Qué queréis?

—Busco a un cierto jovencito —prosiguió el otro, y se acercó un poco más—. ¿Es él?

Simón tensó los músculos, aunque la figura que se acercaba no era muy grande. También notó que había algo en su forma de caminar que…

—Sí —ambos contestaron a la vez; después el sacerdote guardó silencio y se tocó la tira del parche con aire distraído, mientras el chico continuaba.

—Soy yo. ¿Qué queréis?

—El príncipe desea hablaros —dijo la pequeña figura, acercándose todavía más y mirando a Simón. Se oyó un débil sonido de cascabeles.

—¡Towser! —exclamó el joven con alegría—. ¡Towser! ¡¿Qué haces aquí?!

Se adelantó y posó sus manos sobre los hombros del viejo.

—¿Quién sois vos? —preguntó el bufón, algo sobresaltado—. ¿Os conozco?

—No lo sé... ¡Soy Simón, el aprendiz del doctor Morgenes! ¡De Hayholt!

—Hummm —musitó el otro, con aire de duda. A tan corta distancia olía a vino—. Supongo que así debe de ser... Está demasiado oscuro para mí, demasiado oscuro, muchacho. Towser se hace viejo, como el viejo rey Tethtain: «La cabeza nevada y gastada como el distante monte Minari». —Entornó los ojos—. No me acuerdo tanto de las caras como antes. ¿Eres el que he de conducir ante el príncipe Josua?

—Supongo que sí. —El humor del muchacho había cambiado—. Sangfugol debe de haberle hablado de mí. —Se volvió hacia el padre Strangyeard—. Debo ir con él. No he movido el bolso; ni siquiera sabía que estaba allí.

El archivador murmuró una despedida y se marchó en busca de su premio. Simón cogió al viejo juglar por el codo y regresaron cruzando el patio de armas.

Towser imitó el silbido del viento, y se estremeció; las campanillas de su chaqueta volvieron a tintinear.

—El sol pegaba fuerte hoy, pero esta noche se ha levantado viento. Es un tiempo desastroso para los huesos viejos. No puedo entender por qué Josua me ha enviado a mí. —Se tambaleó un poco, y tuvo que apoyarse ligeramente en el brazo de Simón—. Bueno, eso no es del todo cierto —continuó—. Al príncipe le gusta darme cosas que hacer de vez en cuando. No está de humor para mis juegos y bromas, pero me da la impresión de que tampoco le gusta verme ocioso.

Caminaron en silencio durante un rato.

—¿Cómo llegaste a Naglimund? —preguntó el joven, rompiendo el silencio.

—En la última caravana que atravesó la ruta de Wealdhelm. Ahora está cerrada por orden de Elías, el muy perro. Fue un duro viaje, y tuvimos que pelear con bandidos al norte de Flett. Todo se derrumba, muchacho. Todo va adquiriendo tintes muy sombríos.

Los guardias que permanecían frente a la puerta de la sala residencial les dirigieron sendas miradas de inspección bajo la luz de las antorchas; después golpearon la puerta para que la abriesen desde dentro. Simón y el bufón caminaron por el frío y enlosado corredor hasta alcanzar una pesada puerta y otro par de guardias.

—Bueno, pues aquí estás, muchacho —dijo Towser—. Yo me voy a la cama; la última noche me acosté muy tarde. Me alegro de haber visto un rostro familiar. Regresa pronto y nos tomaremos unas jarras mientras me explicas cómo te ha ido, ¿de acuerdo?

El viejo dio la vuelta y se alejó pasillo abajo con su traje de abigarrados colores brillando cada vez más débilmente hasta que fue tragado por las sombras.

El chico dio un paso entre los impasibles guardias y llamó a la puerta.

—¿Quién va? —preguntó una voz juvenil.

Simón de Hayholt viene a ver al príncipe.

La puerta se abrió silenciosamente para revelar a un muchacho de rostro solemne, de unos diez años y vestido con ropas de paje. Cuando se hizo a un lado, Simón se movió hacia el interior de una antecámara.

—Pasa —llamó una voz apagada.

Al cabo de pocos instantes encontró la entrada, oculta por una cortina.

Se trataba de una austera cámara, un poco mejor acondicionada que la del padre Strangyeard, aunque no mucho más. El príncipe Josua, en camisón y gorro de noche, se hallaba sentado a una mesa y mantenía abierto un pergamino con el codo. No levantó la mirada para observar la entrada de Simón, pero le hizo gestos con la mano para que ocupase una silla.

—Siéntate, por favor —dijo el príncipe, interrumpiéndolo en mitad de una reverencia—. Estaré contigo en un momento.

El chico se sentó en la dura silla sin acolchar y advirtió un movimiento al otro lado de la habitación. Una mano apartó la cortina y reveló una luz procedente de un candil, que se hallaba al otro lado. Apareció un rostro enmarcado en una espesa cabellera negra. Se trataba de la mujer que había visto en el patio, la que observaba la cremación. Miraba intensamente al príncipe, pero cuando levantó la vista descubrió a Simón y lo miró fijamente, con los furiosos ojos de un gato acorralado. La cortina volvió a caer.

Preocupado a causa del incidente, el joven pensó en decirle algo a Josua. ¿Se trataría de una espía? ¿Una asesina? Después, al considerar el porqué de su presencia en el dormitorio del príncipe, se sintió como un estúpido.

Josua levantó la mirada y encontró a un Simón arrebolado. Dejó que el pergamino se enrollase en la mesa.

—Perdóname. —Se puso en pie y acercó la silla a la de Simón—. He estado muy ocupado. Espero que entiendas que ello no quiere decir que me olvidara de alguien que me ayudó a escapar de mi confinamiento.

—No…, no necesitáis disculparos, alteza —balbuceó el muchacho.

El príncipe extendió los dedos de su mano izquierda, con una expresión de dolor en el rostro. Simón recordó las palabras de Sangfugol, y se preguntó cómo sería haber perdido una mano.

—Por favor, llámame Josua en esta habitación, o príncipe Josua si lo prefieres. Cuando estudié con los hermanos jesurianos en Nabban, me llamaban acólito o simplemente muchacho. Creo que no he cambiado demasiado desde aquella época.

—Sí, señoría.

Los ojos del noble se apartaron de Simón, para volver a reposar la mirada sobre la mesa; en ese momento de silencio el chico aprovechó para observarlo con atención. La verdad es que no ofrecía un aspecto más principesco que cuando lo había visto con los grilletes puestos en la habitación de Morgenes. Parecía cansado y vestía con tanto cuidado como una roca engalanada por el viento. Con sus ropas de dormir y la pálida frente que mostraba los vestigios de profundos pensamientos, tenía más el aspecto de ser un colega de archivo de Strangyeard que un príncipe de Erkynlandia o un hijo del Preste Juan.

Josua se levantó y volvió a dirigirse al pergamino.

—Los escritos del viejo Dendinis —dijo, y mantuvo el manuscrito abierto con el muñón forrado de piel de la muñeca derecha—, el arquitecto militar de Aeswides. ¿Sabes que Naglimund nunca ha sido rendida mediante el cerco? Cuando Fingil de Rimmersgardia bajó del norte, tuvo que destacar a dos mil hombres para mantener cercado el castillo y así poder proteger su flanco. —Tocó el pergamino—. Dendinis lo construyó a conciencia.

Se hizo una pausa, que Simón se encargó de rellenar.

—Es una poderosa fortaleza, príncipe Josua.

Éste volvió a dejar el manuscrito sobre la mesa, y compuso un mohín en sus labios como un avaro que contase sus ganancias.

—Sí…, pero incluso una poderosa fortaleza puede llegar a rendirse por el hambre. Nuestras líneas de suministros son muy largas, y ¿dónde podemos esperar encontrar ayuda? —Josua miró al chico como si esperase alguna respuesta, pero éste sólo pudo devolverle la mirada con una boba expresión en el rostro, sin saber qué decir—. Tal vez Isgrimnur nos traiga buenas noticias… —prosiguió—, y tal vez no. Desde el sur nos ha llegado el rumor de que mi hermano está reuniendo una gran cantidad de tropas. —El príncipe miró al suelo, y volvió a levantar la vista súbitamente, con ojos brillantes e intensos—. Vuelve a perdonarme. Creo que estoy demasiado inmerso en mis pensamientos durante los últimos tiempos, y las palabras acuden solas a mi boca. ¿Sabes?, una cosa es leer sobre grandes batallas y otra trazarlas y planearlas. ¿Sabes la cantidad de cosas que hay que pensar? Hay que reunir a las tropas, traer a la gente y a sus rebaños al castillo, acumular forraje, reforzar las murallas… Y todo eso no servirá de nada si alguien no pelea en la retaguardia de Elías. Si permanecemos solos, resistiremos durante mucho tiempo…, pero al final caeremos.

Simón estaba desconcertado. Resultaba sorprendente que Josua le hablase tan abiertamente, pero había algo que asustaba en un príncipe tan lleno de presentimientos, tan ansioso de hablar a un muchacho como si estuviese ante un consejo preparatorio de la guerra.

—Bueno —dijo el joven—, bueno…, seguro que todo ocurrirá según la voluntad de Dios.

Simón se odió por decir una estupidez de aquel calibre al tiempo que las palabras salían por su boca.

Josua se rió, con una risa llena de amargura.

—Ah, atrapado por un simple muchacho, como Jesuris en el famoso espino. Tienes razón, Simón. Mientras respiremos habrá esperanza, y eso es algo que tengo que agradecerte.

—Sólo en parte, príncipe Josua.

Se preguntó si su respuesta parecía desconsiderada o desagradecida.

La sombría mirada volvió a asentarse en el severo rostro del príncipe.

—He sabido lo del doctor. Una cruel pérdida para todos nosotros, pero todavía más para ti, estoy seguro. Echaremos de menos su sabiduría, y también su bondad. Espero que otros puedan heredar algo de todo ello. —Volvió a acercar la silla y se inclinó hacia el chico—. Va a tener lugar un consejo, y creo que pronto. Gwythinn, hijo de Lluth de Hernystir, llegará esta noche. Ya hay otros que esperan desde hace días. Hay muchas cosas que dependen de lo que decidamos aquí, muchas vidas. —Josua asintió en silencio con la cabeza, como pensando algo para sí.

—¿Está…, está vivo el duque Isgrimnur? —preguntó Simón—. Yo… pasé una noche con sus hombres durante mi viaje hacia aquí, pero…, pero los dejé.

—El duque y sus hombres están aquí desde hace días; se han detenido antes de continuar hacia Elvritshalla. Por ello no puedo esperar más.

El príncipe volvió a apartar la mirada.

—¿Puedes manejar una espada, Simón? —preguntó de repente—. ¿Has recibido entrenamiento?

—La verdad es que no, señoría.

—Entonces dirígete al capitán de la guardia y que busque a alguien que te enseñe. Necesitamos todos los brazos, especialmente los jóvenes y fuertes.

—Desde luego, príncipe Josua —respondió.

El noble se levantó y se dirigió a la mesa, dándole la espalda, como si la audiencia hubiese finalizado. Simón se sentía pegado a la silla; quería hacer otra pregunta, pero no estaba seguro de que fuese correcto. Finalmente, se incorporó y se dirigió con lentitud hacia el cortinaje que ocultaba la puerta, de espaldas. Josua continuaba mirando el pergamino de Dendinis. El muchacho estaba a un paso de la salida cuando se detuvo, cuadró los hombros y realizó la pregunta que le carcomía.

—Príncipe Josua, sire… —empezó a decir. Este lo miró por encima del hombro.

—¿Sí?

—La…, la muchacha, Marya…, la muchacha que os trajo el mensaje de vuestra sobrina Miriamele… —Respiró azorado—. ¿Sabéis dónde está?

Josua enarcó una ceja.

—Incluso durante nuestros más aciagos días se nos hace imposible apartar nuestros pensamientos de ellas, ¿verdad? —Sacudió la cabeza—. Siento no poder ayudarte en eso, jovencito. Buenas noches.

Simón inclinó la cabeza y retrocedió hasta salir por la cortina.

Mientras regresaba de su inquietante audiencia con el príncipe, se preguntó qué sería de todos ellos. Parecía que habían conseguido una victoria al llegar a Naglimund. Durante semanas no había tenido otro objetivo, no había seguido ninguna otra estrella. Expulsado de su hogar, alcanzar ese objetivo había sido su máxima preocupación, apartando de su mente todas las demás cuestiones. Ahora, lo que le había parecido un oasis de salvación comparado con las dificultades del viaje, se había convertido en otra trampa. Así se lo había hecho ver Josua: si no eran barridos, morirían de hambre.

Tan pronto como llegó a la diminuta habitación de Strangyeard, se metió en la cama, pero oyó gritar la hora a los centinelas en dos ocasiones antes de dormirse.

Un dormido Simón respondió a la llamada de la puerta y la abrió para descubrir una gris mañana, una gran loba y un gnomo.

—¡Estoy asombrado de encontrarte todavía acostado! —sonrió Binabik, malicioso—. ¡Unos cuantos días apartado del bosque y ya la civilización ha hundido sus perezosas garras en ti!

—No estoy en la cama. —El muchacho se encogió de hombros—. Al menos ya no. Pero y ¿*tú*?

—¿Por qué no estoy en la cama? —preguntó el hombrecillo, entrando poco a poco en la habitación y cerrando la puerta con la cadera—. Me encuentro mejor, o al menos lo suficientemente bien como para estar levantado. Cosas hay que deben ser hechas. —Miró por la habitación mientras Simón volvía a sentarse en el borde de la cama y se contemplaba los pies descalzos—. ¿Sabes dónde está la bolsa que conseguimos salvar? —inquirió el gnomo.

—¿Ehhh? —gruñó el chico, y después señaló al suelo con la mano—. Estaba debajo de la cama, pero creo que la cogió el padre Strangyeard para mirar el libro de Morgenes.

—Seguro que todavía debe de estar ahí —dijo Binabik, agachándose lentamente hasta quedar en cuatro patas—. El sacerdote me parece olvidadizo, pero devuelve las cosas a su sitio cuando acaba. —Gateó por debajo del lecho—. ¡Ajá! ¡La he encontrado!

—¿Te conviene hacer eso, con tu herida? —preguntó Simón, sintiéndose culpable por no haberse ofrecido a hacerlo él mismo.

Binabik volvió a aparecer y se incorporó con mucha lentitud, según pudo observar el joven.

—Los gnomos nos recuperamos con rapidez —contestó, y sonrió abiertamente, pero Simón todavía parecía preocupado.

—No creo que te beneficie el ir de aquí para allá —continuó mientras Binabik buscaba en la bolsa—. Esa no es manera de recuperarse.

—Una excelente madre gnomo hubieras sido —dijo el hombrecillo sin mirarlo—. ¿También vas a masticar la carne para mí? ¡*Qinkipa!* ¡¿Dónde están las tabas?!

Simón se arrodilló para tratar de encontrar sus botas, pero aquello era algo harto difícil con la loba moviéndose de un lado a otro de la pequeña habitación.

—¿Podría Qantaqa esperar fuera? —preguntó cuando lo golpeó por segunda vez el enorme flanco de la loba.

—Tus dos amigos estarán contentos de irse si te traemos alguna molestia, Simón —insinuó el gnomo, remilgadamente—. ¡*Ajá*! ¡Estaban aquí!

Sorprendido, el muchacho miró a Binabik. Era valiente, inteligente y había sido herido junto a él, pero, aun sin esos factores, no había motivo para enfadarse. El chico emitió un chasquido de disgusto y frustración y se arrodilló.

—¿Para qué necesitas esos huesos? —inquirió, mirando por encima del hombro de su amigo—. ¿Todavía está mi flecha por ahí?

—La flecha, sí —replicó el otro—. ¿Los huesos? Porque éstos son días en los que hay que tomar decisiones, y sería un tonto si no tuviese en cuenta cualquier consejo sabio.

—El príncipe me convocó ante su presencia ayer por la noche.

—Lo sé. —Binabik encontró los huesos y, extrayéndolos del saco, los sopesó en la mano—. He hablado con él esta mañana. Los hernystiros han llegado. Esta noche habrá un consejo.

—¿Te dijo eso? —Simón se encontraba algo más que molesto al comprobar que no era el único confidente de Josua, pero al mismo tiempo se sentía aliviado al poder compartir la responsabilidad—. ¿Vas a asistir?

—¿Como único representante de mi pueblo, que jamás ha entrado por las puertas de Naglimund? ¿Como aprendiz de Ookequk, cantor de los gnomos de Mintahoq? Pues claro que iré. Al igual que tú.

—¡¿Yo?! —El muchacho se sintió mareado—. ¿Por qué yo? En nombre del buen Dios, ¿qué pinto yo en…, en un consejo militar? No soy soldado. ¡Ni siquiera soy un hombre, todavía!

—Cierto es que no tienes ninguna prisa por serlo. —Binabik compuso una mueca burlona en su rostro—. Pero no puedes mantener alejada para siempre a la madurez. Además, tu edad no tiene nada que ver con todo esto, y el príncipe Josua desearía que estuvieses allí.

—¿*Desearía*? ¿Ha pedido que asista?

El gnomo se apartó un mechón de cabello que colgaba ante sus ojos.

—No exactamente…, pero ha pedido que yo lo haga, y yo te llevaré a ti. Josua no está enterado de todo lo que has visto.

—¡En nombre de Dios, Binabik!

—Por favor, no me eches encima imprecaciones aedonitas. El que tengas barba…, bueno, casi…, no quiere decir que seas un hombre y que puedas ir maldiciendo. Ahora, por favor, te pido algo de silencio para poder lanzar los huesos; después te explicaré las demás noticias.

Simón volvió a sentarse, preocupado y de mal humor. ¿Qué ocurriría si le hacían preguntas? ¿Iba a ser llamado para hablar ante barones, duques, generales y demás? ¿Él, un pinche de cocina huido?

El hombrecillo hablaba en voz baja consigo mismo y agitaba los huesos como un soldado jugando a los dados en una taberna. Las tabas saltaron y cayeron sobre el suelo. Binabik examinó su posición, las recogió y volvió a lanzarlas por segunda vez. Frunció los labios y miró atentamente después de que el último hueso hubiese dejado de rodar.

—*Nubes en el Paso…* —dijo, meditabundo—. *Pájaros sin Alas… La Grieta Negra…* —se frotó los labios con el dorso de la manga, después se golpeó el pecho con la mano—. ¿Qué voy a hacer con esto?

—¿Significa algo? —preguntó Simón—. ¿Qué son esos nombres?

—Son los nombres que se dan a algunas posiciones, posiciones de las tabas. Tres veces las lanzamos y tres veces indican cosas diferentes.

—No… Yo no… ¿Puedes explicármelo? —pidió el joven, que casi cayó hacia adelante cuando Qantaqa pasó junto a él para depositar la cabeza sobre el rechoncho muslo de Binabik.

—Mira —explicó el gnomo—, primero: *Nubes en el Paso.* Significa que desde donde nos encontramos ahora es difícil ver a lo lejos, pero más allá hay algo muy diferente de lo que está delante.

—Eso podía habértelo dicho yo.

—Silencio. ¿Es que quieres ser un tonto durante toda tu vida? Ahora, el segundo era *Pájaro sin Alas.* Es algo mejor, pero aquí parece indicar que nuestra impotencia puede sernos de alguna ayuda, o eso es lo que leo hoy en las tabas. Por último, la cosa a la que debemos…

—¿Temer?

—Temer —asintió Binabik, con calma—. *La Grieta Negra…,* es muy extraño, es una posición que nunca antes me había salido. *Puede* significar traición.

Simón dio un respingo al recordar algo.

—¿Como falso mensajero?

—Cierto. Pero tiene otros significados, algunos fuera de lo normal. Mi maestro me enseñó que puede tratarse de cosas provenientes de otros lugares, que aparezcan por *otras partes…* Tal vez tenga conexión con alguno de los misterios con los que hemos topado…, los nornas, tus sueños…, ¿lo ves?

—Un poco —respondió el muchacho, y se incorporó; después empezó a buscar su camisa—. ¿Qué hay de las otras noticias?

Al gnomo, que acariciaba meditabundo el lomo de Qantaqa, le llevó un momento levantar la mirada.

—Ah —dijo, y cogió la chaqueta—. Tengo algo para que leas.

Extrajo un aplastado rollo de pergamino y se lo alargó a Simón, que sintió un estremecimiento en la piel.

Estaba escrito con una quebradiza pero delicada letra, y en el centro aparecía un grupo de palabras.

«Para Simón.

Aquí te doy las gracias por tu valentía durante nuestro viaje.

Que Dios Nuestro Señor te dé suerte, amigo.»

Estaba firmado con una sola letra: «M».

—Es de ella —concluyó lentamente. No sabía con exactitud si estaba disgustado o encantado—. Es de Marya, ¿verdad? ¿Es esto todo lo que envía? ¿La has visto?

Binabik asintió con una inclinación de la cabeza. Parecía triste.

—La he visto, pero sólo un momento. Dijo que tal vez pudiéramos verla más tarde, pero que antes tenía que hacer otras cosas.

—¿Qué cosas? Esa chica me pone furioso… No, no quería decir eso. ¿Está en Naglimund?

—Me dio ese mensaje para ti, ¿no?

El gnomo se puso en pie con dificultad, pero Simón se encontraba demasiado ocupado como para darse cuenta. ¡Le había escrito! ¡No lo había olvidado! Pero la verdad es que no había escrito demasiado, y no había venido a verlo, para hablar, para hacer algo…

«Que Jesuris tenga piedad de mí, ¿es esto el amor?», se preguntó de repente. No tenía nada que ver con las baladas que había escuchado cantar; aquello resultaba más irritante que inspirador. Simón había llegado a creer que estaba enamorado de Hepzibah. La verdad es que había pensado mucho en *ella*, pero se trataba más bien de su aspecto, de su forma de caminar… Con Marya, aunque también recordaba su físico, también se preguntaba sobre lo que pensaba.

«¡Sobre lo que ella piensa!» Se encontraba disgustado consigo mismo. «Ni siquiera sé de dónde es, ¡aparte de que no tengo ni idea sobre lo que piensa! No sé absolutamente nada de ella… Y si yo le gusto, es algo que ni se ha molestado en escribir en esta carta.»

Esa era la verdad.

«Pero dice que fui valiente. Me llamó amigo.»

Levantó la vista del pergamino para ver que Binabik lo observaba. La expresión del gnomo era hosca, aunque Simón no estaba seguro de la causa.

—Binabik… —empezó a decir, pero no pudo imaginar ninguna respuesta que clarificase sus oscuros pensamientos—. Bueno —continuó—, ¿sabes dónde está el capitán de la guardia? Tengo que conseguir una espada.

Había humedad en el ambiente, y grises y pesadas nubes pendían sobre ellos cuando se dirigieron a la puerta exterior. Una multitud apresurada entraba por las puertas de la ciudad; algunos llevaban vegetales, lino y otros artículos para vender, muchos empujaban desvencijados carros que parecían aplastados bajo la totalidad de sus posesiones. Los compañeros de Simón, el diminuto gnomo y la gran loba de ojos amarillos, causaban gran impresión entre los recién llegados. Algunos los señalaban y gritaban en rústicos dialectos; otros retrocedían, trazando un protector signo del Árbol sobre las pecheras de sus ásperos vestidos. En todos los rostros podían apreciarse signos de miedo; de miedo a lo diferente, miedo de los malos tiempos que se habían abatido sobre Erkynlandia. Simón se sintió dividido entre el deseo de poder ayudarlos y el de no tener que observar sus familiares y displicentes rostros.

Binabik lo dejó en el cuerpo de guardia, en un edificio cercano a la puerta de la muralla exterior, y luego se marchó a visitar al padre Strangyeard a la biblioteca del castillo. Pronto se encontró Simón ante el capitán de la guardia, un ojeroso joven de mirada acosada que llevaba una barba de varios días. Estaba descubierto y su yelmo aparecía lleno de piedras con las que contaba el paso de las milicias que, poco a poco, llegaban al castillo. Le habían dicho que esperase la llegada de Simón, al cual le halagaba que el rey se hubiese acordado de él, y envió al muchacho junto a un guardia del tamaño de un oso, un erkyno del norte llamado Haestan.

—No crecido del todo, tú, ¿eh? —gruñó Haestan, retorciendo su rizada barba mientras observaba al desgarbado chico—. Arquero, ésa es la cosa. Damos espada a ti, pero no mucho grande pa que puedas. Arco mejor.

Juntos se dirigieron a la armería, rodeando la muralla exterior. La armería era una larga y estrecha dependencia que se encontraba junto a la herrería. Cuando el alcaide los condujo ante filas de maltrechas armaduras y espadas deslustradas, Simón se entristeció al ver lo menguado que resultaba el armamento del castillo, una débil protección contra las brillantes legiones que sin duda Elías dispondría para la batalla.

—No mucho queda —apuntó Haestan—. Ni la mitá sirve. Espero las milicias de lejos traen otras cosas aparte horcas y arados.

El alcaide finalmente encontró una espada enfundada que el guardia creyó apropiada para la estatura de Simón. Estaba manchada de aceite, y el hombre apenas pudo ocultar una mueca de disgusto.

—Límpiala —dijo—, y será una bonita pieza.

Una búsqueda más a fondo descubrió un arco largo en buen estado, al que sólo faltaba la cuerda, así como un carcaj de piel.

—Material thrithingo —explicó Haestan, señalando los gamos y conejos grabados en la piel—. Hacen buenos carcajes, los thrithingos.

Simón notó que el hombre se sentía un poco culpable por la poco atractiva espada.

De vuelta en el cuerpo de guardia, su nuevo tutor le buscó una cuerda para el arco y media docena de flechas que le había dado el intendente; después le enseñó a su pupilo cómo limpiar y cuidar sus nuevas armas.

—Afílala bien, muchacho, afílala bien —insistió el corpulento guardia, pasando la hoja por encima de la piedra de amolar— pa que no paezcas una chica.

No supo cómo, pero contra toda lógica, empezó a aparecer un brillo de auténtico acero bajo la porquería.

Simón había imaginado que empezarían inmediatamente con el manejo de la espada, o al menos a disparar contra alguna diana, pero en lugar de ello Haestan cogió un par de largos palos de madera envueltos en tela y se llevó al joven al exterior del castillo, a las colinas que había por encima del pueblo. Pronto aprendió que poco tenía en común el entrenamiento real de un soldado con los juegos que había compartido con Jeremías, el chico aprendiz de candelero.

—Entreno con lanza más mejor —dijo Haestan, mientras Simón, que sentía un peso en el estómago, se sentaba sobre la hierba—. Aquí nadie. Flechas será lo tuyo, muchacho. También tará bien trabaar con'spada. Lo agradecerá al vieho Haestan mil veces.

—¿Por qué... no... arco? —jadeó.

—Mañá, chico, para arco o'spá..., o pasao —rió el tutor y extendió una gran manaza—. Ponte e pie. Ha empezao la diversión.

Cansado, dolorido y molido como si fuese trigo hasta que pensó que le salían las pajas por las orejas, Simón comió pan y judías durante la comida de los guardias mientras Haestan continuaba la parte verbal de su educación, la mayor parte de la cual se perdió el chico debido al zumbido que sentía en los oídos. Al final lo enviaron de regreso con el aviso de que estuviese allí a las seis de la mañana del día siguiente. Se tambaleó de vuelta a la vacía habitación de Strangyeard y cayó dormido sin ni siquiera quitarse las botas.

La lluvia se introdujo a través de la ventana abierta y un trueno murmuró a lo lejos. Simón se despertó y vio a Binabik esperándolo, como había sucedido por la mañana, como si la larga y agotadora tarde no hubiese ocurrido. Aquella ilusión fue rápidamente rota en mil pedazos: le dolían todos y cada uno de sus músculos. Se sintió como si tuviera cien años.

Al gnomo le costó bastante convencerlo para que se levantase de la cama.

—Simón, no se trata de que aceptes o rechaces una noche de diversión. Se trata de cuestiones sobre las que dependen nuestras vidas.

El muchacho se había vuelto de espaldas.

—Te creo…, pero no puedo levantarme, me moriré si lo hago.

—Ya es suficiente.

El hombrecillo lo cogió de una muñeca, apretó los pies contra el suelo e hizo una mueca de dolor mientras poco a poco conseguía sentar a su amigo en la cama. Se escuchó un gruñido y un ruido sordo contra el suelo cuando uno de los pies calzados de Simón cayó de la cama, y luego un intervalo de silencio antes de que cayese el segundo.

Al cabo de muchos minutos atravesaba la puerta cojeando, junto a Binabik, para adentrarse en el viento y la fría lluvia.

—¿También tendremos que quedarnos a cenar? —preguntó Simón. Por primera vez en su vida se sentía demasiado dolorido incluso para comer.

—Eso no lo creo. Josua es extraño en ese sentido; no es demasiado dado a comer y beber con su corte. Desea la soledad. Creo que todos habrán cenado. Así es como he convencido a Qantaqa para que se quedase en la habitación. —Sonrió y le dio unas palmadas sobre el hombro al chico, que se quejó de dolor—. Todo lo que festejaremos esta noche serán preocupaciones y discusiones. Malo para la digestión de un gnomo, un hombre o una loba.

La tormenta estalló con estruendo fuera, pero la gran sala de Naglimund estaba seca y caliente gracias a tres grandes chimeneas, además de estar iluminada por incontables velas. Las vigas del techo desaparecían en la oscuridad, y las paredes se hallaban cubiertas por gruesos y sombríos tapices con motivos religiosos.

Docenas de mesas habían sido juntadas y puestas de tal forma que semejaban una gran herradura de caballo. La alta y estrecha silla de madera de Josua estaba situada en el vértice del arco, marcada con el cisne de Naglimund. Medio centenar de hombres ya se habían acomodado en diferentes lugares alrededor de la herradura, y hablaban entre ellos. Eran altos y vestían ropas de abrigo y prendas que mostraban su noble linaje, aunque otros sólo llevaban el uniforme de soldado. Algunos levantaron la mirada cuando la pareja hizo acto de presencia, antes de volver a sus conversaciones.

Binabik dio un codazo en la cadera de Simón.

—Van a pensar que somos un par de bufones alquilados —rió, pero el muchacho no creyó que aquello lo divirtiera.

—¿Quiénes son todos esos hombres? —murmuró Simón cuando se sentaron en uno de los extremos de la herradura.

Un paje puso vino ante ellos y añadió agua caliente antes de volver a ser engullido por las sombras de la pared.

—Son lores de Erkynlandia leales a Naglimund y a Josua, o que no han decidido todavía hacia qué lado decantar su lealtad. El que va de rojo y blanco es Ordmaer, barón de Utersall. Está hablando con Grimstede, con Ethelferth y con otros lores. —El gnomo levantó su vaso de bronce y bebió—. Hummm. Nuestro príncipe no es un manirroto con el vino, o tal vez desea que apreciemos las virtudes del agua local. —La sonrisa maliciosa de Binabik volvió a aparecer.

Simón se retrepó en la silla, temiendo una nueva aparición del pequeño y puntiagudo codo, pero el hombrecillo miraba más allá de él, al otro lado de la mesa.

El muchacho bebió un largo trago de su vaso. *Estaba* aguado; se preguntó si era el senescal o el príncipe el responsable de ello. Pero, al menos, era mejor que nada y le serviría para avivar un poco sus miembros doloridos. Cuando lo acabó, el paje volvió a salir de las sombras y le llenó de nuevo el vaso.

Entraron más hombres; unos charlaban animadamente y otros dirigían frías miradas de reconocimiento a los ya sentados. Un individuo muy viejo, con suntuosos ropajes eclesiásticos, entró de la mano de un fornido y joven sacerdote y empezó a dejar varios objetos brillantes cerca de la cabecera de la mesa; la mirada de su rostro reflejaba mal humor. El hombre más joven lo ayudó a sentarse y después se inclinó sobre él para decirle algo al oído. El viejo dio una respuesta de dudosa educación; el sacerdote, dirigiendo una mirada de disgusto al techo, abandonó la habitación.

—¿Es ése el lector? —preguntó Simón, en voz muy baja. Binabik negó con la cabeza.

—Me parecería muy extraño que la cabeza de tu Iglesia aedonita estuviese presente en la guarida de un príncipe proscrito. Creo que más bien se trata de Anodis, el obispo de Naglimund.

Mientras hablaba, entró un último grupo de hombres, y el gnomo se calló para observar. Algunos de ellos, con el cabello colgando en trenzas, vestían las blancas túnicas de los hernystiros. Su líder aparente, un musculoso joven de mirada intensa y de largos y oscuros bigotes, hablaba con un sureño, con alguien que vestía de una forma exageradamente cuidada y sólo parecía ser un poco mayor. Este, con el cabello cuidadosamente rizado y con vestidos de delicados tonos verdes y azules, iba tan pulido que Simón estuvo seguro de que incluso Sangfugol se sentiría impresionado. Algunos de los viejos soldados que se hallaban ya sentados a la mesa reían abiertamente lo currutaco de su atuendo.

—¿Y ésos? —preguntó el chico—. Los de blanco, con el collar dorado, son hernystiros, ¿verdad?

—Correcto. Es el príncipe Gwythinn y su embajada. El otro creo que es el barón Devasalles de Nabban. Tiene la reputación de poseer un cerebro muy agudo, aunque es algo aficionado a vestir de forma llamativa. También me han dicho que es un valiente guerrero.

—¿Cómo es que los conoces a todos, Binabik? —Simón desvió su atención de los recién llegados a su amigo—. ¿Acaso miras por las cerraduras?

El gnomo lo observó con arrogancia.

—No siempre he vivido en la cima de las montañas, ¿sabes? También es verdad que he encontrado a Strangyeard y otras fuentes de información aquí mientras tú te ocupabas de mantener tu cama caliente.

—¡¿Qué?!

La voz del muchacho se elevó más de lo que él había pretendido y se dio cuenta de que estaba un poco borracho. El hombre sentado junto a él se volvió con una mirada llena de curiosidad; Simón se inclinó hacia su amigo para continuar su defensa en un tono más tranquilo.

—He estado… —empezó a decir, pero las sillas empezaron a crujir por toda la sala mientras sus ocupantes se ponían en pie.

El joven levantó los ojos y vio que la delgada figura del príncipe Josua, vestida con su gris acostumbrado, entraba por el otro lado de la sala. Su expresión reflejaba tranquilidad, aunque no sonreía. La única muestra de su rango consistía en un aro de plata que descansaba sobre su frente.

Josua saludó a la asamblea mediante una inclinación de cabeza y se sentó, los otros lo imitaron con celeridad. Cuando los pajes se adelantaron para escanciar vino, el viejo obispo, a la izquierda del príncipe —el hernystiro Gwythinn se sentaba a su derecha—, se levantó.

—Por favor, ahora —el obispo parecía cansado, como un hombre que hace un favor aunque sabe que no obtendrá buenos resultados—, inclinad vuestras cabezas mientras pedimos que Jesuris Aedón bendiga esta mesa y sus deliberaciones. —Mientras así hablaba levantó un hermoso Árbol de oro labrado y piedras azules que mantuvo ante él.

»Tú, a quien el mundo pertenece, pero que no eres fruto de nuestra carne, óyenos.

»Tú, que fuiste hombre, pero cuyo Padre no lo es, sino que es Dios, danos consuelo.

»Guarda a esta mesa y a los que aquí se sientan, y pon Tu mano sobre el hombro del que está perdido y busca.

El viejo inspiró y dirigió una mirada a la mesa. Simón, con el cuello torcido para poder ver con la barbilla hundida en el pecho, pensó que tenía el aspecto de alguien que deseaba coger el valioso Árbol y romper la crisma a la mayoría de los allí congregados.

—Igualmente —acabó—, perdona a los aquí reunidos por cualquier orgullosa y condenable locura que pueda ser dicha. Somos Tus hijos.

El anciano pareció oscilar y se dejó caer en su silla. Al finalizar la oración se elevó de la mesa un murmullo de voces.

—¿Tú qué crees, Simón? ¿Te parece que al obispo le agrada estar aquí? —susurró Binabik.

Josua se incorporó.

—Gracias, obispo Anodis, por vuestras... fervientes plegarias. Y gracias a todos los aquí reunidos. —El príncipe paseó la mirada por la grande y alumbrada sala, con la mano izquierda sobre la mesa y el muñón de la derecha escondido entre los pliegues del manto—. Estos son tiempos difíciles —entonó, deslizando sus ojos de un rostro a otro.

Simón sintió que la calidez de la habitación se introducía en su interior y se preguntó si el príncipe diría algo acerca de su rescate. Bizqueó y abrió los ojos justo cuando la mirada de Josua se deslizaba sobre él y regresaba al centro de la sala.

—Son tiempos difíciles y turbulentos. El Supremo Rey de Hayholt..., sí, es mi hermano, claro, pero para lo que aquí hay que tratar es el rey..., parece haber vuelto la espalda a nuestras dificultades. Los impuestos han sido elevados hasta el punto de representar un cruel castigo, a pesar de los sufrimientos padecidos a causa de la terrible sequía que asoló Erkynlandia y Hernystir y de las terribles tormentas acaecidas en el norte. Al mismo tiempo que Hayholt pretende obtener más beneficios de sus súbditos que durante el reinado del rey Juan, Elías ha retirado las tropas que antaño mantenían las rutas abiertas y seguras, y que ayudaban a que las vacías extensiones de la Marca Helada y de Wealdhelm pudieran contar con guarniciones.

—¡Eso es cierto! —gritó el barón Ordmaer, y golpeó la mesa con la copa—. ¡Dios os bendiga por hablar con tanta claridad, príncipe Josua!

El barón se volvió a los demás y levantó el puño. Hubo un coro de asentimiento, pero también hubo otros, entre ellos el obispo Anodis, que movieron sus cabezas con desagrado por tener que oír tan pronto palabras tan duras.

—Y aquí estamos —elevó la voz el príncipe para acallar a la asamblea—, aquí estamos para enfrentarnos a ese problema. ¿Qué es lo que vamos a hacer? Por eso os he llamado, y me imagino que por ello habéis venido: para decidir lo que debemos hacer, para arrancarnos esas cadenas —levantó la mano izquierda y mostró la argolla que todavía mantenía en la muñeca— de nuestros cuellos, esas cadenas con las que el rey nos ha cargado.

Se elevaron un puñado de gritos que mostraban su acuerdo. El zumbido de los murmullos también se hizo más audible. Josua agitaba el brazo para pedir silencio cuando en ese instante se hizo visible un brillante color púrpura en el vano de la puerta. Una mujer entró en la habitación, con un vestido de seda tan rojo como la llama de una antorcha. Era la mujer de ojos negros que Simón había visto en las estancias del príncipe. Unos instantes después llegó junto a la silla de Josua, con los ojos de los hombres siguiéndola sin disimulado interés. Aquél parecía sentirse incómodo. Cuando ella se inclinó sobre él para susurrarle algo al oído, mantuvo la mirada fija sobre su copa de vino.

—¿Quién es esa mujer? —siseó Simón, y no fue el único en preguntarlo, a juzgar por los murmullos que se hicieron audibles.

—Se llama Vorzheva. Es hija de un jefe de clan de las Thrithings; también es la…, ¿qué?… Bueno, supongo que podrá decirse que es la mujer del príncipe. Dicen que posee una gran belleza.

—Es cierto. —El muchacho continuó mirándola durante unos instantes y después volvió a dirigirse al gnomo—. ¡Dicen! ¿Qué quieres decir con «dicen»? ¿Es que no la tienes frente a ti?

—Ah, pero es que tengo problemas para juzgar —sonrió Binabik—. No me gustan las mujeres altas.

Lady Vorzheva había acabado aparentemente de dar su mensaje. Escuchó la contestación de Josua y un momento después salió rápidamente de la sala, dejando tras ella tan sólo un brillo de color escarlata enmarcado en el oscuro vano de la puerta.

El príncipe levantó la mirada, y Simón detectó algo como… ¿azoramiento? tras su plácido rostro.

—Prosigamos —continuó—. Decíamos… ¿Sí, barón Devasalles? —El *dandy* de Nabban se levantó.

—Decíais, alteza, que debíamos considerar a Elías sólo como rey. Pero, obviamente, eso no es así.

—¿Qué queréis decir? —preguntó el señor de Naglimund, por encima de un murmullo de desaprobación de sus súbditos.

—Os pido perdón, príncipe, pero lo que quiero decir es lo siguiente: si él fuese sólo el rey no estaríamos aquí, o al menos el duque Leobardis no me hubiese enviado en su nombre. Vos sois el único otro hijo del Preste Juan. ¿Por qué deberíamos viajar hasta aquí, si no? Por otra parte, los que tuviesen alguna diferencia con Hayholt se hubieran dirigido a Sancellan Mahistrevis, o a la Taig, en Hernystir. Pero vos *sois* su hermano, ¿no es así?, el hermano del rey.

Una fría sonrisa cruzó el rostro de Josua.

—Sí, barón, lo soy. Y entiendo lo que queréis decir.

—Gracias, alteza. —Devasalles hizo una ligera reverencia—. Queda una cuestión. ¿Qué es lo que *queréis*, príncipe Josua? ¿Venganza? ¿El trono? ¿O simplemente buscáis llegar a un acuerdo con un rey codicioso para que os permita estar en Naglimund sin ser molestado?

Ahora el murmullo se convirtió casi en un rugido entre los erkynos presentes, y unos cuantos se levantaron, ceñudos y con los bigotes estremecidos. Pero antes de que ninguno de ellos pudiera decir algo, el joven Gwythinn de Hernystir se puso en pie y se dirigió al barón Devasalles como un caballo desbocado.

—El caballero de Nabban quiere una respuesta, ¿verdad? Muy bien, aquí está la mía: ¡luchar! Elías ha insultado la sangre de mi padre y al trono, y ha enviado al Heraldo del Rey a nuestra Taig para amenazarnos y escupirnos duras palabras, como un hombre que riñese a los niños. Nosotros no necesitamos sopesar esto y lo otro: ¡estamos preparados para luchar!

Algunos de los presentes jalearon las audaces palabras del hernystiro, pero Simón, con la visión parcialmente borrosa tras acabar con las últimas gotas de otra copa de vino, vio que otros tenían una mirada preocupada y hablaban en voz baja con sus compañeros de mesa. Junto a él vio a un ceñudo Binabik, en consonancia con la sombría expresión del rostro del príncipe.

—¡Escuchadme! —alzó la voz Josua—. Nabban, por medio del emisario de Leobardis, ha hecho duras pero importantes preguntas, y yo voy a responderle. —Dirigió su fría mirada a Devasalles—. No deseo ser rey, barón. Mi hermano lo sabe; a pesar de ello me apresó, mató a una veintena de mis hombres y me encerró en sus mazmorras. —Volvió a mostrar la argolla que pendía alrededor de su muñeca—. Sólo por ello buscaría venganza, pero si Elías reinase honesta y rectamente, sacrificaría mi venganza por el bien de Osten Ard, y en especial por el de mi querida Erkynlandia. Elías se ha hecho peligroso y difícil en su trato; algunos dicen que a veces raya en la locura.

—¿*Quién* lo dice? —preguntó Devasalles—. ¿Lores que se impacientan bajo su, admitamos que sí, duro gobierno? Estamos hablando de la posibilidad de lanzarnos a una guerra que sacudirá a todas nuestras naciones, y sería una vergüenza desencadenarla sólo a causa de rumores.

Josua se echó hacia atrás, llamó a un paje y le susurró un mensaje. Pudo decirse que el muchacho voló al salir de la sala.

Un hombre fuerte y barbudo vestido con pieles blancas y cadenas plateadas se puso en pie.

—Si el barón no se acuerda de mí, yo le refrescaré la memoria —dijo, con incomodidad—. Ethelferth, lord de Tinsett, soy. Desearía sólo decir lo siguiente: si mi príncipe afirma que el rey ha perdido el buen juicio, bueno, su palabra es suficiente para mí. —Frunció el entrecejo y se sentó.

Josua se puso en pie, delgado, con su cuerpo vestido de gris tan tenso como una soga.

—Os doy las gracias, lord Ethelferth, por vuestros comentarios, pero —sus ojos recorrieron la asamblea, que pareció inmóvil mientras lo observaba— nadie necesita poner en duda mis palabras, o las de cualquiera de mis súbditos. En lugar de eso os voy a proporcionar un testimonio de primera mano sobre la forma de actuar de Elías, y estoy seguro de que os resultará más fácil comprender.

El príncipe hizo una seña con la mano hacia una de las puertas de la sala, por la que había salido el paje. El muchacho había vuelto a entrar; tras él lo hicieron otras dos figuras. Una de ellas era lady Vorzheva; la otra, vestida de color azul cielo, hizo su entrada tras ella en la zona de la sala iluminada por el candelabro de la pared.

—Señorías —dijo Josua—, la princesa Miriamele, hija del Supremo Rey.

Simón miró las cortas guedejas de dorado cabello que se entreveían bajo el velo y la corona… y vio un rostro muy familiar, lo que provocó que el corazón le diese un vuelco. Casi había acabado de ponerse en pie, pero se le doblaron las rodillas y volvió a caer sobre la silla. ¿Cómo? ¿Por qué? ¡Aquél era su secreto…, su podrido y traicionero secreto!

—Marya… —murmuró.

Cuando la muchacha se sentó en la silla que le acercó Gwythinn, agradeciéndole el gesto con un preciso y gracioso movimiento de su cabeza, y cuando ya todos habían vuelto a sus sitios, hablando en voz alta sobre lo sorprendente de aquella aparición, Simón se levantó.

—¿Tú —preguntó, dirigiéndose a Binabik y cogiendo al hombrecillo por el hombro—, tú… lo sabías?

El gnomo pareció a punto de decirle algo, pero hizo una mueca y se encogió de hombros. El muchacho miró por encima del mar de cabezas y vio que Marya…, Miriamele…, lo miraba con grandes y tristes ojos.

—¡Maldita sea! —exclamó; se dio la vuelta y salió corriendo de la habitación, con los ojos llenos de lágrimas.

Noticias del norte

B ueno, muchacho —dijo Towser, empujando otro vaso sobre la mesa—, tienes toda la razón. Siempre traen problemas. Y siempre lo harán.

Simón bizqueó al mirar al viejo bufón, que súbitamente le pareció el depositario de todo el conocimiento.

—Le escriben cartas a uno —prosiguió, y bebió un generoso trago—, cartas llenas de mentiras.

El chico dejó el vaso sobre la madera y observó cómo se zarandeaba de lado a lado, amenazando con sobrepasar el borde.

Towser se apoyó contra la pared de su diminuta habitación. Estaba en camiseta y parecía no haberse afeitado en uno o dos días.

—Escriben esas cartas —continuó, asintiendo con su barbilla llena de pelos blancos—. Y a veces mienten sobre ti a las otras damas.

Simón frunció el entrecejo al pensar en ello. Lo más seguro es que ella también lo hubiese hecho. Seguro que les había dicho a las otras damas de noble cuna lo estúpido que era aquel pinche de cocina que había navegado con ella a bordo de un bote por el Aelfwent. Seguro que ya era una historia graciosa que circulaba por todo Naglimund.

Volvió a beber otro trago y a sentir aquel regusto amargo que le llenaba la boca de bilis. Dejó la copa sobre la mesa.

Towser tenía dificultades para mantenerse en pie.

—Mira. —Se dirigió a un rincón de madera que empezó a revolver—. Condenación, sé que tiene que estar por aquí.

—¡Tendría que haberme dado cuenta! —dijo Simón—. Me escribió una nota. ¡¿Cómo podía una sirvienta…, cómo podía saber *deletrear* mejor que yo?!

—¡*Aquí* está la maldita cuerda de laúd! —continuaba revolviendo el viejo.

—Pero, Towser, me escribió una nota, ¡decía que Dios me bendijera! Me llamó «amigo».

—¿Qué? Bueno, eso está bien, muchacho. Ésa es la clase de chica que tú quieres, no una especie de damita remilgada que te mire con desdén, como la otra. ¡Ah! ¡Aquí está!

—¿Eh?

Simón había perdido el hilo; estaba seguro de que sólo había hablado de una chica, de la architraidora y usurpadora de personalidad Marya… *Miriamele*… Bueno, ¿qué más daba?

«Pero se quedó dormida en mi hombro.»

De manera borrosa, a causa de su incipiente borrachera, recordó la cálida respiración sobre su mejilla y sintió el correspondiente dolor por la pérdida.

—Mira esto, muchacho —dijo Towser, que estaba ante él, agitando algo de color blanco. El chico lo miró, perplejo.

—¿Qué es eso?

—Una bufanda, para cuando hace frío. ¿Lo ves?

El viejo señaló con un dedo retorcido una serie de caracteres tejidos en color azul oscuro sobre el blanco. La forma de las runas le recordó a Simón algo que abrió las puertas en su interior a una sensación de frío, dándole paso a través de los vapores del vino.

—¿Qué quieres decir? —preguntó, con la voz un poco más clara que antes.

—Son runas rimmerias —respondió el bufón, sonriendo ausente—. Pone «Cruinh», mi verdadero nombre. Las tejió una muchacha, y la bufanda. Lo hizo para mí, cuando estuve en Elvritshalla con mi querido rey Juan.

Inesperadamente, empezó a llorar y retrocedió hasta la mesa para caer sobre la dura silla. Instantes después cesaron los sollozos, y los enrojecidos ojos del bufón aparecieron húmedos como charcos después de una tempestad de verano. Simón no dijo nada.

—Me hubiera casado con ella —explicó Towser—, pero no quería abandonar su tierra, no hubiera venido conmigo a Hayholt. La asustaba todo lo extraño y el tener que dejar a su familia. Murió hace años, pobre chica —se sorbió las narices ruidosamente—. ¿Y cómo podía yo abandonar para siempre a mi buen Juan?

—¿Qué quieres decir? —inquirió el muchacho.

No podía recordar dónde había visto runas rimmerias, o al menos no quiso hacer el esfuerzo de recordarlo. Resultaba más sencillo sentarse junto a una vela y dejar hablar al viejo.

—¿Cuándo estu… cuándo estuviste en Rimmersgardia? —preguntó de pronto.

—Ay, muchacho, hace ya muchos, muchos años. —Towser se secó los ojos sin vergüenza y se sonó la nariz en un gran pañuelo—. Fue después de la batalla de Naarved, al año siguiente, cuando conocí a la joven que hizo esto.

—¿Cuál fue la batalla de Naarved?

Simón se incorporó para servirse más vino. ¿Qué estaría pasando en aquellos instantes en la gran sala?

—¿Naarved? —preguntó el bufón asombrado—. ¿No has oído hablar de Naarved? ¿Donde Juan venció al rey Jormgrun y se convirtió en Supremo Rey de todo el norte?

—Creo que me suena —respondió el chico, insatisfecho. ¡Cuántas cosas había que saber en este mundo!—. ¿Fue una batalla famosa?

—¡Pues claro que sí! —Los ojos de Towser brillaban—. Juan puso cerco a Naarved durante todo el invierno. Jormgrun y sus hombres nunca imaginaron que sureños como los erkynos podrían sobrevivir a las crueles nieves de Rimmersgardia. Estaban seguros de que Juan tendría que levantar el sitio y retirarse hacia el sur. ¡Pero resistió! No sólo rindió Naarved, sino que en el ataque final se aupó al muro del bastión interior y abrió el puente levadizo, matando a diez hombres antes de poder cortar la cuerda. ¡Después rompió el escudo de Jormgrun y le cortó el cuello ante su propio altar pagano!

—¿De veras? ¿Y tú estabas allí? —preguntó Simón, que más o menos conocía la historia pero que se sentía emocionado al poder oírla de un testigo de primera fila.

—Sí, allí estaba, en el campamento de Juan; el rey me llevaba allí donde fuese, mi buen y viejo rey.

—¿Cómo consiguió Isgrimnur llegar a ser duque?

—Ah… —La mano del bufón, que había jugueteado con la bufanda, se dirigió hacia la jarra de vino—. Su padre Isbeorn fue el primer duque de entre los paganos nobles de Rimmersgardia que se iluminó, al recibir la gracia de Jesuris Aedón. Su casa recibió de Juan el honor de convertirse en el primer linaje de Rimmersgardia. De esa forma, el hijo de Isbeorn, Isgrimnur, es ahora el duque, y para encontrar un aedonita más piadoso que él tendrás que buscar mucho.

—¿Qué pasó con los hijos del rey Jorg-como-se-llame? ¿Ninguno de ellos se hizo aedonita?

—Oh —Towser movió la mano, disgustado—, creo que todos murieron en la batalla.

—Hummm. —Simón se retrepó en la silla, tratando de apartar de su mente el confuso asunto de la religión y el paganismo y enfocar la gran batalla—. ¿Tenía entonces a Clavo Brillante el rey Juan? —preguntó.

—Sí…, sí, así es —respondió el viejo—. ¡Por el Sagrado Árbol, qué hermoso era verlo en la batalla! Clavo Brillante brillaba tanto y se movía con tanta rapidez, como un borroso contorno de acero, que a veces Juan parecía rodeado de una extraña y sacra luz plateada. —El viejo bufón suspiró.

—¿Y quién era la chica? —preguntó el muchacho.

Towser lo miró.

—¿Qué chica?

—La que tejió la bufanda para ti.

—¡Oh! —Arrugó el rostro—. Sigmar. —Se quedó pensativo durante unos instantes—. Bueno, verás, no nos marchamos hasta al cabo de casi un año. Es un trabajo duro el tratar de administrar un país conquistado, ¿sabes?, muy duro. A veces me da la impresión de que tal vez es peor que luchar en la maldita guerra. Era una muchacha que limpiaba la sala en la que se hallaba el rey, donde yo también estaba. Tenía el cabello del color del oro; no, más claro, casi blanco. Traté de conquistarla y amansarla como si fuese un potro salvaje; una palabra amable por aquí, un poco de comida para su familia por allá. ¡Ah, qué hermosa era!

—Entonces, ¿querías casarte con ella?

—Creo que sí. Ha pasado mucho tiempo desde entonces, muchacho. Quería llevarla conmigo, eso seguro. Pero ella no quiso acompañarme.

Ninguno de los dos habló durante un rato. Los vientos de tormenta parecían gemir en el exterior de los gruesos muros del castillo, como perros abandonados por su amo. La cera de las velas goteaba y chisporroteaba.

—Si pudieras volver atrás —dijo Simón, rompiendo el silencio—. Si pudieras volver a estar allí… —luchó con la dificultad de plantear la idea—, ¿dejarías…, dejarías que se marchase por segunda vez?

Al principio no hubo contestación, y cuando el joven estaba a punto de levantarse para mover un poco al bufón, que parecía dormido, el viejo Towser se irguió y aclaró su garganta.

—No lo sé —respondió lentamente—. Parece que Dios hace que suceda lo que quiere, pero dándonos algunas oportunidades, ¿verdad, chico? Si no tienes opciones la cosa no funciona. No lo sé…, creo que no quiero desempolvar el pasado hasta ese extremo. Es mejor dejar las cosas como están, hayas escogido bien o mal.

—Pero las opciones parecen más claras al cabo de un tiempo —continuó Simón, poniéndose en pie. Towser lo miró fijamente a la luz de la temblorosa vela—. Quiero decir que en el momento en el que tienes que tomar una determinación, nunca pareces saber demasiado. Sólo más tarde puedes tener una visión más global.

El muchacho se sintió más cansado que borracho, inundado por una oleada de fatiga. Dio las gracias por el vino, se despidió del viejo bufón y salió al desierto patio azotado por la lluvia.

Simón se quitó el barro de las botas, observando a Haestan, que subía por la húmeda y ventosa colina. Los humos procedentes de las cocinas del pueblo, que se veía abajo, se escapaban hacia un cielo plomizo. Desenvolvió el trapo que ocultaba su espada y miró los rayos de sol que se abrían camino a través de las nubes del horizonte, por el noroeste: saetas de luz que tal vez mostrasen la presencia de una tierra más brillante y mejor, más allá de la tormenta, o quizá se tratase de un intrascendente juego de luces, que no se preocupaba por el mundo ni por sus problemas. Simón miró hacia arriba y enrolló el trapo en las manos, pero continuó con el mismo malhumor. Se sentía solo. Allí, en medio de las hierbas dobladas por el viento, podía haber sido una piedra o un fragmento de la corteza de un árbol.

Binabik había ido a verlo aquella mañana, y el golpear de sus nudillos contra la puerta había atravesado el sueño del muchacho, pesado a causa del vino. Había desoído la llamada y las apagadas palabras del gnomo que le llegaban del otro lado hasta que cesaron, y pudo darse la vuelta en el lecho para dormir un poco más. No tenía ningún deseo de ver al hombrecillo, al menos de momento, y se sintió agradecido de que ante ellos permaneciese la impersonal presencia de la puerta.

Haestan rió cruelmente del tinte verdoso con el que Simón llegó a los barracones de la guardia, y, después de prometerle que pronto lo llevaría a beber de *verdad*, procedió a hacerle exudar los vapores. Aunque en un principio el chico creyó que estaba siendo vaciado de toda vida, después de una hora, más o menos, sintió que una vez más la sangre corría por sus venas. Haestan lo hizo trabajar con más dureza que el día anterior con la espada, dedicándose a ello con empeño, algo que Simón agradeció como distracción. Representaba un lujo poder sumergirse en el implacable y tremendo ritmo de espada contra escudo, de asestar fuertes golpes, desviarlos y lanzar el contragolpe.

Ahora, con el viento atravesando como un afilado cuchillo su sudada camisa, recogió su equipo y bajó la colina para dirigirse hacia la puerta principal.

Se abrió camino por el patio encharcado, apartándose del paso de una escuadra de guardias enfundados en gruesos mantos de lana que se dirigían a relevar a los centinelas. A Simón le pareció que todo rastro de color había desaparecido de Naglimund. Los árboles enfermos, las grises capas de los guardias de Josua, los sombríos hábitos de los sacerdotes: cada objeto que aparecía ante sus ojos podía haber estado labrado en piedra. Incluso los apresurados pajes parecían estatuas a las que se hubiese dotado de algún tipo de vida transitoria, pero que en cualquier momento podían regresar a la inmovilidad.

El muchacho jugueteaba e incluso se divertía con tan lóbregos pensamientos, cuando su atención fue atraída por una pincelada de color que apareció repentinamente en el abierto patio: un color que se hacía notar tanto como la llamada de una trompeta en una tarde tranquila.

Las extravagantes sedas pertenecían a tres mujeres jóvenes que habían aparecido a través de una arcada, riendo, y que atravesaban el patio. Una iba de rojo y oro, otra de amarillo de un campo de heno segado y la tercera vestía un largo y brillante vestido de color gris y azul. En una fracción de segundo reconoció a la última como Miriamele.

Simón se dirigió hacia el trío antes de que pudiera darse cuenta de lo que hacía. Un momento después empezó a correr mientras las muchachas desaparecían por un claustro, con el eco de su conversación flotando hacia él como un provocativo aroma para un mastín encadenado. Con treinta largas zancadas las alcanzó.

—¡Miriamele! —exclamó, con voz queda, haciendo que se detuviese llena de sorpresa y turbación—. ¿Princesa? —acertó a añadir cuando ella se dio la vuelta.

El reconocimiento fue apartado rápidamente del rostro de la princesa por otra emoción, que al joven le pareció terrorífica: una mirada de piedad y compasión.

—¿Simón? —preguntó la muchacha, pero en sus ojos no existía duda alguna.

Ambos se quedaron parados, a unas tres o cuatro anas de distancia, mirándose como a través de un cañón. Durante unos instantes sólo se observaron, cada uno de ellos esperando oír la voz del otro y con la respuesta a punto. Al final fue Miriamele la que dijo algo corto y suave a sus dos compañeras, cuyos rostros no pudo ver Simón, excepto para advertir lo que creyó ser una muestra de desaprobación en sus expresiones; la pareja retrocedió y luego caminó una corta distancia hasta esperar a la princesa más adelante.

—Me…, me siento raro al no llamaros Marya…, princesa.

Simón miró hacia el suelo y vio el barro que manchaba la puntera de sus botas y sus pantalones llenos del verde de la hierba, y en lugar de la vergüenza que esperaba sentir notó una especie de fiero y extraño orgullo. Tal vez él fuese un *patán*, pero al menos era un patán honesto.

La princesa lo miró de arriba abajo rápidamente, sin hacerlo a la cara.

—Lo siento, Simón. No te mentí porque quisiera, sino porque tuve que hacerlo. —Movió los dedos en un gesto rápido de desconsuelo—. Lo siento.

—No…, no necesitáis disculparos. Pero…, pero… —el muchacho buscó las palabras, con las manos sobre la vaina de la espada—, pero hace que las cosas resulten muy extrañas.

Ahora era él quien la miraba de arriba abajo. Decidió que llevaba un bonito vestido —y notó que lucía unas tiras verdes, tal vez como un testarudo gesto de lealtad hacia su padre—, lo que añadía algo a la Marya que conocía, pero a la vez también la alejaba un poco de ese recuerdo. La muchacha ofrecía un buen aspecto, tenía que admitirlo: sus finos y delicados rasgos aparecían rodeados, como una piedra valiosa, del ropaje que merecían y que los resaltaba. Al mismo tiempo, algo había desaparecido, algo de la graciosa, terrenal y práctica Marya con la que había compartido el viaje por el río y aquella terrorífica noche en la Escalera. En su rostro no quedaba casi nada de lo que Simón recordaba, pero todavía ardía una chispa en los cortos cabellos que mostraba en el cuello de la capucha.

—¿Os teñisteis el pelo de negro? —preguntó Simón, rompiendo el silencio.

La princesa sonrió con timidez.

—Sí. Mucho antes de marcharme de Hayholt decidí qué era lo que iba a necesitar. Me corté el cabello, que llevaba *muy* largo —añadió, con orgullo—, y una mujer de Erchester lo convirtió en una peluca que Leleth me trajo. Escondí mi pelo bajo la peluca y la teñí de negro; así pude vigilar a los hombres que se movían alrededor de mi padre sin ser reconocida, oír cosas que de otra forma no hubiese podido escuchar… y descubrir qué era lo que en verdad ocurría.

Simón, a pesar de su malestar, sentía una gran admiración por la astucia que había demostrado la muchacha.

—Pero ¿por qué me espiabais a *mí*? Yo no tenía ninguna importancia.

La princesa continuó retorciéndose los dedos.

—La verdad es que no te espiaba, al menos al principio. Escuchaba la discusión que mantenían mi padre y mi tío en la capilla. En cuanto a las demás veces…, bueno, te seguí. Te había visto en el castillo, a tus anchas, sin que nadie te dijese lo que debías hacer, ni dónde estar, ni a quién sonreír o hablar… Te envidiaba.

—¡¿Que nadie me decía lo que tenía que hacer?! —Simón sonrió a su pesar—. ¡Eso es que nunca conociste a Raquel *el Dragón*, muchacha! —Se amonestó en su interior—. Perdón, quise decir princesa.

Miriamele, que también se reía, volvió a sentirse incómoda. El joven sintió que en su interior volvía a surgir toda la rabia que había sentido durante la noche anterior. ¿Quién era *ella* para sentirse incómoda con él? ¿Acaso no había sido él quien la había rescatado de aquel árbol? ¿No descansó la cabeza sobre su hombro?

«Sí, pero eso es otra cuestión, ¿no?», pensó.

—Tengo que irme —dijo Simón, y alzó la funda de la espada como para mostrarle algún detalle de los grabados—. He estado practicando durante todo el día y estoy seguro de que vuestras amigas os esperan.

Empezó a darse la vuelta, después se detuvo y dobló una rodilla ante ella. La expresión de la muchacha todavía adquirió tintes más tristes y sombríos que antes, si es que ello era posible.

—Princesa… —dijo Simón, y se alejó.

No se volvió para ver si ella lo miraba. Irguió la cabeza y continuó andando con la espalda bien tiesa.

Binabik, vistiendo lo que debían de ser sus mejores galas, una chaqueta de piel de venado blanca y un collar de cráneos de pájaros, se encontró con Simón cuando éste regresaba a su habitación. El muchacho lo saludó con frialdad; se encontraba secretamente sorprendido de que allí donde, tan sólo unas horas antes, había habido una gran cantidad de rabia, ahora sólo existiera un gran vacío.

El gnomo esperó mientras Simón se quitaba el barro de las botas ante la puerta y después lo siguió al interior mientras el muchacho se cambiaba de camisa y cogía una que Strangyeard amablemente le había proporcionado.

—Estoy seguro de que estás enfadado ahora, Simón —empezó a decir Binabik—. Espero que entiendas que yo no sabía nada sobre la princesa antes de que Josua me lo dijese anteayer por la noche.

La camisa del sacerdote le iba grande, a pesar de lo largo que era el chico, y no tuvo más remedio que metérsela entre los pantalones.

—¿Por qué no me lo dijiste? —preguntó, contento de sentir la mente descansada.

No tenía ninguna razón para dejar que la mala fe del hombrecillo le preocupase; ya se las había arreglado por sí mismo en anteriores ocasiones.

—Porque fue hecha una promesa. —Binabik parecía triste—. Estuve de acuerdo antes de saber de qué se trataba, pero sólo pasó un día entre que yo lo supe y tú te enteraste. ¿Qué diferencia hay en ello? *Ella* tendría que habérnoslo dicho por propia voluntad, eso es lo que yo creo.

Había mucho de cierto en lo que decía el hombrecillo, pero Simón no quería que se criticase a Miriamele, aunque él mismo la maldecía a causa de más grandes y sutiles crímenes.

—Eso no tiene ahora demasiada importancia —fue todo lo que dijo.

El gnomo logró componer una sonrisa.

—Espero que sea así. Por ahora, lo más importante es la Raed. Tu historia debe ser contada, y creo que esta noche será el momento oportuno. No te perdiste demasiado al irte. El barón Devasalles pidió garantías al príncipe Josua, en caso de que Nabban se incline a su lado. Pero esta noche...

—No quiero asistir —dijo Simón, y se recogió las mangas, que caían muy por debajo de sus manos—. Voy a ir a ver a Towser, o tal vez a Sangfugol. —Hizo un aspaviento con el brazo—. ¿Va a estar la princesa?

Su amigo lo miró preocupado.

—¿Quién puede saberlo? Pero a *ti* te necesitan, Simón. El duque y sus rimmerios están aquí. Han llegado apenas hace una hora, maldiciendo, llenos de polvo y con los caballos sudorosos. Esta noche habrá una discusión muy importante.

El chico miró al suelo. Sería mucho más fácil buscar al arpista y beber; eso parecía apartar la mente de uno de ese tipo de problemas. Sin duda también encontraría a alguno de sus nuevos conocidos entre los guardias, que también podrían resultar una buena compañía. Irían al pueblo de Naglimund, que todavía no había podido ver. Sería mucho más fácil que sentarse en la gran sala, esa gran habitación, con el peso de todas aquellas decisiones y el peligro pendiendo sobre ellos. Que discutiesen y se preocupasen otros. Él sólo era un pinche de cocina, y había estado apartado de su ambiente durante demasiado tiempo. ¿No era mejor así?... ¿Lo era?

—Iré —resolvió, al fin—, pero sólo si yo puedo decidir si quiero hablar.

—¡De acuerdo! —dijo Binabik, y le ofreció una sonrisa, pero Simón no estaba de humor para devolvérsela.

El muchacho recogió la capa, ahora limpia, aunque mostraba numerosos desgarrones —producto de las rocas y el bosque— todavía sin remendar, y dejó que el gnomo lo guiase hacia la gran sala.

—¡Eso es! —gritó el duque Isgrimnur de Elvritshalla—. ¡Qué más pruebas necesitáis! ¡Pronto se hará con *todas* nuestras tierras!

Isgrimnur, al igual que sus hombres, no había tenido tiempo ni de cambiarse sus ropas de viaje. El agua goteaba de su empapada capa y caía sobre el suelo.

—¡Y pensar que una vez tuve a semejante monstruo sobre mis rodillas! —exclamó y se golpeó el pecho, furioso; luego miró a sus hombres en busca de apoyo. Todos, menos el inexpresivo Einskaldir, cuyos ojos eran como rendijas, asintieron con sus cabezas en muda conmiseración.

—¡Duque! —intervino Josua, levantando la mano—. Isgrimnur, y por favor, sentaos. Habéis estado vociferando desde el momento en que entrasteis por la puerta, y todavía no entiendo lo que...

—¡¿Lo que el rey, vuestro hermano, ha hecho?! —farfulló Isgrimnur, y dio la impresión de que cogería al príncipe y lo pondría sobre sus rodillas—. ¡Me ha robado mis tierras! ¡Se las ha dado a traidores y ha encarcelado a mi hijo! ¿Qué más queréis que haga para demostrar que es un demonio?

Los lores y generales allí reunidos, que se habían puesto en pie cuando los rimmerios llegaron gritando y alborotando por la puerta, empezaron a dejarse caer sobre las pesadas sillas de madera, murmurando con rostros furiosos y volviendo a enfundar una docena de hojas de acero.

—¿Debo pedir que sean vuestros hombres los que hablen por vos, buen Isgrimnur? —preguntó Josua—. ¿O seréis capaz de explicarnos lo ocurrido?

El viejo duque miró al príncipe a través de la mesa; después levantó la mano y se la pasó por el rostro, como para limpiarse el sudor. Durante un instante lleno de tensión, Simón estuvo seguro de que Isgrimnur iba a gritar. Su enrojecido rostro se convirtió en una máscara de desesperación, y sus ojos adquirieron la mirada de un animal aturdido. Retrocedió un paso y se sentó en la silla.

—Le ha dado mis tierras a Skali *Nariz afilada* —explicó, y su voz sonó con un gran vacío, exenta ya de agresividad—. No me queda nada, y no tengo adonde ir, excepto aquí —añadió, y movió la cabeza.

Ethelferth de Tinsett se levantó, y en su amplio rostro se reflejó simpatía hacia el duque.

—Decidnos lo que ocurrió, duque Isgrimnur —dijo—. Aquí todos compartimos una afrenta u otra, pero también tenemos en común una larga historia de camaradería. Seremos la espada y el escudo de los caídos en desgracia.

El noble lo miró agradecido.

—Gracias, lord Ethelferth. Sois un buen camarada, y un buen norteño. —Se volvió hacia los demás—. Perdonadme. La forma en que me he comportado no es la adecuada, como tampoco ésta es una maldita forma de dar noticias. Dejadme, pues, que os cuente algunas cosas que debéis saber.

Isgrimnur cogió una copa de vino y la vació. Algunos de los hombres allí presentes, previendo una larga historia, pidieron que sus copas fueran vueltas a llenar.

—Estoy seguro de que ya sabréis la mayor parte de lo ocurrido, pues Josua y muchos otros están enterados. Le dije a Elías que no estaría a sus órdenes en Hayholt durante más tiempo, no mientras tormentas de arena matasen a mi gente y enterrasen nuestros pueblos, y mientras mi joven hijo tuviese que gobernar a los rimmerios en mi ausencia. El rey se resistió a mis demandas durante meses, pero finalmente consintió. Cogí a mis hombres y me dirigí hacia el norte.

»La primera cosa que sucedió fue una emboscada en la abadía de San Hoderund; antes de que cayésemos en la trampa, los que nos esperaban mataron a los moradores de ese santo lugar. —Levantó la mano y se tocó el Árbol de madera que pendía sobre su pecho—. Luchamos contra ellos y huyeron, escaparon cuando nosotros fuimos detenidos por una caprichosa tormenta.

—No he oído eso —dijo Devasalles de Nabban, mirando a Isgrimnur con expresión de asombro—. ¿Quién os esperaba en la abadía?

—No lo sé —replicó disgustado el rimmerio—. No pudimos hacer ni un solo prisionero, aunque enviamos a unos cuantos por el frío camino que conduce al infierno. Algunos tenían aspecto de rimmerios. Entonces creí que se trataba de mercenarios; ahora ya no soy de la misma opinión. Uno de mis familiares cayó ante ellos.

»Lo segundo que ocurrió, mientras acampábamos no lejos del Knock, es que fuimos atacados por los asquerosos bukken, una gran horda, y en terreno descubierto. ¡Atacaron un campamento armado! Los combatimos y nos deshicimos de ellos, aunque no sin grandes pérdidas... Hani, Thrinin, Utë de Saegard...

—¿Bukken? —Era difícil saber si las cejas arqueadas de Devasalles eran un signo de sorpresa o de desprecio—. ¿Me estáis diciendo que vuestros hombres fueron atacados por ese pequeño pueblo de leyenda, duque Isgrimnur?

—Quizá sea una leyenda en el sur —gruñó Einskaldir desde su asiento—, una leyenda en las blandas cortes de Nabban; en el norte sabemos que son reales, y por ello mantenemos nuestras hachas afiladas.

—Malentendidos e ignorancia tanto por parte del norte como del sur hay muchos —dijo Binabik, de pie en su silla con una mano sobre el hombro de Simón—. Los bukken, los cavadores, no perforan sus agujeros mucho más al norte de las fronteras de Erkynlandia, pero lo que representa una fortuna para los que viven al sur no debe ser confundido con una verdad universal.

Devasalles abrió los ojos llenos de sorpresa, y no fue el único.

—¿Es ése uno de los bukken, que viene como emisario a Erkynlandia? ¡Ahora que he visto todo lo que hay bajo el sol, puedo morir tranquilo!

—Si soy la cosa más extraña que habéis visto, antes de que pase un año... —empezó a decir el hombrecillo, pero fue interrumpido por Einskaldir, que se levantó de su asiento para unirse al sorprendido Isgrimnur.

—¡Es peor que un bukka! —rugió—. ¡Es un *gnomo*..., una criatura infernal! —Trató de echarse hacia adelante a pesar del brazo del duque, que se lo impedía—. ¿Qué hace aquí ese ladrón de niños?

—¡Más bien que tú, pesado y barbudo idiota! —contestó Binabik.

La asamblea se hundió en una confusión general y en el griterío.

Simón cogió al gnomo por la cintura, mientras éste se inclinaba tanto que corría el peligro de caer sobre la mesa manchada de vino.

Al fin, la voz de Josua pudo hacerse oír por encima de las voces y el clamor generalizado, pidiendo orden.

—¡Por la Sangre de Aedón, esto no puede seguir así! ¡¿Sois hombres o niños?! Isgrimnur, Binabik de Yiqanuc está aquí por expresa invitación mía. ¡Si tus hombres no respetan las reglas de mi corte, tal vez prueben la hospitalidad de una celda en la torre! ¡Espero una disculpa!

El príncipe se echó hacia adelante como un halcón a punto de saltar, y Simón, que agarraba a Binabik de la chaqueta, se sorprendió al comprobar el parecido con el fallecido Supremo Rey. ¡Aquél era el verdadero Josua!

Isgrimnur inclinó la cabeza.

—Me disculpo en nombre de mi súbdito, majestad. Tiene la sangre caliente y no está acostumbrado a las formas cortesanas. —El rimmerio dirigió una fiera mirada a Einskaldir, que volvió a sentarse, murmurando algo para sí mismo y con los ojos puestos en el suelo—. Nuestro pueblo y los gnomos son enemigos desde tiempos inmemoriales —explicó el duque.

—Los gnomos de Yiqanuc no son los enemigos de nadie —replicó el hombrecillo, con arrogancia—. Son los rimmerios los que, asustados por nuestro gran tamaño y fuerza, nos atacan allí donde nos ven: incluso en la corte del príncipe Josua.

—Ya basta. —Josua movió la mano con un gesto de disgusto—. Este no es lugar para viejos rencores. Binabik, tendréis vuestra oportunidad de hablar. Isgrimnur, todavía debéis acabar una historia.

Devasalles se aclaró la garganta.

—Dejadme decir una sola cosa, príncipe. —Se volvió hacia Isgrimnur—. Viéndoos enfrentado al hombrecillo de... ¿Yiqanuc?... encuentro vuestra historia sobre los bukken más fácil de creer. Perdonad mis palabras de duda, buen duque.

El ceño del rimmerio se suavizó.

—No tiene importancia, barón —murmuró—. Lo he olvidado, así como espero que olvidéis las torpes palabras de Einskaldir.

El noble hizo una breve pausa para poner en orden sus errabundos pensamientos.

—Bien, como decía, todo ello es muy extraño. Incluso en la Marca Helada y en las extensiones más al norte, los bukken son escasos, gracias a Dios. Pero el hecho de que atacasen a una compañía armada como la nuestra es algo que nunca se había dado. Los bukken son pequeños... —Su mirada se deslizó brevemente hacia Binabik, y después hacia Simón. Sorprendido, el duque volvió a fruncir el entrecejo—. Pequeños..., son pequeños... pero fieros, y peligrosos cuando atacan en grupos numerosos. —Agitó la cabeza como para deshacerse de la molesta familiaridad de Simón y volvió a dirigir su atención al resto de los reunidos alrededor de la larga y curvada mesa.

»Tras escapar de los habitantes de los agujeros y seguir nuestro camino hacia Naglimund, nos aprovisionamos y volvimos a dirigirnos hacia el norte. Estaba ansioso por volver a mi casa y ver a mi mujer y a mi hijo.

»La parte superior del camino de Wealdhelm y la ruta de la Marca Helada no son lugares recomendables en estos días. Los que entre vosotros tenéis tierras al norte de aquí, sabéis a lo que me refiero sin necesidad de hablar sobre ello. Así que me llené de alegría cuando vi las luces de Vestvennby en la noche del sexto día de nuestra partida.

»A la mañana siguiente nos vinieron a recibir a la puerta Storfort,

Thane de Vestvennby, lo que vosotros llamaríais un barón, y medio centenar de hombres a caballo. ¿Habían salido para dar la bienvenida a su duque?

»Avergonzado, y bien que debía estarlo el traicionero, Storfort me dijo que Elías *me* había declarado traidor y había otorgado mis tierras a Skali *Nariz afilada*. También dijo que Skali quería que me rindiese y que él, Storfort, me llevaría a Elvritshalla, en donde ya estaba prisionero mi hijo Isorn... y en donde *Nariz afilada* se mostraría compasivo y justo. ¡Justo! ¡Skali de Kaldskryke, que asesinó a su propio hermano durante una reyerta de borrachos! ¡Me concedería justicia bajo mi propio techo!

»Si mis hombres no me hubiesen contenido..., si no lo llegan a hacer... —El duque Isgrimnur tuvo que detenerse durante unos instantes, mientras retorcía su barba, lleno de desbordada rabia—. Bueno —siguió—, debéis imaginar que hubiera querido destripar a Storfort allí mismo. Pensé que era mejor morir con una espada en la mano que tener que inclinarme ante un cerdo como Skali. Pero, tal y como señaló Einskaldir, lo mejor sería recuperar mi feudo y hacer que *Nariz afilada* probase mi acero.

Isgrimnur compartió una breve y amarga sonrisa con su hombre; después se volvió hacia la asamblea y golpeó su vaina vacía.

—Eso fue lo que *prometí*. Aunque tenga que arrastrarme sobre mi viejo y abultado vientre durante todo el camino hasta Elvritshalla, juro por el Martillo de Dror..., por Jesuris Aedón, quiero decir, perdonad, obispo Anodis, que iré allí y hundiré mi buena espada Kvalnir una yarda en sus tripas.

Gwythinn, príncipe de Hernystir, que había permanecido extrañamente silencioso, golpeó la mesa con el puño, tenía las mejillas encendidas, pero no, pensó Simón, a causa del vino, a pesar de que el joven occidental había bebido una considerable cantidad.

—¡Bien! —exclamó el príncipe—. ¡Ved, Isgrimnur, ved que Skali no es vuestro más grande enemigo, no! ¡Es el mismo rey!

Un murmullo recorrió la mesa, pero esta vez pareció ser de aprobación. La idea de que a uno le quitasen las tierras y se las entregasen a un maldito rival causó una gran impresión en casi todos los allí presentes.

—¡El hernystiro habla correctamente! —gritó el gordo Ordmaer, levantando su mole del asiento—. Parece obvio que Elías sólo os tuvo en Hayholt el tiempo necesario para que Skali pudiese llevar a cabo su traición. Elías, pues, es el enemigo que está detrás de todo.

—¡Lo mismo ha hecho a través de sus herramientas como Guthwulf, Fengbald y los otros, para tratar de aplastar los derechos de la mayoría de los que aquí os encontráis! —Gwythinn tenía el bocado entre sus dientes y no estaba dispuesto a soltarlo—. ¡Es Elías quien trata de estrujarnos a todos, hasta que no haya resistencia ante el reinado de la desgracia, hasta que el resto de nosotros seamos aplastados por los impuestos y sucumbamos a la pobreza, a los pies de los caballeros de Elías! ¡El Supremo Rey es el enemigo, y por ello debemos actuar!

Gwythinn se volvió hacia Josua, que los miraba a todos como una estatua gris.

—¡A vos os corresponde, príncipe, el guiarnos! ¡Sin duda vuestro hermano tiene planes para todos nosotros, como de forma tan clara ha mostrado con vos mismo y con Isgrimnur! ¿No es cierto que él es vuestro verdadero y más peligroso enemigo?

—¡*No*! ¡No lo es!

La sorprendente voz sonó como el chasquido de un látigo a través de la gran sala de Naglimund. Simón, al igual que todos los presentes, se volvió para ver quién había hablado. No era el príncipe, que permanecía tan desconcertado como los demás.

Al principio dio la impresión de que el anciano se había materializado en el aire, a juzgar por lo repentino de su aparición en la zona iluminada, proveniente de las sombras. Era alto, y muy enjuto; la luz de las antorchas producía profundas sombras en los huecos de sus magras mejillas y bajo su huesuda frente. Vestía una capa de piel de lobo, y su larga barba blanca se mantenía sujeta con el cinturón; a Simón le pareció un espíritu salvaje salido del bosque invernal.

—¿Quién sois, anciano? —preguntó Josua. Dos de sus guardias se adelantaron para tomar posiciones a cada lado de la silla del príncipe—. ¿Y cómo habéis llegado hasta nuestro consejo?

—¡Es uno de los espías de Elías! —murmuró uno de los lores del norte, y los demás se hicieron eco de su afirmación.

Isgrimnur se puso en pie.

—Está aquí porque yo lo he traído, majestad —explicó el duque—. Nos esperaba en el camino de Vestvennby. Sabía adónde nos dirigíamos, y sabía, antes que nosotros, que regresaríamos aquí. Dijo que de una forma u otra tenía que hablaros.

—Y que sería mejor para todos si llegaba lo antes posible —acabó de decir el anciano, posando sus luminosos y azules ojos sobre el príncipe—. Tengo importantes cosas que comunicaros a todos vosotros. —Desvió su turbadora mirada para deslizarla a lo largo de la mesa, y los murmullos fueron cesando—. Podéis escucharme o no, ésa es vuestra elección…, que *siempre* es la elección en cuestiones de este tipo.

—Eso son acertijos para niños —se burló Devasalles—. ¿Quién sois y qué sabéis de lo que debatimos? En Nabban —sonrió hacia Josua—, enviaríamos a este loco a los hermanos vilderivanos, que están al cuidado de los lunáticos.

—Aquí no estamos hablando de cuestiones sureñas, barón —replicó el anciano, con una sonrisa fría como el hielo—; aunque también, a no mucho tardar, el sur sentirá los fríos dedos alrededor de su garganta.

—¡Ya basta! —gritó Josua—. Hablad, u os cargaré de cadenas como si en verdad fueseis un espía. ¡¿Quién sois y cuál es el asunto que os ha traído hasta aquí?!

El hombre asintió con frialdad.

—Os pido perdón. Hace tiempo que no practico las maneras de la corte. Me llamo Jarnauga y vengo de Tungoldyr.

—¡*Jarnauga!* —exclamó Binabik, subiéndose a la silla para ver al recién llegado—. ¡Sorprendente!… ¡Jarnauga! ¡Soy Binabik! ¡He sido aprendiz de Ookequk durante mucho tiempo!

El anciano miró al gnomo con sus brillantes ojos.

—Sí. Debemos hablar, y pronto. Pero primero tengo algo que hacer en esta sala, con estos hombres —dijo, permaneciendo en pie, frente a la silla del príncipe.

»El rey Elías es el enemigo, oí decir al joven hernystiro, y escuché en otros el eco de su afirmación. Todos vosotros sois como ratones, que hablan en voz baja del terrible gato y sueñan en el interior de las paredes con que un día u otro se vaya. Nadie se da cuenta de que el problema no es el gato, sino el amo que lo ha traído para que mate ratones.

Josua se adelantó, mostrando un cierto interés por las palabras del viejo.

—¿Tratáis de decir que el mismo Elías es el peón de algún otro? ¿De quién? Supongo que de ese demonio de Pryrates.

—Pryrates *presume* de maldad —rezongó el viejo—, pero en realidad es como un niño. Hablo de uno para quien las vidas de los reyes son meros instantes que pasan rápidamente…, uno que desea mucho más aparte de vuestras tierras.

Los hombres empezaron a hacer comentarios entre ellos.

—¿Acaso este monje loco ha interrumpido nuestra asamblea para darnos lecciones acerca del *Mal*? —gritó uno de los barones—. No es ningún secreto que el Maligno usa a los hombres para sus propósitos.

—No estoy hablando de vuestro demonio aedonita —respondió Jarnauga, y después dirigió su mirada a la silla del príncipe—. Me refiero al *verdadero* demonio de Osten Ard, que es tan real como esta piedra —se agachó y golpeó la losa del suelo con la palma de la mano—, y que forma parte asimismo de nuestra tierra.

—¡Blasfemia! —vociferó alguien—. ¡Echadlo de aquí!

—¡No, dejadlo hablar!

—¡Habla, anciano!

Jarnauga alzó las manos.

—No soy ningún hombre santo enloquecido ni medio helado que haya venido para salvar vuestras almas en peligro. —Torció la boca con una amarga sonrisa—. He venido hacia vosotros como perteneciente a la Liga del Pergamino, como alguien que ha vivido su vida, vigilándola, junto a la maligna montaña llamada el Pico de las Tormentas. Nosotros, los miembros de la Liga del Pergamino, como puede confirmaros el gnomo, hemos permanecido vigilantes durante largo tiempo mientras los demás dormían. Ahora he venido para completar un voto hecho hace muchos años… y para explicaros cosas que desearéis no haber oído nunca.

Un nervioso silencio cayó sobre la sala cuando el anciano anduvo a través de la estancia y abrió la puerta que conducía al patio. El aullido del viento, que antes tan sólo era un débil quejido, se hizo evidente para todos.

—¡Ya estamos en el mes de junen! —exclamó Jarnauga—. ¡Quedan escasas semanas para que sea pleno verano! Escuchad: ¿puede un monarca, aunque sea el Supremo Rey, provocar *esto*? —Un remolino de lluvia pasó sobre él como humo—. Hay Hunën, gigantes y cazadores de hombres en las Wealdhelm. Los bukken salen de la fría tierra para atacar a soldados armados en la Marca Helada, y los fuegos de las fundiciones del Pico de las Tormentas, allá en el norte, arden durante toda la noche. ¡Yo mismo he visto su reflejo contra el cielo y he oído los martillos de hielo! ¿Cómo podéis pensar que Elías es el responsable de todo esto? ¿Es que no veis que se acerca un negro invierno, más allá del orden de las estaciones y de vuestro poder de comprensión?

Isgrimnur volvió a levantarse, con pálido rostro y ojos escrutadores.

—¿Qué es, pues, todo ello, anciano? ¿Estáis tratando de decir, que Udún *el Tuerto* me ayude, que estamos luchando con… Las Zorras Blancas de las viejas leyendas?

Al finalizar la pregunta se oyó un murmullo de comentarios y cuestiones llenas de perplejidad.

Jarnauga miró al duque y su severo rostro pareció dulcificarse con una expresión que bien pudiera haber sido de piedad, de tristeza.

—Ah, Isgrimnur, hay algo peor que las Zorras Blancas, que algunos conocen como las nornas, mucho peor; si sólo se tratase de ellas sería una bendición para nosotros. Pero os diré que Utuk'ku, la reina de las nornas, señora de la horrorosa montaña del Pico de las Tormentas, es al igual que Elías un peón guiado por otras manos.

—Callad, callad por un instante, viejo. —Devasalles se puso en pie, con fastidio—. Príncipe Josua, perdonadme, pero ya es bastante con que este loco entre aquí y nos interrumpa, sin decirnos quién ni qué es, pero ahora, como emisario del duque Leobardis, no puedo perder mi tiempo escuchando estúpidas historias norteñas. ¡Esto es insufrible!

Un ruido confuso de voces y argumentos volvió a elevarse sobre el consejo. Simón sintió un extraño y excitante frío al pensar que él y Binabik habían estado en el centro de todo, ¡en medio de una historia que ni siquiera Shem Horsegroom hubiera podido imaginar! Pero, a medida que pensaba en la historia que alguna vez llegaría a explicar junto al fuego de una chimenea, volvió a recordar los hocicos de los mastines y los pálidos rostros de la oscura montaña aparecida en sus sueños. Y de nuevo, ni por primera ni última vez, deseó desesperadamente estar de vuelta en la cocina de Hayholt, y que nada hubiese cambiado, que nada cambiase nunca...

El viejo obispo Anodis, que había observado al recién llegado con la afilada y fiera mirada de una gaviota ante su presa favorita, se incorporó.

—Debo decir, y no siento ninguna vergüenza al admitirlo, que creía poco en este..., en esta *Raed*. Tal vez Elías haya cometido errores, pero Su Santidad el lector Ranessin se ha ofrecido para mediar, para tratar de encontrar un camino por el que traer la paz a los aedonitas, incluyendo, claro está, a sus honorables aliados paganos. —Hizo un gesto con la cabeza en la dirección de Gwythinn y sus hombres—. Pero todo lo que he oído ha sido hablar de guerra y de derramamientos de sangre aedonita como venganza de insignificantes insultos.

—¿Insignificantes insultos? —replicó un furibundo Isgrimnur—. ¿Llamáis al robo de mi ducado un insulto insignificante, obispo? ¡Me gustaría ver vuestra iglesia... convertida en un maldito establo hyrka o en un nido de gnomos, y comprobar si eso os *parecía* un «insignificante» insulto!

—¿Nido de gnomos? —repitió Binabik, levantándose.

—Eso sólo prueba mi punto de vista —dijo Anodis, cogiendo el Árbol en su huesuda mano como si fuese un cuchillo con el que enfrentarse a bandidos—. No hacéis más que gritar a un hombre de la Iglesia cuando éste sólo busca corregir vuestras locuras. —Levantó el símbolo—. ¡Y *ahora* —lo agitó hacia Jarnauga—, ahora este..., este... barbudo ermitaño viene a explicarnos historias de brujas y demonios, y a hacer todavía más ancha la separación entre los hijos del Supremo Rey! ¿A quién beneficia todo ello? *¿A quién sirve este llamado Jarnauga*, eh?

Rojo de rabia y lleno de temblores, el obispo cayó sobre la silla, cogió el vaso de agua que le trajo su sirviente y bebió sediento.

Simón se levantó y cogió a Binabik del brazo hasta que su amigo se sentó.

—Todavía estoy esperando una explicación sobre lo del nido de gnomos —gruñó en voz baja, pero, al ver el ceño de Simón, apretó los labios y calló.

El príncipe Josua se sentó y miró largamente a Jarnauga, que sostuvo su mirada con tanta tranquilidad como un gato.

—He oído hablar de la Liga del Pergamino —admitió Josua—. No creía que sus componentes tratasen de influir en las formas de gobierno ni en los estados.

—Yo *no* he oído hablar de esa llamada Liga —intervino Devasalles—, y creo que ya es hora de que ese extraño hombre nos diga quién lo envía y qué nos amenaza, si es que no se trata del Supremo Rey, como muchos de los aquí reunidos han creído.

—Por una sola vez estoy de acuerdo con el nabbano —dijo Gwythinn de Hernystir—. Dejemos que Jarnauga nos hable y ya decidiremos si tenemos que creerle o si, por el contrario, es preferible expulsarlo de la sala.

El príncipe asintió desde su asiento. El viejo rimmerio miró los expectantes rostros que lo rodeaban y levantó las manos en un extraño gesto, juntando los pulgares con los demás dedos como si tratase de mostrar un delgado hilo ante sus ojos.

—Bien —empezó—. Bien. Aquí nos encontramos dando los primeros pasos del camino, el único camino que puede conducirnos fuera de la oscura sombra de la montaña.

Jarnauga estiró los brazos, como para extender el hilo, y después abrió las manos.

—La historia de la Liga es corta —prosiguió—, pero encaja dentro de una mayor. —Otra vez volvió a dirigirse hacia la puerta, que un paje había cerrado para mantener el calor en el interior de la sala de altos techos. Jarnauga tocó la pesada madera—. Podemos cerrar esta puerta, pero eso no hará que desaparezcan la nieve y el granizo. De la misma forma, podéis *llamarme* loco, pero eso no hará que desaparezca lo que os amenaza. Ha estado esperando durante cinco siglos para retomar lo que cree suyo, y su mano es más fría y fuerte de lo que podéis llegar a imaginar. La suya es una larga historia, en el interior de la cual se encuentra la de la Liga, incrustada como la punta de una vieja flecha en un gran árbol, un árbol cuya corteza ha crecido tanto que ha llegado a ocultar la misma flecha.

»El invierno está sobre nosotros; el invierno que ha destronado al verano del lugar que le correspondía, ha sido desencadenado por él. Es el símbolo de su poder, del poder que da forma a las cosas según su voluntad.

Jarnauga tenía una fiera expresión en su rostro y ojos, y durante unos instantes no hubo sonido alguno excepto la lejana canción del viento, al otro lado de los muros.

—¿Quién es? —preguntó Josua—. ¿Cuál es el nombre de ese poderoso ser, anciano?

—Creo que lo conoceréis, príncipe —replicó Jarnauga—. Sois un hombre que ha aprendido muchas cosas.

»Vuestro enemigo…, nuestro enemigo murió hace quinientos años; el lugar en el que finalizó su primera vida permanece bajo los cimientos del castillo en que dio comienzo vuestra vida. Él es *Ineluki*… El Rey de la Tormenta.

33

LAS CENIZAS DE ASU'A

Historias en el interior de otras historias —entonó Jarnauga, quitándose el manto de piel de lobo. La luz de las antorchas reveló las retorcidas serpientes que se extendían por la piel de sus largos brazos, produciendo nuevos murmullos—. No puedo explicaros la historia de la Liga del Pergamino sin que entendáis primero la caída de Asu'a. El fin del rey Eahlstan Fiskerne, que levantó la Liga como un muro contra la oscuridad, no puede ser apartado del fin de Ineluki, cuya oscuridad ahora se abate sobre nosotros. Así pues, las historias están entrelazadas unas con otras, como un solo tapiz. Si tiráis de un solo hilo, sólo será eso, un hilo. Desafío a cualquier hombre a leer un tapiz con un hilo solitario.

Mientras hablaba, Jarnauga se mesaba la barba con delgados dedos, dándole una forma uniforme y conformando su largura como si se tratase de un tapiz que pudiese dar algún sentido a su historia.

—Mucho antes de la llegada del hombre a Osten Ard —dijo— los sitha estaban aquí. No hay hombre ni mujer que sepan cuándo llegaron *ellos*, pero lo hicieron, viajando desde oriente, desde el sol naciente, hasta que finalmente se asentaron sobre esta tierra.

»En Erkynlandia, en donde ahora se levanta Hayholt, realizaron la obra más grande jamás salida de sus manos; el castillo Asu'a. Cavaron en el interior de la tierra, hasta llegar a los profundos cimientos de Osten Ard. Construyeron muros de marfil, perla y ópalo que se elevaban más altos que cualquier árbol, y torres que se erguían hacia el cielo como mástiles de navíos, torres desde las que se podía ver todo Osten Ard, y desde las que la afilada vista de los sitha podía observar el gran océano que se extendía desde las costas occidentales.

»Durante incontables años vivieron solos en Osten Ard y construyeron sus frágiles ciudades en las vertientes de las montañas y en las profundidades del bosque: delicadas ciudades como flores de hielo y asentamientos que parecían barcos con las velas desplegadas. Pero Asu'a era la más grande, y los reyes de larga vida de los sitha reinaron allí.

»Cuando llegaron los hombres, se trataba sólo de pastores y pescadores, que arribaron por un hace largo tiempo desaparecido puente de tierra que había en las extensiones del norte; huían de algo pavoroso que los hacía abandonar el oeste y sólo buscaban nuevas tierras de pastos. Los sitha no les hicieron más caso del que hacían a los ciervos o al ganado salvaje, ni siquiera cuando las generaciones se multiplicaron y el hombre empezó a construir sus propias ciudades de piedra y a forjar herramientas y armas de bronce. Mientras no trataran de apoderarse de lo que pertenecía a los sitha y permanecieron en las tierras que el rey les había concedido, hubo paz entre ambos pueblos.

»Incluso el imperio sureño de Nabban, glorioso por sus artes y hechos de armas, que pusieron a todos los hombres mortales de Osten Ard bajo su larga sombra, no causó preocupación a los sitha, o a su rey, Iyu'unigato.

Jarnauga se detuvo y buscó algo que beber; mientras un paje le llenaba una copa, los que escuchaban intercambiaron miradas y comentarios de perplejidad.

—El doctor Morgenes me explicó todo eso —siseó Simón a Binabik.

El gnomo sonrió y asintió, pero parecía como distraído por sus propios pensamientos.

—Estoy seguro de que no hay necesidad —prosiguió el anciano, elevando la voz para volver a hacerse con la atención de los allí presentes— de hablar sobre los cambios que se produjeron con la llegada de los primeros rimmerios. Habrá viejas heridas que volverán a abrirse si nos extendemos sobre lo que ocurrió cuando llegaron por el mar, desde occidente.

»Pero de lo que *debemos* hablar es de la marcha del rey Fingil hacia el sur y de la caída de Asu'a. Cinco siglos han cubierto la mayor parte de la historia con la podredumbre del tiempo y de la ignorancia, pero cuando Eahlstan *el Rey Pescador* fundó nuestra Liga, hace doscientos años, fue en parte para preservar ese conocimiento. Así pues, hay cosas que os diré que la mayoría de vosotros nunca escuchó.

»En la batalla del Knock, y en la llanura de Ach Samrath, así como en Utanwash, Fingil y sus ejércitos triunfaron y estrecharon el cerco alrededor de Asu'a. Los sitha perdieron a sus últimos aliados humanos en Ach Samrath, y con los hernystiros allí vencidos no había nadie entre ellos que pudiera permanecer ante el hierro de los norteños.

—¡Vencidos a traición! —exclamó el príncipe Gwythinn, con el rostro enrojecido y temblando—. Sólo la traición pudo barrer a Sinnach del campo de batalla. ¡La corrupción de los thrithingos, que atacaron a Hernystir por la espalda, con la esperanza de hacerse merecedores de las migajas de la maldita mesa de Fingil!

—¡Gwythinn! —gritó Josua—. Ya habéis oído a Jarnauga: éstas son viejas historias. Ni siquiera están presentes los hombres de las Thrithings. ¿Saltaréis por encima de la mesa y golpearéis al duque por ser un rimmerio?

—Dejadlo que lo intente —gruñó Einskaldir.

Gwythinn agitó la cabeza, avergonzado.

—Tenéis razón, Josua. Mis disculpas, Jarnauga.

El anciano asintió, y el hijo de Lluth se volvió hacia Isgrimnur.

—Y, desde luego, buen duque, somos los más estrechos aliados.

—No os preocupéis, joven señor, no ha habido ofensa —sonrió Isgrimnur, aunque, junto a él, Einskaldir observó a Gwythinn y ambos se miraron con dureza.

—Como iba diciendo —continuó Jarnauga, como si no hubiese habido interrupción—, aunque Asu'a y sus murallas estuvieran protegidas por antiguas y poderosas magias, como hogar y corazón que era de la raza sitha, existía el sentimiento de que las cosas tocaban a su fin y de que los sitha desaparecerían para siempre de Osten Ard.

»El rey Iyu'unigato se vistió con el blanco de luto y, junto con su reina Amerasu, se mantuvo firme frente al largo asedio de Fingil, que pronto se convirtió en meses y años, ya que ni siquiera el frío acero podía penetrar ni derribar el trabajo de los sitha, escuchando melancólica música y la poesía escrita durante los más brillantes días de los sitha en Osten Ard. En el exterior, en el gran campamento de los sitiadores norteños, Asu'a todavía parecía un lugar de gran poder, envuelto en un velo de hechizos y maravillas… Pero en el interior de la brillante fachada el corazón se pudría…

»Sin embargo, había uno entre los sitha que deseaba que las cosas ocurriesen de otra forma, y que no se conformaba con pasar sus últimos días lamentándose sobre los lugares perdidos y la inocencia arrebatada. Era el hijo de Iyu'unigato, y se llamaba… Ineluki.

Sin decir una palabra, pero no sin hacer ruido, el obispo Anodis recogía sus cosas. Movió la mano en una seña a su joven acompañante y éste lo ayudó a incorporarse.

—Disculpad, Jarnauga —dijo Josua—. Obispo Anodis, ¿por qué nos dejáis? Como podéis escuchar, hay cosas horribles a las que nos enfrentamos. Queremos que vuestra sabiduría y la fuerza de la Madre Iglesia nos guíen.

Anodis lo miró lleno de rabia.

—¿Y por ello debo permanecer aquí sentado, en medio de un consejo de guerra que nunca he aprobado, y escuchar a ese..., a ese salvaje que habla sobre demonios paganos? Miraos a vosotros mismos, mirad cómo prestáis atención a sus palabras, como si cada una de ellas saliera del Libro de Aedón.

—Esos sobre los que hablo nacieron mucho antes que vuestro sagrado libro, obispo —explicó Jarnauga, con suavidad, pero había firmeza en el movimiento de su cabeza.

—Todo eso es pura fantasía —gruñó Anodis—. Creéis que soy un viejo amargado, pero os digo que esas historias de niños os llevarán a la perdición. Lo que más me entristece es que arrastraréis a vuestras tierras junto a vosotros.

—Fantasías o no, demonios o sitha —intervino Josua, y se levantó de la silla para dirigirse a la asamblea—, esta es mi sala, y he pedido a ese hombre que nos hable de lo que sabe. No habrá más interrupciones —y deslizó su mirada por la habitación; después se sentó, satisfecho.

—Bien, ahora debéis escuchar atentamente —dijo Jarnauga—, porque lo que ahora voy a explicar es lo más importante de lo que traigo conmigo. Hablaré de *Ineluki*, hijo del rey-erl Iyu'unigato.

»Ineluki, cuyo nombre significa "Brillante Palabra" en lengua sitha, era el más joven de los dos hijos del rey. Junto a su hermano mayor, Hakatri, luchó contra el dragón *Hidohebhi el Negro*, madre del dragón rojo *Shurakai*, que fue muerto por el Preste Juan, y también madre de *Igjarjuk*, el dragón blanco del norte.

—Os pido disculpas, Jarnauga —se levantó uno de los compañeros de Gwythinn—. Todo esto es muy extraño para nosotros, pero no nos resulta del todo desconocido. Los hernystiros sabemos de las historias del dragón negro, la madre de todos los demás dragones, pero en ellas era llamada *Drochnathair*.

El anciano asintió, como lo haría un maestro ante su alumno.

—Ése era su nombre entre los primeros hombres occidentales, mucho antes de que Hern construyera la Taig, en Hernysadharc. Algunos trozos y fragmentos de la antigua verdad han sobrevivido en los cuentos que los niños escuchan en sus lechos, o que los soldados y cazadores comparten junto a las hogueras de los campamentos. Pero *Hidohebbi* era un nombre sitha, y fue más poderosa que cualquiera de sus hijos. Al matarla, una hazaña que en sí misma se convirtió en una larga y famosa historia, Hakatri, el hermano de Ineluki, resultó horriblemente herido al ser abrasado por el terrible fuego del dragón. No hubo en todo Osten Ard cura para sus heridas, ni para acabar con sus interminables dolores, pero tampoco murió. Al final, el rey resolvió ponerlo en un barco con la mayor parte de sus sirvientes de más confianza; atravesaron el océano hacia el oeste, en donde los sitha creían que había una tierra más allá de donde se pone el sol, un lugar en el que no existe el dolor y en el que Hakatri podría recuperarse.

»De esta forma, y a pesar de la gran *hazaña* conseguida al matar a *Hidohebbi*, Ineluki se convirtió en el heredero de su padre, bajo la sombra del desaparecido Hakatri. Echándose la culpa de la desgracia de su hermano, pasó largos años a la búsqueda del conocimiento que durante tanto tiempo había permanecido oculto tanto a los hombres como a los sitha. Al principio debió de pensar que hallaría la forma de curar a su hermano, haciéndolo volver del desconocido oeste... Pero al mismo tiempo que buscaba esos remedios, la búsqueda en sí se convirtió en su única razón y premio, e Ineluki, cuya belleza había sido en otros tiempos la silenciosa música de Asu'a, se convirtió en un ser extraño a su propio pueblo, un investigador que buscaba en lugares oscuros.

»Fue entonces cuando los hombres del norte se pusieron en marcha, asesinando y dedicándose al pillaje, para finalmente poner un venenoso cerco de hierro alrededor de Asu'a. Ineluki fue uno de los que se dedicó a buscar una salida para escapar a aquella mortífera trampa.

»En las profundas cavernas que se extendían bajo Asu'a, iluminados por un ingenioso sistema de espejos, crecían los bosques embrujados, el lugar en que los sitha guardaban los árboles de esa extraña madera que usaban como los sureños el bronce y los norteños el hierro. Los árboles de madera embrujada, cuyas raíces, dicen algunos, llegan hasta el mismo centro de la tierra, eran atendidos por jardineros tan sagrados como sacerdotes. Día a día recitaban los encantamientos y desarrollaban los rituales que hacían crecer la madera, mientras el rey y su corte se hundían más y más en la desesperación, en su palacio de encima.

»Pero Ineluki no había olvidado los jardines, ni los oscuros libros que había leído, así como los sombríos caminos que había recorrido en busca de la sabiduría. En sus aposentos, donde nadie entraba, empezó una labor que pensó podría salvar a Asu'a y a los sitha.

»De alguna manera, y causándose gran dolor, se hizo con hierro negro, que introdujo en los árboles de madera embrujada, como un monje que regase las vides con agua. Muchos de los árboles, tan sensibles como los mismos sitha, enfermaron y murieron, pero uno sobrevivió.

»Ineluki rodeó ese árbol de encantamientos y sortilegios, con palabras tal vez más antiguas que los mismos sitha, y que penetraron en la tierra incluso más profundamente que las raíces. El árbol que había sobrevivido creció cada vez con más fuerza, y el venenoso hierro recorría su interior como savia. Los encargados del sagrado jardín, viendo morir a los que tenían bajo su cuidado, huyeron. Se lo contaron al rey Iyu'unigato, que quedó muy preocupado, pero viendo como veía acelerarse el fin de todas las cosas, no detuvo a su hijo. ¿Qué uso podría tener ahora la madera encantada, con todos esos hombres de brillantes ojos que los rodeaban con el mortífero hierro en sus manos?

»El crecimiento del árbol enfermó a Ineluki, al igual que hizo con los jardineros, pero su voluntad era más fuerte que la enfermedad. Perseveró, hasta que fue tiempo de recoger la cosecha. Tomó su horroroso fruto, la madera llena de funesto hierro, y se dirigió a las fundiciones de Asu'a.

»Ojeroso y enfermo hasta casi enloquecer, pero lleno de una resolución inexorable, vio huir ante él a los maestros forjadores, pero no le importó. Él mismo encendió los hornos de la fundición hasta que alcanzaron una temperatura nunca antes conseguida; él solo cantó las Palabras de la Creación, empuñando el Martillo Que Da Forma, que nadie excepto el Supremo Herrero había tomado antes.

»Solo, en las rojizas profundidades de la forja, hizo una espada, una terrible espada gris cuya sustancia parecía respirar consternación. Sus horrorosas y desacralizadas magias, que Ineluki invocó durante la forja, hicieron que la atmósfera de Asu'a pareciese a punto de estallar de calor, y las murallas temblaron como alcanzadas por puños gigantes.

»Cogió la espada recién forjada y se dirigió a la gran sala del palacio de su padre, con la intención de mostrar a su pueblo el objeto que los salvaría. En lugar de ello, tan terrible era su aspecto y tan dolorosa les resultaba la espada gris, que brillaba con una luz casi insoportable, los sitha corrieron llenos de horror y huyeron de la sala, dejando solos a Ineluki y a su padre Iyu'unigato.

El silencio que siguió a las palabras de Jarnauga fue tan denso que incluso el fuego de las chimeneas pareció detener su crepitación, como si él también contuviese la respiración. Simón sintió que el vello de la nuca y de los brazos se le erizaba mientras un extraño vértigo se apoderaba de él.

«¡Una… espada! ¡Una espada gris! ¡Puedo verla con tanta claridad! ¿Qué significa todo esto? ¿Por qué no puedo apartar ese pensamiento de mí?» Se rascó la cabeza con ambas manos, como si mediante el dolor pudiese obtener la respuesta.

—Cuando el rey-erl pudo darse cuenta de lo que había hecho su hijo, el corazón debió de helársele en el interior de su pecho, pues la hoja de Ineluki no era tan sólo un arma, sino una blasfemia contra la tierra que se había sometido al hierro y a la madera. Era un agujero en el tapiz de la Creación, y la vida se escapaba a través de él.

»"Una cosa así no debería existir —le dijo a su hijo—. Sería preferible que nos hundiéramos en el vacío del olvido, sería preferible que los mortales mordisqueasen nuestros huesos, incluso sería preferible que nunca hubiéramos vivido, antes de que una cosa así fuese fabricada, eso sin hablar de utilizarla."

»Pero Ineluki estaba enloquecido con el poder de la espada, y se hallaba atrapado por los encantamientos que había invocado al crearla. "De otra forma, esas criaturas, esos insectos, se extenderán por toda la faz de la tierra, destruyendo todo lo que encuentren a su paso, arrasando toda la belleza que ni siquiera pueden llegar a comprender. ¡Vale la pena pagar un alto precio para detenerlos!"

»"No —dijo Iyu'unigato—. No. Algunos precios son demasiado altos. ¡Mírate! Ya la espada ha modelado tu mente y tu corazón. Soy tu rey, así como tu sire, y te ordeno que la destruyas, antes de que te devore del todo".

»Pero al oír a su padre hacer una demanda tal, el producto de lo que casi le había costado la vida forjar, sólo construida con el pensamiento de salvar a su pueblo de la desaparición total, condujo a Ineluki a sobrepasar todo límite. En ese mismo instante levantó la espada y golpeó a su padre; así mató al rey de los sitha.

»Nunca antes había ocurrido algo semejante, y cuando Ineluki vio a Iyu'unigato tendido ante él, lloró y lloró, no sólo por su padre, sino por sí mismo y por su pueblo. Luego levantó la espada gris ante sus ojos. "Del dolor has salido —dijo—. Y dolor has traído contigo. *Dolor* será tu nombre." Así que llamo *Jingizu* a la hoja, que es la palabra que la designa en lengua sitha.

«*Dolor…,* una espada llamada *Dolor…*» Simón oyó resonar el nombre en su mente como un eco y entretejerse en sus pensamientos hasta que parecía que ahogaría las palabras de Jarnauga, la tormenta que se desarrollaba en el exterior, todo. ¿Por qué le resultaba tan familiar? *Dolor... Jingizu... Dolor...*

—Pero la historia no acaba ahí —prosiguió el hombre del norte, y su voz ganó fuerza mientras parecía cubrir a los allí presentes como un manto de desasosiego—. Ineluki, más enloquecido que nunca a causa de lo que había hecho, tomó la corona de su padre, de madera de abedul, y se autoproclamó rey. Tan asombrada estaba su familia y sus súbditos por el asesinato que no tuvieron agallas para resistírsele. Algunos, en secreto, se alegraron del cambio, particularmente cinco de ellos que, al igual que el sitha, desaprobaban la idea de rendirse pasivamente a los mortales que los rodeaban.

»Ineluki, con *Dolor* en sus manos, resultaba una fuerza desenfrenada. Con sus cinco sirvientes, a los que los aterrorizados y supersticiosos habitantes del norte llamaron la Mano Roja, a causa de su número y de sus capas del color del fuego, hizo una salida hacia el exterior de los muros de Asu'a, por primera vez en los tres años que había durado el sitio. Sólo gracias a su elevado número, la horda de Fingil, cuyos hombres iban armados con espada de hierro, pudo detener la noche de terror en que se había convertido Ineluki al romper el sitio. Tal vez si los demás sitha se hubiesen unido a ellos, sus reyes todavía caminarían sobre las almenas de Hayholt.

»Pero el pueblo no tenía voluntad para luchar. Asustados por su nuevo rey y horrorizados por el asesinato de Iyu'unigato, se aprovecharon de la salida de Ineluki y de su Mano Roja y huyeron de Asu'a, mandados por Amerasu, la reina y por Shima'onari, hijo del hermano de Ineluki, Hakatri. Escaparon por los oscuros pero protegidos caminos del bosque de Aldheorte, escondiéndose de los sanguinarios mortales y de su propio rey.

»Así fue como Ineluki se vio abandonado junto a poco más de sus cinco guerreros en el interior del brillante esqueleto de Asu'a. Incluso su poderosa magia se había revelado como insuficiente para acabar con el ejército de Fingil. Los chamanes norteños pronunciaron sus conjuros y la última magia que protegía las antiguas murallas acabó por caer. Con brea, paja y antorchas, los rimmerios pegaron fuego a las delicadas construcciones. Cuando el humo y las llamas se elevaron, los norteños aplastaron a los últimos sitha, aquellos que estaban demasiado débiles o indecisos para escapar, o los que sentían una gran lealtad hacia su inmemorial hogar. En medio de las llamas, los rimmerios de Fingil practicaron hechos de una increíble crueldad. A los últimos supervivientes les quedó escasa fuerza para resistirse. El mundo que conocían había llegado a su fin. Los crueles asesinatos, las despiadadas torturas y violaciones de víctimas que ya no se resistían, la alegre destrucción de miles de irreemplazables y exquisitas cosas... Con todo ello, los autores de estas fechorías estamparon su huella en nuestra historia, y dejaron una mancha que nunca podrá desaparecer. Sin duda todos aquellos que huyeron al bosque oyeron los gritos desgarrados de las víctimas y se estremecieron, llorando a sus antepasados en busca de justicia.

»En esa última y fatal hora, Ineluki y su Mano Roja subieron a la cima de la torre más alta. Había decidido que donde los sitha ya no podían vivir tampoco sería el hogar del hombre.

»Ese día pronunció terribles palabras que nunca habían sido dichas, mucho más siniestras incluso que las que le habían permitido forjar la sustancia de *Dolor*. Su voz se oyó por encima de la conflagración y los rimmerios cayeron al suelo chillando, con los rostros ennegrecidos y la sangre manando de sus ojos y oídos. El cántico se elevó hasta alcanzar una insoportable agudeza. Después sobrevino un vasto grito de agonía. Un gran relámpago iluminó el cielo, seguido un momento después por una oscuridad tan absoluta que incluso Fingil, que estaba en su tienda, a una milla de distancia, pensó que se había quedado ciego.

»Pero, en cierta forma, Ineluki fracasó. Asu'a aguantó, todavía ardiendo, aunque la mayor parte del ejército de Fingil aullaba y moría a los pies de la torre. En la cima de ésta, extrañamente evitada por el fuego y el humo, el viento esparció seis montones de gris ceniza por el suelo.

«*Dolor*... —La cabeza le daba vueltas a Simón, y tenía dificultades para respirar. Le parecía que la luz de las antorchas parpadeaba sin sentido—. La colina. Yo escuché el ruido de las ruedas del carro..., ¡ellos traían a *Dolor*! Recuerdo que era como el Diablo metido en una caja..., como el corazón de todo dolor.»

—Así fue como murió Ineluki. Uno de los lugartenientes de Fingil juró, mientras exhalaba el último suspiro, que había visto una gran forma en la torre, escarlata como las brasas de un fuego, que se hinchaba con el viento, arremolinándose como humo y asiéndose al cielo como una gran mano roja...

—¡*Nooooo!* —gritó Simón, levantándose. Una mano se abalanzó sobre él para detenerlo y luego otra, pero se deshizo de los agarrones como si fuesen telarañas—. ¡Trajeron la espada gris, esa horrible espada! ¡Y luego *lo* vi! ¡He visto a Ineluki! ¡Era…, era…!

La habitación giraba a su alrededor, y los rostros que lo miraban —Isgrimnur, Binabik y el del anciano Jarnauga— se inclinaron sobre él como peces saltando en una acequia. Tenía necesidad de decir más, decirles todo acerca de la colina y de los demonios blancos, pero una negra cortina se deslizaba ante sus ojos, y algo rugía en sus oídos…

Simón corría por oscuros lugares, y sus únicos compañeros eran palabras que se oían en el vacío.

«¡Cabezahueca! ¡Ven con nosotros! ¡Tenemos un lugar para ti!»

«¡Un muchacho! ¡Un niño mortal! ¿Qué es lo que ha visto? ¿Qué es lo que ha visto?»

«Helad sus ojos y llevadlo a la oscuridad. Cubridlo con un apretado manto de hielo.»

Una sombra se inclinó sobre él, una sombra astada, grande como una montaña. Llevaba una corona de piedras muy pálidas y sus ojos eran rojos como fuegos. También sus manos eran rojas y, cuando se agachó y lo levantó, los dedos quemaban como hierros candentes. Blancos rostros se movieron a su alrededor, agitándose en la oscuridad como si fuesen las llamas de unas velas.

«La rueda gira, mortal, gira, gira… ¿Quién eres tú para detenerla?»

«Es una mosca, una mosca diminuta…»

Los dedos escarlata lo estrujaron y los fieros ojos se iluminaron con oscuro e infinito humor. Simón gritó y gritó, pero sólo fue contestado por una despiadada carcajada.

Se despertó de un extraño torbellino de voces cantoras y manos que lo asían para ver su sueño reflejado en el círculo de rostros que se inclinaban sobre él, pálidos a la luz de la antorcha como un mágico anillo de champiñones. Más allá de las horrorosas caras, las paredes parecían punteadas de destellos de luz, que se elevaban hacia la oscuridad del techo.

—Ahora se despierta —dijo una voz.

De repente, los brillantes puntos se hicieron más claros y se convirtieron en filas de cazuelas que colgaban de estanterías. Simón estaba tendido en el suelo de una despensa.

—No tiene muy buen aspecto —expresó una voz profunda y nerviosa—. Será mejor que le dé un poco más de agua.

—Estoy segura de que se encontrará mejor si regresas allí dentro —replicó la primera voz.

El muchacho se sintió bizquear hasta que el rostro que tenía enfrente dejó de ser una niebla. Era Marya…, no, era Miriamele, arrodillada junto a él; Simón vio cómo el borde de su vestido permanecía arrugado bajo ella, sobre el sucio suelo de piedra.

—No, no —dijo la otra voz.

Se trataba del duque Isgrimnur, que se tiraba de la barba con nerviosismo.

—¿Qué… ha ocurrido?

¿Se habría caído y golpeado la cabeza? El chico se incorporó y se sintió pésimo, pero no tenía ningún chichón.

—Te desplomaste, muchacho —gruñó Isgrimnur—. Y gritaste sobre…, sobre cosas que habías visto. Te traje aquí, aunque me costó hacerlo.

—Y después se quedó mirando cómo caías al suelo —añadió Miriamele, con voz severa—. Menos mal que llegué yo. —La muchacha miró al rimmerio—. ¿Habéis peleado en batallas, verdad? ¿Qué es lo que hacéis cuando hieren a alguien? ¿Os quedáis mirándolo?

—Eso es diferente —respondió el duque a la defensiva—. Se los venda, si es que sangran. O los cargamos sobre sus escudos, si están muertos.

—Bueno, eso es algo inteligente —cortó Miriamele, pero Simón vio una secreta sonrisa a punto de aflorar a sus labios—. Y si no sangran ni están muertos, supongo que saltaréis sobre ellos. Sin preocuparos.

Isgrimnur cerró la boca y se dio un tirón de la barba.

La princesa continuó humedeciéndole la frente a Simón con su pañuelo empapado en agua. El joven no podía imaginarse lo que eso le aliviaba, pero por el momento se contentaba con estar allí tumbado, mientras lo atendían. Sabía que pronto tendría que explicarse.

—Yo… sabía que te conocía de algo, muchacho —dijo Isgrimnur—. Tú eres el chico de San Hoderund, ¿verdad? Y ese gnomo…, *creo que* vi…

La puerta de la despensa se abrió.

—¡Ah! ¡Simón! Espero que ya te encuentres mejor.

—Binabik —murmuró, tratando de sentarse.

Miriamele se inclinó sobre su pecho gentilmente pero con energía, forzándolo a volver a tumbarse.

—¡Lo *vi*, sí! ¡Eso era lo que no podía recordar! La colina, y el fuego, y…

—Lo sé, amigo mío, entendí muchas cosas cuando te pusiste en pie, aunque no todas, todavía queda mucho por explicar en todo este enigma.

—Deben de creer que soy un loco —gruñó Simón, apartando la mano de la princesa, pero, sin embargo, disfrutando del contacto.

¿Qué pensaría la muchacha? Lo miraba como una chica mayor miraría a un hermano más joven que se ha metido en problemas.

—No, Simón —respondió el hombrecillo, agachándose junto a Miriamele para mirarlo—. Yo he contado muchas historias, aparte de nuestra aventura juntos. Jarnauga ha confirmado casi todo lo que sospechaba mi maestro. También recibió uno de los últimos mensajes de Morgenes. No, no creen que seas un loco, aunque me parece que algunos todavía dudan del peligro real. Creo que sobre todo el barón Devasalles.

—Hummm. —Isgrimnur arrastró una bota por el suelo—. Si el muchacho se recupera, creo que será mejor regresar adentro. ¿Verdad, Simón? Sí, bueno…, tú y yo, bien, hablaremos más tarde.

El duque movió su considerable corpulencia para salir de la despensa y se marchó pisando fuerte pasillo abajo.

—Yo también entraré —añadió Miriamele, tratando de cepillarse el polvo del vestido—. Hay cosas que no deben ser decididas sin que antes las oiga yo, a pesar de lo que piense mi tío.

Simón quiso darle las gracias, pero no pudo pensar en nada que decir, mientras estaba allí tendido, que no lo hiciera sentirse más ridículo de lo que ya se sentía. Cuando decidió saltarse el orgullo, la princesa ya se había marchado entre un remolino de sedas.

—Si ya te has recuperado, Simón —aconsejó Binabik, a la vez que extendía una pequeña y encallecida mano—, hay cosas que tendríamos que escuchar en la sala del consejo, pues creo que Naglimund nunca ha presenciado una Raed como ésta.

—En primer lugar, jovencito —dijo Jarnauga—, debes saber que creo todo lo que nos has dicho, aunque también debes saber que no era Ineluki al que viste en la colina. —Los fuegos de las chimeneas ya se habían convertido en simples rescoldos, pero ni un alma había abandonado la sala—. Si hubieras visto al Rey de la tormenta en la forma que actualmente debe de haber adquirido, te habría convertido en esqueleto vacío, tendido junto a las Piedras de la Cólera. No, lo que viste, además de a las pálidas normas, a Elías y a sus secuaces, fue a uno de los miembros de la Mano Roja. Incluso siendo así, me parece milagroso que pudieras huir de una visión como ésa conservando intactos tanto el corazón como la mente.

—Pero…, pero… —Mientras empezaba a rememorar lo que el anciano había dicho antes de que la pared de olvido hubiese caído y dejado en libertad los recuerdos de aquella horrible noche, la Noche Empedrada, como la había llamado el doctor, Simón volvió a sentirse perplejo y confuso—. Pero creí que habíais dicho que Ineluki y su... Mano Roja... habían muerto...

—Muerto, sí; sus formas terrenales se quemaron del todo en los últimos momentos. Pero *algo* sobrevivió. Algo o alguien que fue capaz de volver a crear la espada *Dolor*. De alguna manera, y no necesitan de *tu* experiencia para hacérmelo ver, pues por ello fue creada la Liga del Pergamino, Ineluki y su Mano Roja sobrevivieron en forma de sueños vivos o de pensamientos; tal vez como formas que permanecían unidas a través del odio, y por las terribles runas de la última maldición del sitha. Pero, sea como fuere, la oscuridad que era la mente de Ineluki en los últimos instantes, no murió.

»El rey Eahlstan Fiskerne llegó tres siglos después a Hayholt, el castillo que se levantaba sobre los cimientos de Asu'a. Eahlstan era sabio y buscaba el conocimiento; encontró cosas en las ruinas que permanecían bajo Hayholt que le demostraron que Ineluki no había desaparecido por completo. Formó la Liga de la que soy un miembro, y que ahora disminuye con rapidez, a causa de la pérdida de Morgenes y de Ookequk, a fin de que el viejo conocimiento no se perdiese. No sólo el conocimiento sobre el señor oscuro de los sitha, sino también sobre otras cosas, pues aquéllos eran malos tiempos en el norte de Osten Ard. Con el correr de los años fue descubierto, o más bien se adivinó, que Ineluki, o su espíritu, su sombra o su voluntad, se había manifestado entre las únicas que podrían darle la bienvenida.

—¡Las nornas! —exclamó Binabik, como si de repente hubiera desaparecido de sus ojos un banco de niebla.

—Las nornas —asintió Jarnauga—. Dudo de que al principio ni siquiera las Zorras Blancas supieran en lo que se había convertido, pero pronto su influencia en Sturmrspeik fue demasiado grande como para que nadie se interpusiese en su camino. Su Mano Roja también regresó con él, aunque con una forma jamás vista antes en esta tierra.

—Y nosotros pensamos que el Löken a quien rendían culto los rimmerios negros era nuestro propio dios del fuego, de los tiempos del paganismo —dijo Isgrimnur—. Si hubiera sabido cuánto se habían apartado del camino de la luz... —Tomó con sus manos el Árbol que colgaba de su cuello—. ¡Jesuris! —murmuró, con un suspiro casi inaudible.

El príncipe Josua, que había escuchado en silencio durante largo rato, se adelantó.

—Pero ¿por qué, si en verdad es ese demonio salido del pasado nuestro enemigo, no se muestra por sí mismo? ¿Por qué se esconde tras mi hermano Elías?

—Ahora hemos llegado al punto en el que mis largos años de estudios allá en Tungoldyr ya no pueden ser de ayuda. —Jarnauga se encogió de hombros—. Vigilé, escuché y vigilé, porque para eso estaba allí, pero lo que pueda ocurrir en una mente como la del Rey de la Tormenta es más de lo que yo puedo llegar a adivinar.

Ethelferth de Tinsett se levantó y aclaró su garganta. El príncipe le concedió permiso para hablar.

—Si todo esto es cierto…, y mi cabeza está hecha un lío con todo ello, os digo… que tal vez… *yo* pueda explicaros eso último. —Miró a su alrededor, como si esperara que le gritasen a causa de su presunción, pero, al ver en los rostros de los demás sólo preocupación y confusión, volvió a aclararse la garganta y continuó—: El rimmerio —inclinó la cabeza hacia el anciano Jarnauga— dice que fue nuestro propio Eahlstan Fiskerne el primero en saber que el Rey de la Tormenta había regresado. Eso ocurrió trescientos años después de que Fingil tomase Hayholt, o como entonces se llamara. Han transcurrido doscientos años desde entonces. Me da la impresión de que a ese… demonio, supongo, le ha llevado su tiempo volver a hacerse fuerte.

»Ahora —continuó—, todos sabemos, nosotros, hombres que poseemos tierras que codician nuestros vecinos —dirigió una mirada furtiva hacia Ordmaer, pero el gordo barón había palidecido hacía tiempo y pareció insensible a la pulla—, que la mejor manera de mantenernos a salvo y conseguir tiempo para aumentar nuestra fortaleza es que nuestros enemigos luchen entre sí. Eso me parece que es lo que ocurre. Ese demonio rimmerio hace un presente a Elías, después lo induce a luchar con sus barones y duques. —Ethelferth miró a su alrededor, cogió su túnica y volvió a sentarse.

—No es un «demonio rimmerio» —rezongó Einskaldir—. Nosotros somos creyentes aedonitas.

Josua pasó por alto el comentario del norteño.

—Hay verdad en lo que habéis dicho, lord Ethelferth, pero creo que aquellos que conocen a Elías estarán de acuerdo en que él también tiene sus propios designios.

—No ha necesitado a ningún demonio sitha para robarme las tierras —dijo Isgrimnur, con amargura.

—Sin embargo —continuó el príncipe—, encuentro alarmantemente dignos de crédito a Jarnauga, Binabik de Yiqanuc… y al joven Simón, que fue el aprendiz del doctor Morgenes. Desearía poder decir que no creo en tales historias, pero todavía no estoy seguro de lo que creo, aunque tampoco puedo descartar nada. —Se volvió de nuevo hacia Jarnauga, que removía la chimenea más cercana con un atizador de hierro—. Si esos horrendos avisos que traéis son ciertos, decidme: ¿qué es lo que quiere Ineluki?

El anciano miró al fuego y lo removió con vigor.

—Como ya os he dicho, príncipe Josua, mi labor era la de ser los Ojos de la Liga. Tanto Morgenes como el maestro del Joven Binabik sabían más que yo acerca de lo que se escondía en la mente del Señor del Pico de las Tormentas. —Alzó una mano como para evitar más preguntas—. Si tuviera que imaginarlo, habría que pensar en el odio que mantenía vivo a Ineluki en el vacío para devolverlo de los fuegos de su propia muerte...

—Entonces, ¿lo que Ineluki quiere —la voz de Josua cayó con pesadez en la oscura habitación— es venganza?

Jarnauga siguió mirando entre las brasas.

—Hay mucho que pensar —dijo el señor de Naglimund— y no hay que tomar decisiones a la ligera. —Se levantó, alto y pálido, con su rostro contraído como una máscara que ocultase sus pensamientos—. Debemos regresar a esta sala mañana a la puesta del sol.

El príncipe salió, con un guardia de uniforme gris a cada lado.

En la sala, los hombres se volvieron para mirarse unos a otros; luego se levantaron y se reunieron en pequeños y silenciosos grupos. Simón vio que Miriamele, que no había tenido oportunidad de hablar, salía entre Einskaldir y el renqueante duque Isgrimnur.

—Vamos, Simón —dijo el gnomo, tirando de su manga—. Creo que dejaré que Qantaqa corra un poco; parece que las lluvias han dejado de caer con tanta intensidad. De esas cosas debemos aprovecharnos. En estos momentos todavía no me ha sido arrebatado el placer de pensar mientras camino con el viento soplando en mi rostro..., y hay mucho en lo que debo pensar.

—Binabik —llamó Simón, con todo el sorprendente y fatigoso día cayendo repentinamente sobre él—. ¿Recuerdas el sueño que tuve..., que todos tuvimos..., en la casa de Geloë? Sobre Sturmrspeik... y aquel libro...

—Sí —respondió el hombrecillo con voz grave—. Esa es una de las cosas que me preocupan. Las palabras: las palabras que viste en aquel sueño me preocupan. Temo que sea de vital importancia desentrañarlas.

—Du... Du Swar... —El muchacho luchó con su memoria fatigada—. Du...

—Era *Du Svardenvyrd* —suspiró Binabik—. *El Enigma de Las Espadas*.

El aire caliente golpeaba dolorosamente sobre el barbilampiño rostro de Pryrates, pero no se permitió ningún gesto que demostrase su incomodidad. Cuando penetró en la fundición, con los hábitos revoloteando a su alrededor, le resultó gratificante el hecho de ver a los trabajadores, enmascarados y con pesados ropajes, mirar y vacilar a su paso. Se sintió optimista allí, en la parpadeante luz de la forja, y por un instante se imaginó como un demonio andando sobre las baldosas del infierno, con todos aquellos diablillos de inferior categoría arremolinándose a su alrededor.

La ilusión desapareció un instante después y frunció el entrecejo. Algo le había ocurrido con aquel desgraciado aprendiz del doctor, y él lo sabía. Lo había podido sentir con tanta claridad como si alguien lo acuchillase con un objeto punzante. Todavía existía entre ellos algún tipo de misterioso y tenue nexo de unión desde la Noche Empedrada; lo sentía dentro y le corroía la concentración. Los asuntos de aquella noche habían sido muy importantes y demasiado peligrosos como para permitir cualquier clase de interferencia. Ahora el muchacho volvía a pensar en ellos y, probablemente, se los explicaba a Lluth, a Josua o a cualquier otro. Había que tomar medidas con respecto a aquel fisgón.

Se detuvo frente a un gran crisol y allí se quedó, con los brazos cruzados sobre el pecho. Se mantuvo en aquella posición durante largo rato, mientras en su interior iba creciendo la cólera a causa de la espera. Al fin apareció corriendo uno de los trabajadores de la fundición y se inclinó torpemente ante él, sobre una rodilla.

—¿Cómo puedo serviros, amo Pryrates? —dijo el hombre, con la voz apagada a causa de la tela humedecida que le cubría la mitad inferior del rostro.

El sacerdote continuó en silencio el tiempo suficiente como para que la expresión que se revelaba parcialmente en el rostro del hombre arrodillado pasase de la incomodidad al miedo.

—¿Dónde está vuestro supervisor? —siseó.

—Allí, padre —apuntó el trabajador a una de las oscuras aberturas existentes en la pared de la caverna de la fundición—. Una de las manivelas se ha salido del cabrestante…, vuestra eminencia.

Aquello era algo gratuito, pues oficialmente él ya no era sacerdote, pero la palabra no dejó de agradarle.

—¿Y bien…? —preguntó.

El hombre no respondió, y Pryrates le dio una patada en la espinilla cubierta de cuero.

—¡Ve a buscarlo, entonces! —exclamó con voz sibilante.

El trabajador se alejó tras una reverencia realizada precipitadamente, y se movió como un niño pequeño con pañales. Pryrates se daba cuenta del sudor que resbalaba por su frente y del aire caliente proveniente de las forjas que parecía quemarle los pulmones, pero, a pesar de ello, una sonrisa cruzó sus angulosos rasgos. Había sentido cosas peores: Dios…, o quienquiera que fuese…, sabía que se había enfrentado a cosas mucho peores.

Por fin llegó el supervisor, un individuo de gran estatura. Cuando dejó de arrastrar los pies al llegar junto al sacerdote, éste volvió a pensar que la altura de aquel hombre era como un insulto.

—Imagino que debes de saber por qué he venido —dijo, con sus ojos negros llenos de un extraño brillo y la boca fruncida en una mueca de desagrado.

—Por las máquinas —explicó el otro, con voz tranquila pero llena de infantil petulancia.

—¡Sí, por las máquinas de asedio! —gritó Pryrates—. Quítate esa maldita máscara, Inch, para que pueda verte cuando te hablo.

El supervisor levantó una mano peluda y se quitó el trapo. Su arruinado rostro, lleno de cicatrices de quemaduras alrededor de la vacía cuenca de un ojo, reforzó la sensación del sacerdote de que se hallaba en una de las antesalas del Gran Infierno.

—Las máquinas todavía no están terminadas —explicó Inch, testarudo—. Hemos perdido a tres hombres cuando la mayor se cayó el jueves pasado. Vamos más lentos.

—Ya sé que no habéis acabado. Toma más hombres. Aedón sabe que hay muchos vagos en Hayholt. Pondremos a trabajar a algunos de los nobles, y dejaremos que les salgan algunos callos en sus delicadas manos. Pero el rey quiere que las acabéis. Ahora. Partirá dentro de diez días. ¡*Diez días*, maldito seas!

La única ceja de Inch se enarcó, como un puente levadizo.

—Naglimund. Va a ir a Naglimund, ¿verdad? —En su ojo había un brillo de ansiedad.

—Eso no tiene por qué preocuparte, mono rajado —respondió Pryrates, sin contemplaciones—. ¡Sólo tienes que acabarlas! Ya sabes por qué se te concedió un puesto de tanta responsabilidad, pero podemos volver a quitártelo…

Pryrates sintió que el supervisor lo miraba mientras se alejaba y advirtió la presencia de aquella especie de mole en la humeante y parpadeante luz. Se preguntó si había hecho bien en dejar vivir a aquel bruto y si, en caso contrario, debería rectificar ese error.

El sacerdote llegó a uno de los descansillos de la escalera, con pasillos que conducían a derecha y a izquierda y que asimismo llevaban al próximo grupo de escalones, cuando una oscura figura le salió al paso, apareciendo de repente desde las sombras.

—¿Pryrates?

Tenía tal dominio de sus nervios que no hubiera gritado ni aunque lo hubiesen cortado con un hacha; sin embargo, sintió un sobresalto.

—Majestad —dijo, sin alterarse.

Elías, sin que se tratase de ningún tipo de broma sobre el aspecto de los trabajadores de la fundición, llevaba la negra capucha de su abrigo sobre el rostro. Últimamente siempre se lo podía ver así, al menos cuando estaba fuera de sus habitaciones, y siempre que llevase la espada enfundada. Aquella espada le había dado más poder al rey del que nunca había obtenido ningún mortal, pero ello no había sido alcanzado sin tener que pagar un precio. El sacerdote rojo era lo suficientemente listo como para saber que la cuenta que pasaban aquellas transacciones eran muy altas y materia de una ciencia sutil.

—No..., no puedo dormir, Pryrates.

—Es comprensible, sire. Soportáis muchas responsabilidades.

—Vos me ayudáis... en muchas de ellas. ¿Has ido a ver las máquinas de sitio?

Pryrates asintió, y se percató de que el encapuchado Elías no debía de poder ver nada en la oscura escalera.

—Sí, mi señor. Me gustaría freír en aceite a Inch, ese cerdo de capataz, encima de uno de sus propios fuegos. Las tendremos, sire, las tendremos, de una forma u otra.

El rey guardó silencio durante largo rato y golpeó repetidamente la empuñadura de la espada.

—Naglimund debe ser aplastada —dijo, saliendo de su mutismo—. Josua me desafía.

—Ya no es vuestro hermano, sire, sólo es vuestro enemigo —apuntó el sacerdote.

—No, no... —rectificó Elías, lentamente, mientras parecía hundido en sus pensamientos—. Es mi hermano. Por eso no le puede ser permitido el desafiarme. Me parece algo obvio. ¿No lo es, Pryrates?

—Desde luego, majestad.

El rey se embozó aún más en la capucha, como para guarecerse de un frío viento, pero el aire era caliente a causa de la fundición.

—¿Habéis encontrado ya a mi hija? —preguntó el monarca, levantando la mirada.

El sacerdote pudo ver levemente en el interior de la capucha el brillo de los ojos y lo sombrío del rostro del rey.

—Como ya os dije, sire, si no se ha dirigido a Nabban, a reunirse con la familia de su madre que allí reside, y nuestros espías no lo creen así, entonces está en Naglimund, con Josua.

—Miriamele. —El nombre pronunciado pareció caer por el hueco de la escalera—. ¡Tengo que conseguir que vuelva! ¡Debo hacerlo! —Elías extendió una mano que cerró hasta convertirla en un puño—. Ella es un pedazo de carne buena que debo salvar del esqueleto de la casa de mi hermano. El resto lo pisotearé en el polvo.

—Ahora tenéis el poder para conseguirlo, mi rey —declaró Pryrates—. Y también tenéis poderosos amigos.

—Sí —asintió lentamente el Supremo Rey—. Sí, es cierto. ¿Qué hay del cazador Ingen Jegger? No ha encontrado a mi hija, pero tampoco ha regresado. ¿Dónde está?

—Todavía persigue al chico del mago, majestad. Se ha convertido en una especie de... rencor.

El sacerdote agitó una mano, como para tratar de hacer desaparecer el desagradable recuerdo del rimmerio negro.

—Ha sido derrochado un gran esfuerzo, me parece, para encontrar a ese muchacho del que decís que conoce unos cuantos de nuestros secretos. —El soberano enarcó las cejas y habló roncamente—. Siento todos esos problemas como si los tuviera marcados en la piel, y no me gusta.

Por un instante pareció que sus ocultos ojos brillaban de cólera. Se dio la vuelta para irse, pero se detuvo a medio movimiento.

—¿Pryrates? —Su voz parecía haber vuelto a cambiar.

—¿Sí, sire?

—¿Creéis que dormiré mejor... cuando caiga Naglimund y tenga a mi hija de vuelta en casa?

—Estoy seguro de ello, mi señor.

—Bien. Entonces disfrutaré aún más al saberlo.

Elías desapareció por el sombrío pasillo. Su consejero no se movió, pero escuchó cómo los pasos del rey se mezclaban con los golpes de los martillos de Erkynlandia, cuyo estruendo llegaba monótonamente de las profundidades.

34

LAS ESPADAS OLVIDADAS

Vorzheva estaba muy enfadada. El cepillo temblaba en su mano y la línea roja se extendía por la barbilla.

—¡Mirad lo que he hecho! —exclamó, con un tono de irritación que pesaba sobre su acento thrithingo—. Sois cruel al darme prisa. —Se limpió la boca con un pañuelo y volvió a comenzar.

—Por Aedón, mujer, hay cosas más importantes que pintarse los labios —dijo Josua, y se levantó para volver a caminar arriba y abajo de la habitación.

—¡No me habléis así, señor! Y no andéis de esa forma detrás de mí… —la mujer agitó la mano, en busca de palabras— de aquí para allá. Si queréis echarme al pasillo como si fuese una prostituta, decídmelo al menos ahora para poder prepararme.

El príncipe cogió un atizador y se detuvo para remover las brasas.

—No vais a ser «echada al pasillo», mi señora.

—Si soy vuestra señora —se revolvió Vorzheva—, ¿por qué no puedo quedarme? Os avergonzáis de mí.

—No podéis permanecer aquí porque hablaremos de cosas que no son de vuestro interés. Por si no lo habíais notado, nos estamos preparando para la guerra. Os pido perdón si eso os causa malestar —gruñó y se levantó, dejando el atizador apoyado contra el hogar—. Id a hablar con las demás damas. Alegraos de no tener que soportar lo que soporto yo.

Vorzheva se dio la vuelta para enfrentarse a él.

—¡Las otras damas me odian! —exclamó, con ojos entrecerrados y un mechón de su negro cabello balanceándose suelto a través de su mejilla—. Las he oído hablar entre ellas sobre la marrana de las praderas que tiene el príncipe Josua. ¡Y *yo las odio*, a esas vacas norteñas! ¡En la tierra de mi padre habrían sido azotadas por tal…, tal… —la mujer luchó con la aún no del todo familiar lengua— tal falta de respeto! —Inspiró profundamente para recuperar la calma—. ¿Por qué os mostráis tan distante conmigo, señor? —preguntó—. ¿Y por qué me trajisteis aquí, a este frío país?

El príncipe levantó la mirada y durante unos instantes su severo rostro pareció suavizarse.

—A veces yo también me lo pregunto. —Movió lentamente la cabeza—. Por favor, si no queréis la compañía de las demás damas de la corte, llamad entonces al juglar para que cante para vos. Por favor. No quiero tener una discusión esta noche.

—Ni ninguna noche —replicó Vorzheva—. ¡No parecéis quererme para nada, sólo os interesan las cosas viejas! ¡Sí, sí, sólo eso os interesa! ¡Vos y vuestros viejos libros!

La paciencia de Josua se agotaba.

—Los acontecimientos sobre los que hablaremos esta noche ocurrieron hace mucho tiempo, pero su importancia llega hasta causarnos los presentes problemas. ¡Condenación, mujer, soy el príncipe del reino, y no puedo evadirme de mis responsabilidades!

—Lo hacéis mejor de lo que creéis, príncipe Josua —respondió con tono helado, mientras se echaba la capa sobre los hombros. Cuando llegó a la puerta, se volvió.

—Odio la forma en la que pensáis en el pasado, en los viejos libros, viejas batallas, viejas historias… —frunció los labios—, viejos amores.

La puerta se cerró tras ella.

—Os damos las gracias, príncipe Josua, por permitirnos entrar en vuestras habitaciones —dijo el gnomo. Su redonda faz aparecía turbada—. No os habría pedido tal cosa si no creyese que era importante.

—Desde luego, Binabik —replicó el príncipe—. Yo también prefiero hablar en lugares tranquilos.

El hombrecillo y el viejo Jarnauga habían cogido unos pesados taburetes de madera para sentarse junto a Josua, a la mesa. El padre Strangyeard, que los acompañaba, paseaba tranquilamente por la habitación, admirando los tapices que adornaban las paredes. En todos los años que llevaba en Naglimund, era la primera vez que accedía a las estancias privadas del príncipe.

—Todavía estoy asombrado por las cosas que escuché ayer por la noche —explicó Josua, y después hizo un gesto para señalar las hojas de pergamino que Binabik había extendido ante él—. ¿Y ahora decís que todavía hay más cosas que debo conocer? —sonrió—. Dios debe de querer castigarme al proporcionarme la pesadilla de tener que mandar un castillo bajo sitio y luego complicándolo todo con esto.

Jarnauga se inclinó hacia adelante.

—Si recordáis, mi señor, no hablamos de una pesadilla, sino de una oscura realidad. Ninguno de nosotros puede permitirse el lujo de pensar que esto no es sino una fantasía.

—Desde que llegué, el padre Strangyeard y yo hemos investigado durante días en los archivos del castillo —explicó Binabik— tratando de encontrar el sentido del enigma de las espadas.

—¿Os referís al sueño del que me hablasteis? —preguntó Josua, hojeando ociosamente las páginas del escrito que reposaba sobre la mesa—. ¿El que vos y el muchacho tuvisteis en la casa de la hechicera?

—Y no sólo ellos —declaró Jarnauga, con los ojos cortantes de color azul hielo—. Las noches anteriores a mi partida de Tungoldyr, yo también soñé con el gran libro. *Du Svardenvyrd* aparecía escrito sobre él en letras de fuego.

—He oído hablar de la obra de Nisses, desde luego —asintió el príncipe—, cuando era un joven estudiante con los hermanos jesurianos; pero ya no existe. ¿Seguro que no vais a decirme que habéis encontrado una copia aquí, en la biblioteca del castillo?

—No porque no la hayamos buscado —replicó Binabik—. Si tuviera que estar en alguna otra parte, además de en Sancellan Aedonitis, sería aquí. Strangyeard ha reunido una biblioteca llena de maravillas.

—Muy amable —dijo el archivador, estudiando un tapiz que había en la pared, como para que el enrojecimiento debido al placer no hiciera peligrar su reputación de historiador de altura.

—De hecho, a pesar de las investigaciones de Strangyeard y de las mías propias, ha sido Jarnauga el que ha resuelto nuestro problema —continuó el gnomo.

El anciano se adelantó y golpeó el pergamino con un rugoso dedo.

—Fue un golpe de suerte que creo que nos irá bien a todos. En una ocasión, Morgenes se puso en comunicación conmigo para hacerme unas preguntas sobre Nisses, que era, claro, un rimmerio, al igual que yo, que le ayudasen a rellenar algunos vacíos en la historia escrita de vuestro padre, el rey Juan. Siento decir que le fui de escasa ayuda. Le dije todo lo que sabía. Pero recuerdo en qué consistían sus preguntas.

—Y —prosiguió Binabik, excitado— otro golpe de suerte: lo que el joven Simón salvó de la destrucción de las habitaciones de Morgenes fue… ¡este libro! —El hombrecillo cogió un haz de pergaminos con su morena mano y lo agitó ante sí—. *La vida y el reinado del rey Juan el Presbítero*, por Morgenes Ercestres, el doctor Morgenes de Erchester. ¡De alguna manera, el doctor todavía está entre nosotros!

—Le debemos mucho más de lo que podamos imaginar —pronunció Jarnauga, con solemnidad—. Vio la llegada de los oscuros días y realizó numerosos preparativos; algunos de ellos *todavía* nos resultan desconocidos.

—Pero el que más importa en estos momentos —interrumpió el gnomo— es éste: su vida del Preste Juan. ¡Mirad!

Puso los papeles en manos de Josua. El príncipe pasó algunas hojas y después levantó la mirada, sonriendo débilmente.

—Leer la enrevesada y arcaica lengua de Nisses me lleva a recordar mis días de estudiante, cuando rebuscaba en los archivos de Sancellan Aedonitis. —Movió la cabeza—. Esto es fascinante, desde luego, y os ruego que me concedáis algún tiempo para leer la obra completa de Morgenes; pero sigo sin entenderlo. —Señaló la página que había leído—. Aquí hay una descripción de la forja de la espada *Dolor*, pero no veo nada que no nos haya contado ya Jarnauga. ¿De qué ayuda puede sernos esto?

Binabik, con el permiso de Josua, volvió a coger el pergamino.

—Debemos mirar con más atención, príncipe —dijo el gnomo—. Morgenes cita a Nisses, y el hecho de que ahora por fin haya leído algo del *Du Svardenvyrd* sólo me confirma los recursos del doctor, al hablar de las otras dos «Grandes Espadas». Dos más, aparte de *Dolor*. Aquí, dejadme leer lo que Morgenes dice que son las propias palabras de Nisses.

Binabik se aclaró la garganta y empezó.

La primera Gran Espada llegó en su forma original, desde el cielo, hace más de mil años.

Jesuris Aedón, a quien nosotros, la Madre Iglesia, llamamos hijo del Avatar de Dios, colgó durante nueve días y noches, clavadas Sus Manos y Pies al Árbol de la Ejecución en la plaza, ante el templo de Yuvenis, en Nabban. Este Yuvenis era el dios pagano de la Justicia, y el emperador nabbano solía colgar a los criminales convictos de las fuertes ramas del Árbol de Yuvenis. Así que colgó a Jesuris del Lago, culpable de sacrilegio y rebelión por proclamar un único Dios. Lo colgó boca abajo, como si fuera un buey muerto.

La novena noche se oyó un gran rugido, y un rayo de fuego

proveniente del cielo cayó sobre el templo y lo hizo estallar en mil pedazos, matando a todos los jueces y sacerdotes paganos en su interior. Cuando desapareció el humo y el hedor, el Cuerpo de Jesuris Aedón había desaparecido, y se oyó una potente voz que anunció que Dios Lo había llevado al cielo y castigado a Sus enemigos, aunque otros aseguraron que los pacientes discípulos de Jesuris habían desclavado Su cuerpo y escapado en medio de la confusión. Los que así hablaron pronto callaron, y la Palabra del milagro se esparció por todos los barrios de la ciudad. Así dio comienzo la decadencia de los dioses paganos de Nabban.

Entre los humeantes escombros del templo sólo permanecía una grande y abrasada piedra. Los aedonitas proclamaron que se trataba del altar pagano, derretido ahora por los Fuegos Vengadores del único Dios.

Yo, Nisses, en cambio, creo que se trató de una estrella llameante que cayó a la Tierra desde los cielos, como sucede de vez en cuando.

Después, y de los restos del altar, fue extraída una gran pieza, que el forjador del emperador encontró trabajable. Así pues, el metal proveniente del cielo recibió forma y se convirtió en una espada. Recordando las ramas que hirieron la Espalda de Jesuris, la espada de las estrellas —como supongo que era— fue llamada ESPINA, *y en su interior albergaba un gran poder.*

—De esa forma —dijo Binabik—, la espada *Espina* pasó a través de la línea de los gobernantes nabbanos para llegar finalmente a…

—A sir Camaris, el amigo más estimado por mi padre —acabó de decir Josua—. Son muchas las historias sobre *Espina*, la espada de Camaris, pero hasta hoy no he sabido de dónde provenía…, si es que podemos creer a Nisses. Este pasaje tiene un ligero tufo a herejía.

—Las afirmaciones que hace pueden estimarse como verdaderas, alteza —añadió Jarnauga, mesándose la barba.

—Aun así —prosiguió el príncipe—, ¿qué significa? La espada de Camaris se perdió cuando él se ahogó.

—Dejad que lea algo más de los escritos de Nisses —replicó el gnomo—. Aquí, donde habla de la tercera parte del rompecabezas.

La segunda de las Grandes Espadas vino desde el mar, y viajó por el salado océano desde occidente hasta Osten Ard.

Durante años, los salteadores del mar habían llegado regu-

larmente a esta tierra desde el lejano y frío país que llamaban Ijsgard, sólo para regresar a través de las olas cuando habían acabado con el pillaje.

Entonces fue cuando ocurrió alguna tragedia o suceso en sus tierras nativas que obligó a los hombres de Ijsgard a abandonar su país y venir junto con sus familias a Osten Ard, para asentarse en el norte, en Rimmersgardia, mi propia tierra.

Cuando desembarcaron, su rey Elvrit dio gracias a Udún y a sus otros dioses paganos, y mandó que la quilla de hierro de su barco Dragón fuese convertida en una espada que protegiese a su pueblo en la nueva tierra.

Así fue como la quilla se entregó a los dverningos, una secreta e industriosa raza que separó el metal puro del trascendente mediante métodos desconocidos, y con él hicieron una larga y brillante hoja.

Pero en la discusión que hubo sobre el pago entre el rey Elvrit y el jefe de los dverningos, no se llegó a un acuerdo, y el rey mató al herrero y tomó la espada sin pagar por ello, lo que fue causa de posterior infortunio.

Pensando que habían acabado de llegar a una nueva patria, Elvrit la llamó MINNEYAR, *que significa «Año de Memoria».*

El gnomo acabó de leer y se dirigió hacia la mesa para beber.

—Así, Binabik de Yiqanuc, hay dos poderosas espadas —resumió Josua—. Tal vez este maldito año me haya reblandecido los sesos, pero no puedo pensar en el significado que todo ello tiene para nosotros.

—Tres espadas —rectificó Jarnauga—, contando *Jingizu* de Ineluki, a la que llamamos *Dolor. Tres* grandes espadas.

—Debéis leer esta última parte del libro de Nisses que cita Morgenes, príncipe Josua —dijo Strangyeard, uniéndose finalmente a ellos. Cogió los pergaminos que Binabik había dejado sobre la mesa—. Aquí, por favor. Este trozo de poema, al final de los escritos del loco.

Josua leyó en voz alta:

> *Cuando el hielo cubra la campana Claves*
> *y las sombras caminen sobre los caminos,*
> *cuando las aguas se ennegrezcan en el pozo,*
> *tres espadas deben volver a aparecer.*

> *Cuando los bukken salgan de la tierra,*
> *y los Hunën de las alturas desciendan,*

cuando la Pesadilla impida el Sueño tranquilo,
tres espadas deben volver a aparecer.

Para vencer el advenimiento del Destino,
para vencer las Nieblas del Tiempo,
si lo Tierno debe resistir a lo Podrido,
tres espadas deben volver a aparecer.

—Creo…, creo que lo entiendo —admitió el príncipe, con creciente interés—. Parece ser una profecía de los días que vivimos, como si Nisses supiera que Ineluki iba a regresar algún día.

—Sí —afirmó Jarnauga, cogiéndose la barba mientras miraba por encima del hombro de Josua—, y, en apariencia, si las cosas ocurren como dijo, tres espadas deben volver a aparecer.

—Nuestro entendimiento, príncipe —dijo Binabik—, es que si el Rey de la Tormenta puede ser de alguna forma derrotado, es a través de la búsqueda de esas tres espadas.

—¿Las tres espadas de las que habla Nisses? —preguntó Josua.

—Así parece.

—Pero, si lo que el muchacho vio es cierto, *Dolor* ya está en manos de mi hermano. —El príncipe frunció el entrecejo, y su pálida ceja se confundió con las arrugas de su frente—. Si fuera tan simple como ir y cogerla de Hayholt, no estaríamos aquí escondidos en Naglimund.

—Debemos preocuparnos de *Dolor* al final, mi señor —aconsejó Jarnauga—. Ahora debemos movernos para tratar de asegurarnos las otras dos. Soy famoso por mis ojos y mi visión entrenada, pero ni siquiera *yo* puedo ver el futuro. Tal vez se nos abriría un camino al arrebatarle *Dolor* a Elías, pero tal vez cometamos algún error. No, es a *Espina* y a *Minneyar* a las que debemos buscar en estos momentos.

Josua se reclinó en su silla y cruzó un tobillo sobre el otro, mientras se presionaba los cerrados ojos con la punta de los dedos.

—¡Todo esto parece un cuento para niños! Hace un frío de invierno en pleno junen…, vuelve a aparecer el Rey de las Tormentas, que es un príncipe sitha muerto…, y ahora una desesperada búsqueda de unas espadas perdidas hace muchísimo tiempo. ¡Qué locura! ¡Es un disparate! —Abrió los ojos y se echó hacia adelante—. Pero ¿qué podemos hacer? Creo en todo lo que habéis dicho…, así que yo también debo de estar loco.

El príncipe se puso en pie y empezó a caminar. Los demás lo observaron, satisfechos de haber conseguido, a pesar de la poca esperanza que mantenían, convencer a Josua de la extraña y horrible verdad.

—Padre Strangyeard —dijo finalmente—, ¿podríais ir a buscar al duque Isgrimnur? He hecho salir a mis pajes y a todos los demás a fin de mantener el secreto.

—Ciertamente —respondió el archivador, y salió corriendo de la habitación, con los hábitos revoloteando alrededor de su delgada figura.

—A pesar de lo que ocurra —declaró Josua—, tendré muchas cosas que explicar en la Raed de esta noche. Quisiera tener a Isgrimnur a mi lado. Los barones saben que es un hombre práctico, mientras que todavía sospechan un poco de mis años en Nabban y de mis extrañas costumbres. —Sonrió con cansancio—. Si esas cosas de locura son ciertas, entonces significa que nuestra tarea es más compleja de lo que ya era. Si el duque de Elvritshalla se pone de mi parte, creo que los barones también lo harán; pero no compartiré con ellos esta última información, aunque ello represente una pequeña esperanza. Desconfío de la habilidad de algunos de los lores para mantener en silencio tan sorprendentes secretos.

El príncipe suspiró.

—Ya estaban las cosas bastante mal cuando sólo teníamos a Elías como enemigo. —Se detuvo y miró la chisporroteante chimenea. Sus ojos brillaron como humedecidos—. Mi pobre hermano...

Binabik levantó la mirada, sorprendido por el tono de voz que había empleado en sus últimas palabras.

—Mi pobre hermano... —volvió a decir Josua—. Ahora debe de encontrarse en el centro de la pesadilla. ¡El Rey de la Tormenta! ¡Las Zorras Blancas! No creo que supiera lo que estaba haciendo.

—*Alguien* sabía lo que hacían, príncipe —declaró el gnomo—. El señor del Pico de las Tormentas y sus secuaces no van, a mi entender, bailando casa por casa, como buhoneros ambulantes vendiendo sus mercancías.

—Oh, no dudo de que Pryrates llegase hasta ellas de alguna forma —dijo Josua—. Lo conozco a él y conozco también su impía sed de sabiduría prohibida desde los viejos días en el seminario de los padres jesurianos. —Agitó la cabeza con pesar—. Pero Elías, aunque es valiente como un oso, siempre desconfió de los secretos escondidos en los viejos libros, y sentía desprecio por su estudio. También temía hablar de espíritus o de demonios, todo se vino abajo después..., después de la muerte de su esposa. Me pregunto si piensa que vale la pena todo el terror que cosechará a cambio de su trato. Me pregunto si ahora ya se arrepiente de ello. ¡Qué terribles aliados! Pobre Elías enloquecido...

Volvía a llover y, cuando Strangyeard regresó con el duque, ambos se habían empapado al cruzar el patio. Isgrimnur apareció en el umbral de la puerta como un caballo salvaje.

—Estaba junto a mi mujer —explicó—. Ella y las demás huyeron ante la llegada de Skali, y se dirigieron a Thane Tonnrud, su tío. Ha venido con media docena de mis hombres y una veintena de mujeres y niños. Tiene el mordisco del hielo en los dedos, pobre Gutrun.

—Siento haberos apartado de ella, Isgrimnur, especialmente si está herida —se disculpó el príncipe, levantándose y estrechándole la mano.

—Ah, no hay mucho que yo pueda hacer. Tiene a nuestras muchachas que la ayudan. —El duque se encogió de hombros, pero había orgullo en su voz—. Es una mujer fuerte. Me ha dado hijos fuertes.

—Y nosotros enviaremos ayuda a Isorn, el mayor de ellos, no os preocupéis. —Josua lo condujo junto a la mesa y le alargó el manuscrito de Morgenes—. Parece que deberemos luchar en más de una batalla.

Cuando Isgrimnur hubo leído el enigma de las espadas y hubo planteado algunas preguntas, volvió a leer las páginas.

—Entonces —preguntó finalmente—, ¿creéis que este trozo de poesía es la clave de todo?

—Si os referís a la clase de llave que *cierra* una puerta —dijo Jarnauga—, sí, eso creemos. Y parece que eso es lo que debemos hacer encontrar las espadas de la profecía de Nisses, espadas que acorralarán al Rey de la Tormenta.

—Pero vuestro chico asegura que Elías tiene la espada sitha, y de hecho yo lo vi llevar un arma desconocida cuando me permitió marchar hacia Elvritshalla. Era una cosa extraña y grande.

—Eso lo sabemos, duque —interrumpió Binabik—. Son las otras dos las que hemos de buscar.

Isgrimnur miró sospechosamente al gnomo.

—¿Y qué queréis de mí, hombrecito?

—Tan sólo vuestra ayuda, en cualquier forma que podáis prestarla —respondió Josua, acercándose a él para dar unas palmadas sobre el hombro del rimmerio—. Y Binabik de Yiqanuc está aquí por la misma *razón*.

—¿Habéis oído algo sobre el destino de *Minneyar*, la espada de Elvrit? —preguntó Jarnauga—. Confieso que debería saberlo, pues el propósito de nuestra Liga es hacernos con dichos conocimientos, pero *Minneyar* ha desaparecido de las historias que conocemos.

—La conozco desde que me la explicó mi abuela, que contaba muchas historias —declaró Isgrimnur, mordiéndose el bigote al recordar—. A través del linaje de Elvrit llegó a Fingil *Mano Roja*, y desde él a su hijo Hjeldin; y después, cuando Hjeldin se tiró desde la torre, con Nisses muerto en el suelo, tras él, el lugarteniente de Hjeldin, Ikferdig, la tomó, junto con la corona de los rimmerios de Fingil y del señorío de Hayholt.

—Ikferdig murió en Hayholt —explicó tímidamente Strangyeard, que se calentaba las manos en la chimenea—. En mis libros se lo llama el Rey Quemado.

—Muerto por el fuego del dragón *Shurakai* —dijo Jarnauga—. Asado en su sala del trono como un conejo.

—Así pues… —murmuró Binabik, pensativo, mientras el amable Strangyeard se estremecía al escuchar las palabras de Jarnauga—, *Minneyar* todavía está en el interior de los muros de Hayholt, en alguna parte…, o fue destruida por el fuego del dragón rojo.

Josua se levantó y se dirigió hacia la chimenea, donde permaneció mirando las llamas. El sacerdote se alejó para no molestar a su príncipe.

—Dos confusas e infaustas alternativas —expuso el hermano de Elías, sonriendo y volviéndose hacia el padre Strangyeard—. Hoy no me habéis traído buenas noticias, hombres sabios. —Al oír esas palabras el archivador pareció taciturno—. Primero me decís que vuestra única esperanza es encontrar el trío de legendarias espadas, y ahora decís que dos de ellas están en la fortaleza de mi hermano y enemigo, si es que existen —suspiró—. ¿Qué pasa con la tercera? ¿Tal vez la usa Pryrates para cortar la carne en la mesa?

—*Espina* —intervino Binabik, trepando hasta sentarse en la mesa—. La espada del gran caballero que fue Camaris.

—Hecha de la piedra del cielo que destruyó el templo de Yuvenis en el antiguo Nabban —completó Jarnauga—. Pero seguramente cayó al fondo del mar, junto al gran Camaris, cuando éste se ahogó en la bahía de Firannos.

—¡Veis! —gritó Josua—. Dos que tiene mi hermano, y la tercera en el fondo del celoso océano. Hemos perdido antes de empezar.

—No hay duda de que también hubiera parecido imposible que el trabajo de Morgenes sobreviviera a su destrucción y a la de sus estancias —dijo Jarnauga, y su voz tenía un acento severo—, y que después llegase sano y salvo, a través de peligros, hasta nosotros, para que pudiésemos leer la profecía de Nisses. Pero sobrevivió, y llegó hasta nosotros. *Siempre* hay esperanza.

—Perdonadme, príncipe, pero parece que sólo queda una cosa por hacer —apuntó el gnomo, asintiendo desde la mesa—, y es volver a los archivos y buscar hasta que encontremos la respuesta al acertijo de *Espina* y de las otras espadas. Y debemos encontrarla pronto.

99

—Pronto, en verdad —añadió Jarnauga—, pues estamos perdiendo un tiempo tan valioso como los diamantes.

—Hay que conseguirlo —concluyó Josua; cogió una silla, la llevó junto a la chimenea y se sentó en ella—. Hay que conseguirlo cueste lo que cueste, pero temo que nuestro tiempo ya se ha acabado.

—¡Maldición!, maldición y maldición —exclamó Simón, lanzando desde las almenas otra piedra contra el viento.

Naglimund parecía levantarse sobre una gris vaciedad, como una montaña sobresaliendo en un mar de lluvia.

—¡Maldición! —añadió, y se agachó para buscar otra piedra en el mojado suelo.

Sangfugol lo miró, con su fino capelo hecho una masa mojada sobre su cabeza.

—Simón —dijo, de mal humor—, no puedes quejarte de esa forma. Primero los maldices a todos por llevarte arrastrando tras ellos como un saco de guijarros, y luego tiras piedras porque no has sido invitado a las deliberaciones de esta tarde.

—Ya lo sé —respondió el chico, y lanzó otro proyectil desde las murallas del castillo—. No sé lo que quiero. No sé nada de nada.

El juglar frunció el entrecejo.

—Lo que me gustaría saber es lo siguiente: ¿qué es lo que estamos haciendo aquí? ¿Es que no hay mejor sitio para sentirse miserable y dejado a un lado? En estas almenas hace más frío que en el agujero de un retrete. —Dejó que los dientes le castañetearan para ver si inspiraba piedad—. ¿Por qué estamos aquí?

—¡Porque un poco de viento y lluvia despeja la mente de un hombre! —gritó Towser, mientras se acercaba a sus dos compañeros a través de las almenas—. No hay mejor remedio para una noche de borrachera.

El viejo guiñó un ojo a Simón, el cual creía que aquél se había marchado hacía tiempo, a causa de la gracia que le hacía ver estremecerse a Sangfugol en el interior de sus hermosos ropajes de terciopelo verde.

—Bueno —dijo el juglar, como un miserable gato empapado—, bebes como un hombre en su juventud, Towser, o en su segunda niñez; supongo que no debe sorprendernos verte hacer cabriolas por los muros sólo por diversión, como si fueses un pícaro.

—Ah, Sangfugol —respondió el viejo, con una arrugada sonrisa, y observando cómo otro de los proyectiles de Simón se hundía en las aguas que cubrían el lugar en que había estado el patio de armas—, eres demasiado... ¡Ah! —señaló—. ¿No es ése el duque Isgrimnur? Había oído decir que había vuelto. ¡*Eh, duque*! —gritó el bufón, y agitó las manos al dirigirse a la recia figura.

El noble levantó la cabeza entre la lluvia sesgada.

—¡Duque Isgrimnur! ¡Soy Towser!

—¿Eres tú? —gritó aquel—. ¡Maldito seas, pero si eres tú, maldito hijo de puta!

—¡Venid, venid! —añadió Towser—. ¡Venid y explicadme cuál es la noticia!

—No es de extrañar que lo haga —dijo Sangfugol con sorna, mientras el duque se metía hasta los tobillos en el encharcado patio y se dirigía hacia el hueco de la escalera—. La única persona, aparte de un viejo loco, que subiría aquí por propia voluntad *sería* un rimmerio. Seguro que incluso hace calor para él, pues de momento no cae granizo ni nieva.

Mientras Isgrimnur y el bufón intercambiaban novedades, Simón siguió lanzando piedras y Sangfugol permaneció con una mirada de paciente y desesperado sufrimiento. Al cabo de poco tiempo, y de forma sorprendente, la conversación del rimmerio dejó a un lado las mutuas amistades y las cosas de su tierra para dirigirse a temas más oscuros. Mientras el duque hablaba de la creciente amenaza de la guerra y de la sombra del norte, el muchacho sintió que lo inundaba todo el frío que los vientos, extrañamente, se habían encargado de amortiguar hasta entonces. Cuando el noble empezó a hablar en susurros sobre el Amo del Norte y después se cortó, diciendo algo sobre cosas que eran demasiado pavorosas como para hablarlas en las almenas, el frío pareció penetrar aún más en el cuerpo de Simón. Miró hacia la oscura lejanía, al negro corazón de la tormenta que se acercaba más allá de la lluvia, por el horizonte del norte, y se sintió penetrando de nuevo en su viaje del sendero de los sueños...

«La desnuda verdad de la montaña de piedra, su halo de amarillentas llamas, la reina con la máscara plateada en su trono de hielo, y las voces que salían de lo más intrincado de las rocas...» Negros pensamientos se apoderaron de él, aplastándolo como el borde de la gran rueda. Estaba seguro de que sería tan fácil adentrarse en la oscuridad, en la calidez que se extendía más allá del frío de la tormenta...

«... Está tan cerca... tan cerca...»

—¡Simón! —llamó una voz en su oído.

Una mano lo cogió del codo. El muchacho miró hacia abajo, sobresaltado, para ver el borde de las almenas a escasas pulgadas de su pie y el agua arrullada por el viento que cubría el patio de armas, al rondo.

—¿Qué ibas a hacer? —preguntó Sangfugol, sacudiéndole el brazo—. Si te cayeses de lo alto de este muro, se te romperían algo más que unos pocos huesos.

—Estaba… —respondió Simón, y sintió que una espesa niebla seguía cubriendo sus pensamientos, una niebla que poco a poco iba desapareciendo—. Yo…

—¿*Espina?*—inquirió Towser en voz baja, en respuesta a algo que había dicho Isgrimnur.

El chico se volvió y vio al pequeño bufón tirando de la capa del rimmerio, como si fuese un niño impertinente.

—¿Habéis dicho *Espina*? Bueno, entonces, ¿por qué no os habéis dirigido a mí de inmediato? ¿Por qué no se lo habéis preguntado al viejo Towser? ¡Yo sé todo lo que pasó, y creo ser el único!

El anciano se volvió hacia Simón y Sangfugol.

—Porque, ¿quién ha permanecido durante más tiempo con nuestro Juan? ¿Quién? He hecho bromas, saltado y jugado con él durante sesenta años. Y también para el gran Camaris. Yo lo vi llegar a la corte. —Se dio la vuelta para mirar de nuevo al duque, y en sus ojos había un brillo que Simón no había observado con anterioridad—. Soy el hombre que buscáis —prosiguió Towser, con orgullo—. ¡Deprisa! Llevadme ante el príncipe Josua.

El viejo bufón estevado casi pareció bailar, tan ligeros eran sus pasos, mientras conducía al algo reticente rimmerio hacia las escaleras.

—¡Gracias a Dios y a Sus ángeles! —dijo Sangfugol, observándolos—. Propongo que vayamos inmediatamente a echarnos algo al coleto, a humedecernos por dentro para contrarrestar la humedad exterior.

Se llevó a Simón, que todavía movía la cabeza, de las almenas batidas por la lluvia y lo condujo a través de las escaleras iluminadas con antorchas, fuera del alcance de los vientos del norte y en dirección a lugares más cálidos.

—Entendemos el lugar que tienes en los acontecimientos, buen Towser —dijo Josua, impaciente. El príncipe, quizá para resguardarse del frío, se había puesto una bufanda de lana alrededor del cuello. La punta de su fina nariz presentaba un tenue color rosado.

—Sólo quiero que veáis las circunstancias que se daban en aquel momento —insistió el viejo—. Si tuviese una copa de vino me resultaría más fácil hablar e iría al grano directamente.

—Isgrimnur —gruñó Josua—, ¿podríais encontrar algo que pudiese beber nuestro venerable bufón, o me temo que tendremos que estar aquí hasta Aedontide para oír la historia completa?

El duque de Elvritshalla se dirigió al armario de cedro que se encontraba junto a la mesa del príncipe, en el que encontró una jarra llena de vino tinto de Perdruin.

—Toma —alargó un vaso lleno a Towser, que sorbió un poco y sonrió.

«No es vino lo que quiere —pensó el rimmerio—, es la atención. Estos son días horribles para los jóvenes y los que pueden ayudar, y no digamos para un viejo saltimbanqui cuyo amo murió hace dos años.»

Miró el arrugado rostro del bufón y durante unos instantes pensó que tras un ligero velo se podía observar al niño que había atrapado por debajo.

«Dios me conceda una rápida y honorable muerte —rogó Isgrimnur—, y nunca permita que llegue a ser uno de esos locos que se sientan alrededor de las hogueras de los campamentos para explicar a los jóvenes que las cosas ya no son tan buenas como eran antes. Pero —pensó mientras se dirigía a su silla, oyendo el aullido lobuno del viento en el exterior— parece que en esta ocasión es cierto. Tal vez *hayamos* visto tiempos mejores. Tal vez ahora ya no quede nada excepto perder una batalla contra las fuerzas de la oscuridad»

—¿Veis? —decía Towser—, la espada de Camaris, *Espina*, no se hundió con él en el océano. Se la había entregado a su escudero, Colmund de Rodstanby, para que la pusiese a salvo.

—¿Se desprendió de su espada? —cuestionó Josua, perplejo—. Eso no parece encajar con ninguna de las historias que he escuchado sobre Camaris-sá-Vinitta.

—Ah, pero no lo conocisteis durante ese último año... ¿Cómo podíais si acababais de nacer? —El viejo dio otro sorbo al vino y se quedó mirando al cielo en actitud meditativa—. Sir Camaris se hizo extraño tras la muerte de vuestra madre, la reina Ebekah. Él era su protector, ya sabéis, y adoraba hasta las baldosas por las que vuestra madre caminaba, como si fuese la mismísima Elysia, la Madre del mismo Dios. Siempre se culpó de su muerte, como si pudiera haber curado su enfermedad por la fuerza de las armas, o a través de la pureza de su corazón..., pobre idiota.

Viendo la impaciencia reflejada en el rostro de Josua, Isgrimnur se inclinó hacia el bufón.

—¿Así que le dio la espada a su escudero?

—Sí, sí —respondió el anciano de mala gana, pues no quería que le metieran prisas—. Cuando Camaris se perdió en el mar, cerca de la isla de Harcha, Colmund la hizo suya. Regresó y reclamó las tierras de su familia en Rodstanby, en la Marca Helada, y se convirtió en barón de una provincia de buenas proporciones. *Espina* era un arma que se había hecho famosa a través de todo el mundo, y cuando sus enemigos la veían..., ya que era inconfundible, toda negra, excepto la empuñadura de plata; un hermoso y peligroso instrumento..., ninguno de ellos se quedaba para enfrentársele. A veces ni siquiera tenía que desenfundarla.

—Así pues, ¿se encuentra en Rodstanby? —preguntó lleno de excitación Binabik, desde la esquina—. ¡Eso está a casi dos días a caballo de donde ahora nos encontramos sentados!

—No, no, no —rezongó Towser, agitando el vaso hacia Isgrimnur para que se lo volviese a llenar—. Si podéis esperar, gnomo, os explicaré la historia completa.

Antes de que Binabik, el príncipe o cualquier otro pudiese responder, Jarnauga se levantó de su posición en cuclillas junto al fuego y se inclinó sobre el pequeño bufón.

—Towser —su voz era tan dura y fría como el hielo que se formaba en los tejados durante el invierno—, no podemos esperar a ir a tu paso. Hay una oscuridad que se extiende desde el norte, una sombra fría y fatal. *Debemos* conseguir esa espada, ¿lo entiendes? —Acercó más su rostro al del anciano, y las copetudas cejas del hombrecillo se enarcaron en un gesto de alarma—. Debemos encontrar a *Espina* antes de que el Rey de la Tormenta llame a nuestra puerta. *¿Lo entiendes?*

El bufón se quedó mirando cómo Jarnauga volvía a ocupar su posición en cuclillas, junto a las llamas.

«Bueno —pensó Isgrimnur—, si queríamos que las últimas noticias se esparcieran por toda Naglimund no podíamos haberlo hecho mejor. Aun así, no parece que Towser esté muy incómodo.»

Al viejo le costó unos momentos apartar sus fascinados ojos del norteño. Cuando recuperó el aliento, no pareció estar disfrutando mucho de su posición.

—Colmund —empezó a decir—, sir Colmund oyó historias de viajeros sobre el tesoro escondido del dragón *Igjarjuk*, que se situaba en las alturas de la montaña Urmsheim. Se decía que era un tesoro mucho más rico que cualquier otro que existiese en el vasto mundo.

—Sólo un habitante de las llanuras pensaría en buscar a un dragón de montaña, ¡y por oro! —intervino Binabik, disgustado—. Mi pueblo ha estado asentado durante mucho tiempo en las inmediaciones de Urmsheim, y hemos vivido largo tiempo porque nunca fuimos allí.

—Pero mirad —apuntó el viejo Towser—, la historia del dragón ha formado parte de muchas generaciones. Nunca nadie lo vio, nadie lo oyó... excepto vagabundos de las nieves medio locos. ¡Y Colmund tenía la espada *Espina*, una espada mágica que lo conduciría hasta el tesoro del dragón mágico!

—¡Vaya una estupidez! —exclamó el príncipe—. ¿Es que no tenía todo lo que podía desear? Una poderosa baronía, la espada de un héroe... ¿Por qué tendría que dar crédito a una historia tan absurda?

—Maldita sea mi estampa, Josua —maldijo Isgrimnur—. ¿Por qué hacen los hombres lo que hacen? ¿Por qué colgaron a Nuestro Señor Jesuris cabeza abajo? ¿Por qué encarceló Elías a su hermano e hizo tratos con demonios cuando ya era Supremo Rey de todo Osten Ard?

—En verdad hay cosas en los hombres y las mujeres que los hacen actuar más allá de su voluntad —declaró Jarnauga desde su rincón junto a la chimenea—. A veces lo que buscas está más allá de las fronteras del entendimiento.

Binabik saltó al suelo con agilidad.

—Esta es demasiada charla sobre cosas que desconocemos —dijo—. Todavía seguimos haciéndonos la misma pregunta: ¿dónde está la espada? *¿Dónde está Espina?*

—Perdida en el norte, muy seguro —respondió Towser—. Nunca oí que sir Colmund regresase de su búsqueda. Una de las historias que circulaban era que se había autoproclamado rey de los Hunën, y que todavía vivía allí, en una fortaleza de hielo.

—Parece como si su historia se hubiese mezclado con los antiguos recuerdos sobre Ineluki —señaló Jarnauga, pensativamente.

—Al menos llegó hasta el monasterio de San Skendi, en Vestvennby —dijo inesperadamente el padre Strangyeard, desde el fondo de la habitación. Había salido rápidamente y había regresado sin que nadie se percatase de ello, y en sus mejillas se podía observar una expresión de complacencia—. Las palabras de Towser me dieron una pista, pues creía tener algunos de los libros monásticos de la orden de Skendi, salvados de su cremación durante las guerras de la Marca Helada. Aquí está el libro mayor del prior del año mil ciento treinta y uno de la fundación. Mirad, aquí está registrado el grupo de Colmund—. Le pasó la obra a Josua, que la llevó junto a la luz.

—«Carne seca y fruta» —leyó el príncipe, bizqueando para tratar de descifrar las apenas visibles palabras—. «Mantos de lana, dos caballos...» —levantó la mirada—. Aquí habla de un grupo de «doce y uno», trece. —Le alargó el libro a Binabik, que lo cogió para ir a mirarlo junto a Jarnauga.

—Entonces deben de haber tenido mala suerte —apuntó Towser, volviéndose a llenar la copa—. Las historias que he escuchado hablan de que salió de Rodstanby con más de dos docenas de guerreros escogidos por él mismo.

Isgrimnur miraba tras el gnomo.

«Ciertamente es muy inteligente —pensó el rimmerio—, aunque no confío en él ni en su gente. ¿Y cuál es su vínculo con el muchacho? No estoy muy seguro de que eso me agrade, aunque creo que las historias que ambos explicaron son ciertas.»

—¿De qué nos sirve todo esto? —preguntó en voz alta—. Si la espada está pérdida, está perdida, y lo que nos resta por hacer es únicamente tratar de mejorar nuestras defensas, aquí, todo lo posible.

—Duque Isgrimnur —dijo Binabik—, tal vez es que no acabáis de entenderlo: no tenemos elección. Si en verdad el Rey de la Tormenta es nuestro mayor enemigo, como parece que coincidimos todos en ver, a estas alturas, entonces, la única esperanza que nos queda es conseguir esas tres espadas. Dos están por ahora fuera de nuestro alcance. Eso hace que sólo quede *Espina*, y debemos encontrarla, si es posible.

—No es preciso que me des instrucciones, hombrecillo —gruñó el noble, pero Josua agitó la mano cansado de sus discusiones.

—Ahora necesito calma —manifestó el príncipe—. Por favor, dejadme pensar, Tengo la cabeza llena de tantas cosas que creo que me arde el cerebro. Necesito algunos momentos de tranquilidad.

Strangyeard, Jarnauga y Binabik se reunieron sobre el manuscrito de Morgenes y el libro mayor del monasterio, hablando en susurros. Towser acabó el vino; Isgrimnur también bebía a su lado. Josua se sentó mirando al fuego. Los cansados rasgos del príncipe daban la impresión de estar formados por pergaminos sobre huesos: el duque de Elvritshalla apenas se atrevía a mirarlo.

«Su padre no tenía peor aspecto en sus últimos días —meditó tristemente Isgrimnur—. ¿Tendrá la suficiente fortaleza para liderarnos durante el sitio, que al parecer se acerca más rápidamente de lo que imaginábamos? ¿Tendrá la suficiente fortaleza como para sobrevivir? Siempre ha sido un pensador, se ha preocupado… Aunque por otra parte, no es un inútil con la espada y el escudo.» Sin pensar, el duque se levantó y se acercó con grandes zancadas al lugar en que permanecía el príncipe y posó una mano de oso sobre su hombro.

El príncipe levantó la mirada.

—¿Podéis conseguirme un buen hombre, viejo amigo? ¿Tenéis a alguien que conozca los territorios del nordeste?

Isgrimnur lo miró con confianza.

—Tengo dos o tres. Aunque creo que Frekke es demasiado viejo para el viaje en el que imagino que pensáis. Einskaldir no se apartará de mi lado a menos que lo empuje para cruzar las puertas de Naglimund con la punta de una lanza. Además, me parece que necesitaremos aquí su fuerza, cuando la lucha se haga sangrienta y despiadada. Es como un tejón: tiene la sangre caliente y es valiente, sobre todo cuando se encuentra acorralado —dijo—. En cuanto al resto, puedo daros a Sludig. Es joven y valiente, pero también es inteligente. Sí, Sludig es el hombre que buscáis.

—Bien. —Josua asintió con la cabeza lentamente—. Tengo tres o cuatro a los que puedo mandar, pero será mejor enviar a una pequeña partida.

—¿Para qué, exactamente?

El duque echó un vistazo por la habitación, fijándose en la solidez de sus muros, y volvió a preguntarse si no estarían cazando fantasmas, si el tiempo ventoso no habría afectado su buen juicio.

—Para buscar la espada de Camaris, tío *Piel de Oso* —contestó el príncipe con una débil sonrisa—. Sin duda es una locura, y no tenemos nada mejor que seguir la pista que aparece en viejas historias y en unas cuantas palabras borrosas de los viejos libros, pero es una oportunidad que no podemos permitirnos dejar de lado. En el exterior está soplando un viento de tormenta invernal cuando estamos a mediados de junen. Ninguna de las dudas que podamos mantener puede cambiar ese hecho. —Josua miró alrededor de la habitación con los labios apretados.

«Binabik de Yiqanuq —llamó, y el gnomo corrió hacia él—. ¿Mandaríais una partida sobre la pista de *Espina*? Conocéis las montañas del norte mejor que nadie, excepto, tal vez Jarnauga, que espero también irá.

—Será un honor para mí, príncipe —respondió el hombrecillo, y se dejó caer sobre una rodilla.

Incluso Isgrimnur se vio forzado a sonreír.

—Yo también me siento honrado, príncipe Josua —dijo Jarnauga, incorporándose—, pero creo que no será así. Aquí, en Naglimund, os serviré mejor. Mis piernas ya están viejas, pero mis ojos todavía son diestros. Ayudaré a Strangyeard en los archivos, ya que hay muchas preguntas que piden una respuesta, muchos acertijos tras la historia del Rey de las Tormentas y sobre el paradero de *Minneyar*, la espada de Fingil. También habrá otras situaciones, creo, en las que podré seros útil.

—Alteza —preguntó Binabik—, si existe una plaza vacante, ¿puedo obtener vuestro permiso para llevar conmigo al joven Simón? Morgenes pidió en su última voluntad que el muchacho permaneciese bajo la custodia de mi maestro. Tras la muerte de Ookequk, yo soy ahora el maestro, y no quisiera dejar a un lado esta custodia.

—¿Y será cuidar de él el llevárselo a una loca excursión hacia el desconocido norte? —replicó Josua, escéptico.

El gnomo enarcó una ceja.

—Desconocido para la gente grande, tal vez. Es como el patio de casa para nosotros, el pueblo qanuc. ¿Acaso estará más a salvo encerrado en el castillo que se prepara para guerrear con el Supremo Rey?

El príncipe se pasó la mano por el rostro, como si le doliese la cabeza.

—Supongo que tenéis razón. Si esa ligera esperanza se convierte en nada, habrá pocos lugares a salvo para los que se hayan aliado con el señor de Naglimund. Si el muchacho desea ir, debéis llevarlo. —Descendió la mano y palmeó el hombro de Binabik—. Muy bien, hombrecillo, sois pequeño pero bravo. Volved a vuestros libros y os enviaré a tres erkynos y al hombre de Isgrimnur, Sludig, por la mañana.

—Os lo agradezco, majestad —asintió—, pero creo que es mañana por la noche cuando deberíamos partir. Seremos una pequeña partida, y nuestras esperanzas se centran en evitar atraer la atención del mal sobre nosotros.

—Sea como decís —concluyó Josua, levantando y bajando la mano, como si lo bendijese—. ¿Quién sabe si se trata de una loca búsqueda o de la salvación para todos? Deberíais partir entre los sones de las trompetas y los aplausos. Pero la necesidad trasciende los honores, y la cautela debe ser la consigna. Sabéis que nuestros pensamientos irán con vosotros.

Isgrimnur dudó, pero después se inclinó y estrechó la manita de Binabik.

—Todo esto es malditamente extraño —manifestó—, pero que Dios os acompañe. Si Sludig se muestra conflictivo, perdonadlo. Es algo alborotador, pero su corazón es bueno y su lealtad muy grande.

—Gracias, duque —dijo el gnomo, con seriedad—. Ojalá vuestro dios nos bendiga. Nos dirigimos hacia lugares desconocidos.

—Como hacen todos los mortales —añadió Josua—. Más tarde o más temprano.

—¿Qué? ¿Que le dijiste al príncipe y a todo el mundo que yo iría *adónde*? —gritó Simón, con los puños levantados de rabia—. ¡¿Qué derecho tienes a hacerme eso?!

—Amigo Simón —respondió Binabik, con calma—, no hay ninguna orden para que vayas. Sólo le pedí permiso a Josua para que pudieses participar en esa búsqueda, y lo dio. La elección la tienes tú.

—¡Maldita sea! ¿Qué otra cosa puedo hacer? ¡Si digo que no, todo el mundo pensará que soy un cobarde!

—Simón —el hombrecillo compuso una paciente mirada—, primero: por favor, no utilices tus recientemente aprendidos juramentos de soldado para hablar conmigo. Nosotros, los qanuc, somos un pueblo cortés. Segundo: no es bueno preocuparse tanto por la opinión de los demás. De todas formas, quedarse en Naglimund no será cosa de cobardes.

El muchacho expulsó una gran nube de vapor al respirar y se abrazó. Miró hacia el encapotado cielo, y el débil brillo del sol que se escondía tras las nubes.

«¿Por qué la gente siempre toma decisiones sobre mí sin antes preguntarme? ¿Acaso soy un niño?»

Permaneció sin decir nada durante unos instantes, con la cara coloreada por algo más que el frío, hasta que Binabik levantó una pequeña y amable mano.

—Amigo mío, estoy desolado de que esto no haya supuesto para ti el honor que imaginaba, un honor lleno de horror, de gran peligro, desde luego, pero un honor al fin y al cabo. Te he explicado la importancia que le damos a esa búsqueda y cómo el destino de Naglimund y de todo el norte pende de su consecución. Claro que todos pueden perecer sin fama ni honores en las blancas extensiones del norte. —Dio unas palmaditas sobre los nudillos de Simón y después metió las manos en los bolsillos de su chaqueta forrada de pelo—. Toma —dijo, y puso algo duro y frío entre los dedos del chico.

Momentáneamente distraído, el muchacho abrió la mano y miró. Se trataba de un anillo, un círculo de dorado metal. En él aparecía grabado un único dibujo: un gran óvalo apoyado sobre uno de los lados de un triángulo.

—Es el símbolo de la Liga del Pergamino —explicó Binabik—. Morgenes lo ató a la pata del gorrión, junto con la nota de la que te hablé antes. Al final del mensaje decía que esto era para ti.

Simón lo levantó, tratando de verlo a la luz del pálido sol.

—Nunca vi que lo llevase el doctor —manifestó, un poco sorprendido de que no le trajese ningún recuerdo—. ¿Todos los miembros de la Liga tienen uno? Además, ¿cómo puedo ser merecedor de llevarlo? Apenas sé leer. Y tampoco es que pronuncie demasiado bien.

El gnomo sonrió.

—Mi maestro no tenía ningún anillo de ese tipo, o, cuando menos, nunca se lo vi. En cuanto a lo otro: Morgenes quería que tú lo tuvieses, y eso es suficiente, tengo la seguridad.

—Binabik —apuntó Simón, escrutando el aro—, tiene una inscripción en el interior. —Se lo alargó para que lo viese—. Yo no puedo leerla.

El hombrecillo entrecerró los ojos.

—Está escrita en alguna lengua sitha —explicó, mirando el interior—. Es difícil leerla con una letra tan pequeña y de unas características que desconozco —la siguió estudiando un poco más.

«"Dragón", significa este carácter —pudo descifrar al fin—. Y este otro significa, creo, "muerte"… *muerte del Dragón… ¿Muerte del Dragón?* —Miró al muchacho, sonrió y se encogió de hombros—. Lo que significa lo desconozco. Mi conocimiento no llega a tanto. Algún concepto de tu maestro, creo; o tal vez un lema familiar. Quizá Jarnauga pueda leerla con más facilidad.

Encajó sin ningún problema en el tercer dedo de la mano derecha de Simón, como si hubiera sido hecho para él. ¡Morgenes era tan pequeño! ¿Cómo podía haberlo llevado?

—¿Crees que es un anillo *mágico?* —preguntó de repente, estrechando los ojos como si pudiera detectar algún hechizo alrededor del círculo dorado.

—Si así fuese —respondió Binabik, con la sombra de la burla aflorando a sus labios—, Morgenes no ha dejado ningún manual que explique su uso. —Movió la cabeza—. No creo que lo sea. Más bien parece un recordatorio de un hombre que se preocupó por ti.

—¿Por qué me lo has dado ahora? —inquirió el joven, sintiendo un cierto pesar alrededor de los ojos que estaba determinado a resistir.

—Porque debo partir hacia el norte mañana por la noche. Si decides quedarte aquí, tal vez no tengamos oportunidad de volver a vernos.

—¡Binabik! —Las ganas de llorar aumentaron. Se sentía como un niño pequeño al que los mayores empujaran de un lado a otro.

—La verdad es —el rostro del gnomo parecía ahora completamente serio; levantó la mano para acallar ulteriores protestas y preguntas— que ahora debes decidir, mi buen amigo. Voy al país de la nieve y del hielo, en una búsqueda que puede ser una locura y que puede acabar con las vidas de los locos que se lancen tras ella. Los que aquí se queden se enfrentarán a la ira del ejército del rey. Es una maldita elección, me temo. —El hombrecillo movió la cabeza con gravedad—. Pero, Simón, sea como fuere, tanto si vienes al norte como si permaneces aquí para luchar por Naglimund y la princesa, seguiremos siendo los mejores camaradas, ¿verdad?

Se alzó de puntillas para dar unas amistosas palmadas sobre el brazo del muchacho; después se giró y caminó a través del patio, en dirección a los archivos.

Simón la encontró sola, tirando piedras en el pozo del castillo. Vestía una pesada capa de viaje y capucha para resguardarse del frío.

—Hola, princesa —saludó.

Ella lo miró y sonrió con tristeza. Por alguna razón la muchacha parecía ser mucho mayor, hoy, como si fuese toda una mujer.

—Bienvenido, Simón. —Su respiración creó un halo de niebla alrededor de su cabeza.

El chico empezó a inclinar la rodilla, en una reverencia, pero ella ya no lo miraba. Otra piedra cayó por la boca del pozo. Simón pensó en sentarse, lo que parecía lo más natural, pero el único sitio en que podía hacerlo era en el borde del pozo, lo que lo acercaría embarazosamente a la princesa o le haría mirar en dirección contraria. Decidió permanecer de pie.

—¿Cómo estáis? —preguntó.

Ella suspiró.

—Mi tío me trata como si fuese de mantequilla, como si pudiese romperme ante el más mínimo esfuerzo, o si alguien tropieza conmigo.

—Estoy seguro..., estoy seguro de que sólo le preocupa vuestro bienestar, después del peligroso viaje que os trajo hasta aquí.

—El peligroso viaje que *nos* trajo, pero no se puede tener siempre a alguien a tu alrededor que te esté protegiendo. ¡A ti incluso te han enseñado a manejar una espada!

—Mir... ¡Princesa! —Simón se encontraba un poco aturdido—. Vos no querréis luchar con espadas, ¿verdad?

La muchacha lo miró, y sus ojos se encontraron. Durante un instante la mirada de ella lo quemó como un día de sol y lo llenó de una inexplicable nostalgia; un momento después la joven apartó sus ojos, cansinamente.

—No —respondió—. Supongo que no. ¡Pero desearía hacer *algo*!

Sorprendido, el chico advirtió un dolor real en su voz y recordó cuando ambos escaparon escalera arriba, sin quejarse y llenos de fuerza, siendo tan buenos compañeros como podía desearse.

—¿Qué..., qué es lo que queréis?

Ella volvió a mirarlo, satisfecha por el tono serio de la pregunta.

—Bueno —empezó a decir—, no es ningún secreto que el príncipe tiene problemas para convencer a Devasalles de que su señor, el duque Leobardis, debe prestarle apoyo en la lucha contra mi padre. ¡Josua podría enviarme a Nabban!

—¿*Enviaros* a Nabban?

—Claro, tonto. —La princesa frunció el entrecejo—. Por parte de mi madre pertenezco a la Casa de Ingadarine, una familia muy noble de Nabban. ¡Mí tía está casada con Leobardis! ¿Quién mejor que yo para convencer al duque? —Entrechocó sus manos enguantadas, como para dar énfasis a sus argumentos.

—Oh... —Simón no sabía qué decir—. Tal vez Josua piensa que será..., que será..., no lo sé —consideró—. Quiero decir que, ¿sería la hija del Supremo Rey la indicada para..., para fomentar alianzas en contra de él?

—¿Y quién conoce al Supremo Rey mejor que yo? —Ahora Miriamele estaba furiosa.

—¿Cómo...? —el chico dudó, pero su curiosidad era mayor—. ¿Qué sentís hacia vuestro padre?

—¿Debería odiarlo? —El tono de la muchacha era amargo—. Odio en lo que se ha convertido. Odio la situación en la que lo han puesto los hombres que mantiene a su alrededor. Si él pudiera encontrar algo de bondad en su corazón y ver los errores que ha cometido hasta ahora... Bueno, entonces volvería a quererlo.

Toda una procesión de piedras cayó por el pozo mientras el joven permanecía, incómodo, apoyado en él.

—Lo siento, Simón —dijo la princesa—. Me he vuelto muy desagradable al hablar con la gente. Mi vieja ama se sorprendió al descubrir todo lo que había olvidado al correr por los bosques. ¿Qué es de ti, y qué has estado haciendo?

—Binabik me ha pedido que lo acompañe en una misión para Josua —explicó, sacando a relucir el tema con más rapidez de lo que hubiera deseado—. Hacia el *norte* —añadió, significativamente.

En lugar de la expresión de preocupación o temor que había esperado ver en el rostro de Mínamele, su faz se iluminó desde el interior; le sonrió, aunque parecía no verlo.

—Oh, Simón —exclamó—, qué valiente. Qué bien... ¿Puedes...? ¿Cuándo partís?

—Mañana por la noche —respondió, apenas consciente de que, de alguna forma, a través de algún misterioso proceso, *pedir* se había convertido en *ir*—. Pero todavía no me he decidido —añadió con poca convicción—. Creo que seré más necesario aquí, en Naglimund, para manejar una lanza en las murallas.

Recalcó la última frase ante la posibilidad de que ella pudiera pensar que se quedaría para trabajar en las cocinas o en algo parecido.

—Oh, pero, Simón —dijo Miriamele, acercándose a él para tomar la fría mano del muchacho entre las suyas enguantadas—, ¡si mi tío necesita que lo hagas, debes hacerlo! Nos quedan muy pocas esperanzas, por lo que he oído.

La joven levantó las manos y se quitó, con rapidez, la bufanda de color azul cielo que llevaba al cuello; luego se la alargó al chico.

—Cógela y llévatela por mí.

Simón sintió que la sangre le fluía a las mejillas, y luchó por mantener sus labios apretados y no mostrar una sonrisa infantil y sorprendida.

—Gracias…, princesa —pudo decir.

—Si la llevas puesta —prosiguió la muchacha, poniéndose en pie—, será como si yo estuviese allí —acabó y dio una especie de corto paso de baile para después echarse a reír.

Simón trataba, sin éxito, de comprender qué era exactamente lo que había ocurrido, y cómo había ocurrido con tanta rapidez.

—Así será, princesa —recalcó—. Como si estuvierais allí.

Algo en la forma en que él lo dijo hizo cambiar la expresión de la joven, que se tornó sombría e incluso triste. La muchacha le volvió a sonreír, de forma más tímida y apagada, después se adelantó hacia él, sorprendiéndolo de tal forma que casi levantó los brazos para apartarla de sí. Miriamele le rozó la mejilla con sus fríos labios.

—Sé que te comportaras como un valiente, Simón. Vuelve sano y salvo. Rezaré por ti.

A continuación desapareció, corriendo a través del patio como si fuese una niña, con su oscura capa hinchada por el viento; se alejó como una sombra por el oscuro claustro. Simón se quedó sosteniendo la bufanda. Pensó en ello, y en la sonrisa de la muchacha cuando lo besó en la mejilla, y sintió que algo ardía en su interior. Daba la impresión, aunque no acababa de entenderlo, de que una antorcha había sido prendida frente a la vasta extensión gris que lo aguardaba en el norte. Era un simple punto brillante en la horrorosa tormenta…, pero incluso un brillo solitario puede devolver sano y salvo a un viajero a su casa.

Enrolló la suave prenda hasta formar una pelota y se la introdujo en el interior de la camisa.

—Me complace ver que habéis acudido rápidamente —dijo lady Vorzheva. El brillo de sus ropajes amarillos parecía reflejarse en sus oscuros ojos.

—Señora, me honráis —replicó el monje, con los ojos extraviados por la habitación.

Vorzheva rió con aspereza.

—Sois el único que piensa que visitarme es un honor. Pero no importa. ¿Habéis entendido lo que tenéis que hacer?

—Creo haberlo hecho. Es una cuestión difícil de llevar a la práctica, pero fácil de comprender —respondió e inclinó la cabeza.

—Muy bien. No esperaremos más, porque, cuanto más esperemos, menos posibilidades de éxito tendremos, también daremos menos oportunidades a lenguas extrañas.

La mujer se marchó de la habitación trasera entre un rumor de sedas.

—Eh..., ¿mi señora? —El hombre se echó el aliento en los dedos. Las habitaciones del príncipe eran frías y la chimenea estaba apagada—. Está la cuestión del... pago.

—Creía que hacíais esto en mi honor, señor —manifestó Vorzheva desde la otra habitación.

—Ojalá pudiera ser así, señora, pero soy un hombre pobre. Lo que pedís necesita recursos. —Volvió a soplarse los dedos, y después hundió las manos en su hábito.

La mujer regresó llevando un bolso de tejido brillante.

—Ya lo sé. Tomad. En oro, como os prometí. La mitad ahora, y la mitad cuando tenga pruebas de que vuestra tarea se ha completado. —Le alargó el bolso y, antes de que el hombre hiciera ademán de alcanzarlo, volvió a retroceder—. ¡Apestáis a vino! ¿Es ésa la clase de hombre que sois y en quien se puede confiar una tarea tan importante?

—Es vino sacramental, mi señora. A veces, en mi difícil camino, es lo único que tengo para beber. Debéis entenderlo. —Él le dirigió una sonrisa, y después hizo el signo del Árbol sobre el oro antes de que desapareciese en el bolsillo de su hábito—. Hacemos lo que podemos para servir la voluntad de Dios.

Vorzheva asintió lentamente.

—Eso puedo entenderlo. No me falléis, señor. Servís a una gran causa, y no sólo a mí.

—Lo entiendo, señora.

El hombre hizo una reverencia, se volvió y desapareció por la puerta. La dama permaneció quieta, mirando los pergaminos extendidos sobre la mesa del príncipe, y dejó escapar un profundo suspiro. Estaba hecho.

El crepúsculo del día después de hablar con la princesa sorprendió a Simón en las habitaciones de Josua, preparándose para la despedida. En una especie de aturdimiento, que pesaba sobre él como si acabase de levantarse, permaneció escuchando mientras el príncipe se despedía de Binabik. El muchacho y el gnomo habían estado preparando su equipo durante todo aquel oscuro día; habían conseguido una capa forrada de pelo y un yelmo para Simón, junto con una ligera cota de malla para ponerse bajo las demás ropas. La chaqueta de delgados bucles, había señalado Haestan, no lo salvaría de una estocada directa o de un flechazo, pero le sería de utilidad en caso de sufrir un asalto menor.

El peso de la cota produjo en el joven una sensación de seguridad, pero Haestan le advirtió que al final de una larga jornada de marcha no se sentiría tan contento.

—Los soldados llevan muchas cargas, muchacho —le dijo el hombretón—, y veces mantenerse vivos es la más pesada d'todas.

Haestan había sido uno de los tres erkynos que dieron un paso al frente cuando los capitanes pidieron voluntarios. Al igual que sus otros dos compañeros —Ethelbearn, un veterano de espeso bigote y lleno de cicatrices, casi tan grande como el mismo Haestan, y Grimmric, un hombre delgado, con rostro de halcón y mala dentadura, que miraba con ojos desconfiados—, se había preparado durante largo tiempo para resistir el asedio. Por lo tanto, daba la bienvenida a cualquier tipo de oportunidad de entrar en acción, aunque fuese tan peligrosa y estuviese tan rodeada de misterio como parecía estarlo aquella búsqueda. Cuando Haestan descubrió que Simón también iba con ellos, todavía se mostró más firme en su voluntad de unirse al grupo.

—Enviar un chico es una locura —rezongó—, sob'todo cuando no ha acabado de aprendesgrima o disparar flechas. Será mejor que vaya pa ensañale.

El hombre del duque Isgrimnur, Sludig, también se encontraba allí. Era un joven rimmerio que vestía como los erkynos, con pieles y yelmo cónico. En lugar de la larga espada que llevaban los otros, el rubio barbudo tenía dos melladas hachas metidas entre el cinturón. Sonrió alegremente a Simón, al imaginarse la pregunta.

—A veces una se queda clavada en un cráneo, o entre las costillas —explicó el rimmerio, que hablaba muy bien la lengua westerling, con casi tan poco acento como el duque—. Y entonces está bien disponer de otra para que puedas desclavar la primera.

El muchacho asintió y trató de devolver la sonrisa.

—Me alegro de volver a verte, Simón —dijo Sludig extendiendo una endurecida mano.

—¿Volver a vernos?

—Nos encontramos en una ocasión, en la abadía de Hoderund —rió—. Pero te pasaste todo el viaje montado con el culo hacia arriba en la silla de Einskaldir. Espero que no sea la única forma de montar que sabes.

Simón enrojeció, unió su mano a la del norteño y después se volvió.

—Hemos descubierto poco que pueda ayudaros en vuestro camino

—comunicó Jarnauga a Binabik, con pesar—. Los monjes skendianos dejaron muy poco escrito sobre la expedición de Colmund, excepto las transacciones que con ellos hicieron. Probablemente pensaron que era un loco.

—Parece que eso fue acertado —observó el gnomo.

Este afilaba el cuchillo de mango de hueso que había fabricado para reemplazar al perdido.

—Encontramos una cosa —dijo Strangyeard. El cabello del sacerdote estaba alborotado y el parche de su ojo parecía haberse descolocado, como si hubiese pasado toda la noche rebuscando entre sus libros…, y así había sido—. El escribano de la abadía dejó constancia de lo siguiente: «El barón no sabe el tiempo que le llevará su viaje hasta llegar al Árbol Rimador…».

—No me suena —confesó Jarnauga—. De hecho, es posible que el monje se equivocase al oírlo, o que lo oyese por ahí… Pero, al fin y al cabo, es un nombre. Tal vez adquiera más sentido cuando lleguéis a las montañas Urmsheim.

—Quizá —manifestó Josua, esperanzado— se trate de un pueblo que hay por el camino, al pie de las montañas.

—Tal vez —respondió Binabik, con un tono de duda en la voz—, pero, por lo que conozco de esos lugares, no hay nada entre las ruinas del monasterio de Skendi y las montañas. Nada excepto hielo, árboles y rocas, claro.

Mientras pronunciaban las últimas palabras de despedida, Simón oyó elevarse la voz de Sangfugol que cantaba para lady Vorzheva en una habitación cercana.

¿Debo salir a errar
en medio del frío invierno?
¿O debo regresar al hogar?
Lo que tú me pidas, haré…

El muchacho cogió el carcaj y revisó por tercera o cuarta vez para ver si todavía estaba allí la Flecha Blanca. Desconcertado, como si se encontrase en un lento sueño, se dio cuenta de que volvía a estar a punto de emprender otro viaje, y de que seguía sin estar muy seguro de por qué. Había pasado tan poco tiempo en Naglimund… Ahora eso ya se había acabado, al menos durante mucho tiempo. Se tocó la bufanda azul que colgaba de su cuello y pensó que quizá no volviera a ver a ninguno de los que había en la habitación, a nadie de Naglimund… Sangfugol, el viejo Towser o Miriamele. Le dio la impresión de que se le encogía el corazón, de que le latía apresuradamente, y cuando se dirigía a apoyarse en la pared sintió que lo cogían del codo.

—Así que estás aquí, muchacho —era Haestan—. Ya's malo que no hays aprendió a luchar con'espá y l'arco, y 'cima ahora vas a ir en el lomo d'un caballo.

—¿Montar a caballo? —preguntó Simón—. Me gustará.

—Seguro que no —sonrió el hombretón—. Al menos no te gustará 'cerlo durante un' odos mese seguidos.

Josua les dirigió unas palabras a cada uno de ellos, y luego se dieron unos calurosos apretones de manos. Poco después ya estaban en el oscuro y frío patio del castillo, donde los esperaban Qantaqa y siete caballos envueltos en las volutas de vapor de su propia respiración. Cinco de ellos eran para montar y el par restante para llevar todo lo necesario. Si aquélla era una noche de luna, debía de estar escondida tras el manto de las nubes.

—Bueno es que tengamos esta oscuridad —dijo Binabik, mientras saltaba para acomodarse en la nueva silla que aparecía en el lomo de Qantaqa.

Los hombres, viendo la montura del gnomo por primera vez, intercambiaron miradas de sorpresa mientras él chasqueaba la lengua y la loba se adelantaba. Un grupo de soldados levantaron silenciosamente los porticones y un instante después estaban bajo el ancho cielo, con el campo de clavos extendiéndose ante ellos mientras iniciaban su camino hacia las cercanas colinas.

—Adiós a todos —se despidió Simón, casi imperceptiblemente.

Iniciaron la marcha por el camino de la vertiente.

En lo alto del camino llamado la Escalera, en la cresta de las colinas que rodeaban Naglimund, había una forma negra acechando.

A pesar de su penetrante mirada, Ingen Jegger no pudo ver gran cosa en la oscura noche sin luna, aparte de que alguien había abandonado el castillo por la puerta oriental. Sin embargo, aquello fue más que suficiente para despertar su interés.

Se puso en pie, se sacudió las manos y pensó en llamar a uno de sus hombres para que lo acompañasen a echar un vistazo allí abajo, una inspección que le revelara algún detalle más. Pero, en vez de ello, levantó un puño hasta su boca e imitó el ulular de un búho de nieve. Unos segundos después apareció una gran figura que emergió de los arbustos y fue a colocarse junto a él. Se trataba de un mastín, más grande incluso que el que había matado la loba amaestrada por el gnomo, y que brillaba blanco a la escasa luz de la luna. Sus ojos eran como rendijas en una larga y taimada cabeza. El animal emitió un largo y cavernoso rugido, y agitó la cabeza de lado a lado, con las aletas de la nariz palpitantes.

—Sí, *Niku'a*, sí —le siseó tranquilamente Ingen—. Vuelve a ser hora de cazar.

Un momento después la Escalera aparecía vacía. Las hojas se agitaban y se arremolinaban sobre las antiguas baldosas, pero no había viento que soplase.

35

EL CUERVO Y EL CALDERÓN

Maegwin se estremeció cuando el estruendo volvió a hacerse audible, aquel lastimoso ruido que tantos significados encerraba y ninguno de ellos bueno. Otra de las muchachas, una belleza de piel muy clara que había juzgado a primera vista como una inconstante, dejó escapar la barra que sostenían en las manos para taparse los oídos. La pesada pieza que se empleaba para cerrar la puerta casi cayó al suelo, pero Maegwin y las otras dos muchachas la sujetaron con fuerza.

—¡Por el Rebaño de Bagba, Cifgha! —exclamó, cuando ya hubieron sujetado la barra—, ¿te has vuelto loca? ¡Si esto llega a caerse podía haber aplastado a alguien, o cuanto menos romperle un pie!

—¡Lo siento, perdonadme, señora! —se disculpó la muchacha, con las mejillas arreboladas—, es que ese ruido... ¡me asustó!

La joven volvió a ocupar su lugar y todas ellas empujaron, tratando de que la gran barra de roble pasase por encima de la ranura y entrase en la muesca que mantendría cerrado el corral. Dentro de la cerca mugían un grupo de vacas, tan molestas como las muchachas a causa del estruendo.

La barra acabó por encajar produciendo un crujido y un ruido seco y todas se volvieron jadeando para apoyarse en la puerta.

—¡Dioses misericordiosos! —rezongó Maegwin—. ¡Casi me rompo la espalda!

—No es justo —opinó Cifgha, que se miraba desolada los arañazos que se había hecho en las manos—. ¡Esto es un trabajo de hombres!

El ruido metálico cesó, y durante unos instantes se hizo el silencio. La hija de Lluth suspiró e inspiró una bocanada de aire frío.

—No, pequeña Cifgha —respondió—, lo que los hombres hacen ahora es el verdadero trabajo de hombres, y lo que han dejado es trabajo de mujeres, a menos que prefieras llevar una lanza y un escudo.

—¿Cifgha? —dijo sonriendo una de las otras chicas—. Ni siquiera mataría a una mosca.

—Siempre llamo a Tuilleth para que lo haga —respondió la joven, orgullosa— y siempre viene a mí.

Maegwin compuso una amarga mueca.

—Bien, será mejor que aprendamos a habérnoslas con nuestras propias moscas. No va a haber demasiados hombres por aquí en los días que están por llegar, y los que se quedan van a tener demasiado trabajo.

—Para vos es diferente, princesa —dijo Cifgha—. Sois grande y fuerte.

Aquélla la miró pero no respondió.

—¿Creéis que la lucha durará todo el verano? —preguntó otra de las chicas, como si se refiriese a un trabajo particularmente molesto.

Maegwin se volvió para mirarlas a todas, a sus rostros sudorosos y a sus ojos errantes, buscando otro tipo de conversación. Durante unos instantes quiso gritar, hacerles ver que aquella vez no se trataba de un torneo, ni de ningún tipo de juego, sino de algo mortalmente serio.

«Pero ¿qué necesidad tengo de restregarles la cara por el fango? —pensó, calmándose—. Pronto todos nosotros tendremos más de lo que podamos desear.»

—No sé lo que durará, Gwelan —contestó, y agitó la cabeza—. Espero que no sea mucho. De verdad que espero que no.

Mientras regresaba a la gran sala cruzando los corrales, dos hombres volvieron a golpear el gran calderón de cobre que colgaba en el marco de postes de roble ante las puertas de Taig. Cuando las atravesó, el ruido que produjeron los hombres con su furioso golpeteo del calderón mediante porras con la punta de hierro era tan alto e insoportable que tuvo que cubrirse los oídos con las manos. Volvió a preguntarse cómo su padre y los consejeros podrían pensar en una estrategia de vida y muerte, con todo aquel desagradable estrépito justo a la puerta de la sala. Aunque si el Calderón de Rhynn no fuese aporreado, llevaría días avisar a cada uno de los pueblos, sobre todo a los que estaban situados en las vertientes del Grianspog. De aquella forma, las poblaciones y villorrios dentro del radio que alcanzaba el sonido del calderón podrían enviar jinetes a aquellos que estaban más allá. El señor de Taig lo había hecho sonar en épocas de peligro, ya hacía mucho tiempo, mucho antes de que Hern *el Cazador* y Oinduth, su poderosa lanza, hubieran hecho de su tierra un gran reino. Los niños que nunca habían oído aquel ruido lo reconocían al instante debido a las numerosas historias que circulaban sobre él en todo el reino.

Las altas ventanas de Taig aparecían hoy cerradas para impedir el paso a los fríos vientos y a la niebla. Maegwin encontró a su padre y a los consejeros inmersos en una seria discusión, sentados frente a la chimenea.

—Hija mía —dijo Lluth, levantándose.

La muchacha se dio cuenta del esfuerzo que realizaba su padre para tratar de sonreírle.

—Cogí a algunas mujeres y metí las últimas cabezas de ganado en el corral grande —informó—. No creo que esté bien guardarlas todas juntas. Las vacas no tienen buen aspecto.

Lluth movió las manos como para no dar importancia.

—Es mejor que perdamos unas cuantas ahora que tratar de reunirlas después, si debemos retirarnos a las colinas a toda prisa.

La puerta se abrió al otro lado de la sala, y los centinelas golpearon una vez sus espadas contra los escudos, para producir un sonido que semejaba el eco de la aguda llamada del calderón.

—Te lo agradezco, Maegwin —añadió el rey, volviéndose para saludar al recién llegado—. ¡Eolair! —exclamó cuando vio entrar al conde, todavía vestido con las ropas de viaje—. Habéis regresado pronto de los sanadores. Bueno, ¿cómo están vuestros hombres?

El conde de Nad Mullach se aproximó y se dejó caer sobre una rodilla en una breve reverencia; después volvió a levantarse al ver el gesto impaciente de Lluth.

—Cinco parecen estar bien; los dos heridos no tienen buen aspecto. De los otros cuatro le pediré cuentas a Skali personalmente.

Vio a la hija de Lluth y le dirigió una abierta sonrisa, aunque su frente continuó manteniendo la preocupación.

—Mi señora Maegwin —dijo, y volvió a hacer una reverencia, besando los largos dedos de la mano de la muchacha, que se avergonzó al verlos sucios a causa de la cerca del corral.

—Había oído decir que habíais regresado, conde —añadió la muchacha—, aunque hubiese deseado que en más felices circunstancias.

—Es una lástima la pérdida de vuestros bravos mullachis, Eolair —declaró el rey, volviéndose a sentar junto al anciano Craobhan y sus otros hombres de confianza—. Pero hay que agradecer que encontrarais a Brynioch y a Murhagh *el Manco* con esa partida de exploradores. Si no, Skali y sus bastardos hubieran caído sobre nosotros sin previo aviso. Después de que le lleguen las noticias de vuestra escaramuza con sus hombres, se hará más cauto en sus aproximaciones. Incluso puede que eso baste para hacerle cambiar sus intenciones.

—Desearía que así fuese, mi rey —respondió Eolair, moviendo la cabeza con tristeza.

El corazón de Maegwin se derretía al ver la bravura con la que el conde llevaba sus preocupaciones. A continuación, la muchacha maldijo sus propias emociones infantiles.

—Pero —continuó el conde—, me temo que no sea así, pues si Skali se ha atrevido a llevar a cabo un ataque tan traicionero es que cree tener probabilidades de vencer.

—Pero ¿por qué, por qué? —protestó Lluth—. ¡Hemos estado en paz con los rimmerios durante muchos años!

—Creo, sire, que todo esto tiene muy poco que ver con ello. —Eolair se mostraba correcto, pero no sentía ningún temor de corregir al rey—. Si el viejo Isgrimnur todavía gobernase en Elvritshalla, haríais bien en haceros esa pregunta, pero Skali es una criatura de Elías. En Nabban corren rumores de que Elías puede lanzarse a la batalla contra Josua en cualquier momento. Sabe que hemos rechazado el ultimátum de Guthwulf, y teme tener a un Hernystir libre de trabas a su espalda cuando se dirija a atacar Naglimund.

—¡Pero Gwythinn todavía está allí! —exclamó Maegwin, asustada.

—Junto a medio centenar de nuestros mejores hombres, lo cual es aún peor —gruñó el viejo Craobhan desde su asiento junto a la chimenea.

El conde se volvió para dedicar a la princesa una amable sonrisa, de la clase que podían hacerla sentirse segura.

—Sin duda, vuestro hermano está a salvo tras los gruesos muros del castillo de Josua; si no, hubiese regresado a Hernysadharc. Además, si se entera de nuestra situación y puede dirigirse hasta aquí, sus cincuenta hombres estarán sobre la retaguardia de Skali, lo cual sería una ventaja para nosotros.

Lluth se frotó los ojos como si tratase de deshacerse de las preocupaciones del último día.

—No lo sé, Eolair, no lo sé. Tengo un mal presentimiento acerca de todo esto. No hace falta un adivino para ver un año lleno de malos presagios, que es lo que ha sido desde que dio comienzo.

—Todavía estoy yo aquí, padre —dijo Maegwin, y se acercó para arrodillarse junto a él—. Yo estaré contigo.

El rey le dio unas palmadas en las manos.

Eolair sonrió y asintió ante las palabras que la muchacha había dirigido a su padre, pero su pensamiento seguía estando en sus dos hombres agonizantes y en la vasta fuerza de los rimmerios que descendían por Inniscrich, desde la Marca Helada, como una gran ola de hierro.

—Los que se queden en este lugar tal vez no nos lo agradezcan —murmuró para sí.

En el exterior la descarada voz del calderón cantaba a lo largo y a lo ancho de Hernysadharc, y expandía sin cesar su mensaje a las colinas del horizonte: *Cuidado... Cuidado... Cuidado...*

El barón Devasalles y su pequeño batallón nabbano habían conseguido transformar sus habitaciones situadas en el ala oriental de Naglimund en un pequeño reducto de su hogar sureño. Aunque el caprichoso tiempo resultaba demasiado frío como para que las ventanas permaneciesen abiertas al igual que en el balsámico Nabban, habían cubierto los muros de piedra con brillantes tapices de color verde y azul cielo, y habían llenado todos los rincones con velas y lámparas de aceite, por lo que las atestadas habitaciones eran una explosión de luz.

«Hay más luz aquí al mediodía que en el exterior —pensó Isgrimnur—. Pero, como dijo el anciano Jarnauga, no conseguirán apartar todo lo que se avecina tan fácilmente como han hecho con la oscuridad.»

Al duque le temblaban las ventanas de la nariz como a un caballo asustado. Devasalles había esparcido pequeños botes de aceites aromáticos por todas partes; algunos llevaban mechas encendidas como blancos gusanos y llenaban las habitaciones de los fuertes olores de las especias de las islas.

«Me pregunto si lo que no quiere oler es el miedo de cada uno de nosotros o el aroma del buen hierro.» Isgrimnur rezongó de malestar y apoyó la silla sobre la puerta del pasillo.

Devasalles se había sorprendido al ver al duque y al príncipe Josua aparecer a través de su puerta, sin ser anunciados y sin que los esperase, pero enseguida los había invitado a entrar, apartando algunos de los tejidos multicolores que cubrían las sillas, para que sus huéspedes pudieran sentarse.

—Siento molestaros, barón —se disculpó Josua, echándose hacia adelante para poder apoyar los codos sobre las rodillas—, pero desearía hablaros a solas antes de que concluya la Raed de esta noche.

—Desde luego, mi príncipe, desde luego —asintió el noble en tono alentador.

Isgrimnur observó con mirada de desaprobación el brillante cabello y las chucherías que el barón llevaba al cuello y en las muñecas, preguntándose cómo podía ser el fabuloso espadachín que pregonaba su reputación.

«Parece como si pudiera enganchársele la empuñadura entre los collares y ahogarse el mismo.»

Josua explicó rápidamente los acontecimientos de los dos últimos días, que eran la razón por la que la Raed no había proseguido. Devasalles, que, al igual que todos los demás nobles que participaban en la asamblea, había dudado aunque aceptado las excusas dadas por el príncipe acerca de ciertos problemas de salud, enarcó las cejas, pero no dijo nada.

—No podía hablar con total claridad; todavía no puedo —explicó Josua—. En la aglomeración general, la reunión de las fuerzas locales y las idas y venidas, sería muy fácil que alguien de mala fe o alguno de los espías de Elías le llevase las noticias de nuestros temores.

—Pero nuestros temores son de todos conocidos —respondió Devasalles—, y todavía no hemos trazado ningún plan.

—Para explicar esto a los nobles tendría que tener garantías sobre la seguridad de las puertas; pero como veis, barón, ni siquiera vos conocéis todavía toda la historia.

Al acabar de decir eso, el príncipe procedió a explicarle todo lo referente a los últimos descubrimientos, lo de las tres espadas y el poema profético que aparecía en el libro del sacerdote loco, y de qué manera encajaban esas cosas con los sueños de muchos.

—Pero si vais a contarles todo eso a vuestros súbditos en un breve plazo, ¿por qué me lo explicáis a mí, y ahora? —preguntó Devasalles.

Isgrimnur rezongó desde la puerta; él también se había hecho la misma pregunta.

—¡Porque *necesito* a vuestro señor Leobardis, y lo necesito ahora! —exclamó Josua—. ¡Necesito a Nabban!

El príncipe se incorporó tras sus palabras y empezó a caminar por la habitación, mirando las paredes, como si mirase los tapices, pero sus ojos estaban fijos en algún lugar a muchas leguas del tejido y de los muros.

—He necesitado la promesa del duque desde el principio, pero ahora la necesito más que nunca. Por cuestiones de índole práctica. Elías ha dado Rimmersgardia a Skali y a su clan del Cuervo Kaldskryke. Con ello ha puesto un cuchillo en la espalda del rey Lluth; los hernystiros sólo podrán enviarme unos cuantos hombres, forzados como están a mantener una importante cantidad en su propio reino para defender sus tierras. Incluso Gwythinn, que hace una semana hablaba de aplastar a Elías, está ansioso por regresar y ayudar a su padre a defender Herny-sadharc y sus territorios.

Josua se volvió a mirar a Devasalles a los ojos. El rostro del príncipe era una máscara de frío orgullo, pero su mano temblaba ante él, algo que ni al barón ni a Isgrimnur les pasó inadvertido.

—Si el duque Leobardis espera ser algo más que un lacayo de Elías *debe* hacer causa común conmigo.

—Pero ¿por qué me decís todo eso a mí? —preguntó Devasalles. Parecía realmente perplejo—. Eso ya lo sabía, y las otras cosas, las espadas y el libro, junto a todo lo demás, no introducen ningún elemento que haga cambiar nada.

—¡Maldita sea, hombre, claro que sí! —contestó Josua, elevando la voz hasta casi gritar—. Sin Leobardis, y con Hernystir bajo la amenaza norteña, mi hermano nos tendrá cogidos como si estuviéramos clavados a un tonel; y además está haciendo tratos con demonios. ¡¿Y quién sabe las ventajas que eso le puede reportar?! Ya hemos hecho alguna débil tentativa para contrarrestar esas fuerzas, pero aunque lo consigamos, a pesar de todo pronóstico, ¿qué bien nos reportaría si han caído todos los bastiones libres? ¡Ni vuestro duque ni nadie más volverá a contestar a Elías nunca más con otras palabras que no sean «sí, amo», a partir de entonces!

El barón agitó la cabeza de nuevo, y se oyó el tintineo de sus collares.

—Me encuentro confuso, mi señor. ¿Cómo puede ser que no lo sepáis? Envié un mensaje a Sancellan Mahistrevis, en Nabban, con mi jinete más veloz, en la noche de anteayer, para decirle a Leobardis que estaba seguro de que ibais a luchar y de que se dispusiera a poner a sus hombres en el campo de batalla en beneficio vuestro.

—¿Qué? —dijo Isgrimnur, y se incorporó. Su sorpresa fue como un eco de la del príncipe.

Ambos se levantaron y se dirigieron hacia Devasalles. Sus expresiones eran las de hombres cogidos por sorpresa en plena noche.

—Pero ¿por qué no me lo habéis dicho? —preguntó Josua.

—Pero mi señor, *os* lo dije —respondió Devasalles—. O, al menos, cuando me avisaron que no queríais ser molestado, envié un mensaje a vuestras estancias con mi sello en él. ¿Seguro que no lo leísteis?

—¡Bendito sea Jesuris y su Madre! —exclamó el príncipe y se golpeó el muslo con la palma de la mano—. Tengo que maldecirme, ya que ahora reposa sobre mi mesilla de noche. Me lo trajo Deornoth, pero esperé para leerlo en un momento más tranquilo, y supongo que después me olvidé por completo. Bueno, no ha sucedido nada malo por ello, y vuestras noticias son excelentes.

—¿Decís que Leobardis cabalgará? —preguntó Isgrimnur, con aire de sospecha—. ¿Cómo estáis tan seguro? Vos mismo parecéis tener más de unas cuantas dudas.

—Duque Isgrimnur —el tono de su voz era frío—, seguramente os dais cuenta de que yo sólo cumplo con las tareas que me han sido encomendadas. La verdad es que el duque Leobardis ha sentido simpatía por el príncipe desde hace largo tiempo. A su vez, siempre ha temido que Elías se volviese demasiado atrevido. Las tropas llevan semanas en estado de alerta.

—Entonces, ¿por qué os envió? —inquirió Josua—. ¿Qué quería descubrir que ya no supiera sobre mí, a través de mis mensajeros?

—No esperaba nada nuevo —respondió Devasalles—, aunque aquí nos hemos enterado de más cosas que las que ninguno de nosotros esperábamos. No, envió mi embajada más como una señal para otros en Nabban.

—¿Acaso existe una resistencia entre sus súbditos? —preguntó el príncipe, con ojos brillantes.

—Claro, pero eso es normal…, aunque ésa no es la causa de mi misión. Se trataba de minar la resistencia de una fuente oculta.

Al llegar a aquel punto y a pesar de la evidencia de que en la habitación se hallaban ellos tres solos, el barón se detuvo para echar una mirada a su alrededor.

—Son su esposa y su hijo los que oponen más resistencia a formar una alianza con vos —explicó.

—¿Os referís al mayor? ¿A Benigaris?

—Sí. De lo contrario, él o cualquiera de los hijos menores de Leobardis hubiera estado aquí, en mi lugar. —El barón se encogió de hombros—. Benigaris muestra su predilección por el gobierno de Elías, y la duquesa Nessalanta…

El emisario nabbano volvió a encogerse de hombros.

—Ella también está a favor del Supremo Rey —sonrió Josua, con amargura—. Nessalanta es una mujer inteligente. No es bueno que ahora se vea forzada, por obligación, a dar apoyo a la elección de aliados hecha por su esposo. Seguro que debe de tener razón en sus temores.

—¡Josua! —exclamó Isgrimnur, sorprendido.

—Sólo estoy bromeando, viejo amigo —dijo el príncipe, pero su expresión lo contradecía—. Así que el duque se lanzará al campo de batalla, ¿eh, buen Devasalles?

—Tan pronto como le sea posible, señor. Y acompañado por la flor y nata de los caballeros de Nabban.

—Y espero que por una aguerrida fuerza de lanceros y arqueros. Bien, que sobre todos nosotros descienda la gracia de Aedón, barón.

El príncipe e Isgrimnur se despidieron y salieron al oscuro pasillo. Los brillantes colores de la cámara del nabbano se quedaron atrás como un sueño abandonado en la vigilia.

—Conozco a una persona que se alegrará enormemente con las noticias, duque.

Aquél arqueó una ceja.

—Mi sobrina, Miriamele. Estaba muy molesta, pues pensó que Leobardis no se pondría de nuestro lado. Después de todo, Nessalanta es su tía. Sí, la verdad es que se pondrá muy contenta al oír las noticias.

—Vayamos a decírselas —propuso Isgrimnur, cogiendo a Josua del codo, y conduciéndolo hacia el patio—. Debe de estar con las demás damas de la corte. Estoy cansado de ver soldados barbudos. Puedo ser un viejo, pero todavía me gusta mirar a una dama o a dos, de vez en cuando.

—Sea —sonrió el príncipe, con la primera muestra de buen humor que el duque había visto en su rostro durante días—. Después pasaremos a visitar a vuestra esposa, y le explicaréis vuestro imperecedero amor por las damas.

—Príncipe Josua —dijo cuidadosamente el anciano—, no llegarás a viejo si te doy en las orejas.

—Hoy no, tío —sonrió Josua—. Las necesito para oír lo que Gutrun tiene que decirte.

El viento susurraba en el agua llevando con él el aroma de los cipreses. Tiamak, secándose el sudor de la frente, dio en silencio las gracias a Él, Que Siempre Pisa en la Arena, por el airecillo inesperado. Al regresar de inspeccionar las trampas había sentido descender sobre Wran el aire cargado de tormenta: era caliente y venía para quedarse, como un cocodrilo de las marismas que rodease, lleno de paciencia, a un esquife con una vía de agua.

Otra vez volvió a secarse el sudor de la frente y se levantó para alcanzar el tazón de té de raíces que hervía en el fuego. Sorbió, no sin sentir algo de dolor en sus agrietados labios, y se preguntó qué debería hacer.

El extraño mensaje de Morgenes lo había preocupado. Las palabras no auguraban nada bueno y durante días le habían estado dando vueltas en la cabeza como cantos en una calabaza seca, mientras conducía su bote a través de las vías poco frecuentadas de Wran o cuando se dirigía al mercado de Kwanitupul, el pueblo donde comerciaba y que estaba situado junto a un riachuelo que salía del lago Eadne. Realizaba los tres días de viaje que lo conducían a Kwanitupul, con cada luna nueva, y ofrecía a buen precio sus inusuales conocimientos en los tenderetes del mercado, ayudando a los pequeños comerciantes wrananos a tratar con los nabbanos y perdruineses que trabajaban en los pueblos costeros de Wran. El viaje a Kwanitupul era una necesidad, aunque sólo consiguiese unas pocas monedas y a veces algún saco de arroz. Este producto lo utilizaba como acompañamiento cuando algún cangrejo ocasional era tan estúpido o tan presuntuoso que no podía evitar sus trampas. No había tantos crustáceos con esas características, y aquélla era la razón por la que la dieta habitual de Tiamak consistía en pescado y raíces.

Subió hasta su diminuta morada colgada en el baniano y volvió a leer, lleno de ansiedad, el mensaje de Morgenes por centésima vez. Eso le hizo recordar las agitadas y empinadas calles de Ansis Pelippe, la capital de Perdruin, donde se habían conocido él y el doctor.

De todo el jaleo y los espectáculos del gran puerto comercial, cientos no, *muchos* cientos de veces más grande que Kwanitupul —un hecho que sus paisanos de Wran nunca creerían, pues eran unos provincianos palurdos—, eran los olores lo que Tiamak recordaba con más anhelo, el millón de aromas que flotaba en el aire: el maloliente olor salino de los muelles, lleno del penetrante aroma de los barcos de pesca; los fuegos en los que se cocinaba en las calles, donde barbudos isleños ofrecían broquetas de cordero asado; los tufos de los sudorosos y agitados caballos, cuyos orgullosos propietarios, comerciantes y soldados, hacían andar temerariamente por en medio de las atestadas calles, de suelo de adoquines resbaladizos, haciendo que los caminantes tuvieran que meterse allí donde podían; y claro, los aromas del azafrán, la canela y otras especias, que rebosaban por todo su distrito como fugaces y exóticas solicitaciones. Los recuerdos lo hicieron sentirse tan hambriento que casi quiso llorar, pero se contuvo. Había una tarea que hacer, y no podía distraerse con aquel tipo de obsesiones. Morgenes lo necesitaba para algo, y Tiamak tenía que estar preparado para ello.

De hecho, había sido la comida lo que lo había llevado a la presencia de Morgenes, hacía ya tantos años, en Perdruin. El doctor, que se encontraba en algún tipo de búsqueda farmacéutica a través de los distritos comerciales de Ansis Pelippe, había tropezado y casi golpeado a un joven wranano, que era Tiamak, el cual se hallaba despistado, pues no parecía tener ojos más que para un montón de mazapán expuesto en el mostrador de un panadero. Al doctor le hizo gracia y se sintió interesado por el chico de los pantanos que tan lejos se hallaba de su hogar, y cuyas disculpas estaban tan llenas de un muy escogido y florido lenguaje nabbano. Cuando Morgenes supo que el muchacho estaba en la capital de Perdruin para estudiar con los hermanos jesurianos y que era el primero de su pueblo que dejaba el sumergido Wran, le compró un buen pedazo de mazapán y una jarra de leche. Desde ese momento fue como un dios para el estupefacto Tiamak.

La gastada hoja de pergamino que tenía ante él, que era una copia, pues el original se había roto de tanto mirarlo, empezaba a ser difícil de leer. Pero lo había hecho en tantas ocasiones que eso ya no tenía demasiada importancia, incluso había vuelto a cifrar el mensaje en su forma original y lo había vuelto a traducir, sólo para asegurarse de que no se había olvidado de algún sutil pero importante detalle.

«La hora de la Estrella del Conquistador está sobre nosotros...», había escrito el doctor. Eso quería decir que aquél sería su último mensaje al menos durante mucho tiempo. La ayuda de Tiamak iba a ser precisa, le aseguraba Morgenes, «...si algunas cosas —como se dice— escondidas en el infausto libro perdido del sacerdote Nisses...» tuvieran que ser evitadas.

La primera vez que se había dirigido a Kwanitupul después de recibir el mensaje por medio de los gorriones, Tiamak le preguntó a Middastri, un comerciante perdruinés con quien a veces bebía una jarra de cerveza, por los horrorosos hechos sucedidos en Erkynlandia. Middastri le dijo que había oído algo de una pelea entre el Supremo Rey y Lluth de Hernystir, y que todo el mundo hablaba de la ruptura entre Elías y su hermano. Pero aparte de eso, el comerciante no pudo pensar en nada más en especial. Tiamak, que a través del mensaje de Morgenes había temido un peligro mayor y de un tipo más inmediato, se había sentido algo más tranquilo. Aun así, la importancia del mensaje del doctor le preocupaba.

«El infausto libro perdido...» ¿Cómo podía Morgenes haber llegado a conocer el secreto? Tiamak no se lo había dicho a nadie, pues quería sorprender al doctor con ello en el curso de una visita que había planeado realizar la próxima primavera, la primera vez que se dirigiría más al norte de Perdruin. Ahora daba la impresión de que Morgenes ya sabía algo acerca de ello, pero ¿por qué lo decía de aquella manera? ¿Por qué empleaba indicios, acertijos e insinuaciones, como un cangrejo que poco a poco va acabando con la cabeza de pescado de una de sus trampas?

El wraniano dejó el tazón de té y cruzó la habitación de techo bajo, por la que tenía que moverse casi de rodillas. El cálido y amargo viento empezaba a soplar con algo más de fuerza y movía la casa, desordenando la paja del tejado en medio de un serpenteante siseo. Abrió su arcón de madera en busca del objeto envuelto en hojas y cuidadosamente escondido bajo un montón de pergaminos que era su propia transcripción de *Remedios de los Sanadores Wrananos*, en la que Tiamak pensaba en secreto como en su *gran obra*. Cuando por fin la encontró, la sacó y desenvolvió, no por primera vez en la última quincena.

Al depositarla junto a la transcripción del mensaje de Morgenes, se sorprendió a causa del contraste. Las palabras del doctor habían sido copiadas cuidadosamente con tinta negra de raíces sobre pergamino barato, tan delgado que una llama de vela a un palmo de distancia podría prenderle fuego. El otro, en cambio, aparecía escrito en gruesa piel o pellejo. Las palabras, de un color sepia, estaban trazadas descuidadamente por la hoja, como si el escritor las hubiese hecho mientras montaba a caballo o sentado a una mesa durante un temblor de tierra.

El último era la joya de la colección de Tiamak, y si era lo que decía ser, sería la gema de la colección de *cualquiera*. Lo había encontrado entre un gran montón de pergaminos usados que vendía un comerciante en Kwanitupul. El mercader no sabía a quién había pertenecido todo aquel cesto de papeles, sólo que los había obtenido como parte de un lote entero que había comprado procedente de unas casas en Nabban. Temiendo que su buena fortuna pudiera evaporarse, Tiamak evitó preguntar más sobre aquella cuestión y los adquirió de inmediato —junto con otro fajo de pergaminos— por una sola brillante pieza de quíntuplo nabbano.

Lo volvió a mirar —aunque lo había leído más veces que el mensaje de Morgenes, si es que eso era posible—, y sobre todo el encabezamiento del pergamino, algo borrado, pero cuyo final acababa con las letras «... ARDENVYRD».

¿No era el famoso y desaparecido volumen de Nisses —que algunos tachaban de imaginario— llamado *Du Svardenvyrd*? ¿Cómo lo había llegado a saber Morgenes? Tiamak todavía no le había explicado a nadie la suerte de su hallazgo.

Bajo el título, las nórdicas runas, que en algunos lugares aparecían algo borradas y en otros casi desaparecidas y convertidas en nubes de color, en general se podían leer, aunque estuvieran escritas en el arcaico nabbano de cinco siglos atrás.

> *... Traído del Jardín de Piedra de Nuanni,*
> *el hombre ciego que no ve*

descubre la Hoja que entrega la rosa
al pie del gran árbol rimmerio.
Encuentra la Llamada cuya demanda hace.
Grita el nombre del portador de la Llamada
en un navío en el mar poco profundo.
Cuando Hoja, Llamada y Hombre
uno se hagan en la mano derecha del Príncipe,
entonces el prisionero una vez más será libre...

Bajo el extraño poema aparecía un simple nombre en grandes y feas runas: NISSES.

Aunque Tiamak miró y miró, el significado siguió pareciéndole oculto. Al final suspiró, volvió a enrollar el antiguo pergamino en su forro de hojas y lo metió en el arcón de madera.

¿Qué quería Morgenes que hiciese? ¿Que le llevase eso a Hayholt? ¿O tal vez debería llevarlo a cualquiera de los otros sitios, como la hechicera Geloë, el gordo Ookequk, en Yiqanuc, o el de Nabban? Quizás el mejor plan fuese esperar otro mensaje del doctor, en lugar de darse prisa sin saber adónde ir y sin tratar de entender totalmente el mensaje. Después de todo, por lo que le había explicado Middastri, cualquier cosa que Morgenes temiese parecía hallarse todavía lejos; tenía algo de tiempo para esperar hasta saber realmente qué es lo que quería de él.

«Tiempo y paciencia —se aconsejó—, tiempo y paciencia...»

Al otro lado de la ventana, las ramas de los cipreses parecieron quejarse al sufrir bajo la áspera mano del viento.

Se abrió la puerta de la cámara, Sangfugol y Vorzheva se levantaron con aire de culpabilidad, como si hubiesen sido sorprendidos en alguna acción impropia, aunque estaban uno a cada lado de la estancia. Cuando miraron hacia la puerta con los ojos muy abiertos, el laúd del músico, que estaba apoyado sobre la silla, se movió y le cayó sobre los pies. El arpista lo recogió a toda prisa y lo sostuvo contra el pecho, como si se tratase de un niño herido.

—Maldita sea, Vorzheva, ¡¿qué es lo que habéis hecho?! —preguntó el príncipe.

El duque Isgrimnur permanecía tras él, en la jamba de la puerta, con una mirada de preocupación en el rostro.

—Calmaos, Josua —dijo el duque, cogiéndolo de la manga de su justillo verde.

—Cuando obtenga la verdad de esta…, esta mujer —bufó Josua—. Hasta entonces, manteneos fuera de eso, viejo amigo.

El color regresó a las mejillas de la dama.

—¿A qué os referís? —inquirió—. Golpeáis las puertas como si fueseis un toro, y disparáis preguntas. ¿Estáis en vuestro sano juicio?

—No tratéis de despistarme. Acabo de hablar con el capitán de guardia y estoy seguro de que hubiera deseado no encontrarse conmigo de tan furioso como estoy. Me ha dicho que Miriamele salió ayer por la tarde con mi permiso, que no era un permiso, ¡sino mi sello puesto sobre un documento falso!

—¿Y por qué me gritáis a mí? —preguntó Vorzheva con arrogancia.

Sangfugol empezó a escabullirse hacia la puerta de la cámara, con su instrumento herido todavía apretado contra el pecho.

—Eso lo sabéis muy bien —rugió Josua, cuyas pálidas mejillas empezaban a verse libres del color que a ellas había llevado la cólera—, y quedaos donde estáis, arpista, pues todavía no he acabado con vos. Últimamente habéis gozado mucho de la confianza de mi dama.

—A petición vuestra, príncipe —respondió el músico, con altivez—, para aliviar su soledad. ¡Pero os juro que no sé nada sobre la princesa Miriamele!

Josua se movió por la habitación y cerró la pesada puerta tras él sin mirarla. Isgrimnur, ágil, a pesar de sus años y de su gordura, pudo apartarse a tiempo del recorrido de la hoja.

—Buena Vorzheva, no me tratéis como si fuese uno de esos carreteros entre los que crecisteis, todo lo que os he oído decir es lo triste que estaba la pobre princesa al perder a su familia. ¡Ahora Miriamele ha salido por la puerta con un villano y algún otro, en connivencia con el primero, y ha usado mi sello para darles paso franco! ¡No soy ningún tonto!

La mujer de cabello moreno le sostuvo la mirada durante algún tiempo; después su labio inferior empezó a temblar, lágrimas de furia saltaron de sus ojos y se sentó, sin preocuparse de las arrugas formadas en sus largas faldas.

—Muy bien, príncipe Josua —dijo la mujer—, cortadme la cabeza si así lo queréis. He ayudado a la pobre muchacha para que pudiese reunirse con su familia en Nabban. Si no tuvierais tan poco corazón, lo habríais hecho vos mismo, proporcionándole una escolta armada. En vez de eso sólo tiene por compañía a un bondadoso monje. —Vorzheva extrajo un pañuelo del escote del vestido y se secó los ojos—. Pero ella es más feliz de esa forma, que estando aquí encerrada como un pájaro en una jaula.

—¡Por las Lágrimas de Elysia! —juró el hermano de Elías, agitando la mano—. ¡Estáis loca! Miriamele quería jugar a emisario, pensaba obtener gloria al hacer que sus parientes nabbanos se uniesen a mí en esta lucha.

—Tal vez no resulte demasiado acertado decir «gloria», Josua —intervino Isgrimnur—. Creo que la princesa quiere ayudar de forma totalmente honesta.

—¿Y qué hay de malo en ello? —preguntó Vorzheva, desafiante—. Necesitáis la ayuda de Nabban, ¿no es así? ¿O es que ahora sois demasiado orgullosos?

—¡Que Dios me ayude, los nabbanos ya están a nuestro lado! ¿Lo habéis entendido? Acabo de ver al barón Devasalles no hace ni una hora. Y ahora la hija del Supremo Rey vaga por ahí sin ninguna necesidad de hacerlo, con todas las tropas de su padre a punto de echarse al campo de batalla y sus espías husmeando por todas partes como moscas.

El príncipe hizo un gesto lleno de frustración; después se dejó caer en una silla, con sus largas piernas extendidas.

—Es demasiado para mí, Isgrimnur —confesó, en tono cansado—. ¿Y preguntáis por qué no me autoproclamo rival de Elías para ocupar el trono? Si ni siquiera soy capaz de mantener a salvo a una jovencita que está bajo mi protección.

El duque sonrió tristemente.

—Según creo recordar, su padre tampoco tuvo demasiada fortuna al tratar de mantenerla junto a él.

—Aun así. —Josua se llevó la mano a la frente para sujetarse la cabeza—. Jesuris, tengo el cerebro a punto de estallar entre unas cosas y otras.

—Señor —dijo Isgrimnur, dirigiendo una mirada a los otros con la que les ordenaba mantener silencio—, no todo está perdido. Lo único que tenemos que hacer es enviar una partida para que bata el terreno en busca de Miriamele y el monje, ese... Cedric, o como se llame...

—Cadrach —consignó Josua.

—Sí, bueno, Cadrach. Bien, una jovencita y un fraile no pueden ir muy lejos si se mueven a pie. Sólo tenemos que enviar a unos cuantos jinetes y los alcanzarán enseguida.

—A menos que lady Vorzheva tuviera algunos caballos escondidos para ellos —apuntó el príncipe con amargura. Su levantó—. Es así, ¿no?

La dama no pudo mirarlo a los ojos.

—¡Misericordioso Aedón! —exclamó Josua—. ¡Lo que nos faltaba!

¡Te voy a devolver a tu bárbaro padre metida en un saco, como una gata salvaje!

—¿Príncipe Josua? —dijo el arpista. Como no obtuvo respuesta se aclaró la garganta y volvió a intentarlo—. ¿Mi príncipe?

—¿Qué? —contestó éste irritado—. Sí, podéis iros. Tendré unas palabras con vos más tarde. Idos.

—No, señor... Es que, ¿habéis dicho que el monje se llamaba... Cadrach?

—Sí, eso es lo que dijo el capitán de la puerta, que intercambió unas palabras con él. ¿Por qué? ¿Acaso lo conocéis o sabéis los lugares por donde ronda?

—Bueno, no exactamente, señor, pero creo que el muchacho, Simón, se encontró con él. Me explicó muchas de sus aventuras y ese nombre me resulta muy familiar. Ay, señor, si se trata de él, la princesa podría correr un gran peligro y encontrarse en una situación comprometida.

—¿Qué queréis decir? —preguntó Josua, lleno de súbito interés.

—El Cadrach sobre el que me habló Simón era un pícaro ladrón de monederos, señor. Ese otro también iba disfrazado de monje, pero no era un hombre de Aedón, de eso podéis estar seguro.

—¡No puede ser! —exclamó Vorzheva. El antimonio de su sombra de ojos se había derramado sobre sus mejillas—. Cuando conocí a ese hombre me citó muchas partes del Libro de Aedón. El hermano Cadrach es una buena persona.

—Un demonio también puede citar el Libro de Aedón —dijo el duque, moviendo la cabeza lleno de pesar.

El príncipe se había puesto en pie y se dirigía hacia la puerta.

—Debemos hacer que salgan a buscarlos inmediatamente, Isgrimnur —decidió Josua; después se detuvo y se volvió, para coger a la mujer del brazo—. Venid, lady Vorzheva —añadió bruscamente—. Ya no podéis deshacer el daño que habéis causado, pero al menos nos acompañaréis y explicaréis lo que sepáis, de dónde sacasteis los caballos y todo lo demás.

—¡Pero si no puedo salir! —exclamó sorprendida—. ¡Mirad, he estado llorando! Mi rostro tiene un terrible aspecto.

—Por el dolor que me habéis causado, y tal vez por el que causaréis a mi alocada sobrina, representa un pequeño castigo. ¡Venid!

La hizo salir de la habitación por delante de él, con Isgrimnur siguiéndolos. Las voces de su discusión produjeron un eco lejano en el pasillo.

Sangfugol, que se había quedado atrás, miró su laúd, lleno de pesar.

Una grieta cruzaba el instrumento a lo largo de la panzuda caja, y una de las cuerdas colgaba suelta, en un rizo inútil.

—Esta noche habrá escasa pero amarga música —dijo.

Todavía faltaba una hora para el amanecer cuando Lluth acudió junto al lecho de la muchacha, que no había podido conciliar el sueño durante toda la noche, preocupada por él. Cuando el rey se inclinó sobre ella para tocarle el brazo, la joven fingió dormir, queriendo ahorrarle lo único que estaba a su alcance: el que pudiera llegar a saber el miedo que sentía.

—Maegwin —pronunció Lluth, con dulzura.

Cerró los ojos y luchó con el deseo de levantarse y abrazarlo con todas sus fuerzas. Por el sonido de sus pasos y el olor a aceite, la princesa supo que llevaba la armadura completa, a excepción del yelmo, y le hubiese resultado muy costoso volver a incorporarse si ella se le echaba encima. Podría soportar la despedida, pero el pensar en él, mostrando todo su cansancio y su edad en aquella noche decisiva, era más de lo que podría soportar.

—¿Sois vos, padre? —contestó finalmente.

—Sí.

—¿Y os vais ahora?

—Debo hacerlo. Pronto saldrá el sol, y espero que podamos alcanzar las estribaciones del Bosque de los Panales a media mañana.

La muchacha se sentó en el lecho. El fuego de la chimenea ya se había apagado, y, a pesar de que abría mucho los ojos, apenas podía ver nada. Débilmente, a través de las paredes le llegaba el rumor de los sollozos de su madrastra Inahwen. Maegwin sintió un pinchazo de rabia ante tal muestra de debilidad por parte de la esposa de su padre.

—Que el escudo de Brynioch os proteja, padre —dijo la muchacha, a la vez que levantaba una mano para tratar de encontrar su rostro en la oscuridad—. Desearía ser vuestro hijo para luchar a vuestro lado.

La joven sintió posarse los labios de su padre sobre sus dedos.

—Ah, Maegwin, siempre has sido muy valiente. ¿Es que no tienes suficiente trabajo aquí? No será tarea fácil ser la señora de Taig en mi ausencia.

—Os olvidáis de vuestra esposa.

Lluth volvió a sonreír en la oscuridad.

—No, no me olvido. Tú eres fuerte, Maegwin, más fuerte que ella. Debes prestarle algo de tu fortaleza.

—Normalmente ya consigue lo que desea.

La voz del rey era dulce, pero cogió con fuerza la muñeca de su hija.

—No es así, hija mía. Junto con Gwythinn, eres una de las tres personas que más quiero en este mundo. Ayúdala.

La muchacha odiaba llorar. Se deshizo de la mano de su padre y se frotó los ojos con fuerza.

—Lo haré —prometió—. Perdonad mis palabras.

—No hay nada que perdonar —respondió el rey Lluth; después volvió a tomar su mano y la apretó suavemente—. Adiós, hija mía. Nos veremos a mi regreso. Hay crueles cuervos en nuestros campos, y nos costará bastante hacer que vuelvan a desaparecer.

La joven se levantó y saltó del lecho para abrazarlo. Un instante después la puerta se abrió y volvió a cerrarse, y Maegwin oyó los lentos pasos que se alejaban por el pasillo, junto con el sonido de las espuelas que derramaban su triste música.

Más tarde, cuando lloró, lo hizo metida en la cama, con las sábanas y mantas por encima de la cabeza, para que nadie oyese sus sollozos.

36

Heridas recientes y viejas cicatrices

L os caballos se encontraban bastante asustados a causa de Qan-taqa, así que Binabik marchaba sobre la gran loba gris algunos pasos por delante de Simón y de los demás, llevando una lámpara protegida para mostrar el camino a través del manto de oscuridad. La pequeña comitiva se abría paso por la raída de las colinas con la vibrante lucecita estremeciéndose ante ellos como la vela de un difunto.

La luna aparecía empequeñecida en el interior de su nido de nubes, por lo que su marcha se hacía lenta y cautelosa. Entre el suave movimiento del caballo que montaba y la calidez que le proporcionaba el ancho lomo, Simón casi estuvo a punto de dormirse en unas cuantas ocasiones. Sin embargo, se despertaba súbitamente a causa de los delgados y retorcidos dedos que le tocaban el rostro y que luego reconocía como las ramas de los árboles cercanos bajo los que pasaban. Hablaban poco. De vez en cuando, uno de ellos susurraba unas palabras de ánimo dirigidas a sus monturas, o Binabik les avisaba de algún obstáculo cercano; pero aparte de eso, y del apagado repicar de los cascos de los equinos, podía haberse tratado de una gris peregrinación de almas en pena.

Cuando por fin la luna empezó a dejarse ver a través de una abertura formada entre las nubes, no mucho antes del amanecer, se detuvieron para montar un campamento. Sus vaporosas respiraciones fueron atrapadas por el brillo del astro, que creó el efecto de hacerles respirar nubes de color azulado mientras ataban sus monturas y los dos caballos que llevaban la carga. No encendieron fuego alguno. Ethelbearn se encargó de realizar la primera guardia; los demás, envueltos en sus pesados mantos, se arrebujaron en el húmedo suelo para tratar de conciliar el sueño.

Simón se despertó bajo un cielo con aspecto de gachas, y tanto su nariz como las orejas parecían haberse convertido en hielo durante la noche por alguna especie de mágico sortilegio. Estaba sentado junto al fuego, masticando el pan y el queso que le había proporcionado Binabik, cuando Sludig se sentó junto a él. Las mejillas del joven rimmerio presentaban un aspecto enrojecido y brillante a causa del fuerte viento.

—Esto se parece a nuestra primavera, a la de mi tierra —sonrió, a la vez que pinchaba un trozo de pan en el extremo de la larga hoja de su cuchillo y lo sostenía sobre el fuego—. Este tiempo hará de ti un hombre rápidamente, ya lo verás.

—Espero que haya otras formas de convertirse en hombre además de congelarse hasta la muerte —gruñó Simón, frotándose las manos.

—Puedes matar un oso con una lanza —dijo Sludig—. Nosotros también.

El chico no supo decir si el rimmerio bromeaba.

Binabik, que había enviado a Qantaqa de caza, vino hacia ellos y se sentó con las piernas cruzadas.

—Bueno, ¿estáis preparados para pasar una dura jornada a caballo? —preguntó el gnomo.

Simón no respondió, pues tenía la boca llena de pan; cuando vio que Sludig tampoco contestaba, el muchacho levantó la mirada. El rimmerio observaba el fuego, con la boca apretada. El silencio se hizo incómodo.

Simón acabó de masticar y tragó.

—Supongo que sí, Binabik —dijo con rapidez—. ¿Vamos a llegar muy lejos?

El hombrecillo sonrió alegremente, como si el silencio del rimmerio le pareciese de lo más normal.

—Podemos ir tan lejos como deseemos. Hoy parece un buen día para cabalgar, pues el cielo está despejado. Antes de lo que fuera de desear encontraremos lluvia y nieve.

—¿Sabemos adónde nos dirigimos?

—En parte, amigo Simón —respondió, cogiendo una rama de la hoguera y trazando líneas en la húmeda tierra—. Aquí está Naglimund —señaló, marcando un círculo. Después hizo una serie de líneas que partían del flanco derecho de la figura y se extendían a lo lejos—. Esto es Wealdhelm. Esta cruz somos nosotros aquí —realizó una marca a no mucha distancia del círculo. Después dibujó una forma oval en el extremo más alejado de las montañas, unos cuantos círculos más pequeños, diseminados alrededor del borde, y lo que parecía ser otra sucesión de montañas, a lo lejos.

»Así que —prosiguió, inclinándose sobre la zona marcada— pronto nos aproximaremos a este lago —indicó la gran forma elíptica—, que se llama Drorshull.

Sludig, que contra su voluntad se había inclinado para mirar, volvió a recuperar su posición inicial.

—Drorshullvenn…, el lago del Martillo de Dror —dijo el rimmerio, que frunció el entrecejo y volvió a inclinarse sobre el dibujo para marcar un punto con su dedo en la orilla oriental del lago—. Ahí está Vestvennby, la baronía del traidor Storfort. Me gustaría mucho pasar por ahí de noche.

El rimmerio quitó las migas que habían quedado sobre la hoja de su daga y la levantó para atrapar en la superficie el débil resplandor del fuego.

—Nosotros no iremos allí, de todas formas —aclaró Binabik, con tono severo—, y tu venganza tendrá que esperar. Pasaremos por el otro lado, desde Hullnir a Haethstad, cerca de donde se encuentra la abadía de San Skendi; después continuaremos por la llanura que se extiende por el norte, hacia las montañas. No pararemos para cortar cuellos. —El hombrecillo empujó la ramita más allá del lago, hacia la hilera de formas redondeadas.

—Eso es porque vosotros, los gnomos, no sabéis lo que es el honor —manifestó Sludig con amargura, mirando a Binabik bajo sus espesas cejas rubias.

—Sludig… —dijo Simón, con tono suplicante, pero su amigo no respondió a la pulla del rimmerio.

—Tenemos que llevar a cabo una tarea —respondió con calma el gnomo—. Vuestro duque Isgrimnur así lo deseaba, y no se le sirve mejor acechando por la noche para cortarle el pescuezo a Storfort. Eso no significa que nosotros desconozcamos el honor.

El soldado lo miró con dureza durante unos instantes y después sacudió la cabeza.

—Tienes razón. —Para sorpresa de Simón no hubo rencor en sus palabras—. Estoy furioso y mis palabras no han sido las adecuadas.

Se puso en pie y se dirigió hacia donde Grimmric y Haestan cargaban los caballos; mientras se alejaba pareció flexionar sus anchos y musculosos hombros, como si deshiciese los nudos provocados por la tensión. El muchacho y el gnomo lo siguieron con la mirada durante unos instantes.

—Se ha disculpado —dijo el chico.

—Todos los rimmerios no son como Einskaldir —replicó su amigo—. Pero tampoco todos los gnomos son como Binabik.

Fue un largo día, que pasaron sobre el lomo de sus monturas, subiendo por el flanco de las colinas bajo el manto protector de los árboles. Cuando finalmente se detuvieron para cenar, Simón recordó las advertencias de Haestan: aunque su caballo había llevado un paso lento y su marcha se había desarrollado a través de terreno blando, sentía las extremidades y la entrepierna como si se hubiera pasado todo el día atado a algún horroroso instrumento de tortura. El hombretón, no sin una sonrisa, le explicó con amabilidad que después de que pasase toda una noche lleno de rigideces, lo peor estaba todavía por llegar; después le ofreció tanto vino como desease. Cuando Simón se acurrucó aquella noche entre las musgosas raíces de un cercano roble sin hojas, se sintió algo mejor, aunque el vino le hizo creer que oía voces cantando extrañas canciones en el viento.

Cuando se despertó, a la mañana siguiente, descubrió que no sólo todo lo que le había dicho Haestan se había multiplicado por diez, sino que además también nevaba. Los copos cubrían tanto las colinas Wealdhelm como a los viajeros con un frío y blanco manto. Incluso temblando a la intemperie, bajo aquella débil luz de junen, podía oír las voces del viento. Podía reconocer muy claro cuál era su mensaje: se burlaban de los calendarios y avisaban a los viajeros que creían poder adentrarse con total impunidad en el nuevo reino del invierno.

La princesa Miriamele miró llena de horror el paisaje que se extendía ante ella. Lo que desde que habían empezado a cabalgar aquella mañana había sido una amalgama de colores y humo negro en el horizonte, ahora aparecía claramente ante sus ojos y los de Cadrach al pie de la colina desde la que miraban hacia Inniscrich. Se trataba de un tapiz de muerte, tejido con carne, metal y tierra levantada.

—¡Misericordiosa Elysia! —dijo, sujetando las riendas de su caballo—. ¡¿Qué es lo que ha sucedido?! ¿Es esto obra de mi padre?

El fraile bizqueó y sus labios se movieron en silencio, en lo que la princesa creyó una oración.

—La mayoría de los muertos son hernystiros, mi señora —declaró, al final—, y creo que los otros son rimmerios, al menos por su aspecto. —El fraile frunció el entrecejo cuando un grupo de cuervos asustados inició la desbandada, dio unas vueltas alrededor del campo de combate y volvió a posarse—. Parece que la batalla, o lo que resta de ella, se ha movido hacia el oeste.

Miriamele tenía los ojos llenos de lágrimas de pavor y levantó un puño para secárselas.

—Los supervivientes deben de haber regresado a Taig, en Hernysadharc. ¿Por qué habrá sucedido esto? ¿Acaso se han vuelto *todos* locos?

—Todos estaban ya locos, mi señora —respondió Cadrach con una extraña sonrisa de pesar—. Sólo que los tiempos que atravesamos han hecho que saliera de ellos la locura.

Durante el primer día y medio tras su partida, habían avanzado rápidamente, haciendo que los caballos de lady Vorzheva llegaran a su límite y cruzando el río Vadoverde en su parte superior, a unas veinte leguas de Naglimund en dirección sudoeste. Después habían aminorado la marcha para darles a los animales la oportunidad de descansar, por si más tarde volvían a necesitar una rápida galopada.

Miriamele era una buena amazona cabalgando como un hombre, que era la forma apropiada de montar con la ropa que llevaba: los mismos pantalones y justillo con los que se había disfrazado para escapar de Hayholt. Había vuelto a teñir su corto cabello de negro, aunque poco podía verse bajo la capucha de viaje que llevaba puesta, tanto para resguardarse del frío como de las miradas indiscretas; el hermano Cadrach cabalgaba junto a ella con su hábito gris y, al igual que la muchacha, pasaba inadvertido. En cualquier caso, había muy pocos viajeros que con aquel tiempo y las malas noticias que circulaban hubiesen tomado el camino del río. La princesa empezaba a confiar en que su escapada hubiese tenido éxito.

Desde el mediodía del día anterior habían cabalgado por el sendero que transcurría junto al ancho río, con el eco de lejanas trompetas en sus oídos y estridentes voces que incluso se elevaban por encima del aullido del viento portador de lluvia. Al principio se sintió asustada, pues temía que los persiguiese el espectro de alguna vengativa tropa de su padre o de su tío. Pero pronto se les hizo evidente que eran tanto ella como Cadrach quienes se aproximaban a aquel estruendo y no al revés. Más tarde, en aquella misma mañana, vieron los primeros signos de la batalla: solitarias columnas de humo negro que teñían el ahora ya destapado cielo.

—¿No hay nada que podamos hacer? —preguntó Miriamele, desmontando y permaneciendo junto a su manso caballo.

Aparte de las aves de rapiña, el paisaje que se extendía a sus pies aparecía tan inmóvil como si estuviese grabado en piedra gris y roja.

—¿Y qué podemos hacer, mi señora? —inquirió Cadrach, todavía sobre la silla.

El fraile bebió un trago de vino.

—No lo sé. ¡Vos sois un sacerdote! ¿Es que no vais a pronunciar una oración por sus almas?

—¿Por qué almas, princesa? ¿Por las de mis paisanos paganos o por las de los buenos aedonitas de Rimmersgardia que han descendido de sus tierras para pagarlo así?

Las amargas palabras de Cadrach parecieron elevarse sobre el paisaje como humo.

Miriamele se volvió para mirar al hombrecillo, cuyos ojos ahora parecían muy diferentes de los del alegre compañero de días anteriores. Cuando le había explicado historias o cantado sus canciones hernystiras de montar o de borrachos, los ojos le resplandecían de alegría. Ahora, en cambio, tenía el aspecto de un hombre que saborea la dudosa victoria de una profecía cumplida.

—¡No todos los hernystiros son paganos! —exclamó la joven, furiosa por la extraña forma de actuar de su acompañante—. ¡Vos mismo sois monje aedonita!

—Entonces, ¿debo ir allá abajo y preguntar quién es pagano y quién no? —preguntó, y movió una mano para abarcar la inmóvil carnicería—. No, mi señora, la única tarea que resta por hacer está reservada a los carroñeros —respondió y espoleó su caballo para alejarse un poco.

Miriamele permaneció en el mismo lugar y apoyó la mejilla contra el cuello de su caballo.

—¡Seguro que no hay ningún hombre realmente religioso que pueda permanecer tan impasible ante un espectáculo como éste! —gritó al fraile—. ¡Ni siquiera ese monstruo rojo de Pryrates!

Cadrach se estremeció ante la mención del nombre del consejero del rey como si lo hubiesen golpeado en la espalda; después cabalgó algunos pasos más antes de detenerse para permanecer sentado, en silencio.

—Vamos, señora —dijo, por encima del hombro—. Debemos bajar de la colina; aquí estamos expuestos a que nos vean desde muy lejos. No todos los carroñeros tienen plumas, y algunos andan sobre dos piernas.

Ya sin lágrimas, la princesa se encogió de hombros sin decir una palabra y volvió a subir a la silla para seguir al monje vertiente abajo, junto al ensangrentado Inniscrich.

Cuando aquella noche dormía en el campamento instalado en la pendiente que había por encima del lago Drorshull, Simón volvió a soñar con la rueda.

De nuevo se encontraba enganchado, incapaz de liberarse, sacudido como un muñeco de trapo y elevado por encima del ancho borde de la rueda. Los fríos vientos lo abofeteaban, y fragmentos de hielo llenaban su rostro mientras era elevado hacia la oscuridad.

En la cima del pesado disco, encumbrado por los vientos y ensangrentado, Simón vio un brillo entre las sombras, una franja luminosa y vertical que iba desde la impenetrable oscuridad de arriba hasta los igualmente lóbregos abismos que se extendían bajo él. Se trataba de un árbol blanco, cuyo ancho tronco y delgadas ramas brillaban como si estuviese tachonado de estrellas. Trató de liberarse del abrazo de la rueda y saltar hacia el árbol, pero estaba bien sujeto. Mediante un gran esfuerzo final, consiguió soltarse y saltar.

El muchacho se zambulló a través de un universo de brillantes hojas, como si volase entre las lámparas de las estrellas; gritó para pedir su salvación a Jesuris, en busca de la ayuda de Dios, pero no lo agarró mano alguna y siguió hundiéndose en el frío firmamento...

Hullnir, situado en la orilla oriental del lago casi helado, era un pueblo que se encontraba abandonado incluso por los fantasmas. Medio enterrado bajo la nieve, sus casas con los tejados arrancados por el viento y el granizo permanecían como los esqueletos de renos muertos de hambre, bajo los oscuros e indiferentes cielos.

—¿Tan pronto han borrado Skali y sus cuervos toda vida de las tierras del norte? —se preguntó Sludig, con ojos muy abiertos.

—Da la impresión de que todos han huido con la última helada —añadió Grimmric, apretándose más el cierre de la capa bajo su estrecha barbilla—. Aquí hace demasiado frío y está demasiado lejos de los pocos caminos que permanecen abiertos.

—Es probable que Haethstad ofrezca el mismo aspecto —dijo Binabik, haciendo que Qantaqa volviese a la pendiente—. Bueno es que no tuviéramos planes sobre aprovisionarnos durante nuestro recorrido.

Allí, en el extremo del lago, las colinas empezaban a desaparecer, y un gran brazo del nórdico Aldheorte cubría con un manto de árboles las últimas estribaciones montañosas. Era diferente de la parte sur del bosque conocida por Simón, no sólo a causa de la nieve que cubría como una alfombra el suelo y que apagaba el sonido de los cascos de sus caballos. Aquí los árboles eran rectos y muy altos. Se trataba de verdes pinos recortados que se erigían como pilares bajo la capa de nieve, formando sombreados y separados pasillos. Los jinetes se movieron como a través de catacumbas, débilmente iluminadas, con la nieve cayendo suavemente como si se tratase de las cenizas del tiempo.

—¡Allí hay alguien, hermano Cadrach! —siseó Miriamele, y lo señaló—. ¡Allí! ¿No veis el brillo...? ¡Es metal!

El fraile bajó la bota de vino de su boca y miró hacia donde le indicaba la muchacha. Su boca aparecía manchada de rojo en las comisuras. Frunció el entrecejo y miró, como para tratar de satisfacer un capricho de la joven.

—Por el Buen Dios, tenéis razón, princesa —susurró, volviendo a tomar las riendas—. Allí hay algo.

Le alargó las correas del caballo a Miriamele y se dejó resbalar por la pendiente de espesa hierba; después, haciendo un gesto para indicar silencio, se arrastró hacia adelante. Cogió un tronco con que escudar sus rechonchas formas y se movió hasta llegar a una distancia de cien pasos del objeto brillante, asomando el cuello por detrás del leño, como un niño que jugase al escondite. Al cabo de unos instantes se volvió hacia la princesa y le hizo una seña. Ésta se dirigió hacia él, trayendo el caballo de Cadrach de la brida, al igual que el suyo.

Se trataba de un hombre que permanecía tendido medio apoyado contra la base de un roble, iba vestido con una armadura que todavía aparecía brillante en algunos lugares, a pesar de lo abollada que estaba. Junto a él se veía la empuñadura de una espada hecha pedazos y una larga vara partida con un gallardete en un extremo, en el que aparecía el Ciervo Blanco, símbolo de Hernystir.

—¡Elysia, Madre de Dios! —exclamó Miriamele, y se puso a correr a toda velocidad hacia el caído—, ¿todavía vive?

Cadrach se dio prisa en atar los caballos a una de las retorcidas raíces del roble y después se acercó junto a la princesa.

—No parece que así sea.

—¡Sí! —respondió ella—. Escuchad... ¡Respira!

El monje se arrodilló para echar una ojeada al hombre cuya respiración sonaba muy débil en el interior de la cámara de su yelmo medio abierto. Le subió la parte protectora de la cara hasta colocarla bajo la cresta alada, descubriendo un rostro bigotudo casi oculto por los rastros de sangre seca.

—¡Por el Cielo! —suspiró Cadrach, incorporándose de nuevo—. Es Arthpreas, el conde de Cuimhne.

—¿Lo conocéis? —preguntó Miriamele, mientras buscaba en su saco la bota llena de agua. La encontró y humedeció un trozo de tela.

—He oído hablar de él —comentó el fraile, y señaló hacia los dos pájaros bordados en la capa destrozada del caballero—. Es el señor feudal de Cuimhne, cerca de Nad Mullach. Su distintivo son las dos alondras gemelas.

La princesa humedeció ligeramente el rostro de Arthpreas mientras el monje exploraba amargamente las hendiduras llenas de sangre que aparecían en la armadura.

Los ojos del caballero parpadearon.

—¡Se ha despertado! —exclamó la joven, lanzando un suspiro—. ¡Cadrach, creo que vivirá!

—No por mucho tiempo, mi señora —dijo el hombrecillo, con calma—. Tiene una herida en el vientre en la que cabe mi mano. Dejad que le diga las últimas palabras, para que pueda morir en paz.

El conde gimió y por las comisuras de la boca salió un esputo de sangre, Miriamele se lo secó con mucha ternura. Los ojos del caballero se abrieron entre temblores.

—*E gundhain sluith, ma connalbehn...* —murmuró en hernystiro. Tosió débilmente y volvió a verter más sangre por la boca—. Eres un buen... muchacho. ¿Lograron apoderarse del Ciervo?

—¿A qué se refiere? —preguntó Miriamele en un susurro.

Cadrach señaló el gallardete que se encontraba en la hierba, junto al brazo del noble.

—Vos lo rescatasteis, conde Arthpreas —contestó la princesa, acercando su rostro al del herido—. Está a salvo. ¿Qué es lo que ha sucedido?

—Los guerreros «cuervos» de Skali... estaban por todas partes. —El caballero tosió y abrió aún más los ojos—. Ah, todos mis valientes muchachos... muertos, todos muertos..., todos derribados a hachazos como, como...

Arthpreas emitió un doloroso y seco sollozo. Sus ojos miraron fijamente al cielo, y se movieron lentamente, como si siguiesen el desplazamiento de las nubes.

—¿Dónde está el rey? —preguntó—. ¿Dónde está nuestro valiente rey? Los *goirach* norteños lo rodeaban por todas partes, ¡que Brynioch les pudra el corazón! *Brynioch na ferth ub..., ub strocinh...*

—¿El rey? —murmuró Miriamele—. Debe de referirse a Lluth.

Los ojos del conde se posaron de repente sobre Cadrach, y durante un instante parecieron iluminarse con una chispa proveniente del interior.

—¿Padreic? —dijo, y levantó una temblorosa y ensangrentada mano para posarla en la muñeca del monje.

Este se encogió, como si tratase de retroceder, pero sus ojos parecían atrapados e iluminados con un extraño brillo.

—¿Eres tú, Padreic *feir*? ¿Has... regresado...?

El caballero se puso rígido y sufrió un acceso de tos que hizo que por su boca manase la sangre como si fluyese de un arroyo interior. Un momento después sus ojos se escondieron bajo las oscuras pestañas.

—Ha muerto —declaró Cadrach, al cabo de unos instantes. Su voz aparecía teñida por una extraña nota—. Que Jesuris le conceda la salvación y Dios tenga piedad de su alma. —Hizo el signo del Árbol sobre el inmóvil pecho de Arthpreas y se puso en pie.

—Os llamó Padreic —recordó Miriamele, mirando abstraída el trozo de tela que tenía entre las manos, ahora ya de color rojo.

—Me confundió —contestó el monje—. Un hombre moribundo que buscaba a un viejo amigo. Vámonos. No tenemos palas para cavar una tumba. Busquemos unas piedras con las que cubrir su cuerpo. Era..., me dijeron que era un buen hombre.

Mientras Cadrach se alejaba en busca de piedras, Miriamele quitó cuidadosamente el guantelete de Arthpreas y lo envolvió en el gallardete verde.

—Por favor, venid a ayudarme, mi señora —llamó el fraile—. No podemos permitirnos pasar demasiado tiempo aquí.

—Ahora voy —respondió la muchacha, y metió el envoltorio en la bolsa de su silla—. Podemos estar aquí un poco más de tiempo.

Simón y sus compañeros seguían su camino lentamente rodeando la orilla del lago, a lo largo de una península de altos árboles y nieve. A su izquierda estaba el espejo helado de Drorshull; las blancas estribaciones de Wealdhelm permanecían a su derecha. La canción del viento se oía con el suficiente volumen como para ahogar cualquier amago de conversación que no se produjese a gritos. El muchacho cabalgaba, observando la ancha y oscura espalda de Haestan, que se balanceaba ante él. Le dio la impresión de que eran como solitarias islas en un frío mar: a la vista unos de otros, pero separados por desoladas extensiones. Los pensamientos se le adormecieron a causa del monótono paso de su montura.

Algo que le pareció muy extraño era que, en su fuero interno, la Naglimund que acababa de dejar le parecía tan insustancial como los

146

remotos recuerdos de su infancia. Incluso los rostros de Miriamele y de Josua le resultaban difíciles de recordar, como si tratase de rememorar las facciones de unos extraños cuya importancia no hubiese descubierto hasta largo tiempo después de su marcha. En cambio, sus evocaciones sobre Hayholt resultaban muy vividas...: las largas tardes de verano en el patio de los comunes, cubierto de césped e insectos; las tardes de primavera en que soplaba aquella dulce brisa mientras trepaba por los muros, cuando el punzante aroma de los rosales del patio llegaba hasta él como cálidas manos. Recordaba el ligero olor a humedad que desprendían las paredes alrededor de su cuna diminuta, en un rincón del alojamiento de los sirvientes; Simón se sintió como un rey en el exilio, como si hubiese perdido un palacio a manos de un usurpador extranjero, como de alguna manera parecía haber sucedido.

Los demás estaban tan inmersos en sus propios pensamientos como él; aparte de los silbidos de Grimmric —un delgado trino que sólo de vez en cuando sobresalía por encima del viento, que era constante—, el viaje alrededor del lago Drorshull fue realizado en completo silencio.

En varias ocasiones, cuando podía divisarla a través de los copos de nieve que caían, creyó ver detenerse a Qantaqa y levantar la cabeza como para escuchar algún sonido extraño. Cuando por fin acamparon aquella noche, con la mayor parte de la extensión del lago tras ellos, al sudoeste, le preguntó al gnomo sobre ello.

—¿Crees que ha oído algo, Binabik? ¿Te parece que pueda haber algo por delante de nosotros?

El hombrecillo movió la cabeza y extendió sus manos desenguantadas hacia el fuego.

—Tal vez. Qantaqa puede oler incluso las cosas que hay por delante de nosotros, aunque se encuentren en el aire, pero parece que lo que oye se encuentra detrás o a uno de nuestros lados.

Simón pensó en ello durante unos instantes. Lo cierto es que nada parecía haberlos seguido desde el desierto Hullnir, que estaba desprovisto de todo, incluso de pájaros.

—¿Hay alguien a nuestra espalda? —preguntó el muchacho.

—Lo dudo. ¿Quién podría ser? ¿Y por qué razón nos iban a seguir?

A pesar de ello, Sludig, que avanzaba normalmente en último lugar de la columna, también había advertido el desasosiego de la loba. Aunque no acababa de sentirse cómodo en presencia de Binabik, y lo cierto es que no confiaba en Qantaqa —para dormir estiraba su manto en el extremo más alejado del campamento—, no dudaba de los agudos sentidos de la loba gris. Mientras los demás comían pan duro y carne de gamo seca, él había sacado su piedra de afilar para poner a punto sus hachas.

—Entre Dimmerskog, el bosque que se encuentra al norte de donde ahora estamos, y Drorshullven —dijo un Sludig ceñudo—, siempre ha habido un país salvaje, incluso cuando Isgrimnur o su padre gobernaban en Elvritshalla y el invierno aparecía cuando tenía que hacerlo. En estos días, ¿quién sabe lo que podemos encontrarnos en estas blancas extensiones o más allá de las Montañas de los Gnomos? —añadió, y siguió afilando sus hachas rítmicamente.

—Gnomos —respondió Binabik con sorna—, pero puedo aseguraros que hay escasas posibilidades de que se echen sobre nosotros en el transcurso de la noche para matarnos o dedicarse al saqueo.

Sludig hizo una mueca y continuó afilando el hacha.

—El rimmerio tiene razón —intervino Haestan, mirando al hombrecillo con disgusto—. Y yo tampoco temo a los gnomos.

—¿Estamos cerca de tu país, Binabik? —preguntó Simón—. ¿Cerca de Yiqanuc?

—Estaremos más cerca cuando alcancemos las montañas; pero, actualmente, creo que el lugar de mi nacimiento está más hacia el este del punto al que nos dirigimos.

—¿Crees?

—No olvides que no estamos seguros de adónde vamos. El Árbol Rimador... ¿Un árbol de rimas? Conozco la montaña llamada Urmsheim, donde se *supone* que se dirigía Colmund. Está en algún lugar hacia el norte, entre Rimmersgardia y Yiqanuc, y es una gran montaña. —Se encogió de hombros—. ¿Hay un árbol en ella? ¿Antes de llegar? ¿En algún otro lugar en las proximidades? Ahora todavía no puedo saberlo.

Simón y los demás dirigieron sus miradas sombrías hacia el fuego de la hoguera. Una cosa era llevar a cabo una misión peligrosa al servicio de tu soberano, y otra ir a ciegas por una zona salvaje cubierta con el blanco manto de la nieve.

Las llamas chisporroteaban al morder la húmeda madera. Qantaqa se incorporó del lugar en que estaba estirada sobre la nieve e irguió la cabeza. Avanzó decidida hacia el borde del claro que habían escogido para acampar, con un puñado de pinos en la parte más baja de la colina. Después de un intervalo volvió a dirigirse al punto de partida y se estiró en el suelo. Nadie dijo una palabra, pero habían atravesado un momento de tensión en el que el corazón les había dado un vuelco.

Cuando acabaron de cenar, echaron más troncos a la fogata, de la que se elevó vapor a causa de la nieve caída sobre la leña. Mientras Binabik y Haestan charlaban tranquilamente y Simón usaba la piedra de afilar de Ethelbearn en su propia espada, se elevó una fina melodía. El muchacho se giró y vio silbar a Grimmric, con los labios en un mohín y los ojos fijos en las centelleantes llamas. Cuando éste levantó la vista y advirtió que Simón lo miraba, el fuerte erkyno le dedicó una sonrisa.

—M'hace tener la mente n'algo —confesó—. Era'na vieja canción d'invierno.

—¿Y a qué esperas? —preguntó Ethelbearn—. Cántala, hombre. No hay nada malo en cantar.

—Sí, venga —agregó el chico.

Grimmric miró en dirección a Binabik y Haestan, como si temiera una objeción por su parte, pero parecían estar inmersos en su conversación.

—Bueno, si es así —dijo—. Supongo que no hay nada malo en ello —se aclaró la garganta y fijó la vista en el suelo, como si se sintiese turbado por la atención despertada—. Sólo es'una canción que mi viejo padre cantaba cuando salíamos a buscar leña'n las tardes de decimbre —volvió a aclararse la voz—. Una canción d'invierno —añadió. Se aclaró la voz por tercera vez y cantó, con una rasgada aunque no desentonada voz:

El hielo se amontona n'el techo de paja
y la nieve'stá sobre 'lalféizar.
Alguien llama'la puerta,
desde'l frío invierno.

Sigue cantando, ¿quién puede ser?

'l fuego arde'n l'hogar,
y hay sombras'n la pared.
Hermosa Arda, responde a la llamada
desde la sala con'l picaporte echado.

Sigue cantando, ¿quién puede ser?

Llega'ntonces una voz del oscuro invierno:
«Abre tu puerta,
déjame'ntrar pa compartir tu fuego
y poder calentarme las manos'nte él».

Sigue cantando, ¿quién puede ser?

Arda, 'na casta y cautelosa doncella
responde: «Decidme, oh, señor,
quién podéis ser, que camináis fuera
cuando nada se mueve ahí».

Sigue cantando, ¿quién puede ser?

«*Un hombre santo —responde la voz—,*
que ni comida ni refugio tiene.»
Las palabras eran tan piadosas,
que si ella fuese e hielo, derretida bría caído.

Sigue cantando, ¿quién puede ser?

«*Dejaros pasar tendré, buen padre,*
vuestros viejos huesos pronto calientes tarán.
Una doncella n'un hombre de Dios confiar puede,
pues él nunca daño l'hará.»

Sigue cantando, ¿quién puede ser?

Abrió la puerta, y ¿a quién allí halló?
N'hombre que nada santo era.
El viejo Un-Ojo con su manto
'su sombrero d'ala'ncha.

«*Mentí, mentí, pa'ntrar poder.*»
El viejo Un-Ojo ríe y baila.
«*Helaron mi casa, pero me gusta errar*
y una doncella es lo mejor...»

—Por Jesuris Bendito, ¡¿es que estás loco?! —saltó Sludig, asustando a todos los demás. Tenía los ojos muy abiertos y llenos de terror. Hizo el signo del Árbol sobre él, como para levantar una muralla ante una bestia que se abalanzase en su dirección—. ¿Te has vuelto loco? —volvió a preguntar, mirando al sorprendido Grimmric.

El erkyno miró a sus otros compañeros, encogiéndose de hombros, sin entender.

—¿Qué le pasa a este rimmerio, gnomo? —preguntó.

Binabik miró a Sludig, que todavía permanecía en pie.

—¿Qué es lo que ocurre, Sludig? Creo que ninguno de nosotros lo entiende.

El norteño observó los rostros de sus compañeros llenos de incomprensión.

—¿Es que todos habéis perdido el sentido? —inquirió—. ¿Acaso no sabéis sobre quién está cantando?

—¿El viejo Un-Ojo? —dijo Grimmric, con una ceja alzada como muestra de su perplejidad—. Sólo es'na canción nórdica. La'prendí de mi padre.

—Estás cantando sobre Udún *Un-Ojo*, Udún *Rimmer*, el viejo dios negro de mi pueblo. Lo adorábamos en Rimmersgardia cuando estábamos hundidos en nuestro ignorante paganismo. No llames a Udún *Padre del Cielo* cuando caminas por su país o, para tu desgracia, aparecerá ante ti.

—Udún *Rimmer...* —murmuró Binabik, perplejo.

—Si ya no creéis más en él —preguntó Simón—, ¿por qué temes hablar de él?

Sludig lo miró con la boca todavía contraída en un rictus de preocupación.

—No dije que no creyese en él..., que Aedón me perdone..., dije que los rimmerios ya no lo adorábamos. —Tras un momento de silencio, Sludig volvió a sentarse en el suelo—. Estoy seguro de que creéis que soy un loco. *Eso* es mejor que atraer los celos de los viejos dioses sobre nosotros. Ahora nos encontramos en *su* país.

—Sólo es'na canción —repitió Grimmric, a la defensiva—. Yo no llamaba a *nadie*. Sólo es'na maldita canción.

—Binabik, ¿es eso lo que llamamos Día de Udens? —empezó a decir Simón, pero se calló al ver que el gnomo no lo escuchaba.

En el rostro de su amigo se dibujó una amplia y alegre sonrisa, como si hubiese bebido un trago de algún buen licor.

—¡Claro, eso es! —exclamó el hombrecillo, y se volvió hacia el pálido y ceñudo Sludig—. Has dado en el clavo, amigo.

—¿De qué hablas? —preguntó el nórdico de rubia barba, con un tono de irritación en la voz—. No te entiendo.

—Es sobre lo que buscamos. El lugar al que se dirigía Colmund: el Árbol Rimador. Nosotros pensábamos en «rimador» como referente a poesía, pero ahora lo acabas de decir tú. «Udún Rimmer», Udún *el Rimmer*, que quiere decir «helado» en tu lengua. Lo que buscamos es un árbol *helado*.

Sludig mantuvo su mirada de perplejidad durante unos instantes y después empezó a asentir con la cabeza.

—Bendita Elysia, gnomo: el *Árbol de Udún*. ¿Por qué no pensé en ello? ¡El Árbol de Udún!

—¿Conoces el lugar del que habla Binabik? —inquirió Simón, que lo iba comprendiendo todo.

—Claro. Es una de nuestras viejas leyendas: se trata de un árbol totalmente de hielo. Las antiguas historias cuentan que Udún lo hizo crecer para poder alcanzar el cielo con él y llegar allí para hacerse el rey de todos los dioses.

—Pero ¿de qué nos sirve la leyenda? —preguntó Haestan.

Aunque las palabras llegaron a sus oídos, el muchacho sintió un extraño y penetrante frío que lo envolvía como un manto de aguanieve. El blanco y helado árbol... Simón lo volvió a ver. El tronco blanco que se extendía entre las sombras, la impenetrable torre blanca; una franja grande y pálida que contrastaba con la oscuridad... Se interponía en el camino de su vida y, de alguna manera, sabía que no existía senda que la rodease..., que bordease el delgado y blanco dedo que le hacía señas para atraerlo, que le avisaba, que lo esperaba...

El árbol blanco.

—Pues que también nos dice dónde se encuentra —respondió una voz, produciendo un eco como si hubiese hablado en un largo pasillo—. Aunque no existiera una cosa así, sabemos que sir Colmund se dirigió hacia donde señala la leyenda: en la cara norte de Urmsheim.

—Sludig está en lo cierto —añadió alguien..., Binabik—. Sólo necesitamos ir donde Colmund se dirigió con *Espina*, lo demás no tiene importancia.

La voz del gnomo le pareció muy distante a Simón.

—Creo que... lo mejor será que me acueste —dijo el muchacho, sintiendo la lengua muy espesa.

Se levantó y se alejó de la hoguera tambaleándose, pasando prácticamente inadvertido por los demás, que hablaban muy animados sobre distancias que cubrir y viajes por las montañas. Simón se arrebujó en su grueso manto y sintió que el mundo nevado se arremolinaba de forma vertiginosa a su alrededor. Cerró los ojos y, aunque todavía sentía cada voz y cada risa, empezó a deslizarse pesadamente en un profundo sueño.

Al día siguiente los jinetes continuaron a lo largo del brazo de bosque nevado que se extendía entre el lago y las colinas, con la esperanza de alcanzar Haethstad, al nordeste del lago, a media tarde. Si los habitantes del pueblo no habían huido hacia el oeste a causa del crudo invierno, los compañeros decidieron que Sludig se acercaría y trataría de aprovisionarse de lo que les hacía falta. Si, por el contrario, aparecía también desierto, tal vez pudieran buscar refugio para pasar la noche en alguna casa abandonada y así poder secar su equipo antes del largo viaje que los aguardaba a través de la tierra baldía. Así pues, cabalgaban con algo de esperanza, y eso los hizo mantener una buena marcha al rodear el lago.

Haethstad, un poblado de unas dos docenas de grandes casas, se erigía sobre un promontorio poco más grande que el mismo pueblo; visto desde la falda de la colina, por encima, parecía salir del interior del mismo lago helado.

La alegría que sintieron al contemplarlo por primera vez tan sólo duró hasta que recorrieron la mitad del camino que serpenteaba colina abajo, en dirección al valle. A medida que descendían se les fue haciendo obvio que, aunque todos los edificios permanecían en pie, no eran más que fachadas quemadas.

—Malditos sean mis ojos —resopló Sludig, furioso—, eso no es solamente un pueblo abandonado, gnomo. Los habitantes fueron expulsados de él.

—Si es que tuvieron la suerte de poder marcharse —murmuró Haestan.

—Creo que debo estar de acuerdo contigo, Sludig —dijo Binabik—. Pero tenemos que bajar a echar un vistazo y comprobar cuánto tiempo hace que se quemó.

Mientras cabalgaban hacia el fondo del valle, Simón miro los abrasados restos de Haethstad, y no pudo evitar el recordar los restos calcinados de la abadía de San Hoderund.

«El sacerdote de Hayholt acostumbraba a decir que el fuego purifica —pensó—. Si eso es cierto, entonces, ¿por qué cuando el fuego quema hace que se asuste todo el mundo? Bueno, por Aedón, supongo que nadie quiere ser purificado de esa manera.»

—Oh, no —exclamó Haestan. El chico casi se echa sobre él cuando el gigantesco guardia frenó a su caballo—. Oh, Buen Dios —añadió.

Simón miró a su alrededor y vio una hilera de oscuras figuras que aparecieron detrás de los árboles situados cerca del pueblo, y que se movían lentamente por el nevado camino, a no más de cien anas de donde estaban ellos. Eran hombres a caballo. El muchacho los contó mientras iban apareciendo…: siete, ocho, nueve. Todos ellos vestían armadura. El líder llevaba un yelmo de hierro negro que tenía forma de cabeza de mastín, y que mostraba el perfil de un hocico abierto cuando se volvió hacia los otros para darles órdenes. Los nueve avanzaron hacia ellos.

—Ese de ahí, el de la cabeza de perro —Sludig extrajo sus hachas y señaló hacia los hombres que se aproximaban—, es el que mandaba el grupo que nos tendió la emboscada en Hoderund, ¡Tiene una deuda que pagar conmigo sobre el joven Hove y los monjes de la abadía!

—Nunca podremos con ellos —manifestó Haestan, con calma—. Nos aplastarán. Son nueve contra seis, y dos d'nosotros un gnomo y'un muchacho.

—Binabik no dijo nada, pero desenroscó tranquilamente su bastón, que había llevado sujeto bajo la cincha de la silla de Qantaqa. Cuando lo tuvo listo, en cuestión de segundos, dijo:

—Debemos correr.

Sludig ya espoleaba su caballo hacia adelante, pero Haestan y Ethelbearn lo alcanzaron cuando apenas había salido y lo agarraron por los codos. El rimmerio, que ni siquiera se había puesto el casco, trató de desembarazarse de ellos con una distante mirada de sus azules ojos.

—Maldito seas'ombre —exclamó Haestan—. ¡Vámonos! ¡Tendremos más'oportunidades 'tre los árboles!

El jefe de los jinetes que se aproximaban gritó algo y sus acólitos espolearon a sus caballos hasta alcanzar un trote. Una cortina blanca se elevó de los cascos de los animales mientras corrían a través de aquella especie de mar de espuma.

—¡Dale la vuelta! —gritó Haestan a Ethelbearn, mientras agarraba las riendas del caballo de Sludig y él mismo trataba de retroceder.

Ethelbearn dio un golpe plano con la empuñadura de su espada sobre el flanco de la montura del rimmerio y se alejaron de los jinetes que salían a su encuentro. Estos aullaban mientras se dirigían, ahora ya a galope tendido, hacia ellos, agitando espadas y hachas. Simón temblaba tanto que temió caerse de la silla.

—¿Adónde vamos, Binabik? —gritó, con la voz cascada.

—Hacia los árboles —respondió el gnomo, a la vez que Qantaqa salía lanzada en esa dirección—. ¡Significaría la muerte tratar de volver a remontar el camino! ¡Corre, Simón, y permanece cerca de mí!

Los caballos de sus compañeros se encabritaban y pateaban en el aire mientras trataban de salir del camino y alejarse de las ennegrecidas ruinas de Haethstad. El chico consiguió agarrar el arco que colgaba a su espalda, después agachó la cabeza por encima del cuello del caballo y picó espuelas. El animal dio un brinco y se encontraron saltando por encima de la nieve en dirección a la espesura del bosque.

Simón vio la pequeña espalda de Binabik y los grises cuartos traseros de Qantaqa mientras eran engullidos por los árboles. Oyó el eco de unos gritos que provenían de su espalda y miró hacia atrás, para ver a sus otros cuatro compañeros que llegaban en apretada formación, con la oscura masa de sus perseguidores más allá, diseminándose por el bosque. Oyó un ruido como de pergamino rasgado y pudo ver una flecha clavada en el tronco de un árbol, justo ante él. La caña todavía temblaba.

El apagado sonido de cascos se percibía por todas partes y llenaba los oídos de Simón mientras éste se agarraba a la silla de su caballo en un intento desesperado por salvar su vida. Una línea negra pasó silbando junto a su cabeza, y luego otra. Los perseguidores los estaban rodeando y disparaban sus flechas en andanadas desde los costados.

El muchacho se oyó gritar algo mientras las veloces formas se precipitaban sobre los árboles vecinos y algunos rápidos dardos pasaban junto a él, silbantes, para acabar atravesando los troncos. Se sujetó a su montura y levantó la mano con la que se sostenía el arco a la espalda para coger una flecha de su carcaj, pero cuando la agarró vio un pálido brillo contra el lomo de su caballo. Era la Flecha Blanca. ¿Qué debía hacer?

En un instante que le pareció un siglo, la volvió a meter en el carcaj y sacó otra. Una voz burlona que parecía surgir de su interior reía al verlo escoger dardos en un momento como aquél. Casi perdió el arco y la flecha cuando su caballo brincó sobre el tronco caído de un árbol que encontró a su paso. Un momento después escuchó un grito de dolor y el aterrorizado bufido de un animal que caía. Echó una mirada por encima de su hombro y sólo vio a tres de sus cuatro compañeros tras él, y —más lejos a cada instante que pasaba— un revoltijo de brazos y patas de caballo que se entremezclaban con la nieve. Los perseguidores se abalanzaron sobre el jinete caído.

«¿Quién sería?», fue su breve y rápido pensamiento.

—¡Hacia la colina, la colina! —gritó Binabik desde algún lugar, a la derecha de Simón.

El muchacho vio la sombra de la cola de Qantaqa como un banderín agitado al viento cuando la loba subía un promontorio lleno de árboles, un espeso bosquecillo de pinos que permanecían como ajenos centinelas frente al caos que se desarrollaba ante ellos. Simón tiró con fuerza de la rienda derecha, sin saber si el caballo le iba a hacer caso; un momento después el animal torció a ese lado y subieron hacia el promontorio, tras los pasos de la loba. Sus otros tres compañeros pasaron junto a él, dirigiendo sus monturas hacia el interior del espeso refugio que ofrecía un grupo de gruesos troncos.

Sludig todavía iba sin yelmo, y el más delgado parecía ser Grimmric, pero el otro hombre, fornido y con casco, se había adelantado por la vertiente; antes de que Simón pudiera volverse para ver de quién se trataba, escuchó un ronco grito de triunfo. Los jinetes ya estaban sobre ellos.

Después de un instante en que se quedó paralizado, el chico colocó la flecha y levantó el arco, pero los atacantes se movían entre los troncos con tanta rapidez que su disparo voló, sin hacer blanco, por encima de la cabeza del hombre más cercano y desapareció entre los árboles. Simón disparó un segundo dardo, y creyó ver que iba a hundirse en la pierna de uno de los jinetes con armadura. Alguien exhaló un grito de dolor. Sludig, lanzando un aullido como respuesta, espoleó a su blanco caballo hacia adelante y se puso el yelmo sobre la cabeza. Dos de los atacantes se separaron del grupo y se dirigieron hacia él. El muchacho lo vio eludir la estocada del primero y, volviéndose, hundirle una de sus hachas entre las costillas, haciendo que manase la sangre del profundo corte abierto en la armadura. Cuando se volvía del primero, el segundo casi lo ensarta; Sludig tan sólo tuvo tiempo para parar el golpe con su hacha, pero recibió un impacto en el casco. Simón vio que el rimmerio vacilaba y casi caía de la silla mientras el atacante trataba de darse la vuelta para alcanzarlo de nuevo.

Antes de que volvieran a enfrentarse, el joven oyó un chirrido y se volvió, para ver a otro jinete que se abalanzaba sobre él. Una Qantaqa, ya sin Binabik, aparecía mordiendo la pierna desprotegida del hombre, y golpeaba con sus patas el desnudo costado del caballo.

Simón desenvainó la espada, pero mientras el jinete trataba de desembarazarse de la loba, su asustado caballo fue a parar sobre la propia montura del chico. Su espada salió disparada a causa del impacto, y él también se encontró como libre de peso y sin riendas que sostener. Durante un largo instante Simón pareció volar por el aire como alcanzado por el puño de un gigante. Patinó sobre el suelo y por fin cayó de bruces, a corta distancia de donde su caballo todavía aparecía enzarzado con el otro en un nudo de relinchos y pánico. A pesar de la máscara de nieve que cubría su rostro, el muchacho vio salir a Qantaqa por debajo del revoltijo que formaban los caballos y correr, alejándose de allí. El jinete, atrapado bajo las monturas, no pudo escapar.

Simón se puso en pie dolorosamente y escupió tierra. A continuación cogió el arco y el carcaj que habían caído cerca. Advirtió que el sonido del combate se había desplazado colina arriba y se volvió para continuar a pie.

Alguien emitió una carcajada.

A menos de veinte pasos por debajo de él, sentado a horcajadas sobre un inmóvil caballo gris, estaba el hombre de la negra armadura que llevaba aquella cabeza de mastín. Una escueta forma piramidal de color blanco aparecía enmarcada sobre su negro justillo.

—Vaya, muchacho, así que estás aquí —dijo Cara de Perro, con una voz profunda que provenía del interior del yelmo—. Te he estado buscando.

Simón se volvió y trató de seguir colina arriba, tambaleándose y hundiéndose en la nieve hasta las rodillas. El hombre de negro rió, como lleno de felicidad, y se dispuso a seguirlo.

El chico volvió a intentarlo y probó su propia sangre, proveniente de la magullada nariz y del labio, pero tuvo que detenerse para apoyar la espada contra una picea. Cogió una flecha y dejó caer el carcaj; después la colocó en el arco y tensó la cuerda. El hombre de negro se detuvo, todavía a media docena de anas por debajo de él, moviendo su cabeza cubierta por el yelmo como si realmente fuese el perro del casco.

—Mátame, muchacho, mátame si puedes —se burló—. ¡Dispara!

El individuo espoleó a su montura colina arriba, hacia donde se encontraba Simón, que temblaba.

Se oyó un silbido apagado y el claro impacto de algo que se hundía en la carne. De repente el caballo gris retrocedió con la crin de la cabeza desordenada y con una flecha hundida en el pecho.

El jinete con el rostro de perro cayó sobre la nieve, donde permaneció como si careciese de huesos, en el mismo momento en que su caballo cayó de rodillas y rodó pesadamente por encima de él. Simón miraba todo aquello presa de una extraña fascinación. Instantes después todavía estaba más sorprendido, pues vio que el arco que aún sostenía en su brazo extendido permanecía tensado con la flecha en su lugar, sin que ésta hubiese sido disparada.

—¿Ha-Haestan...? —preguntó, dándose la vuelta para ver quién había disparado desde la cima de la colina.

Tres figuras se hicieron visibles a través de un hueco entre los árboles.

Ninguna de ellas era Haestan. Ninguna era un hombre. Poseían brillantes y felinos ojos, y sus bocas aparecían cerradas y con los labios apretados.

El sitha que había disparado la flecha cargó otra y la levantó hasta que el delicado temblor de la punta se detuvo a la altura de los ojos de Simón.

—*T'si im t'si, Sudhoda'ya* —dijo, con una sonrisa recién formada tan fría como el mármol—. Como... vosotros decís: Sangre... por sangre.

37

La partida de caza de Jiriki

Simón miró desazonado la negra punta de la flecha y al trío de delgados rostros. La mandíbula empezó a temblarle.

—*Ske'i! Ske'i!* —gritó una voz—. ¡Alto!

Dos de los sitha se volvieron para mirar hacia la colina de su derecha, pero el que sostenía el arco tensado no se movió ni una pulgada.

—*Skendi, ras-Zida'ya* —vociferó la diminuta figura.

Después saltó hacia adelante hasta detenerse en medio de una nube de nieve en polvo, a pocos pasos de Simón.

Binabik se arrodilló lentamente, cubierto de nieve, como si un panadero con prisas le hubiese tirado encima un saco de harina.

—¿Qu-qué...? —forzó Simón sus torpes labios, pero el gnomo le hizo una señal para que permaneciese en silencio mediante un movimiento de los dedos.

—¡Chist! Baja un poco el arco que sostienes..., poco a poco.

Mientras el muchacho hacía lo que le ordenaba, el hombrecillo volvió a decir unas cuantas palabras en aquel idioma tan extraño, agitando las manos como si implorase a los imperturbables sitha.

—¿Qué...? ¿Dónde están los demás...? —murmuró el chico, pero Binabik volvió a silenciarlo, en esta ocasión con un corto pero violento movimiento de cabeza.

—No hay tiempo para eso..., estamos luchando por tu vida. —El gnomo elevó sus manos en el aire, y Simón, que había dejado caer el arco, hizo lo mismo, con las palmas hacia adelante—. Tú no habrás, espero, perdido la Flecha Blanca, ¿verdad?

—No..., no lo sé.

—¡Hija de las Montañas!, debo esperar que no sea así. Deja caer el carcaj lentamente. Allí. —Volvió a decir unas palabras en lo que Simón tomó por lengua sitha, y empujó el carcaj, cuyas flechas se esparcieron sobre la blanca nieve como pajitas..., todas menos una. Sólo su cabeza triangular de color azul perla, como líquido caído del cielo, sobresalía de la blancura que la rodeaba.

—¡Oh, gracias a los Supremos Lugares! —suspiró Binabik—. *Staj'a Ame ine!* —dijo a los sitha, que observaban como gatos cuya presa alada se hubiese puesto a cantar en lugar de alejarse volando—. ¡La Flecha Blanca! ¡No podéis pasarla por alto! *Im sheyis t'si-keo'su d'a Yana o Lingit!*

—Es... extraño —musitó el sitha del arco, mientras lo bajaba un poco. Su acento era raro, pero su dominio de la lengua occidental era muy bueno— que un gnomo nos tenga que enseñar las Reglas del Cantar. —Volvió a mostrar una fría sonrisa—. Ahórranos tus exhortaciones... y tu extraña traducción. Coge la flecha y tráela hasta aquí.

El sitha siseó palabras a los otros dos mientras Binabik se agachaba sobre el carcaj. Volvieron a mirar a Simón y al gnomo y los dos sitha subieron velozmente la colina, dando la impresión de que se deslizaban por encima de la nieve, tal rapidez llevaban sus pasos. El que se quedó mantuvo su arco tensado en dirección al chico mientras Binabik se le acercaba.

—Alárgamela —ordenó el sitha—. Las plumas primero, gnomo. Ahora, vuelve a retroceder junto a tu compañero.

Dejó que el arco se destensase para examinar el delgado objeto blanco y permitió que la flecha se adelantase hasta que la cuerda del arco quedó suelta, aunque con la precaución de dejarlo en una posición que pudiera hacer uso de él con una sola mano. Simón se hizo consciente, por primera vez, de los jadeos de su rápida respiración. Dejó caer un poco sus temblorosas manos mientras su amigo se detenía a corta distancia.

—Le fue dada a este joven como pago de un servicio realizado —explicó Binabik, desafiante.

El sitha lo miró y enarcó una fina ceja.

Al muchacho le pareció, o al menos ésa fue su primera impresión, que aquel ser era muy similar al que ya había visto anteriormente: los mismos pómulos altos y parecidos movimientos, como de pájaro. Vestía pantalones y chaqueta de un brillante tejido blanco, salpicado de puntos en los hombros, mangas y cintura, con oscuras bandas verdes.

Su cabello, aunque casi era negro, poseía matices verdosos y lo llevaba sujeto en dos complicadas trenzas, uno por encima de cada oreja. Botas, cinturón y carcaj eran de suave cuero de color lechoso. Simón se percató de que, sólo porque el sitha estaba en la cima de la colina y enmarcado contra el gris cielo, le era posible verlo claramente; si el Ser Mágico hubiese estado ante un terreno totalmente blanco, entre los árboles, le hubiese resultado tan invisible como el viento.

—*Isi-isi'ye!* —murmuró el sitha, con honda emoción, y se volvió para elevar la flecha hacia el velado sol.

Al levantarla miró perplejo a Simón, y después entrecerró los ojos.

—¿Dónde encontraste esto, *Sudhoda'ya*? —preguntó, irritado—. ¿Cómo alguien como tú puede tener algo así?

—¡Me la dieron a mí! —respondió el chico, y volvió a recuperar su valor junto con el color, que había regresado a sus mejillas—. Salvé a uno de los vuestros. La disparó a un árbol y después salió corriendo.

El sitha volvió a observarlo cuidadosamente y pareció a punto de decir algo. En cambio, dirigió su atención colina arriba. Un pájaro silbó una larga y compleja llamada, o eso pensó Simón en un principio, hasta que vio el apenas perceptible movimiento de los labios del ser vestido de blanco. Esperó, rígido como una estatua, hasta que llegó el trino de respuesta.

—Ahora pasad delante de mí, nos vamos —dijo, moviéndose para apuntar con el arco al gnomo y al muchacho.

Caminaron con dificultad por la escarpada vertiente, con el sitha moviéndose con ligereza tras ellos, mientras daba vueltas y más vueltas a la Flecha Blanca entre sus delgados dedos.

En unos cuantos minutos alcanzaron la redondeada cuna del montículo y miraron hacia la otra vertiente. Allí aparecieron cuatro figuras alrededor de un barranco cubierto de nieve y árboles. Dos de ellas eran los sitha que habían desaparecido anteriormente: sólo pudieron reconocerlos por el tinte azulado de su cabello trenzado. La otra pareja presentaba unos cabellos de color gris, aunque, al igual que los demás, sus dorados rostros estaban libres de arrugas.

En el fondo del barranco, bajo la amenaza de las flechas sitha, aparecían sentados Haestan, Grimmric y Sludig. Todos ellos estaban cubiertos de sangre y presentaban las desesperadas y desafiantes expresiones de animales acorralados.

—¡Por los Huesos de San Eahlstan! —exclamó Haestan cuando vio a los que llegaban—. Ah, Dios, muchacho, pensaba q'habías'capao. —Movió la cabeza—. Pero mejor así que muerto, supongo.

—¿Lo ves, gnomo? —dijo Sludig, con amargura. Su rubia barba

aparecía manchada de rojo—. ¿Ves lo que nos ha sucedido? ¡Demonios! Nunca deberíamos habernos burlado... del oscuro.

—No son demonios —dijo Binabik—. Son sitha.

Grimmric cayó al suelo, boqueando.

—¿Sith..., sitha? —preguntó, luchando por recuperar el aliento. Un corte, justo bajo la línea del pelo, le había teñido la frente con una capa de color escarlata.

—¡Ahora'stamos entrando'nlos viejos cuentos, esos seguro! ¡Son sitha! Que Jesuris Aedón nos proteja —invocó Grimmric; hizo la señal del Árbol y se volvió para ayudar al tambaleante Sludig.

—¿Qué pasó? —interrogó Simón—. ¿Cómo...? ¿Qué les pasó a...?

—Los que nos perseguían han muerto —respondió Sludig, apoyándose contra el tronco de un árbol.

Sus ropajes aparecían rasgados en varios lugares, y el casco, que colgaba de su mano, estaba abollado y mellado como un viejo cazo.

—Nosotros nos encargamos de algunos. El resto —movió una mano en dirección a los vigilantes sitha— cayó con sus cuerpos llenos de flechas.

—También nos habrían disparado a nosotros, si no llega a ser porque el gnomo les habló en su lengua —dijo Haestan, y sonrió débilmente a Binabik—. No pensamos mal de ti'uando corriste. Rogamos por ti.

—Fui en busca de Simón. Él está a mi cargo —explicó el hombrecillo.

—Pero... —El muchacho miró a su alrededor, buscando contra toda esperanza, pero no había más prisioneros—. Entonces..., entonces era Ethelbearn el que cayó antes de que alcanzásemos la primera colina...

Haestan asintió en silencio.

—Él era.

—¡Maldita sea su alma! —juró Grimmric—. ¡Esos bastardos asesinos'ran rimmerios!

—De Skali —añadió Sludig, con una dura mirada.

Los sitha empezaron a hacerles gestos para indicarles que se levantasen.

—Dos de ellos llevaban la marca del cuervo de Kaldskryke —continuó el rimmerio, levantándose—. Ah, cómo me gustaría ponerles la mano encima sin nada entre nosotros excepto nuestras hachas...

—Son muchos los que quisieran poder hacer lo mismo —murmuró Binabik.

—¡Espera! —exclamó Simón, sintiendo un terrible vacío: aquello no estaba bien. Se volvió hacia el jefe del grupo sitha—. Has visto mi flecha. Sabes que mi historia es verdadera. No puedes llevarnos por ahí, o lo que sea, sin que antes veamos qué es lo que le ha sucedido a nuestro compañero.

El sitha lo miró como evaluando sus palabras.

—Yo *no* sé si tu historia es cierta, muchacho, pero pronto lo descubriremos. Antes de lo que puedas creer. En cuanto a lo otro... —Se tomó unos instantes para observar la maltrecha compañía de Simón—. Muy bien. Te permitiremos que vayas a mirar qué le sucedió al otro hombre.

El sitha habló con sus congéneres y todos juntos siguieron al grupo colina abajo. Pasaron junto a los cuerpos acribillados de flechas de dos de los atacantes, con los ojos abiertos y las bocas cerradas. La nieve ya empezaba a posarse sobre sus quietas formas, cubriendo las heridas escarlatas.

Encontraron a Ethelbearn a unas cien anas del camino del lago. La caña rota de una flecha se erguía en uno de los costados de su cuello, bajo la barba, y su torcida posición indicaba que su caballo había rodado por encima de él en su agonía.

—No ha tenido 'na larga muerte —dijo Haestan, con lágrimas en los ojos—. Gracias a Aedón, pereció rápidamente.

Cavaron un agujero para el cuerpo lo mejor que pudieron, abriendo el duro suelo mediante espadas y hachas; los sitha permanecieron a un lado, tan despreocupados como ánsares. Los compañeros envolvieron el cuerpo de Ethelbearn en su grueso capote y lo depositaron en el interior de la fosa. Cuando taparon el agujero, Simón clavó la espada del muerto en la tierra, como una marca.

—Coge su yelmo —indicó a Sludig, y Grimmric asintió.

—No le gustaría que dejase de ser usado —asintió el otro erkyno.

El rimmerio colgó su propio y abollado casco de la empuñadura de la espada de Ethelbearn antes de coger el que se le ofrecía.

—Te vengaremos, amigo —dijo—. Sangre por sangre.

Unos instantes de silencio cayeron sobre ellos. La nieve encontraba su camino hacia la tierra a través de los árboles mientras permanecieron con las miradas puestas en el trozo de terreno removido. Pronto aquel trozo volvió a estar blanco.

—Vámonos —intervino el jefe sitha—. Os hemos esperado lo suficiente. Hay alguien a quien le gustará ver esta flecha.

Simón fue el último en moverse.

«Apenas tuve tiempo de conocerte, Ethelbearn —pensó—. Pero tenías una bonita sonrisa. La recordaré.»

Se volvieron y regresaron a las frías colinas.

La araña permanecía colgada sin moverse, como una gema marrón mate en un intrincado collar. La tela había sido completada y los últimos filamentos habían sido colocados en su lugar delicadamente; se extendía de un lado del rincón del techo al otro, y se estremecía ligeramente con el aire como si fuese rasgueada por manos invisibles.

Durante unos instantes Isgrimnur perdió el hilo de la conversación, aunque se trataba de una charla importante. Sus ojos se habían desviado de los preocupados rostros que se arremolinaban junto a la chimenea, en la gran sala, para ir a posarse en el oscuro rincón, y luego sobre el pequeño constructor de finas estructuras.

«Tiene sentido —se dijo—. Construyes algo y luego te quedas ahí. Esa es la forma correcta de hacer las cosas. Y no esto, corriendo de aquí para allí, sin poder ver nunca a tu maldita familia o los tejados de tu pueblo desde hace un año.»

Pensó en su esposa, en la Gutrun de aguda mirada y mejillas coloradas. No le había dicho ni una sola palabra en tono de reproche, pero sabía que a ella le enfurecía que permaneciese lejos de Elvritshalla durante tanto tiempo, que hubiese dejado a su hijo mayor, el orgullo del corazón de Gutrun, para gobernar el gran ducado... y fracasar. No es que Isorn o cualquier otro en Rimmersgardia hubiese podido detener a Skali y a sus seguidores, no con el Supremo Rey concediéndole su apoyo, pero había sido el joven Isorn el gobernante en ausencia de su padre, y sería él a quien recordarían como el que había presenciado cómo el clan Kaldskryke, enemigo tradicional de los Elvritshalla irrumpía en la casa de estos últimos como amo.

«Y yo que esperaba volver a casa... —pensó tristemente el duque—. Hubiera sido maravilloso poder dedicarme a mis caballos y vacas, arreglar unas cuantas disputas locales y observar cómo mis hijos criaban a sus propios hijos. En vez de eso, toda la tierra ha sido vuelta del revés, como si fuese paja. Que Dios me conceda la salvación, ya luché lo suficiente cuando era joven... por todo lo que hablo.»

Luchar era, después de todo, cosa de hombres jóvenes, cuyos vínculos con la vida eran frágiles. Y también era algo que daba la oportunidad a los viejos de hablar sobre ello, de recordarlo cuando ya no tenían sino que sentarse en sus cálidas habitaciones con el frío invierno aullando en el exterior.

«Un maldito perro viejo como yo lo que necesita es echarse en el suelo y dormir junto a la chimenea.»

Se tiró de la barba y observó el corretear de la araña en dirección al rincón más oscuro del techo, donde una despreocupada mosca se había detenido inesperadamente.

«Creímos que Juan había forjado un período de paz que duraría mil años. Pero no ha sobrevivido más de dos años. Construyes y construyes, hebra a hebra, como la araña de ahí arriba, sólo para que llegue un viento que lo haga todo trizas.»

—…y casi he reventado dos caballos para traeros esas noticias con tanta rapidez como fuese posible, señor —acabó de decir el joven cuando Isgrimnur volvió a poner su atención en la urgente discusión.

—Lo habéis hecho magníficamente, Deornoth —alabó Josua—. Por favor, levantaos.

Con el rostro todavía húmedo a causa de la cabalgada, el soldado de cabello lacio se levantó, envolviéndose en la gruesa manta que le había proporcionado el príncipe. Tenía más o menos el mismo aspecto de aquella otra vez, cuando, disfrazado con los hábitos de un monje durante las festividades de San Tunath, le había traído la noticia de la muerte de su padre.

El príncipe posó su mano sobre el hombro del joven.

—Me alegra teneros de regreso. He temido por vos, y me he maldecido por tener que enviaros a tan peligrosa misión. —Luego se volvió hacia los demás—. Así pues, ya habéis oído el informe de Deornoth. Elías finalmente se ha movido hacia el campo de batalla. Se dirige a Naglimund con… ¿Deornoth? ¿Dijisteis…?

—Con más de mil caballeros y cerca de diez mil hombres de infantería —respondió el soldado, con pesar—. Es el promedio más cercano a la realidad que se puede hacer entre todas las fuentes que han informado de ello.

—Estoy seguro de que así es. —Josua agitó la mano—. Tal vez dispongamos de una quincena antes de que llegue a nuestras puertas.

—Eso creo, sire —asintió Deornoth.

—¿Y qué hay de *mi* señor? —preguntó Devasalles.

—Barón —empezó el soldado, después apretó los dientes hasta que le pasó el escalofrío—. Nad Mullach estaba inmerso en un alboroto de locura, muy comprensible después de lo ocurrido en occidente… —Se detuvo para mirar al príncipe Gwythinn, que, sentado a cierta distancia de los demás, observaba el techo con tristeza.

—Seguid —dijo Josua—, lo oiremos todo.

Deornoth apartó su mirada del hernystiro.

—Como iba diciendo, era difícil obtener información fiable; sin embargo, y de acuerdo con algunos de los marinos de río procedentes de Abaingeat, vuestro duque Leobardis ha zarpado de Nabban y ahora se encuentra en alta mar, para desembarcar, probablemente, cerca de Crannhyr.

—¿Con cuántos hombres? —gruñó Isgrimnur.

El joven se encogió de hombros.

—Se pueden oír cosas muy diferentes. Tres mil caballos, tal vez; unos dos mil infantes, más o menos.

—Eso parece correcto, príncipe —reconoció Devasalles, con un mohín en los labios—. Muchos de los señores feudales no lo acompañarán: sin duda, estarán asustados al tener que vérselas con el Supremo Rey. Y los perdruinos se mantendrán neutrales, como suelen hacer. El conde Streawe sabe que más le valdrá ayudar a ambos lados y guardar sus barcos para el transporte de bienes.

—Así pues, esperamos la fuerte ayuda de Leobardis, aunque hubiéramos deseado que todavía lo fuese más. —Josua miró al círculo de hombres.

—Aunque los nabbanos lleguen antes que Elías a las puertas de Naglimund —dijo el barón Ordmaer, sin poder ocultar del todo el miedo de sus rollizas facciones—, éste todavía poseerá una *fuerza* tres veces superior a la nuestra.

—Pero nosotros tendremos las murallas, señor —replicó el príncipe, con rostro severo—. Nos encontramos en una plaza fuerte. —Se volvió para mirar a Deornoth, y su expresión se ablandó—. Dadnos vuestras últimas noticias, amigo mío, y marchad después a dormir. Temo por vuestra salud, y os necesitaré con todas vuestras fuerzas en los días que tenemos por delante.

El soldado compuso una débil sonrisa.

—Sí, sire. Las nuevas que restan no son demasiado buenas, me temo. Los hernystiros han sido barridos del campo en Inniscrich. —Empezó a dirigir su mirada hacia donde estaba sentado Gwythinn, pero no llegó a hacerlo y bajó la vista—. Dicen que el rey Lluth ha sido herido y que su ejército se retiró a las montañas Grianspog, para hostigar mejor a Skali y a sus hombres.

Josua miró con gravedad al príncipe hernystiro.

—Parece que la cosa no está tan mal como os temíais, Gwythinn. Vuestro padre todavía vive y continúa la lucha.

El joven se volvió. Tenía los ojos enrojecidos.

—¡Sí! Continúan luchando mientras yo estoy aquí sentado, tras los muros de piedra, bebiendo cerveza y comiendo pan y queso como un gordo pueblerino. ¡Mi padre puede estar muriéndose! ¿Cómo puedo permanecer aquí?

—¿Creéis que podéis derrotar a Skali con vuestra media docena de hombres, muchacho? —preguntó Isgrimnur, no exento de cariño—. ¿O lo que buscáis es una rápida y gloriosa muerte, en lugar de esperar y ver cuál es el mejor camino que podéis seguir?

—No soy tan tonto como eso —replicó el otro, fríamente—. Y, por el Rebaño de Bagba, Isgrimnur, ¿quién sois vos para decirme eso? ¡¿Qué hay del «pie de acero» que guardáis para las tripas de Skali?!

—Eso es diferente —murmuró el rimmerio, azorado—. No hablo de caer sobre Elvritshalla con mis doce caballeros.

—Todo lo que deseo es escurrirme por el flanco de los cuervos de Skali y reunirme con mi gente en las montañas.

Incapaz de resistir la brillante mirada de súplica del príncipe Gwythinn, Isgrimnur dejó que sus ojos volvieran a posarse sobre el rincón del techo, donde la araña marrón envolvía industrialmente algo con su seda.

—Gwythinn —llamó Josua, con voz suave—, sólo os pido que esperéis hasta que hayamos podido hablar más. Uno o dos días no significan una gran diferencia.

El joven hernystiro se puso en pie, y su silla arañó las losas de piedra del suelo.

—¡Esperar! ¡Todo lo que vos hacéis es esperar, Josua! ¡Esperar la asamblea local, esperar la llegada de Leobardis y de su ejército, esperar…, esperar a que Elías escale los muros y prenda fuego a Naglimund! ¡Estoy harto de esperar! —Levantó una mano para detener las protestas del noble—. ¡No olvidéis, Josua, que yo también soy príncipe! He acudido a esta asamblea a causa de la amistad existente entre nuestros padres. Y ahora mi padre está herido y hostigado por los diablos nórdicos. Si muere sin ser socorrido, y me convierto en rey, ¿podréis darme órdenes, entonces? ¿Creéis que podréis retenerme? ¡Brynioch! ¡No puedo entender tanta cobarde reticencia!

Antes de salir por la puerta se volvió a la asamblea.

—Diré a mis hombres que se preparen para partir mañana a la puesta de sol. ¡Si pensáis en alguna razón por la que no deba irme, una que yo no haya sido capaz de comprender, ya sabéis dónde podéis encontrarme!

Cuando el príncipe cerró la puerta tras él, Josua se puso en pie.

—Creo que hay aquí muchos —se detuvo y sacudió la cabeza, con cansancio— que sienten la necesidad de comer y beber, y vos el primero, Deornoth. Pero os pido que permanezcáis un poco más mientras los demás se adelantan, pues debo haceros algunas preguntas de índole privada. —Hizo señas a Devasalles y a los demás para que se dirigieran al refectorio y los observó salir y hablar en voz baja entre ellos.

—Isgrimnur —llamó Josua, y éste se detuvo en el umbral de la puerta para mirar hacia atrás con ojos inquisitivos—, vos quedaos también, por favor.

Cuando el duque volvió a sentarse en una silla, el príncipe miró expectante a Deornoth.

—¿Tenéis alguna otra noticia? —preguntó.

El soldado frunció el entrecejo.

—Si hubiese tenido alguna buena noticia, príncipe, os la habría dicho antes de que los demás llegasen. No he podido encontrar ningún rastro de vuestra sobrina o del monje que la acompañaba, pero un granjero que vive cerca del horcajo de Vadoverde dice haber visto a una pareja que coincide con la descripción; cruzaron el río hace unos días, en dirección al sur.

—Lo cual no significa mucho más de lo que ya imaginamos que harían, como nos dijo la dama Vorzheva. Pero ahora ya deben de haber penetrado en Inniscrich, y sólo el Bendito Jesuris sabe lo que puede haber sucedido, o adonde se dirigirán desde allí. Nuestra única ventaja reside en la seguridad de que mi hermano Elías avanzará con su ejército por la falda de las colinas, ya que el camino a Wealdhelm es el único lugar por el que pueden circular pesados carromatos en esta estación tan húmeda. —El príncipe miró las llamas de la chimenea—. Bien, así pues —prosiguió—, os estoy muy agradecido, Deornoth. Si todos mis súbditos fuesen como vos, podría reírme de la amenaza del Supremo Rey.

—Contamos con hombres excelentes —dijo lealmente el joven.

—Ahora, marchaos. —Josua extendió la mano para dar unas palmadas sobre la rodilla del caballero—. Comed algo e id a dormir. No estaréis de servicio hasta mañana.

—Sí, sire.

El joven erkyno se quitó la manta y se dirigió hacia la puerta con la espalda tan tiesa como un poste. Tras su marcha, el príncipe e Isgrimnur permanecieron sentados en silencio.

—Miriamele se ha ido sabe Dios dónde, y Leobardis compite con Elías para llegar ante nuestras puertas. —Josua sacudió la cabeza y se apretó la sien con la mano—. Lluth, herido; los hernystiros, en retirada, y Skali, el instrumento de Elías, es ahora amo y señor desde Vestivegg hasta Grianspog. Y por encima de todo eso, demonios salidos de leyendas vuelven a caminar por la tierra de los mortales. —Le dedicó al duque una amarga sonrisa—. La red se va estrechando, tío.

Isgrimnur enredó sus dedos entre la barba.

—La red oscila en el viento, Josua, en un fuerte viento. Dejó el comentario sin explicar, y el silencio volvió a inundar la sala principal de Naglimund.

El individuo con el yelmo en forma de perro maldijo débilmente y escupió un poco más de sangre sobre la nieve. Cualquier otro hombre habría muerto, y eso lo sabía, al permanecer en la nieve con las piernas rotas y las costillas aplastadas, pero el pensamiento de poco le servía. Todos aquellos años de entrenamiento ritual y de endurecimiento que le había salvado la vida cuando el moribundo caballo rodó por encima de él, no servirían de nada a menos que pudiera llegar a algún lugar donde refugiarse y secarse. Una hora o dos más de exposición acabarían el trabajo que había empezado su montura.

Los malditos sitha —y *su* inesperada y sorprendente irrupción— habían conducido a sus cautivos a unas cuantas anas de distancia de donde permanecía escondido, enterrado bajo medio pie de nieve. Había reunido todas las reservas de fuerza y coraje que le quedaban para permanecer oculto incluso cuando los Seres Mágicos habían registrado la zona. Debían de haber supuesto que se había arrastrado a algún otro lugar para morir —y él, desde luego, así esperaba que lo creyesen—, y momentos después habían seguido su camino.

Ahora se estremeció al emerger de donde había estado, bajo el oscuro manto de nieve, y trató de reunir su fortaleza para dar el siguiente paso. Su única esperanza era llegar, por algún medio, a Haethstad, donde un par de sus propios hombres deberían estar esperando. Se maldijo cien veces por haber confiado en aquellos patanes de Skali, borrachos salteadores y apaleadores de mujeres como eran, y que no servían ni para limpiarle las botas. Si no se hubiera visto obligado a enviar a sus soldados a otra misión...

Sacudió la cabeza, en un intento de liberarla de los brillantes y saltarines puntos de luz que flotaban contra el cada vez más oscuro cielo, y después arrugó sus agrietados labios. El ulular de un búho de las nieves emanó incongruentemente del hocico del mastín. Mientras esperaba intentó una vez más, aunque era imposible, levantarse, gatear. No había manera: algo parecía revestir mucha gravedad en ambas piernas. Sin hacer caso del punzante dolor de las costillas rotas, usó las manos para arrastrarse un poco hacia los árboles; luego se detuvo, falto de aire y respirando con dificultad.

Instantes después sintió aire caliente a su espalda y levantó la cabeza. El negro hocico de su casco aparecía doble, como si estuviese ante algún misterioso espejo, y el reflejo era otro sonriente hocico blanco a tan sólo unas pulgadas.

—*Niku'a* —gritó, en una lengua bastante diferente de su nativo rimmerspakk negro—. *¡Ven aquí!* ¡Que Udún te maldiga! *¡Ven!*

El gran perrazo se acercó otro paso, hasta que se inclinó sobre su amo herido.

—¡Ahora... *sujeta*! —dijo el hombre, levantando sus fuertes manos para cogerse al blanco collar de cuero—. *¡Y tira!*

Un momento después el individuo gruñía de agonía mientras el perro tiraba de él, pero siguió cogido, con los dientes apretados y los ojos a punto de reventar tras las facciones caninas del yelmo. El agudo y constante dolor casi lo hizo caer en la insensibilidad mientras el mastín lo arrastraba a través de la nieve, pero no se relajó hasta que alcanzó el refugio de los árboles. Sólo entonces se dejó ir, se abandonó. Se hundió en la oscuridad y en un breve receso del dolor.

Cuando se despertó, el cielo había oscurecido aún más, y el viento había barrido la capa de nieve que se había acumulado sobre su espalda. El gran perro *Niku'a* todavía esperaba, despreocupado y sin mostrar frío, a pesar del corto pelo, como si estuviese descansando ante una chimenea. El hombre que estaba tendido en el suelo no se sorprendió: conocía muy bien las heladas y negras perreras de Sturmrspeik, y sabía cómo eran educadas aquellas bestias. Miró la roja boca de *Niku'a*, los curvados dientes y los diminutos y blanquecinos ojos, que eran como gotas de algún veneno lechoso, y se sintió de nuevo agradecido de ser él quien seguía a los mastines y no al revés.

Se quitó el casco, no sin esfuerzo, pues al caer se había deformado, y lo dejó en la nieve, a su lado. Con el cuchillo cortó en tiras la negra capa; poco después empezó a cortar algunos de los más delgados y jóvenes árboles. Todo ello representaba un trabajo horrible para sus agonizantes costillas, pero hizo todo lo posible para soportar los punzantes dolores. Tenía dos excelentes razones por las que sobrevivir: su deber de informar a sus amos sobre el inesperado ataque de los sitha y su propio e intenso deseo de venganza hacia aquel despreciable muchacho que le había estorbado en tantas ocasiones.

El ojo azul de la luna se asomaba con curiosidad a través de las copas de los árboles mientras acababa de cortar. Utilizó las tiras de su capa para atar a sus extremidades, como tablillas, unas cuantas de las ramas más cortas; después se sentó con las piernas rígidas ante él, como un niño que jugase a tres en raya sobre el polvo, y ató unas cuantas piezas de madera cruzadas en los extremos de las dos grandes ramas restantes. Agarrándolas con cuidado volvió a cogerse al collar de *Niku'a* y dejó que el inmenso perro blanco tirase de él hasta ponerlo en pie. Tambaleándose precariamente pudo colocarse bajo los brazos las improvisadas muletas que acababa de hacer.

Dio unos cuantos pasos, bamboleándose peligrosamente sobre sus rígidas piernas. Serviría, decidió, haciendo un gesto de dolor ante el inmenso sufrimiento, pero no tenía otra salida.

Miró el casco con cabeza de perro que seguía en el suelo, mientras pensaba en el esfuerzo que le iba a costar alcanzarlo y el peso inútil que le iba a suponer. Se inclinó, boqueando, y lo recogió, a pesar de todo. Le había sido entregado en las sagradas cavernas de Sturmrspeik, por Ella, cuando lo nombró Su sagrado cazador: ¡a él, un mortal! No podía abandonarlo sin más en la nieve; sería como dejar su propio corazón. Recordó aquel imposible y embriagador momento, con las luces azules parpadeando en la Cámara del Arpa que Respira, cuando se había arrodillado ante el trono, ante el sereno resplandor de Su máscara plateada.

El atroz dolor pareció amortiguado durante unos instantes por el vino de la memoria. Con *Niku'a* pisando sin hacer ruido tras él, Ingen Jegger se movió titubeante hacia el pie de la larga colina cubierta de árboles y empezó a pensar seriamente en la venganza.

Simón y sus compañeros, que ahora sumaban uno menos, no tenían demasiadas ganas de hablar, ni los que los habían apresado los animaban a hacerlo. Se fueron abriendo camino en silencio y lentamente a través de las colinas cubiertas de nieve, mientras el gris atardecer iba cediendo paso a la noche.

Daba la impresión de que los sitha sabían exactamente adonde se dirigían, aunque, para Simón, todas las colinas sembradas de pinos se parecían y no podía distinguir un lugar de otro. Los ojos ambarinos del cabecilla se movían continuamente en su rostro quieto como una máscara, pero nunca parecían buscar algo en concreto; más bien daba la impresión de que leían el sutil lenguaje del terreno, tan reconocible para ellos como las estanterías llenas de libros de Naglimund lo eran para el padre Strangyeard.

La única ocasión en que el jefe de la partida mostró algún tipo de reacción fue al iniciar la marcha, cuando Qantaqa llegó corriendo, se detuvo junto a Binabik y empezó a moverse nerviosamente mientras husmeaba la mano del gnomo, agitando la cola. El sitha enarcó una ceja en un gesto de curiosidad y después miró a sus compañeros, cuyos ojos también parecían rendijas. No se apreció entre ellos ningún intercambio de pareceres, pero a la loba le fue permitido caminar junto a los prisioneros sin ser molestada.

La luz del sol iba desapareciendo cuando el extraño grupo giró finalmente hacia el norte; en poco tiempo rodearon lentamente la base de una escarpada vertiente cuyos flancos nevados aparecían llenos de piedras desnudas que sobresalían sin ningún orden. Simón empezó a sentir el frío en los pies, una vez desaparecida la sensación de choque y aturdimiento, y agradeció silenciosamente el gesto del jefe sitha cuando les indicó detenerse para descansar.

—Aquí —dijo, señalando un saliente que sobresalía por encima de sus cabezas—. En el fondo —volvió a señalar, esta vez a una ancha fisura que había en el techo.

Antes de que ninguno de ellos pudiera decir nada, dos de los guardias se introdujeron con agilidad por el agujero, con la cabeza por delante. Un instante después habían desaparecido.

—Tú —ordenó el sitha a Simón—. Métete.

Haestan y los otros dos soldados empezaron a quejarse, pero el muchacho, a pesar de la extraña situación, se sentía confiado. Se arrodilló y metió la cabeza por la abertura.

Se trataba de un estrecho y brillante túnel, un tubo de hielo que se retorcía muy escarpado hacia arriba y que daba la impresión de estar perforado en la piedra de la montaña. Pensó que los sitha que habían penetrado antes que él debían de haber trepado por el túnel hasta el próximo recodo. No había ni rastro de ellos, y nadie podía ocultarse en aquel pulido y estrecho pasadizo, con apenas la anchura necesaria para estirar los brazos.

Volvió a sacar la cabeza al frío exterior.

—¿Cómo puedo subir? Está muy empinado y cubierto de hielo. Resbalaré y me caeré.

—Mira por encima de tu cabeza —replicó el jefe—. Entonces lo comprenderás.

Simón volvió a introducirse en el túnel, esta vez un poco más, hasta que tuvo los hombros y la parte superior del cuerpo también en el interior y pudo girarse de espaldas. El techo de hielo, si es que se puede llamar techo a algo que está a medio brazo de distancia, aparecía marcado con una serie regular de cortes horizontales que se extendían a lo largo de todo el pasadizo. Cada uno de ellos estaba excavado unas cuantas pulgadas en la superficie, y era lo suficientemente ancho como para poder cogerse con ambas manos a la vez. Entonces se percató de que tenía que impulsarse hacia arriba mediante las manos y pies, apoyando la espalda contra el suelo del túnel.

Pensó en tal perspectiva con cierto cansancio, ya que no tenía ni idea de la longitud que el paso podía tener ni cómo podría recorrerlo, y consideró el volver a salir al exterior. Pero después de unos instantes cambió de opinión. Los sitha habían trepado por allí con la rapidez de las ardillas, y por alguna *razón* sintió la necesidad de mostrarles que, si bien no era tan ágil como ellos, se sentía lo suficientemente osado como para seguirlos.

La ascensión fue difícil, pero no imposible. El túnel tenía muchos recodos para detenerse a descansar, apoyando los pies contra las vueltas. Mientras se agarraba, se impulsaba y descansaba, a la vez que se le agarrotaban los músculos, se dio cuenta de las ventajas que ofrecía una entrada de aquel tipo: resultaba muy difícil trepar, y le sería casi imposible a un animal, si ya resultaba tan dificultoso para alguien que caminaba sobre dos piernas; y cualquiera que necesitase salir sólo tenía que dejarse resbalar por la superficie para caer tan rápidamente como una serpiente.

Estaba pensando en la posibilidad de volver a detenerse para descansar cuando oyó voces que hablaban el diáfano lenguaje sitha, justo por encima de su cabeza. Poco después vio aparecer unas fuertes manos que lo agarraron del arnés de su cota de malla y tiraron de él hacia arriba. Salió del túnel con un bufido de sorpresa y se dejó caer sobre un cálido suelo de piedra encharcado de nieve derretida. Los dos sitha que lo habían alzado estaban agachados junto a la salida del pasadizo y sus rostros aparecían oscurecidos a causa de la débil luz. La única fuente de iluminación que había en la habitación —que en realidad no era una habitación, sino una especie de caverna cuidadosamente barrida de todo tipo de polvo o suciedad— provenía de una abertura del tamaño de una puerta que se encontraba en la pared. A través de aquel portillo se filtraba una luz amarillenta, que daba un tono atezado al suelo de la pieza. Simón se puso de rodillas y sintió que una delgada mano se posaba sobre su hombro y le indicaba que no se incorporase del todo.

El sitha de cabello oscuro que había junto a él le señaló el techo y después la boca del túnel.

—Espera —indicó, con calma, aunque su dominio del lenguaje no eran tan fluido como el de su jefe—. Debemos esperar.

Haestan fue el siguiente en aparecer, gruñendo y maldiciendo. Los dos guardias Tuvieron que sacar su abultado cuerpo de la abertura como el corcho de una jarra de vino. Binabik apareció a continuación —el ágil gnomo había alcanzado fácilmente al erkyno—, seguido a corta distancia por Sludig y Grimmric. Los tres sitha restantes treparon con destreza tras ellos.

Tan pronto como el último de los soldados salió del túnel, el grupo volvió a ponerse en movimiento. Pasaron a través de la puerta de piedra y penetraron en un corto pasillo, más allá del cual, por fin, pudieron caminar erguidos.

Lámparas de algún tipo de lechoso cristal dorado o vidrio habían sido colocadas en nichos abiertos en las paredes, y su parpadeante luz era suficiente para iluminar la puerta situada al final del corredor. Uno de los sitha se adelantó hasta el vano que, al contrario de la última, aparecía cubierto con una tela oscura que colgaba ante la puerta, y llamó a alguien. Un instante después dos congéneres suyos salieron de detrás. Cada uno de ellos llevaba una espada corta hecha de algo que parecía ser un metal oscuro. Se mantuvieron en silencio, aunque alerta, sin demostrar curiosidad ni sorpresa, mientras el cabecilla del grupo hablaba.

—Os ataremos las manos.

Al tiempo que lo anunciaba, los otros sitha extrajeron unos cabos enrollados de brillante cuerda negra de debajo de sus ropajes.

Sludig retrocedió un paso y chocó con uno de los guardias, que le dedicó un siseante sonido, aunque no reaccionó con violencia.

—No —dijo el rimmerio, con un tono de reto en la voz—. No los dejaré que lo hagan. Ningún hombre me atará contra mi voluntad.

—A mí tampoco —añadió Haestan.

—No seáis idiotas —intervino Simón, y se adelantó ofreciendo sus propias muñecas cruzadas—. Probablemente saldremos enteros de ésta, pero no será así si empezáis a pelear.

—El chico habla con toda la razón —manifestó Binabik—. Yo también dejaré que me aten. No tenéis sentido común si pretendéis otra cosa. La Flecha Blanca de Simón es genuina. Ella es la razón por la que no nos han matado, y por la que nos han traído aquí.

—Pero ¿cómo podemos...? —empezó a decir Sludig.

—Además —lo cortó el gnomo—, ¿qué haríais? Aunque pudierais vencer a estos de aquí y a los que se supone hay al otro lado de la cortina, después ¿qué? Si os deslizáis por el túnel hacia abajo seguramente aterrizaríais sobre Qantaqa, que espera en el fondo. Creo que algo que la asustase de esa forma tendría pocas posibilidades de sobrevivir.

Sludig miró al hombrecillo durante un instante, pensando en las posibilidades que se derivarían de asustar a la loba. Al final logró componer una débil sonrisa.

—Vuelves a ganar otra vez, gnomo —y adelantó las manos.

Las cuerdas negras estaban frías y tenían escamas como una serpiente, pero eran flexibles como engrasadas correas de piel. Simón se dio cuenta de que con un par de lazos sus manos quedaban tan inmóviles como si hubiesen sido atrapadas en el puño de un ogro. Cuando los sitha hubieron acabado de atar a los otros, el grupo fue conducido otra vez hacia adelante, a través de la puerta cubierta por la tela y al interior de un sorprendente baño de luz.

Cuando Simón trató de recordarlo más tarde, le pareció como si hubiese salido de las nubes para adentrarse en una luminosa y brillante tierra, cercana al sol. Después de las nieves y los túneles sin forma, la diferencia era como entre el animado carrusel del festival del Noveno Día después de los ocho días grises que lo precedían.

La luz y sus diversos tonos lo inundaban todo. La habitación era una cámara de piedra de una altura menor que el doble de la de un hombre, pero muy espaciosa. Raíces de árboles se retorcían arracimadas por las paredes. En un rincón, a unos treinta pasos de diferencia, una cantarina fuente de agua corría por una roca acanalada para saltar en un estanque situado en un cuenco de piedra natural. El delicado sonido de su caída se oía a través de la extraña y sutil música que llenaba la atmósfera.

Lámparas como las que se alineaban en el pasillo de piedra aparecían por toda la pieza, reflejando, según fuese su coloración, rayos de luz amarilla, marfil, beige, azul o rosada, y confiriendo a la gruta cien diferentes matices y colores en las zonas en las que se entrecruzaban. En el centro del suelo, a no mucha distancia del borde del estanque, se encontraba una hoguera encendida, cuyo humo desaparecía a través de una abertura practicada en el techo.

—¡Elysia, Madre del Sagrado Aedón! —exclamó Sludig, lleno de respeto.

—Ni siquiera hubiera sospechado que hubiese una madriguera de conejos aquí —sacudió la cabeza Grimmric—, y ellos tienen un palacio.

Tal vez una docena de sitha, todos ellos varones, al menos por las conclusiones que extrajo Simón en una primera impresión, se encontraban en la habitación. Algunos permanecían tranquilamente sentados ante otros dos que lo estaban sobre una piedra elevada. Uno de ellos sostenía una especie de larga flauta y el otro cantaba; la música le resultaba al muchacho tan extraña que le llevó unos instantes poder separar la voz del sonido del instrumento, y la continua melodía del salto de agua de ambos. Aun así, la exquisita y estremecedora música que interpretaban le llegó al corazón y le erizó los cortos pelos de la nuca. A pesar de la falta de familiaridad, había algo en ella que lo hizo desear quedarse clavado en aquel lugar y no volver a moverse mientras durase melodía tan deliciosa.

Los que no se encontraban alrededor de los músicos hablaban quedamente, o simplemente permanecían estirados sobre la espalda con la mirada en el techo, como si pudieran ver a través de la sólida piedra de la falda de la colina y en el interior del cielo que se extendía por encima. La mayoría de ellos se dieron la vuelta para mirar brevemente a los cautivos, que permanecían a la entrada de la cámara, pero de la manera

—sintió Simón— en la que un hombre que escuchase una buena historia movería la cabeza para ver pasar un gato.

El chico y sus compañeros, que no se encontraban preparados para un espectáculo así, se mantuvieron en pie con los ojos muy abiertos. El jefe de sus guardianes cruzó la habitación en dirección a la pared del otro extremo, donde dos figuras más se encontraban sentadas, una frente a otra, junto a una mesa que era una alta y plana protuberancia de brillante piedra blanca. Ambos miraban muy concentrados algo que había sobre la mesa, iluminada por otra de las extrañas lámparas colocada en un hueco de la pared más cercana. El guardia se mantuvo a corta distancia, esperando ser reconocido.

El sitha que se sentaba dando la espalda a los miembros del grupo de Simón iba vestido con una hermosa chaqueta de cuello alto de color verde hoja, pantalones y botas del mismo tono. Su largo y trenzado cabello era de un rojo incluso más vivo que el de Simón, y sus manos, mientras movían algo por encima de la mesa, brillaban llenas de anillos. Frente a él, observando sus movimientos, se sentaba otro sitha envuelto en una amplia ropa blanca fruncida por encima de sus antebrazos, adornados con brazaletes; su cabello tenía un pálido tono de brezo o azul. Una pluma de cuervo, negra y brillante, colgaba ante una de sus orejas. Mientras el chico lo observaba, el sitha vestido de blanco sonrió mostrando los dientes a su compañero, y alargó la mano para apartar un objeto. La mirada de Simón se hizo más intensa, hasta que bizqueó.

Era el individuo que había rescatado de la trampa del leñador. Estaba seguro de ello.

—¡Es él! —le dijo a Binabik, en tono muy bajo—. ¡Es el que me dio la flecha!

Mientras hablaba, un guardia se aproximó a la mesa y el que el muchacho había reconocido levantó la mirada. El vigilante le dijo algo rápidamente, pero el vestido de blanco sólo echó un vistazo a los prisioneros y sacudió una mano, para volver a depositar su atención sobre algo que, según la conclusión a la que llegó Simón, era una especie de mapa o un juego de mesa. Su pelirrojo compañero ni siquiera se volvió, y un instante después el soldado estaba de regreso.

—Deberéis esperar hasta que lord Jiriki haya finalizado. —Detuvo su inexpresiva mirada sobre Simón—. Ya que la flecha es tuya, debes ser desatado. Los demás, no.

Simón, sólo a un tiro de piedra del que le había entregado el dardo en deuda, pero todavía desatendido por él, estuvo tentado de adelantarse y enfrentarse al sitha vestido de blanco, a Jiriki, si ése era su nombre. Binabik, que notó la tensión, lo empujó para contenerlo.

—Si los demás han de permanecer atados, también lo haré yo —respondió el muchacho.

Por primera vez le pareció observar algo inesperado en el rostro del guardián: una mirada de disgusto.

—*Es* un Flecha Blanca —explicó—. No debes permanecer prisionero a menos que se compruebe que la has obtenido de malos modos, pero no puedo liberar a tus compañeros.

—Entonces permaneceré atado —insistió Simón, con firmeza.

El sitha lo miró durante unos instantes; después cerró los ojos en un lento movimiento de reptil y los volvió a abrir para sonreír con desgana.

—Sea así —dijo—. No me gusta mantener atado al portador de la *Staj'a Ame*, pero no me dejas opción. Permanecerá en mi corazón, sea correcto o equivocado. —Luego, y sorprendiendo al chico, inclinó la cabeza en un ademán respetuoso y fijó sus luminosos ojos en el muchacho—. Mi madre me llamó An'nai —se presentó.

Cogido por sorpresa, Simón dejó pasar unos instantes antes de sentir la bota de Binabik sobre sus pies.

—¡Oh! —exclamó—. Yo…, mi madre me llamó Simón… Seomán, en realidad. —Después, viendo asentir al sitha, satisfecho, añadió rápidamente—. Y éstos son mis compañeros: Binabik de Yiqanuc, Haestan y Grimmric de Erkynlandia, y Sludig de Rimmersgardia.

Tal vez, pensó Simón, ya que el sitha había dado tal importancia a compartir su nombre, aquella forzada presentación ayudaría a proteger también a sus amigos.

An'nai volvió a inclinar la cabeza y se marchó, en silencio, para volver a ocupar su posición junto a la mesa. Los compañeros de su partida, después de ofrecer una sorprendente ayuda a los amigos de Simón para que pudieran sentarse, se dispersaron por la caverna.

El chico y los demás hablaron en voz baja durante largo rato, acallados más a causa de la extraña música que por su propia situación.

—Bueno —dijo Sludig, después de haberse quejado con amargura por el tratamiento que habían recibido—, al menos estamos vivos. Muy pocos de los que se han encontrado con los demonios han tenido tanta suerte.

—¡Eres tremendo, Simón! —rió Haestan—. ¡Tremendo! ¡Has hecho que'l Pueblo Encantado s'incline y que s'armen un lío! Tendremos que pedir un saco d'oro antes de seguir camino.

—¡Pues vaya! —sonrió el joven con una mueca de burla—. ¿Acaso estoy libre? ¿Me han desatado? ¿Es que nos han dado algo de comer?

—Es cierto. —El hombretón sacudió la cabeza con tristeza—. Nos iría muy bien comer algo, acompañado d'alguna jarra.

—Creo que no nos darán nada hasta que nos vea Jiriki —declaró Binabik—, pero si es cierto que es el sitha que rescató Simón, comeremos bien.

—¿Crees que es alguien importante? —preguntó el chico—. An'nai lo llamó «lord Jiriki».

—Si sólo vive un sitha que se llame así... —empezó a decir el gnomo, pero fue interrumpido por el regreso de An'nai.

Venía acompañado por el mismo Jiriki y en su mano llevaba la Flecha Blanca.

—Por favor —el lord se dirigió a dos sitha para que se acercaran—, desatadlos.

Jiriki se dio la vuelta y dijo algo muy deprisa en su fluida lengua. Las musicales palabras parecían tener el tono de un reproche. An'nai aceptó su amonestación sin alterar su expresión, y sólo bajó los ojos.

Simón, que lo observaba todo muy atentamente, estaba seguro de que, a pesar de que habían desaparecido las huellas de haber colgado de una trampa y las magulladuras y moretones provocados por el ataque del leñador, se trataba del mismo sitha.

Jiriki agitó una mano y An'nai se retiró. Por sus confiados movimientos y la deferencia que los demás mostraban hacia él, el muchacho había creído que era mayor, o al menos de una edad similar a la del otro sitha. Ahora, a pesar de la extraña ausencia del paso del tiempo sobre sus dorados rostros, el joven sintió que, para el modelo de su raza, todavía era joven.

Mientras los recién liberados prisioneros se frotaban las muñecas, Jiriki levantó la flecha.

—Perdona la espera. An'nai juzgó mal, pues sabe cuán en serio me tomo el juego del *shent*. —Sus ojos se movieron de los compañeros a la flecha y de nuevo a ellos—. Nunca creí que nos volveríamos a encontrar, Seomán —prosiguió, con un movimiento de barbilla que a Simón le continuó pareciendo el de un ave, y una sonrisa que no acababa de aflorar en sus ojos—, pero una deuda es una deuda... y la *Staj'a Ame* es todavía más que eso. Has cambiado desde que nos vimos. Entonces tenías más el aspecto de un animal del bosque que de un humano. Parecías perdido, en muchos sentidos —dijo el sitha, y su mirada brilló.

—Vos también habéis cambiado —respondió Simón.

Una sombra de dolor cruzó el anguloso rostro de Jiriki.

—Tres noches y dos días pasé colgado en aquella trampa mortal. Hubiese muerto pronto, aunque no hubiera aparecido el leñador..., de vergüenza. —Su expresión cambió, como si hubiese encerrado su dolor bajo una tapa—. Venid —dijo—, debemos daros alimento. Pero no podremos ofreceros todo lo que deseamos. Hemos traído pocas cosas con nosotros… —hizo un gesto abarcando la habitación, mientras buscaba la palabra apropiada— a nuestro refugio de caza.

Aunque dominaba mucho más la lengua westerling de lo que el chico nunca hubiera podido imaginar a través de su primer encuentro, existía algún titubeo en su forma de expresarse que indicaba lo extraño que dicho idioma le resultaba.

—¿Estáis aquí para… cazar? —preguntó Simón mientras eran conducidos cerca del fuego—. ¿Qué cazáis? Las colinas parecen desprovistas de todo.

—Ah, pero están más llenas que nunca de las piezas que buscamos —contestó el lord, dirigiéndose hacia una hilera de objetos tapados con un brillante paño y dispuestos junto a una de las paredes de la caverna.

El soldado pelirrojo y vestido de verde se incorporó de la mesa de juego, en donde el lugar de Jiriki había sido ocupado por An'nai, y habló en tono interrogativo, y tal vez algo enfadado, en lengua sitha.

—Sólo muestro a nuestros visitantes los frutos de nuestra cacería, tío Khendraja'aro —dijo Jiriki, jocoso, pero Simón volvió a echar de menos la sonrisa del sitha.

El lord se agachó junto a los objetos cubiertos y pareció posarse sobre el suelo como un albatros. Con un rápido ademán quitó la cobertura y dejó al descubierto una hilera de más de media docena de cabezas de pelo blanco, con los rasgos helados en una expresión de odio.

—¡Por las Piedras de Chukku! —exclamó Binabik, mientras los demás se quedaban boquiabiertos.

A Simón le costó unos momentos reconocer que eran rostros lo que allí se veía.

—¡Gigantes! —dijo, al fin—. *¡Hunën!*

—Sí —respondió el príncipe Jiriki y se volvió. Hubo un ligero acento de peligro en su voz—. Y vosotros, intrusos mortales…, ¿qué *queréis* cazar en las montañas de mi padre?

38

CANCIONES DEL PRIMOGÉNITO

Deornoth se despertó en la fría oscuridad, sudando. El viento silbaba y gemía en el exterior, arañando las cerradas ventanas como si huyese de la muerta soledad. El corazón le dio un vuelco cuando vio la oscura figura que se inclinaba sobre él, que se destacaba gracias a las brasas que quedaban en la chimenea.

—¡Capitán! —Era uno de sus hombres. La voz sonaba con un tono de pánico—. ¡Hay gente que se dirige hacia la puerta! ¡Hombres armados!

—¡Por el Árbol Sagrado! —farfulló, luchando por ponerse las botas.

Se colocó la cota de malla por encima de los hombros, cogió la espada y el casco y siguió al soldado fuera de la habitación.

Cuatro hombres más estaban agrupados en lo alto de una plataforma, en el baluarte de la puerta, asomándose hacia afuera. El viento lo hizo tambalearse, y pronto se agachó.

—¡Allí, capitán! —indicó el soldado que lo había despertado—. Llegan por el camino, a través del pueblo.

La iluminada luna, brillando a través de las nubes, teñía de plata los amontonados tejados de paja del pueblo de Naglimund. Sí que había movimiento en el camino: un pequeño grupo de jinetes se acercaba; tal vez serían una docena.

Los hombres que se hallaban de vigilancia vieron aproximarse lentamente a los jinetes. Uno de ellos gruñó. Deornoth también sintió el punzante dolor de la espera. Era mejor cuando los cuernos sonaban con estridencia y el campo de batalla estaba lleno de gritos.

«Es esta espera la que nos ha cambiado a todos —pensó—. Si nos vemos inmersos en un baño de sangre, nuestra gente responderá como sabe.»

—¡Debe de haber más escondidos! —murmuró uno de los soldados—. ¿Qué vamos a hacer?

Incluso con el silbido del viento, su voz le pareció fuerte. Entonces, ¿por qué los caballos que se aproximaban no producían sonido alguno?

—Nada —respondió Deornoth, con firmeza—. Sólo esperar.

La espera parecía no tener fin. Cuando los jinetes estuvieron más cerca, la luna provocó brillantes reflejos en la punta de las lanzas y en los cascos. Los silenciosos visitantes se detuvieron ante las imponentes puertas y se quedaron quietos como si esperasen escuchar algo.

Uno de los hombres de guardia en la entrada se puso en pie y, levantando su arco, apuntó al pecho del que parecía ser el cabecilla de los jinetes. Cuando Deornoth se echó sobre él, viendo las tensas facciones de su rostro y su fiera expresión, llegó el ruido de alguien que aporreaba la puerta desde abajo. El capitán agarró el brazo que sostenía el arco y lo levantó; la flecha salió disparada hacia arriba, por encima de la oscuridad que reinaba sobre el pueblo.

—*¡Por el buen Dios, abrid la puerta!* —gritó un hombre, y una vez más el extremo romo de una lanza fue a estrellarse contra la madera.

Era la voz de un rimmerio, con un acento, pensó Deornoth, cercano a la locura.

—¡¿Acaso estáis todos dormidos?! ¡Dejadnos entrar! ¡Soy Isorn, el hijo de Isgrimnur, y he escapado de nuestros enemigos!

—¡Mirad, mirad cómo desaparecen las nubes! ¿No os parece que es un signo de esperanza, Velligis?

Mientras hablaba, el duque Leobardis señaló con su mano hacia el ojo de buey abierto de la cabina, casi aplastando con su brazo de malla la cabeza de su sudoroso escudero. Este se agachó, tragándose un silencioso juramento mientras ponía en su sitio la parte inferior de la armadura del duque, y se volvió para abofetear a un joven paje que no se había apartado con la suficiente rapidez. El muchacho, que había tratado de molestar lo menos posible en la atestada cabina del barco, renovó sus desesperados esfuerzos para pasar todo lo inadvertido que le fuese posible.

—Tal vez seamos el fiel de la balanza que ponga fin a toda esta locura.

Leobardis se dirigió al ojo de buey y su escudero gateó por el suelo tras él, luchando por mantener una rodillera medio atada en su sitio. El cielo parecía, en verdad, empezar a destaparse en amplias franjas azules. Era como si los oscuros e inmensos acantilados de Crannhyr se inclinasen y apartasen las nubes bajas de la bahía a la que se acercaba el buque insignia de Leobardis, el *Joya de Emettin*, para anclar.

Velligis, un hombre gordo con dorados ropajes eclesiásticos, se acercó a la ventana, al lado del duque.

—¿Cómo, mi señor, el echar aceite sobre el fuego puede ayudar a extinguirlo? Es, si me perdonáis el atrevimiento, una tontería pensar así.

El eco del tambor llamando a asamblea era transportado a través del agua. Leobardis se apartó del rostro un mechón de lacio cabello blanco.

—Ya sé cómo piensa el lector —dijo—, y sé que él os ha hecho venir, mi querido escritor, para tratar de persuadirme de abandonar todo esto. El amor de Su Santidad por la paz…, bueno, es admirable, pero la paz no vendrá con sólo charlar.

Velligis abrió un pequeño estuche de latón y sacó un dulce, que puso delicadamente sobre su lengua.

—Eso está peligrosamente cercano al sacrilegio, duque Leobardis. ¿Rezar significa «charlar»? ¿Es la intercesión de Su Santidad el lector Ranessin algo de menor valor que la fuerza de vuestros ejércitos? Si así es, entonces nuestra fe en el mundo de Jesuris y en su primer apóstol, Sutrines, es una burla. —El escritor suspiró con pesadez y chupó el dulce.

Las mejillas del duque enrojecieron; echó a su escudero, se agachó él mismo para acabar de atarse la hebilla y luego alargó la mano en busca de su capa de color azul, con el martín pescador de Benidrivine bordado en oro sobre el pecho.

—Que Dios me bendiga, Velligis —exclamó, irritado—, pero hoy no tengo humor para discutir con vos. He sido empujado por el Supremo Rey Elías hasta llegar demasiado lejos, y ahora debo hacer lo que hay que hacer.

—Pero vos no acudís solo al campo de batalla —habló Velligis, algo enfurecido por primera vez—. Lleváis a cientos, no, a miles de hombres, de almas, y su bienestar está a vuestro cargo. Las semillas de la catástrofe se hallan en el viento, y la Madre Iglesia tiene la responsabilidad de vigilar para que no encuentren tierra fértil en la que brotar.

Leobardis sacudió la cabeza con tristeza mientras el paje le alargaba tímidamente el yelmo dorado, con la cimera de crin de caballo teñida de azul.

—El suelo fértil puede encontrarse en cualquier parte en los días en los que estamos, escritor, y la catástrofe ya está brotando, si permitís que me apropie de vuestras poéticas palabras. La cuestión es que debemos tratar de cercenarla mientras esté en cierne. Venid. —Le dio unas palmadas sobre el carnoso brazo—. Es hora de bajar al bote de desembarco. Venid conmigo.

—Ciertamente, mi buen duque, ciertamente. —Velligis se puso ligeramente de lado para pasar con más facilidad por la puerta—. Me perdonaréis si no os acompaño hasta la orilla en estos momentos. No me siento muy bien de las piernas últimamente. Temo que me estoy haciendo viejo.

—Ah, pero vuestra retórica no pierde vigor a causa de ello —replicó el noble mientras se movían lentamente a través de la cubierta.

Una pequeña figura envuelta en un oscuro manto se cruzó en su camino, deteniéndose para hacer una leve inclinación, con las manos entrecruzadas sobre el pecho. El escritor frunció el entrecejo, pero Leobardis devolvió el saludo con una sonrisa en los labios.

—Nin Reisu ha estado en la *Joya de Emettin* durante largo tiempo —explicó el duque—, y ella es uno de los mejores vigías. Le perdono las formalidades; los niskis son una gente extraña, Velligis, como sabríais si fuerais un hombre de la mar. Venid, mi bote está por ese lado.

El viento del puerto transformó en una vela la capa del noble, hinchándola contra un cielo de aspecto incierto.

Leobardis vio que el menor de sus hijos, Varellán, esperaba a recalar, y le pareció demasiado pequeño para llenar su brillante armadura. Su delgado rostro miraba ansioso desde el hueco del casco mientras supervisaba el reagrupamiento de las fuerzas nabbanas, como si su padre pudiera hacerlo responsable de cualquier desaguisado en las formaciones entre los arracimados y sudorosos soldados. Algunos de ellos pasaron junto a él tan descuidadamente como si fuese el chico del tambor, maldiciendo alegremente a un par de caballos que, asustados por la confusión, habían saltado de la plancha hacia el agua, llevándose a sus cuidadores con ellos. Varellán se apartó de las salpicaduras y del griterío, con la frente arrugada de una forma que no desapareció cuando vio al duque bajar del bote y dar los últimos pasos hasta la rocosa línea de la costa sur de Hernystir.

—Mi señor… —dijo, y dudó.

Leobardis adivinó que se planteaba el desmontar de su caballo y arrodillarse. El duque tuvo que aguantarse para no poner mala cara. Maldijo a Nessalanta a causa de la timidez del muchacho, ya que ella se había volcado sobre él como un borracho sobre su jarra, incapaz de admitir que el último de sus hijos había crecido. Claro que tal vez él también tuviese algo de culpa. Nunca debería haber permitido que el chico desarrollase su interés por el sacerdocio. Aunque aquello había sucedido hacía años, y ahora no se entrecruzaba en el camino del joven, sería soldado aunque ello lo matase.

—Bueno, Varellán. —El duque miró a su alrededor—. Bien, hijo mío, parece que todo está en perfecto orden.

Aunque la evidencia de sus ojos le decía que o bien su padre se había vuelto loco o se mostraba demasiado amable, el muchacho mostró una agradecida sonrisa.

—Habremos acabado de desembarcar en dos horas. ¿Continuaremos la marcha durante la noche?

—¿Después de una semana en el mar? Los hombres nos matarían a ambos y nombrarían otra familia ducal. Aunque supongo que también tendrían que despachar a Benigaris, si quisieran acabar con el linaje. Hablando de tu hermano, ¿por qué no está aquí?

Aunque hablaba medio en broma, la ausencia de su hijo mayor le resultaba irritante. Tras semanas de amargas discusiones sobre si Nabban debería apostar por la neutralidad, y de una tempestuosa reacción contra la decisión del duque de apoyar a Josua, Benigaris había cambiado de camisa y anunciado su deseo de cabalgar junto a su padre y sus ejércitos. El joven no iba a renunciar a una oportunidad de mandar las Legiones del Martín Pescador en la batalla, y el duque lo sabía, aunque ello significase no poder plantar su trasero por un tiempo en el trono de Sancellan Mahistrevis.

Leobardis se hizo consciente de que se había quedado en Babia.

—No, no, Varellán, debemos conceder a los hombres una noche en Crannhyr, aunque el pasarlo bien no parezca demasiado juicioso después de la suerte de Lluth en el norte. ¿Dónde dijiste que estaba Benigaris?

El muchacho se puso colorado.

—No lo hice, mi señor, perdonadme. Se dirigió cabalgando hacia el pueblo, con su amigo el conde Aspitis Prevés.

El duque pasó por alto el desasosiego del chico.

—Por el Árbol Bendito, no era pedir demasiado que mi hijo y heredero aguardase a encontrarse conmigo. Bien, entonces, vayamos a ver cómo van las cosas con los demás comandantes.

Chasqueó los dedos y el escudero le trajo su caballo, con los cascabeles del arnés tintineando.

Encontraron a Mylin-sá-Ingadaris bajo el gallardete del albatros blanco y rojo de su linaje. El anciano, que había sido el cordial enemigo de Leobardis durante años, saludó al duque. Él y Varellán se sentaron mientras Mylin supervisaba la descarga final de sus dos buques mercantes; luego se unieron al viejo conde en su tienda para tomar un vaso de vino dulce de Ingadarine.

Después de charlar y bromear sobre mil cosas —con Varellán tratando de unirse a ellos—, Leobardis le agradeció al conde Mylin su hospitalidad y salió, seguido de su hijo menor. Volvieron a coger las riendas que hasta entonces habían sujetado sus escuderos y continuaron a través del animado campamento, haciendo aquí y allá alguna breve visita de cortesía a algunos de los demás nobles.

Ambos se disponían a montar para regresar por la playa, cuando el duque vio la figura familiar de un ruano de amplio pecho, el cual paseaba tranquilamente camino abajo desde el pueblo acompañado de otro caballo que llevaba a otro jinete.

La plateada armadura de Benigaris, su más querida posesión, estaba llena de grabados y costosas incrustaciones de ilenita, que la luz del atardecer no reflejaba como se merecía y le confería un aspecto más bien gris. Encorsetado desde el esternón, lo que corregía la obesidad de su figura, el individuo tenía el aspecto de un valiente y esforzado caballero. El joven Aspitis, que iba junto a él, también llevaba una armadura de hermoso trabajo: la cresta del águila pescadora de su familia había sido incrustada, a la altura del esternón, en nácar. No llevaba capa que lo cubriese y, al igual que su compañero, relucía como un brillante cangrejo.

Benigaris dijo algo a Aspitis Prevés; éste rió y luego se alejó. El joven descendió por el camino, atravesando la playa de grava, y se dirigió hacia su padre y hermano menor.

—Ese era el conde Aspitis, ¿verdad? —preguntó Leobardis, tratando de mantener lejos de su voz la amargura que sentía—. ¿Es que ahora la Casa Prevan se ha convertido en enemiga nuestra y por ello no viene a saludarme su conde?

Benigaris se inclinó hacia adelante sobre su silla y dio unas palmadas sobre el cuello de su caballo. El duque no pudo ver si lo miraba a través de sus gruesas y espesas pestañas.

—Le dije a Aspitis que vos y yo teníamos que hablar en privado, padre. Él hubiese venido, pero le dije que no. Es muy respetuoso para con vos.

El muchacho se volvió hacia Varellán, que lo miraba anonadado por la brillante armadura, y le dedicó una breve inclinación de cabeza.

Sintiéndose ligeramente incómodo, el duque cambió de tema.

—¿Qué es lo que te llevó al pueblo, hijo mío?

—Noticias, sire. Pensé que Aspitis, que ya había estado aquí antes, podría ayudarme a obtener valiosas informaciones.

—Estuviste mucho tiempo. —Leobardis no conseguía reunir la energía suficiente para enfadarse—. ¿Qué descubriste, Benigaris? ¿Algo importante?

—Nada que no hayamos ya escuchado de los barcos de Abaingeat. Lluth está herido y se ha retirado a las montañas. Skali controla Hernysadharc, pero no tiene fuerzas suficientes como para extenderse más allá, no mientras no hayan sido subyugados los hernystiros que resisten en Grianspog. Así pues, la costa todavía permanece libre, al igual que todo el país, a este lado de Ach Samrath: Nad Mullach, Cuimhne, y todas las tierras del río hasta Inniscrich.

Leobardis se frotó la cabeza, mirando la brillante estela que el sol dejaba sobre la superficie del océano.

—Tal vez sirvamos mejor al príncipe Josua si rompemos ese cerco más próximo. Si condujéramos a nuestros dos mil hombres contra la retaguardia de Skali *Nariz afilada*, los ejércitos de Lluth serían liberados, o al menos lo que quede de ellos, y la retaguardia de Elías estaría al descubierto al iniciar el sitio sobre Naglimund.

Sopesó el plan y le gustó. Le parecía que era una cosa que su hermano Camaris habría hecho; un golpe de mano rápido y lleno de fuerza, como una bofetada. Camaris siempre se había abocado a la guerra como el arma en estado puro que era, directo y sin dudar, como si fuera un martillo.

Benigaris sacudía la cabeza, con algo parecido a la preocupación en su rostro.

—¡Oh, no, sire! ¡No! Si hiciésemos una cosa así, todo lo que Skali tendría que hacer sería desaparecer en Circoille o guarecerse en las mismas montañas Grianspog. Entonces *nos veríamos* sujetos con estacas, como un pellejo extendido al sol para secarse, esperando la aparición de los rimmerios. Mientras tanto, Elías reduciría a Naglimund y estaría libre para enfrentarse a nosotros. Seríamos aplastados como una nuez entre el Supremo Rey y el Cuervo. —Sacudió la cabeza enfáticamente, como si la idea lo asustase.

Su padre dio la espalda al deslumbrante sol.

—Supongo que tienes razón, Benigaris…, aunque recuerdo haberte visto defender lo contrario no hace mucho.

—Eso fue hasta que tomasteis la decisión de lanzaros a la batalla, mi señor. —El muchacho se quitó el casco y lo sopesó unos instantes sobre

185

las manos antes de volver a depositarlo sobre la silla—. Ahora que nos hemos comprometido, soy un león de Nascadu.

Leobardis exhaló un profundo suspiro. El sabor de la guerra flotaba en el aire, y era un aroma lleno de desasosiego y desdicha, aunque la división de Osten Ard tras largos años bajo la paz de Juan —la Tutela del Supremo Rey— parecía haberle devuelto a su testarudo hijo. Era algo de lo que había que sentirse agradecido, aunque también era insignificante comparado con el advenimiento de más grandes eventos. El duque de Nabban ofreció una plegaria silenciosa como acción de gracias a su confuso pero, al fin y al cabo, beneficioso Dios.

—¡Demos las gracias a Jesuris Aedón por haberte devuelto a nosotros! —exclamó Isgrimnur, y volvió a sentir que las lágrimas acudían a sus ojos.

Se inclinó sobre el lecho y dio una fuerte y alegre sacudida al hombro de Isorn, con lo que consiguió que Gutrun le dirigiese una mirada de reconvención. La mujer no se había separado de su hijo desde que había llegado, la noche anterior.

Isorn, a quien no pasaban inadvertidos los severos modales de su madre, sonrió débilmente a Isgrimnur. Tenía los azules ojos del duque y sus anchas facciones, pero la mayor parte de su aspecto juvenil parecía haber desaparecido desde que su padre lo había visto por última vez. Estaba ojeroso y sombrío. Algo de su fuerza interior parecía haberlo abandonado, a pesar de su poderosa complexión.

«Sólo ha tenido preocupaciones —decidió el duque para sí—. Es un muchacho fuerte. Míralo cómo se resiste a los mimos de su madre. Será un hombre estupendo… No, ya lo es. Cuando sea duque después de mí…, después de que enviemos al infierno a Skali…»

—¡Isorn!

Una nueva voz hizo que se desvaneciesen los pensamientos de Isgrimnur.

—Es un milagro teneros de nuevo entre nosotros —dijo Josua, y estrechó la mano del joven con su izquierda.

Gutrun asintió, pero no se levantó como pleitesía hacia el príncipe. La maternidad, aparentemente, estaba por encima de las formas, al menos en aquella ocasión. A Josua no pareció importarle.

—Y un infierno es un milagro —añadió Isgrimnur bruscamente—. Los apartó de su camino con coraje y talento, y ésa es una santa verdad.

—Isgrimnur… —lo amonestó Gutrun.

Josua se rió.

—Desde luego. Dejad entonces que diga, Isorn, que vuestro coraje y talento fueron milagrosos.

El muchacho se sentó más erguido sobre el lecho, volviéndose a ajustar la pierna vendada que reposaba sobre un cojín por encima de la colcha, como la reliquia de un santo.

—Eso es muy amable por vuestra parte, alteza. Si no hubiera sido porque algunos de los hombres de Skali no tuvieron estómago para torturar a nuestros compañeros, todavía estaríamos allí, pero seríamos rígidos y helados cuerpos.

—¡Isorn! —reprendió su madre, molesta—. No hables de esas cosas. Es una ofensa en el rostro de Dios misericordioso.

—Pero es cierto, madre. Los propios cuervos de Skali nos proporcionaron los cuchillos que nos permitieron escapar. —Se volvió hacia Josua—. Hay muchas cosas oscuras en Elvritshalla, sobre toda Rimmersgardia. El pueblo estaba lleno de rimmerios negros venidos de las tierras de alrededor del Pico de las Tormentas. Fue a ellos a quien Skali *Nariz afilada*, confió nuestra custodia. ¡Fueron esos malditos monstruos los que torturaron a nuestros hombres para nada! ¡No teníamos nada que ocultar! Por las noches nos dormíamos escuchando los gritos de nuestros compañeros, mientras nos preguntábamos quién sería el próximo.

Hizo un gesto de dolor y liberó su mano de entre las de Gutrun para frotarse las sienes, como para exprimir la memoria.

—Incluso los propios hombres de Skali lo encontraban horroroso. Creo que empiezan a preguntarse en qué los ha metido su caudillo.

—Os creemos —dijo Josua, con amabilidad; la mirada que dirigió a Isgrimnur estaba llena de preocupación.

—Pero también había otros, demasiados, que llegaban de noche, encapuchados y vestidos de negro, a los que ni siquiera nuestros guardianes veían el *rostro*. —Aunque la voz de Isorn se mantenía en un tono de tranquilidad, sus ojos se movían agitados entre los recuerdos—. ¡Pongo a Aedón por testigo! Esos últimos llegaban a las frías extensiones de más allá de las montañas. ¡Podíamos sentir el frío que albergaban mientras inspeccionaban nuestra prisión! Nos asustaba más estar cerca de ellos que todos los hierros candentes de los rimmerios negros. —Isorn sacudió la cabeza y volvió a descansarla sobre la almohada—. Lo siento, padre... Príncipe Josua. Estoy muy cansado.

—Es un hombre fuerte, Isgrimnur —dijo el príncipe mientras caminaban por el encharcado pasillo.

El techo aparecía aquí agrietado, al igual que muchos otros en Naglimund tras un invierno infernal y una primavera y un verano de la misma especie.

—Sólo desearía no haberlo dejado solo para enfrentarse a ese hijo de puta de Skali. ¡Maldito sea!

Isgrimnur resbaló sobre las mojadas baldosas y maldijo su propia edad y torpeza.

—Hizo todo lo que pudo, tío. Debéis sentiros orgulloso de él.

—Lo estoy.

Siguieron caminando durante un rato hasta que Josua volvió a hablar.

—Debo confesaros que el tener aquí a Isorn me facilita la tarea de pediros algo…, algo que debo solicitaros.

El duque se estiró la barba.

—¿Y de qué se trata?

—De un favor. Uno que no me atrevería a pediros si… —El príncipe dudó—. No. Vayamos a mis estancias. Es una cuestión que debe ser discutida en privado.

Pasó su brazo derecho por el codo del duque, con el muñón de su muñeca cubierto de cuero, como un mudo reproche ante cualquier intento de negativa.

Isgrimnur se volvió a estirar de la barba hasta que le dolió. Tenía la impresión de que no le iba a gustar lo que estaba a punto de escuchar.

—Por el Santo Árbol, vamos a buscar una jarra de vino para llevárnosla a vuestras estancias, Josua. La necesito.

—¡Por el amor de Jesuris! ¡Por la malla escarlata de Dror y los huesos de san Eahlstan y san Skendi! ¿Estáis loco? ¿Por qué debo dejar Naglimund? —tembló de sorpresa y furia el duque.

—No os lo pediría si existiese cualquier otra solución, Isgrimnur —respondió pacientemente el príncipe; pero, incluso en medio de su furia, el noble pudo observar la angustia que aquél sentía—. He permanecido despierto dos noches sin poder dormir. No puedo. Alguien debe salir a buscar a la princesa Miriamele.

Isgrimnur bebió un largo trago de vino, y sintió que algunas gotas le caían por la barba, aunque no le preocupó.

—¿Por qué? —preguntó, al fin, y depositó la jarra sobre la mesa con un brusco movimiento—. ¿Y por qué tengo que ser *yo*, maldita sea?

El príncipe era todo paciencia.

—La princesa debe ser encontrada porque es de vital importancia… y porque es mi única sobrina. ¿Qué ocurriría si yo muriese, Isgrimnur?

¿Qué ocurriría si vencemos a Elías y rompemos el cerco, pero me alcanza una flecha y caigo desde las almenas del castillo? ¿Detrás de quién se reuniría la gente, no sólo los barones y señores de la guerra, sino la gente común, los que han llegado huyendo y entrado en el castillo en busca de protección? Ya será bastante difícil luchar contra Elías teniéndome a mí a vuestra cabeza, extraño y veleidoso como se dice que soy, pero ¿qué ocurrirá si muero?

El duque miró hacia el suelo.

—Está Lluth. Y Leobardis.

Josua movió la cabeza con pesar.

—El rey Lluth está herido, tal vez agonizante. Leobardis es el duque de Nabban, en guerra con Erkynlandia en la memoria de algunos. La misma Sancellan es un recuerdo de un tiempo en que Nabban lo gobernaba todo. Incluso vos, tío, un hombre bueno y respetado como sois, no podríais mantener unida la fuerza necesaria para resistir ante Elías. ¡Es hijo del Preste Juan! Fue criado para ocupar el Trono del Dragón por el mismo Juan. Por todo ello, debe ser alguien de la familia real quien lo destrone... ¡Y vos lo sabéis!

El largo silencio de Isgrimnur fue su respuesta.

—Pero ¿por qué tengo que ser yo quien la busque? —preguntó, al cabo de un instante.

—Porque Miriamele no regresará con ningún otro que yo pueda enviar. ¿Deornoth? Es tan valiente y leal como un halcón de caza, pero tendría que traer a la princesa de vuelta a Naglimund metida en un saco. Aparte de mí mismo, vos sois el único que puede hacerla regresar sin que se resista, y debe volver por propia voluntad. Por todo ello, sería desastroso que se os descubriera. Pronto sabrá Elías que su hija se ha marchado y entonces incendiará el sur con tal de encontrarla.

El príncipe se dirigió a la mesa y revolvió unos pergaminos con gesto ausente.

—Pensadlo cuidadosamente, Isgrimnur. Olvidad durante unos instantes que es de vos de quien hablamos. ¿Quién más ha viajado tanto y tiene tantos amigos en sitios desconocidos? ¿Quién más, si me perdonáis, ha visto adonde conducen tantos oscuros callejones en Ansis Pelippe y en Nabban?

El duque sonrió con amargura, a pesar de sí mismo.

—Pero sigue sin tener sentido, Josua. ¿Cómo puedo abandonar a mis hombres, con Elías acercándose? ¿Y cómo puedo llevar a cabo una misión tan secreta como ésa, siendo tan conocido como soy?

—En cuanto a lo primero, es por ello por lo que me parece una señal de Dios el que Isorn haya llegado. Einskaldir, ambos lo sabemos, no posee la suficiente moderación como para mandar. Isorn sí. De todas maneras, tío, se merece la oportunidad. La caída de Elvritshalla ha maltrecho su joven orgullo.

—Es el orgullo malherido lo que convierte a un muchacho en un hombre —rezongó el duque—. Seguid.

—En cuanto a la segunda de vuestras objeciones, bien, *sois* muy conocido, pero apenas habéis estado en el sur de Erkynlandia durante los últimos veinte años. De todas formas, os disfrazaremos…

—¿Disfrazado?

Isgrimnur se estiró distraídamente las coletas de su barba mientras Josua se dirigía a la puerta de su cámara, la abría y llamaba a alguien. El noble tenía una extraña sensación que le inundaba el corazón. Había temido el combate, no tanto por él mismo como por su gente, su esposa… Ahora también su hijo estaba allí, y ello le proporcionaba otra preocupación. Pero el hecho de tener que marcharse, aunque fuese para cabalgar hacia un peligro tan grande como el que quedase atrás…, le resultaba insoportable, como si fuese una cobardía, como una traición.

«Pero juré al padre de Josua, a mi querido Juan, que haría lo que me pidiesen sus hijos. Y todos los argumentos del príncipe parecen demasiado llenos de maldito sentido.»

—Entrad —dijo Josua, apartándose de la puerta para dejar entrar a alguien.

Se trataba del padre Strangyeard. Su sonrosado rostro compuso una tímida sonrisa. Elevaba un bulto con él: un montón de ropas oscuras.

—Espero que sea de vuestra medida —declaró—. Rara vez ocurre; no sé por qué, debe de ser otro gentil recordatorio, otra de las pequeñas cargas del Señor —se desvió del tema, aunque al cabo de un instante pareció recuperar el hilo de la cuestión—. Eglaf ha tenido la amabilidad de proporcionárnoslo. Él es más o menos de vuestra misma talla, aunque no tan alto.

—¿Eglaf? —Isgrimnur estaba intrigado—. ¿De quién se trata? Sobrino, ¿qué es todo esto?

—El hermano Eglaf, desde luego —explicó Strangyeard.

—Vuestro disfraz, Isgrimnur —amplió Josua.

El archivador del castillo sacudió el bulto, dejando al descubierto un juego de lana de negros hábitos de sacerdote.

—Seréis un hombre devoto, tío —explicó el príncipe—. Estoy seguro de que lo conseguiréis.

El duque habría jurado que Josua trataba de contener una sonrisa.

—¿Qué? ¿Hábitos de sacerdote? —Isgrimnur empezaba a vislumbrar la idea general y no le gustaba lo que veía.

—¿Qué mejor para pasar sin ser notado en Nabban, donde la Madre Iglesia es reina y los sacerdotes de todas las órdenes casi superan en número al resto de ciudadanos? —dijo el hermano del rey, que *ya* reía.

Su tío estaba furioso.

—¡Josua, antes temía que no estuvieses en tu sano juicio, pero ahora creo que lo has pedido por completo! ¡Es la idea más loca que jamás he oído! ¿Aparte de todo lo demás, quién ha oído hablar de un sacerdote aedonita con barba? —rugió indignado.

El príncipe —que hizo una señal al padre Strangyeard para que depositase las ropas sobre una silla, tras lo cual se dirigió a la puerta— se acercó a su mesa y levantó una tela, revelando... una jofaina llena de agua caliente y una brillante cuchilla de afeitar recién afilada.

El rugido de Isgrimnur sacudió toda la loza del castillo que había en las cocinas, en el piso inferior.

—Habla, hombre mortal. ¿Habéis venido a nuestras montañas para espiar?

Un estremecedor silencio siguió a las palabras de Jiriki. Por el rabillo del ojo Simón observó que Haestan retrocedía, tratando de encontrar algo junto a la pared para usar como arma; Sludig y Grimmric miraron a los sitha que los rodeaban, seguros de que en cualquier momento se abalanzarían sobre ellos.

—No, príncipe Jiriki —respondió Binabik, con precipitación—. Podéis ver con toda claridad que no esperábamos encontrar a vuestra gente aquí. Venimos de Naglimund. El príncipe Josua nos ha enviado en una misión de vital importancia. Buscamos...

El gnomo dudó, como si temiera decir más de lo conveniente. Finalmente se encogió de hombros y continuó:

—Queremos alcanzar la montaña-dragón, pues vamos en busca de *Espina*, la espada de Camaris-sá-Vinitta.

Jiriki entrecerró los ojos y, tras él, el sitha vestido de verde, al que había llamado tío, dejó escapar un fino silbido.

—¿Qué haríais con tal cosa? —preguntó Khendraja'aro.

Binabik no pensaba responder a eso, pero paseó una incómoda mirada por el suelo de la caverna. La atmósfera parecía espesarse a medida que transcurrían los instantes.

—¡Es para salvarnos de Ineluki, el Rey de la Tormenta! —reveló Simón.

Ninguno de los sitha movió un músculo, excepto para parpadear. Nadie dijo ni una palabra.

—Hablad más —ordenó Jiriki.

—Si debemos… —dijo el hombrecillo—. Forma parte de una historia tan larga como vuestra *Ua'kiza Tumet'ai nei-R'i'anis*, la Canción de la Caída de Tumet'ai. Trataré de explicaros todo lo que nos sea posible deciros.

El gnomo se apresuró a relatar los hechos principales. A Simón le dio la impresión de que omitía muchas cosas de forma deliberada; una o dos veces durante su explicación, levantó la mirada hacia el chico, pareciendo aconsejarle que guardase silencio.

Binabik explicó a los silenciosos sitha los preparativos que tenían lugar en Naglimund y los crímenes del Supremo Rey; explicó lo que Jarnauga había dicho, y el libro de Nisses, recitando el poema que los había conducido a Urmsheim.

El final de la historia dejó al gnomo frente a la suave mirada de Jiriki, una expresión más escéptica en el rostro del tío y un silencio tan completo que el cantarín eco del agua pareció aumentar hasta llenar de ruido el mundo entero. ¡Vaya un lugar de locura y sueño que era aquél, y en qué historia más descabellada se encontraban inmersos! Simón sintió que el corazón se le aceleraba, pero no sólo de miedo.

—*Ese* del que habló el muchacho… —dijo finalmente Khendraja'aro, con sus amarillos ojos turbados y su voz llena de una furia creciente—. El negro bajo *Nakkiga*…

—Ahora no. —Había un tono cortante en la voz del príncipe sitha. Se volvió hacia los cinco extraños—. Os pedimos disculpas. No es bueno que hablemos de todo eso sin que antes hayáis comido. Sois nuestros huéspedes.

Simón sintió una oleada de relajación al oír aquellas palabras y se balanceó un poco, advirtiendo que se le aflojaban las rodillas.

Dándose cuenta de ello, Jiriki les señaló la chimenea.

—Sentaos. Debemos excusarnos por nuestras sospechas. Entended, también, aunque tengo contigo una deuda de sangre, Seomán, eres mi *Hikka Staj'a*, que vuestra raza no ha sido demasiado gentil con nosotros.

—Debo disentir con vos en parte de ello, príncipe Jiriki —intervino Binabik, sentándose en la lisa piedra, junto al fuego—. De todos los sitha, vuestra familia debe reconocer que nosotros, los qanuc, nunca os hemos causado daño alguno.

Jiriki posó la mirada sobre el hombrecillo y sus rígidas facciones se relajaron casi expresando admiración.

—Me habéis pillado en una descortesía, Binbiniqegabenik. Aparte de los hombres occidentales, a quienes conocemos mejor, una vez también quisimos a los qanuc.

El hombrecillo levantó la mano, con una expresión de sorpresa en su redonda faz.

—¿Cómo podéis conocer mi nombre completo? No os lo he mencionado, y mis compañeros, tampoco lo han hecho.

El príncipe rió, con un sonido siseante pero extrañamente jovial, sin pizca de falta de sinceridad. En ese momento, Simón sintió una profunda y repentina simpatía por el sitha.

—Ah, gnomo —dijo—, alguien que ha viajado tanto como tú no debería sorprenderse de que su nombre fuese conocido. ¿Cuántos qanuc, aparte de vuestro maestro y de ti mismo, han viajado alguna vez hacia el sur de las montañas?

—¿Conocíais a mi maestro? Ha muerto. —Binabik se quitó los guantes y flexionó los dedos.

Simón y los demás se sentaron.

—Él nos conocía —explicó Jiriki—. ¿No fue él quien te enseñó a hablar nuestra lengua? An'nai, ¿dijiste que el gnomo te habló?

—Así es, mi príncipe. Bastante bien.

El hombrecillo se sonrojó, complacido pero turbado.

—Ookequk me enseñó algo de vuestra lengua, pero nunca me dijo dónde la había aprendido. Se me ocurrió que quizá *su* maestro se la había enseñado a *él*.

—Sentaos, sentaos —invitó el sitha, indicando a Haestan, a Sludig y a Grimmric que siguiesen el ejemplo de Binabik y de Simón.

Se acercaron como perros que temieran ser golpeados y se sentaron cerca del fuego. Algunos de los soldados se aproximaron trayendo bandejas con intrincados grabados y pulida madera, llenas a rebosar con toda clase de cosas: mantequilla y pan moreno, una rueda de aromático queso, pequeños frutos amarillos y rojos que Simón nunca había visto hasta entonces. También algunos tazones de moras, e incluso un montón de panales. Cuando el muchacho alargó la mano y trató de coger una de las pegajosas celdillas, Jiriki volvió a reír, con un sonido parecido al de un arrendajo que piase desde un árbol lejano.

—El invierno está en todas partes —declaró—, pero en lo más intrincado de Jao é-Tinuka'i, las abejas no lo saben. Tomad cuanto queráis.

Los vigilantes convertidos en anfitriones servían ahora a los compañeros un desconocido pero fuerte vino, y llenaban sus copas de madera con ánforas de piedra. Simón se preguntó si debería decirse algún tipo de plegaria antes de empezar a comer. Haestan, Sludig y Grimmric miraban a su alrededor con tristeza, dispuestos a empezar, pero todavía llenos de miedo y desconfianza. Observaron cómo Binabik troceaba el pan, le ponía mantequilla y le daba un bocado. Momentos después, cuando ya no sólo permanecía vivo sino que comía con júbilo, ambos se sintieron bastante a salvo como para atacar el banquete de los sitha, lo que hicieron con un vigor digno de prisioneros que hubieran acabado de ser liberados.

Con miel cayéndole por la barbilla, Simón hizo una pausa para observar a los sitha. El Pueblo Encantado comía lentamente; a veces se quedaban mirando durante unos instantes una mora que sostenían en los dedos, antes de introducírsela en la boca. Hablaban poco, pero, cuando uno de ellos realizaba una observación en su fluido lenguaje o lanzaba un breve trino, todos los demás escuchaban. En la mayoría de las ocasiones no había respuesta, pero si alguno la daba, los demás también la escuchaban. Había mucha sonrisa tranquila, sin gritos ni discusiones, y el muchacho nunca oyó que alguien fuese interrumpido mientras hablaba.

An'nai se había acercado para sentarse cerca de él y de Binabik. Uno de los sitha dijo una frase que levantó un coro de carcajadas en los demás. Simón le pidió a An'nai que le explicase el chiste.

El soldado de la chaqueta blanca pareció algo incómodo a causa de la pregunta.

—Ki'ushapo ha dicho que tus amigos comen como si su alimento fuese a salir corriendo —explicó, y señaló a Haestan, que llevaba la comida a su boca con ambas manos.

Simón no estaba seguro de lo que An'nai quería decir —seguramente ya habrían visto a gente hambrienta, antes—, pero sonrió igualmente.

A medida que avanzaba la comida, y mientras se volvían a llenar las copas de madera de lo que parecía un río inagotable de vino, el rimmerio y los dos erkynos empezaron a pasarlo bien. En un momento dado, Sludig se incorporó con un vaso rebosante y propuso un cordial brindis por sus nuevos amigos sitha. Jiriki sonrió y asintió, pero Khendraja'aro se puso rígido: cuando Sludig se enfrascó en una vieja canción norteña de borrachos, el tío del príncipe se apartó lentamente de la esquina de la amplia caverna y se quedó mirando fijamente el iluminado y musical estanque.

Los otros sitha que comían se rieron al oír cantar las estrofas al rimmerio con ronca voz y se dejaron llevar por el ritmo achispado, silbando de vez en cuando. Sludig, Haestan y Grimmric parecían felices, e incluso Binabik sonreía mientras comía una pera. Pero Simón, que recordaba la embriagadora música que había oído interpretar a los sitha, sintió una punzada de vergüenza por su compañero, como si el rimmerio fuera un oso de feria que bailase por unas migajas en la calle Mayor.

Después de observar durante un rato, el muchacho se levantó, limpiándose las manos en el faldón de la camisa. Binabik también se puso en pie y, tras pedir permiso a Jiriki, se dirigió al pasadizo para ir a echar un vistazo a Qantaqa. Los tres individuos reían con grandes carcajadas, explicándose, Simón no tenía duda alguna, chistes de soldados borrachos.

Caminó hacia uno de los nichos que había excavados en las paredes para examinar las extrañas lámparas. De pronto se acordó del brillante cristal que le había dado Morgenes —¿sería un trabajo sitha?— y sintió una fría y solitaria punzada en el corazón. Levantó una de las lámparas y vio una leve sombra de los huesos en su mano, como si la carne fuese tan sólo agua enfangada. Miró tanto como pudo, pero no logró desentrañar cómo había sido introducida la luz en el interior del translúcido cristal.

Sintió que alguien lo miraba y se volvió. Jiriki lo observaba, con sus radiantes ojos felinos, desde el otro lado del círculo de fuego. Simón se sobresaltó, sorprendido; el príncipe lo saludó con una leve inclinación de cabeza.

Haestan, a quien el vino se le había subido a su velluda cabeza, había retado a uno de los sitha —al que An'nai había llamado Ki'ushapo— a un pulso. Ki'ushapo, de cabello amarillo y vestido de gris y negro, recibía los alcohólicos consejos de Grimmric. Era evidente que el delgado erkyno creía que su ayuda era de gran importancia, pues Haestan le llevaba una cabeza y el soldado parecía pesar la mitad que el hombre. Cuando el sitha, con una expresión divertida, se inclinó por encima de la pulida piedra para coger la manaza de Haestan, Jiriki se puso en pie y se alejó de ellos, caminando majestuosamente a través de la habitación hacia donde estaba Simón.

Todavía le resultaba difícil, pensó el chico, asociar a aquel ser lleno de seguridad en sí mismo e inteligencia con la criatura enloquecida que había encontrado en la trampa del leñador. Pero cuando el príncipe entornaba la cabeza de una determinada forma o flexionaba sus largos dedos, le era todavía posible volver a ver al salvaje que lo había asustado y fascinado. Cuando la luz de la hoguera se reflejó en sus dorados ojos, éstos mostraron un brillo tan antiguo como el de las joyas provenientes del interior del negro suelo del bosque.

—Ven, Seomán —dijo el sitha—. Te enseñaré algo.

Pasó la mano bajo el codo del joven y lo condujo hacia el estanque, en donde Khendraja'aro se hallaba sentado, deslizando los dedos por el agua. Cuando pasaron junto a la hoguera, el joven vio que el pulso estaba de lo más reñido. Los oponentes se debatían por alcanzar la victoria, aunque ninguno de los dos parecía tener ventaja. El barbudo rostro de Haestan estaba contraído en una mueca que expresaba un gran esfuerzo. El delgado sitha, por el contrario, no mostraba señal alguna, a excepción del ligero temblor de su brazo enfundado en tela gris, debido a la tensión del esfuerzo. Simón no creyó que el hombretón tuviera demasiadas posibilidades. Sludig, viendo cómo el pequeño dominaba al grande, observaba el juego con la boca abierta.

Jiriki le susurró algo a su tío cuando se acercó, pero Khendraja'aro no respondió: su rostro sin edad parecía cerrado como una puerta. Simón siguió al príncipe hasta la pared de la caverna. Un momento después, aquél desapareció ante su atónita mirada.

El sitha sólo se había metido por otro túnel, excavado al otro lado de la piedra acanalada de la pequeña catarata. El muchacho entró tras él; el paso subterráneo seguía hacia arriba mediante ásperos escalones de piedra, iluminados por una hilera de lámparas.

—Sígueme, por favor —indicó Jiriki, y empezó a ascender.

Parecía que subieran a lo alto de la colina por una especie de escalera de caracol. Por fin pasaron junto a la última lámpara y siguieron lentamente a través de la oscuridad, hasta que Simón se percató del brillo de las estrellas que aparecían delante de él. Momentos después, el pasillo se ensanchó para desembocar en una pequeña cueva, el final de la cual estaba abierto al cielo de la noche.

El chico siguió al príncipe hasta el borde de la caverna, donde había una especie de barandilla que le llegaba a la cintura. La vertiente de la montaña se extendía hacia abajo; habría unos diez codos hasta las copas de los altos pinos y cincuenta más hasta el suelo cubierto de nieve. La noche estaba despejada, las estrellas brillaban con fuerza en la oscuridad y el bosque estaba alrededor, como un vasto secreto.

Tras permanecer allí durante un rato, Jiriki dijo:

—Te debo la vida, Seomán. No temas que me olvide de ello.

Simón no dijo nada, temeroso de romper el hechizo que le permitía estar en el centro de la noche del bosque como un espía en el jardín nocturno de Dios. Una lechuza ululó.

Pasó otro intervalo de silencio, y después el sitha tocó ligeramente el brazo del muchacho para señalar por encima del silencioso océano de árboles.

—Allí, hacia el norte, bajo el Bastón de Lu'yasa... —indicó una línea de tres estrellas en la parte más baja del aterciopelado cielo—, ¿ves los contornos de las montañas?

Simón miró y pensó que debía de haber una débil luminiscencia en el oscuro horizonte, algo que se insinuaba como una gran forma blanca, demasiado lejos como para parecer fuera del alcance de la misma luz lunar que iluminaba árboles y nieve bajo ellos.

—Creo que sí —respondió.

—Allí es adonde vais. El pico que los hombres llaman Urmsheim se encuentra en esa cordillera, aunque necesitarías de una noche más clara para verla bien —suspiró—. Tu amigo Binabik habló esta noche del perdido Tumet'ai. Antes podía ser visto desde aquí, allá lejos, hacia el este —señaló hacia la oscuridad—, desde esta atalaya, pero eso era en los días de mi bisabuelo. A la luz del sol, el *Seni Anzi'in*, la Torre del Amanecer Caminante…, podía atrapar al astro naciente en sus tejados de cristal y oro. Dicen que era como una antorcha ardiendo en el horizonte de la mañana…

Detuvo sus palabras y se volvió para mirar a Simón, mientras su rostro aparecía cubierto por las sombras de la noche.

—Tumet'ai hace tiempo que está enterrada —dijo, y se encogió de hombros—. Nada dura para siempre, ni siquiera los sitha…, ni siquiera el mismísimo tiempo.

—¿Cuántos…, cuántos años tenéis?

Jiriki sonrió y sus dientes brillaron reflejando un rayo de luna.

—Soy más viejo que tú, Seomán. Volvamos abajo. Has visto y sobrevivido a muchas cosas hoy, y sin lugar a dudas necesitas dormir.

Cuando regresaron a la caverna de la chimenea, vieron que los tres hombres que acompañaban a Simón y a Binabik estaban envueltos en sus mantos y roncaban profundamente. El gnomo había regresado y estaba sentado, escuchando cómo varios sitha cantaban una lenta y triste canción que parecía el zumbido de un avispero y que discurría como un río. Sus notas inundaban toda la caverna con el fuerte aroma de alguna rara y marchita flor.

Envuelto en su propio manto y observando los reflejos del fuego sobre las piedras del techo, el muchacho se precipitó en el sueño, acompañado de la extraña música de la tribu de Jiriki.

39

El Heraldo del Supremo Rey

Simón se despertó y vio que la luz de la caverna había cambiado. La hoguera todavía ardía con llamas amarillas entre las cenizas, pero las lámparas se habían extinguido. La claridad natural del día se filtraba a través de las grietas del techo que habían resultado invisibles durante la noche, transformando la cámara de piedra en una sala llena de pilares y columnas de luces y sombras.

Sus tres compañeros todavía dormían y roncaban enrollados en sus mantos, desparramados por el suelo como si fuesen heridos de alguna batalla. La caverna se encontraba vacía. Binabik, por su parte, estaba sentado ante el fuego con las piernas cruzadas y tocando su flauta con aire ausente.

Simón se incorporó un poco aturdido.

—¿Dónde están los sitha? —preguntó. El gnomo no se volvió y siguió tocando algunas notas más.

—Saludos, buen amigo —dijo—. ¿Fue satisfactorio tu sueño?

—Eso creo —rezongó el muchacho, tendiéndose de espaldas para mirar las motas de polvo que relucían cerca del techo de la caverna—. ¿Adónde fueron los sitha?

—Creo que salieron a cazar. Vamos, levántate. Necesito que me ayudes.

El chico gruñó, pero se incorporó hasta quedar sentado.

—¿Fueron a cazar gigantes? —inquirió algo después, con la boca llena de fruta.

Los ronquidos de Haestan se estaban haciendo tan evidentes que Binabik dejó su flauta con disgusto.

—Cazando cualquier cosa que amenace sus fronteras, supongo. —El gnomo miró algo que había ante él, sobre el suelo de piedra de la caverna—. *Kikkasut!* Esto no tiene ningún sentido. No me gusta nada.

—¿Qué es lo que no tiene sentido? —Simón miró con pereza la cámara de piedra—. ¿Es esto una casa sitha?

El hombrecillo levantó la vista, con el entrecejo fruncido.

—Supongo que es una buena señal que hayas vuelto a recuperar tu habilidad para hacer muchas preguntas a la vez. No, no es una casa sitha, como tal. Es, creo, lo que Jiriki dijo que era: un refugio de caza, un lugar en el que sus cazadores pueden descansar mientras realizan sus batidas. En cuanto a tu otra pregunta, son las tabas las que parecen hablar sin sentido, o quizá con demasiado sentido.

Los huesos estaban amontonados ante las rodillas *de* Binabik. El joven les echó un vistazo.

—¿Eso qué quiere decir?

—Ya te lo diré. Tal vez sea una buena idea que uses este tiempo para lavarte la suciedad, la sangre y el zumo de moras de la cara. —El gnomo le obsequió con una amarga sonrisa amarillenta y señaló hacia el estanque del rincón—. Allí puedes asearte.

El gnomo esperó hasta que Simón hundió la cabeza en la fría agua.

—¡Aaahh! —exclamó el joven, temblando—. ¡Qué fría está!

—Como ya has visto —explicó Binabik, imperturbable ante las quejas del muchacho—, esta mañana he estado tirando los huesos. Y esto es lo que dicen: *El Camino de las Sombras, Flecha Deshecha y La Grieta Negra.* Mucha confusión y preocupación me causa.

—¿Por qué?

Simón se volvió a enjuagar la cara y la frotó con la manga de su justillo, que tampoco es que estuviese demasiado limpio.

—Porque consulté las tabas antes de dejar Naglimund —dijo su amigo, de mal humor—, y aparecieron las mismas figuras. ¡Exactamente iguales!

—¿Y eso es malo?

Algo que brillaba en el borde del estanque llamó la atención del chico. Lo cogió con mucho cuidado y descubrió que era un espejo redondo incrustado en un espléndido marco de madera trabajada. El borde del oscuro cristal aparecía grabado con caracteres desconocidos para él.

—A veces es malo que las cosas siempre sean iguales —respondió Binabik—, pero con las tabas es más que eso. Los huesos son para mí guías hacia el conocimiento.

—Mmmm.

Simón frotó la superficie del espejo con los faldones de la camisa.

—Bueno, ¿qué pasaría si abrieses tu Libro de Aedón y descubrieras que, de repente, todas las páginas sólo contuviesen un versículo, el mismo versículo, repetido una y otra vez?

—¿Te refieres a un libro que ya hubiese leído? ¿Que no fuese como antes? Supongo que sería cuestión de magia.

—Bien, pues —prosiguió el hombrecillo, algo más calmado—, ése es mi problema. Hay cientos de combinaciones que pueden adoptar las tabas. Obtener la misma figura tras consultarlas seis veces me hace creer que es algo malo. A pesar de todo lo que he estudiado, sigue sin gustarme la palabra «magia», pero hay una especie de fuerza que se apodera de los huesos, como un poderoso viento que empujase a todas las banderas en el mismo sentido… ¿Simón? ¿Me estás escuchando?

El muchacho miraba el espejo con fijeza y se sorprendió al ver un rostro desconocido devolviéndole la mirada. El extraño poseía un rostro alargado, sombríos ojos azules y una barba de dos o tres días de un color rojizo, que le cubría igualmente parte de las mejillas y el labio superior. Simón todavía se sorprendió más al comprobar que —¡claro!— sólo se estaba viendo a sí mismo, más delgado y atezado a causa de sus viajes, y con los síntomas de una masculina barba en cierne que oscurecía sus mandíbulas. ¿Qué clase de rostro era aquél?, se preguntó. Todavía no poseía las facciones de un hombre, duras y severas, pero le pareció que había dejado a un lado algo de su anterior condición de cabezahueca. Sin embargo, no acabó de gustarle la barbilla alargada y el cabello revuelto del joven que le devolvía la mirada.

«¿Es así como me ve Miriamele? ¿Como al hijo de un granjero…, como un labrador?»

Mientras pensaba en la princesa creyó ver un chispazo en sus facciones, como si desapareciesen. Durante unos instantes de confusión pareció que ambos rostros se habían fundido en uno solo, como dos almas en un solo cuerpo; un instante después reconoció el rostro de Miriamele o, mejor dicho, el de Malaquías, pues su cabello volvía a ser corto y negro, y vestía ropas de chico. Un cielo incoloro se veía tras su figura, salpicado con oscuras nubes que amenazaban tormenta. Había alguien más, otra figura que permanecía tras la primera, un hombre de rostro redondeado y una capucha gris. Simón lo había visto en otro lugar, estaba seguro, del todo, ¿quién era?

—¡Simón!

La voz de Binabik lo salpicó como el frío líquido del estanque, mientras el extraño nombre luchaba por abrirse camino en su cabeza.

Asustado, casi se le cayó el espejo. Cuando volvió a sujetarlo con firmeza, no apareció rostro alguno en él, excepto el suyo.

—¿Te encuentras bien? —le preguntó el gnomo, preocupado por la extraña y perpleja expresión de su amigo, cuando éste se volvió hacia él.

—Sí..., creo que sí.

—Si ya has acabado de lavarte, ven a ayudarme. Hablaremos de los augurios más tarde, cuando tu atención no esté en un equilibrio tan delicado —dijo el hombrecillo y se levantó, dejando las tabas en su bolsa de cuero.

Binabik se introdujo el primero por la rampa de hielo, avisando a Simón para que mantuviese los dedos de los pies firmes y se cubriera la cabeza con las manos. Los largos segundos que tardó en recorrer el túnel fueron como un sueño de los que se cae desde un lugar muy alto. Cuando llegó al blando suelo cubierto por la nieve que había bajo la boca del paso subterráneo y la brillante y fría luz natural penetró en sus ojos, necesitó sentarse durante unos instantes y disfrutar con la sensación de su corazón latiendo a gran velocidad.

Momentos más tarde rodó por tierra a causa de un sorprendente impacto recibido en la espalda, seguido de la sofocante avalancha de una montaña de músculo y pelo sobre él.

—¡Qantaqa! —Simón oyó gritar a Binabik, a la vez que reía—. ¡Si éste es el tratamiento que reciben los amigos, me alegro de no ser tu enemigo!

El joven consiguió apartar a la loba, boqueando, sólo para enfrentarse a un renovado asalto de lamerones en el rostro. Al fin, con la ayuda del gnomo, pudo quedar libre. Qantaqa saltaba y brincaba excitada, dando vueltas alrededor del muchacho y de su amo, para después salir corriendo hacia el nevado bosque.

—Ahora —dijo el hombrecillo, quitándose los rastros de nieve del oscuro cabello—, debemos buscar el lugar en que los sitha han guardado nuestros caballos.

—No está lejos, hombre-qanuc. —Simón dio un brinco. Se giró y vio una fila de sitha que salían silenciosamente de entre los árboles, con Khendraja'aro, el tío de Jiriki, a la cabeza—. ¿Para qué los buscáis?

Binabik sonrió.

—Ciertamente no para escapar de vos, buen Khendraja'aro. Vuestra hospitalidad es demasiado pródiga como para darnos prisa en dejarla. No, pero hay ciertas cosas que me gustaría estar seguro de que todavía tenemos, cosas que obtuve con mucho esfuerzo en Naglimund y que necesitamos en nuestro camino.

Khendraja'aro miró al gnomo sin mostrar expresión alguna; después señaló a dos de los otros sitha.

—Sijandi, Ki'ushapo…, mostrádselos.

Ambos soldados, de cabello amarillo, caminaron unos cuantos pasos por la colina, alejándose de la boca del túnel; después se detuvieron, esperando a que Simón y el hombrecillo los siguiesen. Cuando el chico miró hacia atrás, vio que Khendraja'aro todavía los observaba, con una indescifrable expresión en sus brillantes y entrecerrados ojos.

Encontraron el lugar en que estaban los caballos a pocos estadios de distancia, en una pequeña caverna oculta por un par de pinos cubiertos de nieve. La cueva estaba caliente y seca; los seis animales masticaban mansamente un montón de aromático heno.

—¿De dónde ha salido todo esto? —preguntó Simón, sorprendido.

—Nosotros venimos a menudo con nuestros caballos —replicó Ki'ushapo, hablando la lengua occidental—. ¿Te sorprende que tengamos un establo para ellos?

Mientras Binabik rebuscaba en una de las alforjas, el muchacho exploró la caverna, para descubrir que la luz penetraba a través de una abertura alta practicada en la pared y que había un abrevadero lleno de agua clara. Amontonado al otro lado descansaba un cúmulo de cascos, hachas y espadas. Reconoció una de las hojas como la suya, la que provenía de la armería de Naglimund.

—¡Son nuestras armas, Binabik! —exclamó el joven—. ¿Cómo es que están aquí?

Ki'ushapo habló con lentitud, como si lo hiciera con un niño.

—Nosotros las pusimos ahí después de cogéroslas a ti y a tus compañeros. Aquí están a salvo y secas.

Simón miró al sitha con actitud sospechosa.

—¡Pero creía que no podíais tocar hierro, que era como veneno para vosotros! —De repente se detuvo, temiendo haberse adentrado en terreno prohibido.

Ki'ushapo sólo intercambió una mirada con su silencioso compañero antes de responder.

—Así que has oído historias sobre los Días del Hierro Negro —murmuró—. Sí, hace tiempo era así, pero los que sobrevivieron a aquellos días aprendieron mucho. Ahora sabemos de qué aguas beber, de qué torrentes; así pues, ahora podemos manejar el mortal hierro durante un tiempo sin que nos cause mal alguno. ¿Por qué crees, si no, que te hemos dejado llevar tu cota de malla? Pero, claro, sigue sin gustarnos, y no lo usamos... ni lo tocamos si no es necesario. —Se volvió para mirar a Binabik, que seguía revolviendo en las alforjas—. Os dejaremos para que continuéis vuestra búsqueda —añadió el sitha—. Veréis que nada falta, al menos nada de lo que teníais cuando caísteis en nuestras manos. El gnomo levantó la vista.

—Desde luego —dijo—, pero es que me preocupa haber perdido cosas durante la lucha de ayer.

—Sí, claro —replicó Ki'ushapo.

Él y el tranquilo Sijandi salieron por debajo de las ramas de la entrada.

—¡Ah! —exclamó el hombrecillo, por fin, levantando un saco que sonaba como si estuviese lleno de emperadores de oro—. Esto representa un alivio —añadió y volvió a depositarlo en el interior de la alforja.

—¿Qué es? —preguntó Simón, irritado al tener que hacer otra pregunta.

Binabik sonrió perversamente.

—Más trucos qanuc, unos que pronto encontraremos de gran utilidad. Vamos, será mejor que regresemos. Si los otros se despiertan, con resaca y solos, puede que se asusten y cometan alguna tontería.

Qantaqa les salió al paso durante su corto camino de regreso, con el hocico tiznado de sangre de algún desgraciado animal. Dio unas cuantas vueltas alrededor de los dos; después se detuvo, con los pelos de punta mientras olfateaba el aire. Levantó la cabeza y volvió a olfatear; luego se alejó saltando hacia la boca del túnel.

Jiriki y An'nai se habían unido a Khendraja'aro. El príncipe había cambiado su blanca ropa por una chaqueta azul y tostada. Llevaba un gran arco desencordado y un carcaj lleno de flechas con plumas marrones.

Qantaqa dio una vuelta alrededor de los sitha, gruñendo y husmeando, pero su cola se agitaba en el aire tras ella como si estuviese saludando a viejas amistades. Se acercó hacia los alegres soldados, después retrocedió, rugiendo profundamente y sacudiendo la cabeza como si le estuviese rompiendo el pescuezo a un conejo. Cuando Binabik y Simón se unieron al círculo, la loba se acercó lo suficiente como para tocar la mano de su amo con su negro hocico; después volvió a retroceder y reinició su nervioso movimiento circular.

—¿Encontrasteis todas vuestras pertenencias en orden? —preguntó Jiriki.

El gnomo asintió.

—Sí, así es. Gracias por cuidar de nuestros caballos.

El sitha movió una delgada mano como para restar importancia al asunto.

—¿Qué vais a hacer ahora? —inquirió.

—Creo que deberíamos reemprender pronto nuestro camino —respondió el hombrecillo, entrecerrando los ojos para mirar el cielo de color grisáceo.

—Seguro que hoy no —dijo Jiriki—. Quedaos esta tarde y volved a comer con nosotros. Todavía tenemos mucho de que hablar, y podéis partir mañana con el amanecer.

—Vos... y vuestro tío... sois muy amables con nosotros, príncipe. Es un honor. —Binabik hizo una reverencia.

—No somos una raza amable, Binbiniqegabenik, no como lo éramos antes, pero *somos* corteses. Venid.

Después de un espléndido almuerzo a base de pan, lecha azucarada y una estupenda sopa hecha de nueces y campanillas, la larga tarde pasó mientras sitha y hombres charlaban tranquilamente, cantaban y dormitaban.

Simón durmió y soñó que Miriamele estaba por encima del océano, como si existiese un suelo de ondulado mármol verde, haciéndole señas para que se reuniese con ella. En el sueño, el chico vio unas enormes y amenazadoras nubes negras en el horizonte, y la llamó, tratando de avisarle. La princesa no lo oía a causa del viento; sólo sonreía y le hacía señas. Simón sabía que no podía andar sobre las olas, y se dispuso a nadar hacia ella, pero sintió que las frías aguas lo arrastraban hacia abajo, tiraban de él hacia el fondo...

Cuando al fin pudo liberarse del sueño fue para despertarse al final de la tarde. Las columnas de luz ya eran más débiles. Algunos de los sitha colocaban lámparas de cristal en los huecos de las paredes, pero aunque observó cuidadosamente todo el proceso continuó sin poder averiguar qué era lo que las iluminaba. Después de ser colocadas empezaron a encenderse suavemente con una tenue y difuminada luz.

Simón se unió a sus compañeros alrededor del círculo de piedra sobre el que reposaba el fuego. Se hallaban solos; los sitha, aunque hospitalarios e incluso amistosos, preferían su propia compañía y se sentaban en pequeños grupos diseminados por la caverna.

—Muchacho —dijo Haestan, levantando una mano y dándole un golpe cariñoso sobre el hombro—, temíamos que durmieras to'el día.

—Yo también habría hecho lo mismo si hubiera comido tanto pan como él —intervino Sludig, limpiándose las uñas con una astilla de madera.

—Todos los aquí presentes hemos acordado partir mañana temprano —informó Binabik, y tanto Grimmric como Haestan asintieron
con la cabeza—. No tenemos ninguna seguridad de que el tiempo siga
tan suave como hasta ahora y todavía nos queda un largo camino ante
nosotros.

—¿Tiempo suave? —repitió Simón, frunciendo el entrecejo al sentir
las piernas rígidas cuando se sentaba—. ¡Pero si no deja de nevar!

El gnomo se aclaró la garganta.

—Amigo Simón, pregúntale a un habitante de las nieves si quieres
saber lo que es mal tiempo y frío. Ahora hace una temperatura parecida
a la primavera qanuc, cuando jugamos desnudos en las nieves de Mintahoq. Siento decirte que cuando lleguemos a las montañas sabrás lo
que es frío *de verdad*.

«No parece muy preocupado», pensó el chico.

—Entonces, ¿cuándo partiremos?

—Al alba —respondió Sludig—. Cuanto antes —añadió significativamente, mirando alrededor de la caverna, hacia sus huéspedes— mejor.

Binabik lo miró y luego posó sus ojos sobre Simón.

—Esta noche tendremos que poner todo en orden.

Jiriki apareció como si hubiese salido de la nada y se unió a ellos,
junto al fuego.

—Ah —dijo—. Quería hablaros precisamente de eso.

—¿Hay algún problema con respecto a nuestra marcha? —preguntó
el hombrecillo, sin que su alegre expresión pudiese ocultar por completo una cierta ansiedad.

Haestan y Grimmric parecían preocupados, y Sludig, ligeramente
resentido.

—Creo que no —replicó el sitha—. Pero hay algunas cosas que
quiero que os llevéis con vosotros.

Jiriki metió una mano de largos dedos entre los pliegues de sus ropas
con un rápido gesto y sacó la Flecha Blanca de Simón.

—Esto es tuyo, Seomán —declaró.

—¿Qué? Pero... os pertenece a vos, príncipe.

El sitha levantó la cabeza un momento, como si escuchase una llamada lejana, y después volvió a bajar la mirada.

—No, Seomán, no volverá a ser mía hasta que haga méritos para
conseguirla. Una vida a cambio de una vida.

El príncipe la cogió por los extremos con ambas manos, como si fuese
una cuerda, y la débil luz proveniente de las grietas iluminó los complica-
dos dibujos e inscripciones que se alineaban a lo largo del dardo.

—Sé que no puedes leer lo que aquí hay escrito —apuntó Jiriki con lentitud—, pero te diré que son Palabras de Creación, inscritas en la flecha por Vindaomeyo *el Flechero* en persona, hace muchísimo tiempo, antes de que los primeros de nuestro pueblo se separaran en las Tres Tribus. Está tan unida a mi vida y a la de mi familia como si estuviese hecha de mi propio hueso, y no la entrego con facilidad. Muy pocos mortales han poseído *alguna vez* una *Staj'a Ame* y no debo volver a tenerla hasta que no haya pagado la deuda que significa.

Acabó de hablar y le alargó la flecha a Simón, cuyos dedos temblaron al tocarla.

—Yo... no os entiendo... —tartamudeó, como si de repente se encontrase en la obligación de tomarla.

Se encogió de hombros, incapaz de decir nada más.

—Bien —dijo Jiriki, volviéndose hacia Binabik y los demás—. Mi destino, como diríais vosotros, los mortales, parece extrañamente unido al de este joven. No os sorprenderá, pues, que os diga lo que voy a enviar con vosotros en vuestro extraño y probablemente infructuoso viaje.

Tras un silencio, preguntó Binabik:

—¿Y qué será ello, príncipe?

Este sonrió, con una sonrisa felina y autosatisfecha.

—A mí mismo —respondió—. Iré con vosotros.

El joven lancero pareció vacilar, sin atreverse a interrumpir los pensamientos del príncipe. Josua miraba hacia el exterior agarrado al parapeto de las murallas occidentales de Naglimund, con los nudillos blancos.

Finalmente pareció notar la presencia del soldado. Se volvió y mostró un rostro demasiado pálido, a la vista del cual el muchacho retrocedió un paso.

—¿Alteza...? —preguntó, resultándole difícil mirarlo a los ojos. La mirada de Josua, pensó el soldado, era como la de los zorros heridos que había visto en algunas ocasiones.

—Haz venir a Deornoth —ordenó el príncipe, y forzó una sonrisa que al joven le pareció lo más desagradable de todo—. Y que venga también el anciano Jarnauga..., el rimmerio. ¿Sabes quién es?

—Creo que sí, alteza. Es el hombre que está con el padre tuerto, en la biblioteca.

—Muy bien.

El rostro del príncipe se torció hacia el cielo y observó la masa de oscuras nubes como si se tratasen de un augurio. El lancero dudó, no del todo seguro de haber sido despachado, aunque después se volvió para alejarse en silencio.

—Tú, hombre —llamó el noble, deteniendo al soldado a medio camino.

—¿Alteza?

—¿Cómo te llamas? —Podría haberle hecho esa pregunta al cielo.

—Ostrael, alteza... Ostrael, hijo de Firsfram, señor... Soy de Runchester.

Lo miró brevemente y después sus ojos volvieron a centrarse en el oscuro horizonte, como arrastrado por una fuerza irresistible.

—¿Cuándo estuviste por última vez en Runchester, mi buen soldado?

—Antes de la última Elysiamansa, príncipe, pero les envío la mitad de mi paga, señor.

Josua se subió el cuello de su capa, lo apretó contra su nuca y asintió a las palabras del lancero.

—Muy bien, entonces... Ostrael, hijo de Firsfram. Ve y diles a Deornoth y Jarnauga que vengan. Ahora vete.

Hacía ya tiempo que al joven le habían dicho que el príncipe estaba medio loco. Mientras bajaba los escalones que llevaban hacia el patio de dos en dos, enfundado en sus pesadas botas, pensó en el rostro de Josua y recordó con un estremecimiento los brillantes y estáticos ojos de los mártires pintados en el Libro de Aedón de su familia; y no sólo los mártires, sino también la profunda tristeza del mismísimo Jesuris, cargado de cadenas mientras era conducido hacia el Árbol de la Ejecución.

—¿Están en lo cierto los exploradores, alteza? —preguntó Deornoth, cuidadosamente.

El joven capitán no quería causar ofensa alguna, pero aquel día sentía en el príncipe una incomodidad que no acababa de entender.

—¡Por el Árbol Sagrado, Deornoth, claro que tienen razón! Los conoces a ambos, son hombres de confianza. El Supremo Rey está en Vadoverde, a menos de diez leguas de distancia. Llegará ante las murallas de Naglimund mañana por la mañana. Y trae consigo grandes fuerzas.

—Eso quiere decir que Leobardis llegará tarde. —El capitán empequeñeció los ojos, sin mirar hacia el sur, por donde se acercaban inexorables los ejércitos de Elías. Por el contrario, dirigió su vista hacia occidente, en alguna parte del cual, más allá de la niebla matinal, debían de hallarse las Legiones del Martín Pescador cruzando Inniscrich y el sur de la Marca Helada.

—A menos que se produzca un milagro —asintió el príncipe—. Ahora, Deornoth, id a decirle a sir Eadgram que lo tenga todo a punto. Quiero ver todas las lanzas afiladas y todos los arcos tensos, y ni una sola gota de vino en las puertas... o en las almenas. ¿Habéis entendido?

—Desde luego, alteza —respondió.

El caballero sintió la agitación en su propia respiración y un ligero dolor en el estómago, a causa de la expectación. ¡En nombre de Dios Misericordioso que le iban a hacer probar al Supremo Rey un poco del honor de Naglimund!

Alguien se aclaró la garganta, como para anunciar su presencia. Se trataba de Jarnauga, que subía las escaleras en dirección a la ancha pasarela con tanta agilidad como un hombre que tuviese la mitad de la edad del rimmerio. Vestía uno de los anchos hábitos de Strangyeard, y el final de su barba aparecía cogido en el interior del cinturón.

—Vengo para responder a vuestra llamada, príncipe —dijo, con cortés frialdad.

—Os lo agradezco, Jarnauga —replicó Josua—. Marchad ahora, Deornoth. Hablaré con vos durante la cena.

—Sí, alteza.

El capitán hizo una reverencia, casco en mano, y luego bajó las escaleras de dos en dos.

Josua esperó unos instantes tras la partida del joven caballero antes de hablar.

—Mirad allá, anciano, mirad —indicó, mientras con el brazo señalaba por encima de los tejados del pueblo de Naglimund y más allá de los campos y tierras de cultivo, cuyos colores verdes y amarillos aparecían oscurecidos por el gris cielo—. Las ratas se acercan a mordisquear nuestros muros. Tardaremos en volver a ver este tranquilo paisaje, si es que lo conseguimos alguna otra vez.

—La proximidad de Elías es la comidilla del castillo, Josua.

—Como debe ser. —El príncipe, como si ya tuviera suficiente de paisaje, dio la espalda al parapeto y fijó su mirada sobre el anciano de ojos brillantes—. ¿Habéis visto partir a Isgrimnur?

—Sí. No estuvo muy contento al tener que marchar en secreto y antes del amanecer.

—¿Y qué podíamos hacer, si no? Después de explicar el cuento de su misión en Perdruin, hubiera resultado difícil de creer si alguien lo hubiese visto vestido de sacerdote y tan afeitado como cuando era niño en Elvritshalla. —El noble sonrió, sin despegar los labios—. Sabe Dios, Jarnauga, que aunque hice bromas sobre el disfraz, es como si tuviera un cuchillo en las tripas el tener que enviar a ese buen hombre lejos de su familia para que trate de arreglar mi propio fracaso.

—Ahora vos sois el señor, Josua; a veces ser el que ostenta el mando significa poseer menos libertad que la que tiene el menor de los siervos.

El príncipe metió su brazo derecho en el interior de la capa.

—¿Se llevó a Kvalnir?

Jarnauga sonrió.

—Enfundada bajo los hábitos. Que vuestro Dios tenga piedad de quien intente robar a ese gordo y viejo monje.

La cansada sonrisa del hombre pareció relajarse.

—Ni siquiera el mismo Dios sería capaz de ayudarlos, con el humor de Isgrimnur. —La sonrisa no se prolongó más allá del comentario—. Ahora, Jarnauga, caminad conmigo por las almenas. Necesito vuestra aguda vista y sabias palabras.

—En verdad que puedo ver más allá que la mayoría, señor, pues así me enseñaron mi padre y mi madre. A causa de ello me llaman Ojos de hierro en nuestra lengua rimmerspakk. Me enseñaron a ver a través de los velos de la decepción cómo el hierro negro corta los maleficios. Pero, en cuanto a lo otro, no puedo prometeros sabiduría que sea merecedora de ese nombre en esta última hora.

El príncipe hizo un gesto como si no tomase la cosa en serio.

—Ya nos habéis ayudado mucho a ver cosas que de otro modo no habríamos podido descubrir. Habladme de la Liga del Pergamino. ¿Os enviaron a Tungoldyr para espiar el Pico de las Tormentas?

El anciano se acercó a Josua, con las mangas del hábito hinchándose al viento como negros gallardetes.

—No, señor, ésa no es la forma de actuar de la Liga. Mi padre también fue miembro. —Levantó la dorada cadena que le colgaba del cuello, mostrando una pluma de escribir y un pergamino grabados—. Mi padre me educó para que ocupase su lugar, y no hubiera hecho otra cosa para complacerlo. La Liga no obliga a nada, solo pide que uno haga lo que pueda hacer.

Josua caminó en silencio, pensando.

—Si los hombres sólo hiciesen lo que debieran… —Volvió sus confiados y grises ojos para mirar al viejo rimmerio—. Pero las cosas no siempre son tan fáciles… Lo correcto y lo equívoco no son siempre tan evidentes. Seguramente esa Liga vuestra debe de tener su supremo sacerdote o príncipe. ¿Era Morgenes?

Jarnauga hizo un mohín con los labios.

—Cierto que corren tiempos en los que hubiéramos necesitado en cabecilla, un fuerte brazo. Nuestra lamentable falta de preparación a todos estos acontecimientos así lo indica. —El anciano sacudió la cabeza—. Hubiéramos concedido el liderazgo al doctor Morgenes en el momento en que lo hubiese pedido; era un hombre de increíble sabiduría, Josua. Espero que lo apreciarais cuando lo conocisteis. Pero él no quería. Sólo deseaba investigar, leer y hacer preguntas. Tenemos que agradecerle cualquier tipo de poder de que disponemos. Su previsión es, en estos momentos, nuestra única protección.

Josua se detuvo, apoyando los codos en el parapeto.

—Así pues, ¿vuestra Liga nunca ha tenido un líder?

—No desde que el rey Eahlstan Fiskerne, vuestro san Eahlstan, la reunió… —Se detuvo, recordando—. Estuvo a punto de haber uno, en mis tiempos. Fue un joven hernystiro, otro de los descubrimientos de Morgenes. Poseía casi las mismas habilidades del doctor, aunque era menos cauto, así que estudiaba cosas que el sabio apartaba de su lado. Era ambicioso, y a menudo decía que haría de nosotros algo más que una fuerza del bien. Algún día podría haber llegado a ser el cabecilla del que habláis, pues era un hombre de gran saber y fortaleza…

Cuando el anciano dejó de hablar, Josua lo miró y vio que sus ojos estaban fijos sobre el horizonte occidental.

—¿Qué sucedió? —preguntó—. ¿Murió?

—No —respondió lentamente Jarnauga, con los ojos todavía puestos sobre la llanura—, no, no lo creo. Él… cambió. Algo lo asustó, o lo hirió, o… algo. Nos dejó largo tiempo atrás.

—Así que habéis tenido fracasos —dijo el príncipe, volviendo a reemprender el paseo.

El anciano no lo siguió.

—Oh, claro que sí —contestó, levantando la mano como para cubrir sus ojos del sol y mirando a la oscura lejanía—. Pryrates, en sus tiempos, también fue uno de los nuestros.

El noble fue interrumpido antes de que pudiera añadir algo a eso.

—¡Josua! —gritó alguien desde el patio de armas.

Este apretó los labios.

—Lady Vorzheva —murmuró, y se volvió para mirar hacia abajo, en donde la vio.

La mujer parecía indignada y vestía de brillante rojo; su cabello estaba suelto al viento y revoloteaba como humo negro. Towser, que estaba junto a ella, procuraba pasar inadvertido.

—¿Qué queréis de mí? —preguntó el príncipe—. Deberíais estar en el torreón. De hecho, os *ordené* que os quedarais allí.

—He estado allí —respondió Vorzheva, de mal humor. Levantó el dobladillo del vestido y empezó a dirigirse hacia la escalera, hablando mientras lo hacía—. Y pronto volveré, no os preocupéis. Pero primero desearía ver el sol una vez más, ¿o es que preferiríais tenerme en una celda oscura?

A pesar de su exasperación, Josua pudo conseguir que su rostro mantuviera un semblante firme.

—Bien sabe el cielo que en el torreón hay ventanas, señora. —Bajó la mirada hacia el bufón—. ¿Es que no puedes mantenerla alejada de las murallas, Towser? Pronto estaremos sitiados.

El hombrecillo se encogió de hombros y trepó por la escalera tras Vorzheva.

—Mostradme los ejércitos de vuestro terrible hermano —pidió la mujer, sin haber acabado de recuperar el aliento, cuando llegó junto al príncipe.

—Si sus ejércitos estuviesen ya aquí, lo más seguro es que *vos* no —respondió aquél irritado—. Todavía no hay nada que ver. Ahora, por favor, volved a bajar.

—¿Josua? —Jarnauga todavía miraba hacia el nublado occidente—. Creo que tal vez *sí* que haya algo que ver.

—¡¿Qué?! —En un abrir y cerrar de ojos, el príncipe se encontró junto al viejo rimmerio, con el cuerpo apretado contra el parapeto, mientras se esforzaba por vislumbrar lo que el anciano veía—. ¿Se trata de Elías? ¿Tan pronto? ¡No veo nada! —gritó y golpeó la piedra con su mano extendida, lleno de frustración.

—Dudo de que sea el Supremo Rey el que venga desde el oeste —dijo Jarnauga—. No tiene que sorprenderos el que no lo distingáis. Como ya os dije, fui entrenado para ver lo que era invisible para los demás. Sin embargo, están allí: muchos hombres y caballos, todavía demasiado lejos para adivinar cuántos son, que vienen hacia nosotros. Allí —señaló.

—¡Jesuris Bendito! —exclamó Josua, excitado—. ¡Debéis de estar en lo cierto! —Se irguió, como lleno de vida, aunque su rostro seguía estando sombrío—. Todo esto es muy delicado —añadió, casi para sí—. Los nabbanos no deben acercarse demasiado, de lo contrario no nos servirán de nada, atrapados entre Elías y las murallas de Naglimund. Entonces lo único que podríamos hacer sería meterlos aquí, con lo cual sólo conseguiríamos tener más bocas que alimentar. —Corrió hacia las escaleras—. Si se mantienen demasiado lejos, no podremos protegerlos cuando Elías se dirija hacia ellos. ¡Debemos enviar algunos jinetes! —Bajó los peldaños llamando a Deornoth y a Eadgram, el comandante en jefe de Naglimund.

—¡Oh, Towser! —musitó Vorzheva, con el rostro arrebolado a causa del viento y de los acontecimientos—, ¡parece que después de todo nos salvaremos! Todo irá mejor a partir de ahora.

—Eso espero yo también, mi señora —respondió el bufón—. He pasado por todo esto antes, con mi señor Juan, ya sabéis…, y no tengo ningunas ganas de volver a hacerlo.

Los soldados maldecían y gritaban por el patio de armas. Josua estaba al borde del pozo, con la espada en la mano, dando instrucciones. El sonido de metal contra metal, provocado por el entrechocar de lanzas, escudos, cascos y espadas al ser cogidos apresuradamente de los rincones en los que habían permanecido, se elevó por encima de las murallas como una invocación.

El conde Aspitis Prevés intercambió unas breves frases con Benigaris y después acercó su caballo al del duque. El sol era una brillante mancha por encima del gris amanecer.

—¡Joven Aspitis! —exclamó Leobardis, contento—. ¿Qué noticias hay?

Si el duque y su hijo tenían que llegar a entenderse, aquél debía tratar de mostrarse amable con los íntimos de Benigaris, incluso con Aspitis, al que consideraba uno de los menos impresionantes productos de la Casa del Águila Pescadora.

—Los exploradores acaban de regresar, mi señor. —El conde, un apuesto y delgado joven, estaba bastante pálido—. Nos hallamos a menos de cinco leguas de los muros de Naglimund.

—¡Bien! ¡Con suerte, estaremos allí antes de la tarde!

—Pero Elías va por delante de nosotros. —Aspitis miró por encima al hijo del duque, quien sacudió la cabeza y maldijo en voz baja.

—¿Ya ha puesto sitio al castillo? —preguntó Leobardis, sorprendido—. ¿Cómo lo ha conseguido? ¿Acaso ha aprendido a hacer volar sus ejércitos?

—Bueno, no es Elías exactamente, mi señor —se apresuró a corregir Aspitis—. Se trata de una fuerza que cabalga bajo la bandera del Jabalí y las Lanzas, el estandarte del conde Guthwulf de Utanyeat. Nos llevan una media legua de ventaja, y nos mantendrán alejados de las puertas.

El duque movió la cabeza, aliviado.

—¿Cuántos hombres lleva Guthwulf?

—Tal vez un centenar de caballos, mi señor, pero el Supremo Rey no puede estar demasiado lejos.

—Bueno, tendremos que ser precavidos —dijo Leobardis, tirando de las riendas de su caballo junto a uno de los pequeños arroyos que entrecruzaban las praderas al este de Vadoverde—. Dejemos que el Heraldo del Supremo Rey y sus tropas se pudran allí. Serviremos mejor a Josua si nos mantenemos a corta distancia, desde donde podamos hostigar a los sitiadores y mantener abiertas las líneas de suministros. —Azuzó a su montura para entrar en el vado.

Benigaris y el conde picaron espuelas tras él.

—Pero padre —intervino Benigaris, alcanzándolo—, ¡pensad! Nuestros exploradores dicen que Guthwulf se mueve por delante de los ejércitos del rey, y con sólo cien caballeros. —Aspitis Prevés asintió para confirmar lo que decía su amigo, y el muchacho mantuvo el entrecejo fruncido, muy serio—. Nosotros tenemos tres veces más esa fuerza, y si enviamos rápidos jinetes por delante, también podríamos unirnos a los hombres de Josua. Podemos aplastar a Guthwulf contra los muros de Naglimund como un martillo golpeando contra un yunque —sonrió, y dio una palmada en el hombro de su padre, cubierto por la armadura—. Pensad en cómo le sentaría *eso* al rey Elías. Le haría pensarlo dos veces, ¿no es cierto?

Leobardis se mantuvo en silencio durante largos instantes. Se volvió para mirar los ondeantes gallardetes de sus legiones que se extendían a lo largo de varios estadios por las praderas. El sol había encontrado un agujero por el que hacerse presente sobre la tierra y trajo el color a la hierba combada por el viento. Al duque le recordó las Tierras de los Lagos, al este de su palacio.

—Llama al trompeta —indicó.

Aspitis se volvió y gritó una orden.

—¡Bien! Enviaré jinetes para que se adelanten hasta Naglimund, padre —dijo el joven, sonriendo casi con alivio.

El duque vio cuánto ansiaba su hijo la gloria, pero también significaba la gloria para Nabban.

—Escoge a tus jinetes más rápidos, hijo mío —gritó mientras Benigaris ya cabalgaba de regreso a sus líneas—. ¡Debemos movernos con más rapidez de la que nadie pueda pensar que somos capaces! —Elevó la voz hasta convertirla en un grito, y las cabezas se giraron hacia él—. ¡Las legiones cabalgarán! ¡Por Nabban y la Madre Iglesia! ¡Que nuestros enemigos os teman!

Benigaris regresó tras despachar a los mensajeros. Leobardis ordenó tocar las trompetas; después volvieron a hacerlo y el gran ejército avanzó a toda velocidad. Sonaron los cascos de los caballos como redobles de tambor mientras cruzaban el Inniscrich. El sol se elevó en el oscuro cielo matinal, y los gallardetes azul y oro ondearon en el viento. El Martín Pescador voló hacia Naglimund.

Josua todavía se sujetaba su liso y pulido casco cuando atravesó la puerta a la cabeza de unos cuarenta caballeros montados. El arpista Sangfugol corría a su lado, tratando de darle algo; el príncipe sujetó las riendas e hizo que su caballo fuese a paso más lento.

—¿Qué quieres? —preguntó con impaciencia, mientras trataba de ver algo en el nublado horizonte.

El músico luchaba por respirar a la vez que intentaba seguirlo.

—Es…, es el gallardete de vuestro padre, mi señor —respondió, y se lo alargó—. Traído… desde Hayholt. No lleváis ningún otro estandarte más que el Cisne gris de Naglimund. ¿Podríais desear alguno mejor que éste?

El príncipe miró el banderín rojo y blanco, medio doblado sobre su regazo. El ojo del dragón de fuego lo miraba severo, como si algún intruso amenazase el árbol en el que se había enroscado. Deornoth e Isorn, junto a alguno de los caballeros que se hallaban más cerca de Josua, sonrieron expectantes.

—No —contestó, devolviendo la enseña. Su mirada era fría—. No soy mi padre. Y tampoco soy rey.

Enroscó las riendas en su brazo derecho y levantó la mano.

—¡Adelante! —gritó—. ¡Vamos a recibir a amigos y aliados!

El príncipe y su tropa cabalgaron a través de las calles del pueblo. Unas cuantas flores, lanzadas por la gente desde lo alto de las murallas del castillo, revolotearon sobre el revuelto y enlodado camino tras ellos.

—¿Qué es lo que veis, rimmerio? —preguntó Towser, frunciendo el entrecejo—. ¿Por qué lo decís entre dientes?

El pequeño contingente de Josua ya sólo era una mancha de color y desaparecía con rapidez en la lejanía.

—Hay un grupo de hombres a caballo que se acercan por la falda de las colinas hacia el sur —explicó Jarnauga—. Desde aquí no parece que sea una gran fuerza, pero todavía están lejos.

Volvió a cerrar los ojos como si tratase de recordar algo; después los abrió y miró de nuevo a lo lejos. Towser hizo la señal del Árbol, como en un reflejo; los ojos del anciano brillaban fieramente como lámparas de zafiro.

—Una cabeza de jabalí sobre lanzas cruzadas —siseó—. ¿Quién es?

—Guthwulf —respondió Towser, confuso.

El rimmerio debía de ver fantasmas, pues el horizonte no le revelaba nada al viejo bufón.

—El conde de Utanyeat…, el Heraldo del Rey.

Sobre las murallas, a unas yardas de donde estaban, lady Vorzheva miraba cómo desaparecían los caballeros del príncipe.

—Entonces llega desde el sur, por delante del ejército de Elías. Parece como si Leobardis lo hubiese visto. Los nabbanos se han desviado hacia las colinas que hay más al sur, como si tratasen de salirle al paso.

—¿Cuántos…, cuántos hombres? —preguntó Towser, sintiéndose todavía más perplejo—. ¿Cómo podéis ver todo eso? Yo no distingo nada, y mi vista es lo único que no…

—Cien jinetes, tal vez menos —lo interrumpió Jarnauga—. Eso es lo preocupante: *¿por qué son tan pocos…?*

—¡Dios Misericordioso! ¿Qué es lo que hace el duque? —inquirió Josua, aupándose más en los estribos para poder ver mejor—. ¡Se ha desviado hacia al este a galope tendido y se dirige hacia las colinas del sur! ¡¿Es que ha perdido el juicio?!

—¡Mirad, mi señor! —gritó Deornoth, junto a él—. ¡Mirad allí, en las faldas de la colina Lomo de Toro!

—¡Por el amor de Aedón, el ejército del rey! ¿Qué hace Leobardis? ¿Acaso piensa atacar a Elías sin apoyo? —El príncipe palmeó el cuello de su caballo y picó espuelas.

—Da la impresión de ser una pequeña fuerza, señor —gritó Deornoth—. Una avanzadilla, tal vez.

—¿Por qué no ha enviado mensajeros? —preguntó Josua en tono quejumbroso—. Mirad, tratarán de empujarlos hacia Naglimund para atraparlos contra las murallas. ¡¿Por qué, en nombre de Dios, no me ha enviado ningún mensajero?! —Suspiró y se volvió hacia Isorn, que había levantado la visera del casco de su padre para poder observar mejor el horizonte—. Después de todo, ahora comprobaremos nuestro temple, amigo.

La inevitabilidad de la lucha parecía haberlo inundado de serenidad. Sus ojos estaban tranquilos, y en su rostro se asentó una media sonrisa. Isorn miró a Deornoth, que desataba su escudo de la silla, y después volvió a mirar al príncipe.

—Vayamos a comprobarlo, señor —dijo el hijo del duque.

—¡Adelante! —gritó Josua—. ¡El saqueador de Utanyeat está ante nosotros! ¡Adelante!

Al acabar su arenga espoleó a su caballo pinto para que emprendiese el galope, haciendo que el césped saltase bajo los cascos del equino.

—¡Por Naglimund! —exclamó Deornoth, levantando su espada—. ¡Por Naglimund y nuestro príncipe!

—¡Guthwulf se queda allí! —dijo Jarnauga—. Se queda en la falda de la colina, aunque los nabbanos se han lanzado contra él. Josua también se dirige a su encuentro.

—¿Están luchando? —preguntó Vorzheva, asustada—. ¿Qué le pasa al príncipe?

—Todavía no ha llegado a la batalla. —El anciano se dirigió a grandes zancadas hacia el torreón del sudoeste—. ¡Los caballeros de Guthwulf han aguantado la primera carga de los nabbanos! ¡Todo es confusión! —Parpadeó y se frotó los ojos con los nudillos.

—¡¿Qué, qué?! —Towser puso un dedo sobre su boca y se lo mordisqueó mientras miraba—. ¡No te calles, rimmerio!

—Es difícil saber lo que pasa desde tan lejos —prosiguió Jarnauga innecesariamente, ya que ni sus dos compañeros ni ninguno de los que había sobre las murallas del castillo podía ver más que una mancha en movimiento a la sombra de la nublada colina de Lomo de Toro—. El príncipe se abalanza sobre la lucha, y los jinetes de Leobardis y de Guthwulf están esparcidos por la vertiente de la colina. Ahora…, ahora… —dejó de hablar, inmerso en el esfuerzo de concentración.

—¡Ah! —exclamó Towser, disgustado, dándose una palmada en su huesudo muslo—. Por san Muirfath y el Arcángel, esto es peor que cualquier cosa imaginable. ¡También podría leer eso en…, en un libro! ¡Maldito seas, hombre…! *¡Habla!*

A Deornoth le pareció que se sumergía en un sueño con todo aquel lóbrego brillo de las armaduras, los gritos y los golpes apagados de espada contra escudo. Cuando la tropa del príncipe se abalanzó sobre los combatientes, vio los rostros de los caballeros nabbanos acercarse lentamente, al igual que los erkynos, y se escuchó un murmullo de sorpresa que inundó la batalla a su llegada. Durante un instante que pareció no acabar nunca, se sintió como un punto de brillante espuma, prisionero en la cresta de una ola que se abatía. Un momento después, con un rugido y el entrechocar de las armas, la batalla los absorbió y los jinetes de Josua se lanzaron contra el flanco del Jabalí y las Lanzas de Guthwulf.

De repente alguien se interpuso ante él: un rostro cubierto por un yelmo apareció por encima de los ojos desorbitados y la boca espumeante de un caballo de guerra. Deornoth sintió un terrible golpe en el hombro que casi lo hizo caer de la silla; la lanza del jinete golpeó contra su escudo y se desvió. Vio la oscura malla del hombre ante él, al descubierto por un instante, y empujó su espada con ambas manos. Sintió un impacto estremecedor al resbalar el arma sobre el escudo y hundirse en el pecho de su oponente, que cayó del caballo a la embarrada y ensangrentada hierba.

Durante unos segundos pudo ver a su alrededor y miró tratando de encontrar el banderín de Josua en medio de la confusión. Sintió una punzada en el hombro. El príncipe e Isorn, el hijo de Isgrimnur, luchaban espalda contra espalda en medio de una marea de hombres de Guthwulf. La rápida mano de Josua lanzó una estocada y Naidel atravesó el visor de uno de los jinetes de cimera negra. Las manos del hombre se elevaron hacia su metálico yelmo, que un momento después aparecía cubierto de rojo, y el individuo fue arrastrado hacia atrás, mientras su caballo sin riendas retrocedía.

Deornoth vio a Leobardis, el duque de Nabban, situado sobre su caballo en el borde sudoeste de la batalla, bajo su ondeante bandera. Dos jinetes se le acercaron y el capitán adivinó que el mayor de ellos, con una trabajada armadura, era su hijo, Benigaris. ¡Maldita sea! El duque ya era viejo, pero ¡¿qué hacía Benigaris al margen de la batalla?! ¡Aquello era la guerra!

Una forma se abalanzó hacia Deornoth y éste tuvo que inclinarse hacia la izquierda para esquivar un inminente hachazo. El jinete pasó ante él, sin darse la vuelta, pero otro lo siguió. Durante unos instantes todo desapareció de su mente para concentrarse en el intercambio de golpes que mantenía con el hombre de Utanyeat; el estruendo de la batalla pareció amainar hasta convertirse en un sonido apenas audible, como el de una pequeña cascada. Finalmente vio un hueco en la guardia de su adversario y le envió una estocada contra el casco, para partirlo a la altura de la bisagra del visor. El jinete se balanceó hacia un lado y cayó, aunque su pie quedó trabado en el estribo, así que permaneció colgado como un cerdo en una despensa. Su enloquecido caballo se lo llevó arrastrando.

El conde Guthwulf, con manto y casco negros, sólo se encontraba a un tiro de piedra, repartiendo golpes a diestro y siniestro con su gran mandoble, desmontando a dos jinetes nabbanos de un golpe, como si fuesen niños. Deornoth se afianzó en la silla para dirigirse hacia él —¡qué gloria el poder enfrentarse con el Monstruo de Utanyeat!— cuando un caballo empujó al suyo y lo hizo girar en otra dirección.

Se detuvo, todavía tan confuso como si soñase, y vio que había descendido la colina hacia el exterior del núcleo de la batalla. El pendón azul y oro de Leobardis estaba ante él; el duque, con el blanco cabello sobresaliendo bajo el casco, permanecía erguido sobre los estribos gritando órdenes a sus hombres. Después bajó el visor de su casco sobre los brillantes ojos y se preparó para lanzarse a la lucha.

El sueño se convirtió en pesadilla mientras Deornoth observaba. El que había tomado por Benigaris, moviéndose con tanta lentitud que creyó que podría alcanzarlo y detenerlo, levantó su larga espada y con cuidado y deliberadamente la empujó contra la nuca del duque, bajo el casco. En el fragor de la batalla pareció que nadie, excepto Deornoth, había visto el terrible acto. Leobardis arqueó la espalda mientras la hoja se retiraba de su cuello, manchada de escarlata, y se llevó unas temblorosas y enguanteleteadas manos hacia el cuello, sujetándolo durante un instante, como si tratase de hablar sobreponiéndose a todo el dolor. Un momento después, el noble se inclinó hacia adelante en la silla y cayó por encima del blanco cuello de su caballo, manchando la crin con la sangre que manaba de él antes de caer al suelo.

Benigaris lo miró un momento, como si contemplase un pájaro caído del nido, y después se llevó el cuerno a los labios. Con todo el caos existente, Deornoth creyó ver un destello en la negra ranura del yelmo del joven, como si el hijo del duque hubiera interceptado su mirada a través de las cabezas de todos los contendientes que había entre ellos dos.

El cuerno sonó, en una larga y ronca llamada, y muchas cabezas se volvieron hacia él.

—*Tambana Leobardis eis!* —gritó Benigaris, y su voz tenía un tono espantoso, rota y llena de dolor—. ¡El duque ha caído! ¡Mi padre ha sido asesinado! ¡Retirada!

Volvió a hacer sonar de nuevo el cuerno, y, mientras Deornoth miraba con un horror lleno de incredulidad, llegó otra llamada desde la colina. Una línea de jinetes con armadura salieron del cobijo de los árboles.

—¡Luces del Norte! —gruñó Jarnauga, haciendo que Towser se hundiera en otro paroxismo de frustración.

—¡Decidnos! ¿Qué pasa en la batalla?

—Me temo que está perdida —respondió el rimmerio, y su voz sonó como un eco vacío—. Ha caído alguien.

—¡Oh! —jadeó Vorzheva, y las lágrimas afloraron a sus ojos—. ¡Josua! ¡¿No habrá sido Josua?!

—No podría decirlo. Creo que ha sido Leobardis. Pero ahora ha aparecido otra fuerza de hombres descendiendo por la colina, desde los árboles. Van de rojo, y en su gallardete…, ¿un águila?

—Falshire —rezongó Towser, y cogió su gorro lleno de cascabeles para lanzarlo con rabia contra el suelo—. ¡Madre de Dios, es el conde Fengbald! ¡Ay, Jesuris Aedón, salva a nuestro príncipe! ¡Esos bastardos, hijos de puta!

—Caen sobre Josua como un martillo —explicó Jarnauga—. Y los nabbanos parecen confusos. Se… Se…

—¡Retirada! —gritó Benigaris.

Aspitis Prevés, que estaba a su lado, arrancó el pendón de los brazos del pasmado escudero de Leobardis y pisoteó al joven bajo los cascos de su caballo.

—¡Son demasiados! —vociferó Aspitis Prevés—. ¡Retirada! ¡El duque ha muerto!

Deornoth hizo dar la vuelta a su caballo y se adentró en la refriega, buscando a Josua.

—¡Una trampa! —gritó.

Los jinetes de Fengbald descendían como una tormenta por la colina, con lanzas brillantes.

—¡Es una trampa, Josua! —volvió a repetir.

Hizo una finta para apartarse de dos de los hombres de Guthwulf que le obstruían el paso y recibió fuertes impactos en el escudo y el casco, aunque lanzó una estocada al cuello del segundo de ellos y casi perdió la espada. Vio una salpicadura de sangre que atravesaba su propio visor y no supo si se trataba de la suya o de la del otro.

El príncipe llamaba a reunión a sus caballeros y el cuerno de Isorn rugía por encima del estruendo y el entrechocar de las armas.

—¡Benigaris ha asesinado al duque! —exclamó Deornoth.

Josua lo miró, sorprendido, a la vez que ante él caía una figura atravesada.

—¡Benigaris lo ha apuñalado por la espalda! ¡Estamos atrapados!

El príncipe dudó unos instantes y levantó las manos como para alzar el visor y poder mirar a su alrededor. Fengbald y sus águilas se abalanzaban hacia el flanco de los hombres de Naglimund, tratando de cortarles la retirada.

Un momento después, Josua levantó el brazo con el que sujetaba el escudo.

—¡Sopla el cuerno, Isorn! —gritó—. ¡Debemos abrirnos paso para poder retirarnos! ¡Hacia Naglimund! ¡Hemos sido traicionados!

Con un toque del cuerno y un aullido de rabia, los caballeros del príncipe se lanzaron a la carga contra la hilera carmesí de las fuerzas de Fengbald. Deornoth aguijoneó a su caballo tratando de alcanzar el frente, y vio cómo la espada centelleante de Josua atravesaba la guardia del primer águila y lo alcanzaba bajo el brazo. Poco después se encontró frente a una nube de guerreros vestidos con rojas capas. Volteó la espada y maldijo; aunque no se dio cuenta, bajo el yelmo sus mejillas estaban húmedas a causa de las lágrimas.

Los hombres de Fengbald, sorprendidos por la ferocidad que demostraban sus atacantes, retrocedieron ligeramente y, en ese instante, los soldados de Naglimund atravesaron sus filas. A su espalda, las legiones de Nabban se batían en franca retirada, rompiendo la formación y retrocediendo hacia el Inniscrich. Guthwulf no los persiguió, sino que envió sus tropas a que se unieran a las de Fengbald para emprender la persecución de los caballeros de Josua.

Deornoth montaba inclinado sobre el cuello de su caballo de guerra y oía la respiración del noble animal mientras galopaba hacia las puertas del castillo, a través de los campos de cultivo. A medida que se aproximaban a Naglimund iba decreciendo el ruido producido por sus perseguidores.

Las puertas estaban levantadas, como una negra boca abierta. Al mirarla, sintiendo que su cabeza se estremecía, deseó ser tragado por ella, introducirse en un profundo y oscuro olvido y nunca más volver a salir a la superficie.

40

La tienda verde

No, príncipe Josua. No podemos permitir que hagáis una locura semejante —respondió Isorn, y se sentó pesadamente, apoyando la pierna.

—¿No podéis? —El príncipe levantó la mirada del suelo para depositarla sobre el rimmerio—. ¿Acaso sois mis guardianes? ¿Es que soy un niño o un idiota para que me digáis lo que tengo que hacer?

—Mi señor —dijo Deornoth, posando una mano sobre la rodilla de Isorn para que no contestase—, sois el amo de este castillo, desde luego. ¿Acaso no os hemos seguido? ¿Es que no os hemos jurado lealtad? —Las cabezas que había en la habitación asintieron sombrías—. Pero debéis saber que nos pedís demasiado. ¿Pensáis que podéis confiar en el rey después de la traición de que hemos sido objeto?

—Lo conozco como ninguno de vosotros —habló Josua; como quemado por algún fuego interno saltó de la silla y se dirigió hacia la mesa—. Me quiere ver muerto, eso es cierto, pero no de esa manera. No sin honor. Si nos asegura paso franco y si no cometemos estupideces, estoy seguro de que regresaré sin haber sufrido daño alguno. Todavía quiere actuar como Supremo Rey, y el Supremo Rey no asesina a su hermano desarmado ante una bandera de paz.

—Entonces, ¿por qué os encerró en la celda de la que hablasteis? —preguntó Ethelferth de Tinsett, con el entrecejo fruncido—. ¿Creéis que ésa es una prueba de honor?

—No —replicó Josua—, pero creo saber que no fue idea de él. Ahí no hubo otra voluntad más que la de Pryrates, al menos hasta que el hecho fue cometido. Elías se ha convertido en un monstruo, que Dios me perdone, porque en otros tiempos fue algo más que mi hermano de sangre; pero todavía conserva un extraño sentido del honor.

Deornoth suspiró con un silbido.

—¿Como el que mostró ante Leobardis?

—El honor de un lobo, que asesina al débil y no se mete con el fuerte —rezongó Isorn.

—Creo que no. —La paciente sonrisa del príncipe se convirtió en una mueca—. El parricidio de Benigaris tiene todo el aspecto de ser obra del rencor. Sospecho que Elías…

—Mi señor, con vuestro perdón —interrumpió Jarnauga, haciendo que se enarcaran unas cuantas cejas alrededor de la mesa—. ¿No creéis que tratáis de excusar a vuestro hermano? Los temores de vuestros súbditos están justificados. El que Elías pida parlamentar no significa que tengáis que dirigiros a él. Nadie cuestionará vuestro honor si no lo hacéis.

—¡*Que Aedón tenga piedad de mí*, no me importa ni un *ápice* lo que los demás puedan pensar acerca de mi honor! —lo cortó el príncipe—. Conozco a mi hermano, y lo conozco de una forma que ninguno de vosotros puede llegar a entender. Y no me digáis que ha cambiado, Jarnauga —dirigió una feroz mirada al anciano, anticipándose a sus palabras—, porque nadie lo conoce como yo. Iré a pesar de todo, y no tengo necesidad de dar más explicaciones. Os pido que ahora me dejéis solo. Tengo otras cuestiones en que pensar.

Se apartó de la mesa y los despachó con un gesto.

—¿Acaso se ha vuelto loco, Deornoth? —preguntó Isorn, con la preocupación reflejada en su rostro—. ¿Cómo puede ponerse en las manos del rey de esa forma?

—Por testarudez, Isorn, ¡oh! ¿Quién soy yo para decirlo? Tal vez *no* sepa de lo que habla. —El capitán sacudió la cabeza—. ¿Está todavía allí la maldita cosa?

—¿La tienda? Sí. Está fuera del alcance de un tiro de arco de las murallas; aunque también se encuentra lejos del campamento de Elías.

Deornoth caminó lentamente, permitiendo al joven rimmerio que fuese al paso a que lo obligaba su pierna herida.

—Que Dios se apiade de nosotros, nunca había visto ponerse así al príncipe, y le he servido desde que pude sostener una espada. Es como si tratase de probar que Gwythinn se equivocaba al llamarlo «reluctante» —suspiró—. Bien, si no hay forma de detenerlo, entonces debemos hacer todo lo posible para protegerlo. ¿El parlamentario del rey dijo que sólo dos guardias?

—Los mismos que para el rey.

Deornoth asintió, pensativo.

—Si mi brazo —se señaló el miembro en cabestrillo— puede recuperar el movimiento pasado mañana, entonces no habrá fuerza en la tierra capaz de impedir que yo sea uno de esos guardias.

—Y yo seré el otro —dijo Isorn.

—Creo que sería mejor que os quedéis en el interior de las murallas con una veintena de jinetes. Vayamos a hablar con lord Eadgram, el oficial mayor del castillo. Si se trata de una emboscada, si un solo gorrión es visto volando desde el campamento del rey hacia la tienda, acudid allí enseguida.

Isorn asintió.

—Creo que tenéis razón. Tal vez pudiéramos hablar con el hombre sabio, con Jarnauga, y pedirle que proteja a Josua con algún hechizo.

—Lo que necesita, y me duele decirlo, es un encantamiento que lo proteja de su propia temeridad. —Deornoth saltó sobre un charco—. Creo que, de todas formas, no hay encantamiento que valga contra una daga clavada por la espalda.

Los labios de Lluth estaban en constante y silencioso movimiento, como si ofreciese una interminable serie de explicaciones. Su murmullo se había ido apagando hasta convertirse en silencio durante el día anterior: Maegwin se maldijo por no haber atendido a sus últimas palabras, pero había estado segura de que su padre volvería a recuperar la voz, como había ocurrido ya en numerosas ocasiones desde que fuera herido. Esta vez sintió que no sería así.

Los ojos del rey estaban cerrados, pero su faz, pálida como la cera, se movía sin cesar pasando a través de expresiones de miedo y dolor. Le tocó la ardiente frente, y sintió que los músculos del rostro se iban aflojando y debilitando como la inaudible charla. Se volvió a sentir como si debiera llorar, como si las lágrimas que se agolpaban en su interior pudieran por fin salir al exterior a través de la piel. Pero no había llorado desde la noche en que su padre había conducido al ejército hacia Inniscrich, y ni siquiera lo había hecho cuando lo trajeron de regreso en una camilla, enloquecido de dolor y con yardas y yardas de vendajes sobre el estómago, empapados en sangre. Si entonces no había llorado, en adelante ya no lo haría. Las lágrimas eran para los niños y los idiotas.

Una mano tocó su hombro.

—Maegwin, princesa. —Era Eolair. Su rostro inteligente estaba contraído a causa del pesar—. Debo hablaros, afuera.

—Idos, conde —respondió ella, volviendo a mirar el rústico lecho de ramas y paja—. Mi padre se muere.

—Comparto vuestro dolor, mi señora —el contacto de su mano se hizo más fuerte, como un animal que olfatease algo en la oscuridad—, creedme. Pero los vivos deben vivir, bien lo saben los dioses, y vuestro pueblo necesita de vos en estos momentos. —Como si el conde sintiese que sus palabras resultaban demasiado frías, demasiado llenas de orgullo, apretó ligeramente el brazo de la muchacha y lo soltó—. Por favor. Lluth ubh-Llythinn no hubiese deseado que fuese de otra forma.

Maegwin contuvo una amarga réplica. El conde tenía razón. Se puso en pie, levantando sus doloridas rodillas del frío suelo de la caverna, y lo siguió. Pasó junto a su madrastra, Inahwen, que estaba sentada en el suelo, al pie del lecho, mirando las menguantes antorchas de la pared.

«Míranos —pensó la princesa, algo perpleja—. A los hernystiros nos llevó mil años abandonar las cavernas y salir al exterior.» Se agachó para pasar bajo una protuberancia de la caverna, entrecerrando los ojos para que no se introdujese en ellos el humo de las antorchas. «Y ahora, les ha costado menos de un mes hacernos volver a ellas. Nos estamos convirtiendo en animales. Los dioses nos han dado la espalda.»

Volvió a levantar la cabeza cuando salió de la cueva tras Eolair. La confusión existente en el campamento exterior se presentó ante ella con toda su crudeza: niños de alta cuna jugando en el barro, mujeres de la corte —muchas con sus mejores ropas hechas jirones— de rodillas preparando ardillas y liebres para meterlas en la cazuela y moliendo grano sobre las piedras planas. Los árboles que crecían en las cercanías de la vertiente de la montaña parecían combarse de mala gana ante la fuerza del viento.

Los hombres habían desaparecido casi por completo; los que no habían muerto en Inniscrich eran atendidos de sus heridas en las cuevas o permanecían de guardias más abajo de las pendientes, vigilando cualquier movimiento que pudieran emprender las tropas de Skali para aplastar finalmente la escasa resistencia de los hernystiros.

«Todo lo que nos queda son los recuerdos —pensó Maegwin, mirando su propio vestido destrozado y manchado— y los escondites de Grianspog. Estamos arrinconados como un zorro en un árbol. Cuando Elías venga a recoger la presa de su perro Skali, estaremos acabados.»

—¿Qué es lo que queréis, conde Eolair? —preguntó la muchacha.

—No se trata de lo que yo quiero, Maegwin —respondió el noble, sacudiendo la cabeza—. Se trata de Skali. Algunos de los centinelas han regresado para decir que ha estado al pie de Moir Brach durante toda la mañana, llamando a vuestro padre.

—Dejad que el cerdo grite. —La joven frunció el entrecejo—. ¿Por qué no le ha clavado una flecha en su sucio pellejo uno de esos hombres?

—No se encuentra a tiro de arco, princesa. Lleva medio centenar de soldados consigo. No, creo que deberíamos bajar y escucharlo, desde cubierto, desde luego, y sin que nos vea.

—Desde luego —repitió con sorna—. ¿Por qué tiene que preocuparnos lo que Skali *Nariz afilada* tenga que decir? No me cabe duda de que vuelve a pedir que nos rindamos.

—Es posible. —Eolair bajó la visera, pensando, y Maegwin sintió pena por él, por lo que tenía que soportar a causa de su mal humor—. Pero, señora, creo que se trata de algo más. Los hombres dicen que lleva allí más de una hora.

—Muy bien —dijo la muchacha, que deseaba apartarse del oscuro lecho de Lluth y se odiaba, al mismo tiempo, a causa de ello—. Dejad que me ponga los zapatos y os acompañaré.

Les llevó casi una hora descender por la arbolada vertiente de la montaña. El terreno estaba húmedo y el aire frío. Volutas de vapor salían de la boca de Maegwin cada vez que ésta respiraba mientras descendía por los barrancos tras Eolair. El frío había hecho que los pájaros abandonasen Circoille, o al menos los había hecho enmudecer. Ningún sonido acompañó su descenso excepto el murmullo de las ramas estremecidas por las rachas de viento.

Observando al conde de Nad Mullach caminar ágilmente a través de los matorrales, tan parecido a un niño con su delgada espalda y brillante coleta de cabello, con sus movimientos rápidos e instintivos, la joven volvió a sentirse inundada de un apagado e imposible amor por él. Parecía tan ridículo que ella pudiese amar de aquella manera —la alta y desgarbada hija de un hombre agonizante— que todo ello se convirtió en rabia. Cuando Eolair se volvió para ayudarla a saltar sobre una resbaladiza piedra, la muchacha frunció el entrecejo como si la hubiese insultado en vez de ofrecerle su mano.

Los hombres que se escondían tras un grupo de árboles que había por encima de la cresta llamada Moir Brach miraron hacia arriba, asustados, cuando vieron aproximarse al conde y a Maegwin; pero pronto bajaron los arcos e hicieron señas a la pareja para que se uniese a ellos. Mirando a través de los helechos hacia el borde de piedra por el que la cresta recibía su nombre, vio un montón de formas, que parecían hormigas, en el fondo, algunas a tres estadios de distancia.

—Ha dejado de hablar hace un momento —susurró uno de los centinelas, un muchacho joven que parecía muy nervioso—. Volverá a hacerlo, princesa, ya lo veréis.

Confirmando aquellas palabras, una de las figuras se adelantó del grupo de hombres con cascos y capas que rodeaban un carromato y un tiro de caballos. La figura levantó los brazos para llevárselos a la boca y miró un poco más al norte de donde se encontraban los ocultos observadores.

—... la última vez... —La voz se oía entrecortada, apagada por la distancia—. Os ofrezco... rehenes... a cambio de...

Maegwin trató de entender las palabras. *¿Información?*

—... sobre el muchacho del mago, y... princesa.

Eolair dirigió una rápida mirada a la joven, que permanecía completamente inmóvil.

—Si no nos decís... dónde... está... princesa... entonces... estos rehenes.

El hombre que hablaba —y Maegwin estaba segura en lo profundo de su corazón de que era Skali, sólo por la postura que adoptaba y el irónico tono de burla que había en su voz y que ni siquiera la lejanía conseguía ocultar— agitó un brazo, y una figura que se resistía, vestida con jirones de color azul cielo, fue sacada del carromato y conducida hasta donde él se encontraba. La princesa miró a la figura, y sintió una desagradable presión sobre el corazón. Estaba segura de que el vestido azul pertenecía a Cifgha..., a la pequeña Cifgha, guapa y estúpida.

—... Si *no* nos decís... sabéis... la princesa Miriamele, las cosas... mal para éstos... —Skali hizo un gesto y la gimiente muchacha, que podía *no* ser Cifgha, trató de convencerse Maegwin, fue devuelta al carromato, junto a otros cautivos que permanecían echados sobre el suelo.

¡Así que era a la princesa Miriamele a la que buscaban!, se maravilló; ¡a la hija del Supremo Rey! ¿Acaso había huido? ¿La habían secuestrado?

—¿Podemos hacer *algo*? —le susurró a Eolair—. ¿Y quién es el «muchacho del mago»?

El conde sacudió la cabeza, visiblemente frustrado.

—¿Qué podemos hacer, princesa? Skali no desearía nada más que bajásemos. ¡Tiene diez veces más hombres que nosotros!

Transcurrieron largos minutos sin pronunciar palabra mientras Maegwin observaba, y la furia iba colmando sus emociones como una niña caprichosa. Pensaba en lo que podría decirles a Eolair y a los demás, en cómo comunicarles que si ninguno de los *hombres* quería ir con ella, se dirigiría sola a Taig y rescataría a los cautivos de Skali... o, lo que parecía más probable, moriría valientemente en el intento. De repente, la gruesa figura de abajo, ahora sin casco y mostrando la mancha amarilla que era su cabello y barba, retrocedió de la base de Moir Brach.

—¡Muy bien! —rugió—. Que Lokën os maldiga... ¡Sois tercos! Nosotros... y los llevaremos con... —la pequeña figura señaló hacia el carromato—. ¡Pero... os dejaremos un *recuerdo!*

Algo fue desatado de uno de los caballos, un bulto, y cayó a los pies de Skali *Nariz afilada*.

—¡Sólo en el caso... esperéis ayuda!... ¡De poco os servirá... contra... Kaldskryke!

Un instante después montó en su caballo y, con el áspero sonido de un cuerno, él y sus rimmerios se alejaron entre ruido de cascos hacia el valle, en dirección a Hernysadharc, con el carromato dando sacudidas tras ellos.

Esperaron al menos una hora antes de bajar, hasta el fondo, moviéndose con tantas precauciones como un gamo al cruzar por un claro. Llegaron a Moir Brach y se lanzaron sobre el bulto envuelto en tela negra que Skali les había dejado.

Cuando lo abrieron los hombres gritaron de horror y lloraron y sollozaron a causa de la irreparable desgracia... Pero Maegwin no derramó ni una lágrima al ver lo que Skali y sus carniceros habían hecho con Gwythinn antes de que éste muriera. Cuando Eolair pasó un brazo por encima de los hombros de la muchacha para ayudarla a separarse de la manta empapada de sangre, ella se sacudió el abrazo con rabia; después se volvió hacia el conde y lo abofeteó. El noble ni siquiera trató de protegerse, solamente la miró. Maegwin supo que las lágrimas que llenaban los ojos de Eolair no eran efecto de la bofetada, y eso la hizo odiarlo todavía más.

Pero sus propios ojos permanecieron secos.

El aire aparecía lleno de copos de nieve —confundiendo la visión, haciendo más pesados los ropajes, helando los dedos y las orejas hasta causar una oleada de dolor en los miembros—, pero Jiriki y los otros tres soldados parecieron no darse cuenta de ello. Mientras Simón y sus compañeros caminaban pesadamente junto a sus caballos, los sitha lo hacían con confianza, muy por delante de ellos, y a menudo se detenían para esperar a que los otros los alcanzaran, pacientes como gatos bien alimentados y con una indescifrable serenidad tras sus luminosos ojos. A pesar de haber caminado durante todo el día, desde el amanecer hasta la puesta del sol, Jiriki y sus congéneres parecían tan descansados al montar el campamento aquella noche como cuando lo habían levantado al amanecer.

Simón, dubitativo, se aproximó a An'nai mientras los demás se disponían a buscar leña seca con la que encender una hoguera.

—¿Puedo haceros algunas preguntas? —inquinó el muchacho.

El sitha posó sobre Simón su imperturbable mirada.

—Pregunta.

—¿Por qué parecía furioso el tío del príncipe Jiriki cuando éste decidió acompañarnos? ¿Y por qué os ha traído sólo a vosotros tres?

An'nai levantó la mano hacia la boca, como para tratar de cubrir una divertida sonrisa, aunque no dio muestras de ningún tipo de emoción. Un momento después bajó la mano, volviendo a mostrar su expresión impasible.

—Lo que sucede entre el príncipe y *S'hue* Khendraja'aro no es asunto mío, así que no puedo contestarte. —Asintió con la cabeza una vez, lleno de gravedad—. En cuanto a la otra pregunta…, tal vez sería mejor que te respondiese él mismo, ¿no es así, Jiriki?

Simón levantó la mirada, asustado, y vio que el príncipe se encontraba ante él con una sonrisa en los labios.

—¿Que por qué he traído a éstos? —preguntó, haciendo un movimiento con la mano para abarcar a An'nai y a los otros dos sitha, que regresaban de su búsqueda alrededor de la espesura que bordeaba el perímetro del lugar escogido para acampar—. Ki'ushapo y Sijandi vinieron porque alguien debe cuidar de los caballos.

—¿Cuidar de los caballos?

Jiriki enarcó una ceja y después chasqueó los dedos.

—Gnomo —llamó por encima del hombro—, si este joven es tu discípulo, entonces eso quiere decir que no eres muy buen profesor. Sí, Seomán, los caballos, ¿os es que crees que escalarán montañas detrás de ti?

El chico se había puesto colorado.

—¿Es…, escalar? ¿Los caballos? No había pensado en ello… Quiero decir que creía que los podríamos dejar y ya está. —No parecía nada correcto; Simón no se había sentido demasiado atado a nada en su viaje, excepto a la Flecha Blanca, claro, ¡y ahora el sitha le reprochaba que no se preocupase por los caballos!

—¿Abandonarlos? —La voz del príncipe era áspera, casi furiosa, aunque su rostro continuaba tranquilo—. ¿Abandonarlos para que perezcan? Una vez que nos han llevado mucho más lejos de donde ellos mismos quisieran ir, ¿debemos liberarlos y abandonarlos a su suerte para que mueran?

El muchacho estaba a punto de protestar, de decir que aquello no era su responsabilidad, pero decidió que no valía la pena discutir.

—No —fue lo que contestó—. No debemos abandonarlos a su suerte para que mueran.

—Además —añadió Sludig, llegando hacia ellos con los brazos ocupados sosteniendo una gran cantidad de leña—, ¿cómo podríamos regresar nosotros mismos?

—Exacto —dijo Jiriki, con una amplia sonrisa; estaba complacido—. Por eso traje a Ki'ushapo y a Sijandi. Cuidarán a los caballos y prepararán las cosas para mí..., para nuestro regreso. —Unió las yemas de sus dos dedos índices, como para mostrar algún tipo de conclusión—. An'nai, sin embargo —continuó—, está aquí por una razón más compleja y más parecida a la mía. —Jiriki miró al otro sitha.

—Honor —apuntó An'nai, bajando los ojos y mirándose los dedos entrelazados—. Tengo que pagar una deuda con el *Hikka Staj'a*, con el Portador de la Flecha. No mostré el respeto que se merece un... huésped sagrado. Por eso vine, para expiar mi culpa.

—Una pequeña deuda —aclaró el príncipe, con suavidad—, comparada con la mía, que es muy grande; sin embargo, An'nai hará lo que debe hacer.

Simón se preguntó si An'nai lo había decidido por sí mismo, o si su señor lo había forzado a unirse a ellos. Resultaba difícil saber algo sobre los sitha, sobre cómo pensaban y lo que querían. ¡Eran tan diferentes, tan delicados y sutiles!

—Venid —dijo Binabik.

Una fina espiral de humo ascendía ante él y el gnomo la aventaba para conseguir avivar las llamas.

—Ahora que hemos conseguido encender el fuego, me parece que estaréis interesados en un poco de comida y vino con los que calentar vuestros estómagos.

Unos cuantos días después abandonaron la zona norteña de Aldheorte y descendieron por las últimas estribaciones de las Wealdhelm hasta llegar a las nevadas y planas extensiones desérticas.

Siempre hacía frío. Ahora, cada larga noche, cada día, el penetrante frío no dejaba de hacerse presente. La nieve caía sin cesar sobre el rostro de Simón, haciendo que le picasen los ojos y quemando y agrietando sus labios. Su rostro adquirió un color rojizo, como si se hubiese expuesto demasiado al sol, y apenas podía sostener las riendas de su caballo a causa de los temblores. Era como encontrarse arrojado al exterior para siempre, como un castigo que hubiese durado demasiado tiempo. No había nada que pudiera remediarlo, excepto ofrecer plegarias a Jesuris para pedirle la fortaleza necesaria para aguantar, día a día, hasta que se detenían para acampar.

«Al menos —reflexionó amargamente; sus orejas le dolían a pesar de tenerlas cubiertas con el cuello de la capa—, al menos Binabik parece disfrutar con el tiempo.»

Era cierto, el gnomo se encontraba en su elemento: cabalgaba adelantado, dando ánimos a sus compañeros, riendo de vez en cuando de extremo placer mientras saltaba por los riscos de la montaña junto a Qantaqa. Pasaron largas noches alrededor de las hogueras. Mientras los demás compañeros mortales temblaban y engrasaban los escarchados guantes y botas, Binabik explicaba los diferentes tipos de nieve que existían y las señales que indicaban la presencia de avalanchas: todo con el fin de prepararlos para las montañas que se alzaban imponentes en el horizonte que se abría ante ellos, severas y amenazadoras como dioses con coronas de blanca nieve.

A cada día que transcurría, la gran cordillera que se extendía ante ellos parecía ser más y más grande, sin que tuvieran la impresión de estar acercándose ni siquiera un pie. Después de una semana en las llanas y frías extensiones, Simón empezó a anhelar el bosque de Dimmerskog o las cimas de las montañas azotadas por el viento. Cualquier cosa antes que aquellas extensiones sin fin, sobre las que no parecía existir nada y en las que hacía un frío que calaba hasta los huesos.

Al sexto día de marcha pasaron por las ruinas de la abadía de San Skendi, que aparecían casi cubiertas por aludes de nieve; sólo la aguja del campanario de la iglesia sobresalía por encima de la superficie. Se trataba de un Árbol metálico que se encontraba rodeado por las espirales de alguna especie de bestia. Elevándose en medio de la helada niebla que se extendía ante ellos, daba la impresión de ser un barco casi hundido en un mar de purísima blancura.

—Todos los secretos que pudiera guardar, cualquier cosa que supiese acerca de Colmund o de la espada *Espina*, están ahora demasiado ocultos para nosotros —dijo Binabik, mientras sus caballos pasaban junto a los restos de la abadía.

Sludig hizo la señal del Árbol sobre su frente y su corazón, con mirada preocupada, pero los sitha rodearon lentamente las ruinas, como si nunca hubiesen visto nada tan interesante.

Cuando aquella noche los viajeros se apretujaban junto al fuego del campamento, Sludig quiso saber por qué Jiriki y sus camaradas habían examinado el monasterio con tanta parsimonia.

—Porque —respondió el príncipe— así nos placía.

—¿Eso qué significa? —insistió Sludig con irritación, y miró a Haestan y a Grimmric como si ellos supieran a qué se refería el sitha.

—Tal vez sea mejor no hablar de esas cosas —dijo An'nai, haciendo un gesto con la mano—. Somos compañeros alrededor de este fuego.

Jiriki miró con fijeza las llamas durante unos instantes; después su rostro compuso una extraña sonrisa. Simón estaba perplejo. A veces se le hacía difícil creer que fuese mayor que él, pues su comportamiento era temerario en algunas ocasiones. Sin embargo, el muchacho recordó la caverna que tenía el frente abierto hacia el bosque, en donde las edades se mezclaban confusamente; así era Jiriki.

—Observamos las cosas que nos interesan —explicó el príncipe—, como hacéis los mortales. Lo que ocurre es que son diferentes, y probablemente las nuestras sean incomprensibles para vosotros.

Su amplia sonrisa pareció del todo amistosa, pero en esta ocasión Simón detectó una nota discordante, algo que no acababa de encajar.

—La cuestión, normando —continuó—, es por qué te ofende nuestra mirada.

Se hizo un momento de silencio en el círculo de fuego mientras Sludig observaba con fiereza al príncipe sitha. Las llamas parpadearon produciendo chisporroteos y el viento ululó, lo que hizo que los caballos piafasen nerviosos.

Sludig bajó los ojos.

—Podéis mirar lo que queráis, desde luego —respondió, y sonrió con tristeza; su rubia barba aparecía húmeda a causa de la nieve derretida—. Me recordaba Saegard, de Skipphavven. Es como si os burlaseis de algo muy querido para mí.

—¿Skipphavven? —gruñó Haestan, arrebujado en sus pieles—. Nunca he oído hablar de ello. ¿Es una iglesia?

—Barcos… —musitó Grimmric, con una mirada de remembranza en su alargada faz—. Allí hay barcos.

El normando asintió con seriedad.

—Vosotros lo llamaríais cielo de las embarcaciones. Es donde permanecen las naves de los rimmerios.

—¡Pero si los rimmerios ya no navegan!

—Ah…, pero lo hicimos. —El rostro de Sludig se iluminó a causa del reflejo de las llamas—. Antes de que llegásemos cruzando el mar, cuando vivíamos en Ijsgard, en el perdido occidente, nuestros padres quemaban a los hombres y enterraban los barcos. Al menos eso es lo que cuentan nuestras sagas.

—¿Quemabais a los hombres…? —preguntó Simón.

—A los muertos —explicó el otro—. Nuestros padres construían barcos de la muerte de maderas aromáticas y en ellos incineraban a los muertos, sobre las aguas, para enviar sus almas hacia el cielo, junto con el humo. Pero a nuestras grandes embarcaciones, las que nos llevaban a través de los océanos del mundo y de los ríos, las naves que para nosotros eran como un acre de terreno para un agricultor o un rebaño para un pastor, a ésas las enterrábamos cuando ya eran demasiado viejas para seguir realizando travesías. Así que sus almas podían volver a los árboles y hacer que creciesen fuertes y altos para convertirse en nuevos barcos.

—Pero dijiste que'so era l'otro lao del océano, hace mucho tiempo —puntualizó Grimmric—. ¿Acaso Saegard no está aquí, en Osten Ard?

Los sitha, que se hallaban alrededor del fuego, permanecieron silenciosos e inmóviles, esperando la respuesta de Sludig.

—Así es. Está en el lugar en que la quilla del barco de Elvrit tocó tierra por primera vez, y donde dijo: «Hemos llegado a un nuevo hogar a través del oscuro océano».

Paseó la mirada alrededor del círculo.

—Allí enterraron los grandes barcos. «Nunca regresaremos a través de ese océano lleno de dragones», decidió Elvrit. A lo largo del valle de Saegard, al pie de las montañas, reposan los restos de las últimas naves. En la playa, bajo el mayor de los túmulos, enterraron al barco de Elvrit, *Sotfengsel*, dejando que sólo su largo mástil sobresaliese por encima de la tierra como un árbol sin ramas; eso fue lo que vi en mi mente cuando pasamos junto a la abadía.

Sacudió la cabeza, con los ojos translúcidos de recuerdos.

—El muérdago creció en el mástil de *Sotfengsel*. Cada año, el día de la muerte de Elvrit, sus bayas blancas son recogidas por jóvenes doncellas y llevadas a la iglesia…

Sludig dejó de hablar. Las llamas crepitaron.

—Lo que no has dicho —intervino Jiriki, tras unos momentos de silencio— es que el pueblo rimmerio llegó a esta tierra para echar a otros de ella.

Simón se quedó sin respiración. Había presentido algo así bajo la plácida superficie del rostro del príncipe.

El normando replicó con sorprendente suavidad, tal vez porque todavía pensaba en las piadosas doncellas de Saegard.

—No puedo deshacer lo que fue hecho por mis antepasados.

—Hay verdad en ello —asintió Jiriki—, pero los *Zida'ya*, nosotros, los sitha, no volveremos a cometer el mismo error en que incurrió nuestro pueblo en aquel tiempo. —Posó su fiera mirada sobre Binabik, que lo miró solemnemente—. Algunas cosas deben quedar claras entre nosotros, Binbiniqegabenik. Sólo dije la verdad cuando expuse mis motivos para acompañaros: un ligero interés sobre el lugar al que os dirigís y un delicado e inusual lazo entre el joven y yo mismo. Ni por un momento creáis que comparto vuestros temores y luchas. En lo que nos concierne, vosotros y vuestro Supremo Rey podéis deshaceros unos a otros hasta convertiros en polvo.

—Con todo respeto, príncipe —habló el gnomo—. Parecéis no medir el alcance de las cosas. Si sólo fuese la lucha entre reyes mortales y príncipes lo que nos preocupase, todos estaríamos defendiendo Naglimund. Vos sabéis que nosotros cinco tenemos otros objetivos.

—Entonces debéis saber lo siguiente —dijo Jiriki, con seriedad—: a pesar de los años que han transcurrido desde que nos separamos de los *Hikeda'ya*, a los que vosotros llamáis nornos, que son tan numerosos como los copos de nieve, seguimos siendo de la misma sangre. ¿Cómo podríamos tomar partido a favor de los advenedizos hombres en contra de los de nuestra propia especie? ¿Cómo podríamos, nosotros, que una vez caminamos juntos bajo el sol y llegamos del más remoto oriente? ¿Qué alianza podemos concertar con los mortales, que nos han destruido de buena gana, como destruyen todo lo demás…, incluidos ellos mismos?

Ninguno de los humanos, excepto Binabik, pudo soportar su mirada. Jiriki alzó un largo dedo ante él.

—Y sobre el que, entre murmullos, llamáis el Rey de la Tormenta…, cuyo nombre era *Ineluki*… —Sonrió con amargura cuando los compañeros se pusieron rígidos y se estremecieron—. ¡Ah, si incluso su nombre os causa pavor! Una vez fue el mejor de entre todos nosotros: hermoso, sabio más allá de toda comprensión por parte de mortales, ¡brillante como una llama! Y si ahora forma parte de un terrible horror, frío y odioso, ¿de quién fue la culpa? Si ahora, que carece de cuerpo y está lleno de venganza, planea barrer a la humanidad de la faz de su tierra como si fuese el polvo posado sobre una página, ¿por qué no deberíamos alegrarnos? No fue Ineluki quien nos condujo al exilio, para que tuviéramos que escondernos entre los árboles de Aldheorte como si fuésemos gamos, siempre temerosos de ser descubiertos. Nosotros caminábamos a lo largo y ancho de Osten Ard antes de que llegasen los hombres, y los trabajos que salían de nuestras manos eran los más hermosos que había bajo las estrellas. ¡¿Qué es lo que nos han proporcionado los mortales además de sufrimiento?!

Nadie se sintió capaz de replicarle, pero en el silencio que sobrevino tras sus palabras se alzó un quejumbroso y tranquilo sonido. Flotaba en la oscuridad, llena de palabras desconocidas, una melodía de belleza espectral.

Cuando hubo acabado de cantar, An'nai miró a su silencioso príncipe y a su compañero, para después reposar sus ojos sobre aquellos que lo observaban a través de las llamas.

—Es una canción nuestra que una vez cantaron los mortales —murmuró—. A los hombres occidentales les gustó desde muy antiguo, y le dieron palabras en su propia lengua. Trataré…, trataré de cantarla para vosotros.

El sitha miró hacia el cielo, como si pensase. El viento iba cediendo y las ráfagas de nieve apagaban el brillo de las estrellas, que parecían frías y remotas. An'nai empezó a entonar la canción.

Las sombras no se desvanecen, como si escuchasen;
los árboles han abrazado las brillantes torres de Da'ai Chikiza;
las sombras murmuran, oscuras sobre las hojas.

La alta hierba se ondula sobre Enki-e-Sha'osaye;
las sombras crecen, sobre el césped, alargándose;
la tumba de Nenais'u está cubierta por un manto de flores;
las sombras permanecen en silencio, y allí nadie sufre.

¿Adónde han ido?
Ahora los bosques en silencio permanecen.
¿Adónde han ido?
La canción ya desapareció.
¿Por qué no volverán
durante el atardecer a cantar?
Sus lámparas como mensajeros de las estrellas,
al finalizar el día…

A medida que la voz de An'nai se iba elevando de tono, acariciando las tristes palabras, Simón sintió un anhelo de una clase que nunca antes había sentido, una nostalgia por un hogar que no había conocido, un sentimiento de haber perdido algo que jamás le había pertenecido. Nadie habló mientras An'nai cantaba. Nadie podría haberlo hecho.

El mar se agolpa por encima de las oscuras calles de Jhiná-T'se-neí;
las sombras permanecen escondidas en profundas grutas, dormidas;
el hielo azul congela Tumet'ai, sepulta sus dulces parras;
las sombras han manchado el vestido del Tiempo.

¿Adónde han ido?
Ahora los bosques en silencio permanecen.
¿Adónde han ido?
La canción ya desapareció.
¿Por qué no volverán
durante el atardecer a cantar?
Sus lámparas como mensajeros de las estrellas
al finalizar el día...

La canción finalizó. El fuego era un solitario punto brillante en una extensión desértica llena de sombras.

La tienda verde estaba emplazada en la húmeda vaciedad de la llanura que se extendía ante las murallas de Naglimund. Los costados de la tienda eran levantados y rizados por el viento, como si sólo él, de todas las demás cosas que debían de moverse sin ser vistas en tan gran extensión, estuviese vivo.

Apretando los dientes para hacer frente a un estremecimiento de superstición, aunque el húmedo y cortante viento ya era por sí solo razón suficiente para que le castañeteasen, Deornoth miró a Josua, que cabalgaba ligeramente adelantado.

«Míralo —pensó—. Es como si ya estuviese viendo a su hermano, como si sus ojos pudieran atravesar la tela verde y la cimera en forma de negro dragón, y llegar hasta el corazón de Elías.»

Al mirar hacia atrás y ver el tercer miembro del grupo, el capitán sintió que su corazón se hundía aún más. El joven soldado que Josua había insistido en traer —Ostrael era su nombre— parecía a punto de desmayarse de miedo. Sus embotados rasgos aparecían algo contraídos, sin apenas poder ocultar el pavor que sentía.

«Que Aedón tenga piedad de nosotros si *ese hombre* nos llega a ser necesario. ¿Qué demonios habrá visto el príncipe en él?»

Mientras se acercaban se alzó el faldón de la tienda. Deornoth se irguió sobre la silla, dispuesto a tomar su arco. Se maldijo a sí mismo por haber permitido que su señor cometiese una locura de aquel calibre, pero el soldado vestido de verde que salió de allí sólo los miró, con bastante falta de curiosidad, y después se apartó a un lado de la entrada, sujetando los faldones.

El capitán indicó respetuosamente a Josua que aguardase y picó espuelas a su caballo para dar una rápida vuelta alrededor de la tienda, que era grande y larga, de una docena de pasos más o menos de lado a lado, y cuyos vientos parecían ser cuerdas de instrumentos al ser rasgueados por la fuerte corriente de aire. No obstante, la hierba aplastada de las inmediaciones parecía estar libre de hombres emboscados.

—Muy bien, Ostrael —dijo, al regresar de su inspección—, te quedarás aquí, cerca de este hombre —señaló al otro soldado—, y mantendrás uno de tus hombros de forma que sea visible en todo momento desde el interior de la tienda, ¿de acuerdo?

Tomó la amedrentada sonrisa del joven lancero como una señal afirmativa y se encaró con el guardia del rey. El barbudo rostro del hombre le resultaba familiar; sin duda lo había visto en Hayholt.

—Si tú también te mantuvieses cerca de la puerta sería beneficioso para todos los implicados.

El soldado torció la boca pero dio un paso y se acercó más a la entrada.

Josua ya había desmontado y se dirigía a la entrada, pero Deornoth se le adelantó con la mano descansando sobre la empuñadura de su espada.

—No hay necesidad de tantas precauciones, Deornoth —murmuró una suave pero penetrante voz—, ¿ése es vuestro hombre, no es así? Después de todo, todos los aquí presentes somos caballeros.

El capitán parpadeó cuando Josua entró tras él. Dentro hacía bastante frío y estaba oscuro. Las paredes de la tienda dejaban penetrar algo de luz verdosa, a causa del color de la tela, aunque tan sólo un poco, como si los ocupantes flotasen en el interior de una esmeralda grande pero imperfecta.

Un pálido rostro apareció ante él, poseedor de unos diminutos ojos negros. La ropa escarlata de Pryrates parecía ser de un oxidado color marrón, como de sangre seca, a causa del verdor apagado que imperaba allí dentro.

—¡Y Josua! —exclamó, con levedad en la voz—. Volvemos a encontrarnos. ¿Quién hubiera imaginado que iban a suceder tantas cosas desde la última vez que hablamos…?

—Cerrad la boca, sacerdote…, o lo que seáis —contestó el príncipe. Había tanta frialdad en su tono que incluso Pryrates se sintió sorprendido, como si fuese un lagarto asustado—. ¿Dónde está mi hermano?

—Aquí estoy, Josua —respondió una voz, con un profundo y resquebrajado susurro que pareció el eco del viento.

Una figura aparecía sentada en una silla de alto respaldo en una de las esquinas, junto a una mesita cercana y con otra silla frente a ella. Aquello era todo el mobiliario que había en el interior de la oscura y ancha tienda. El príncipe se acercó. Deornoth se arrebujó en su capa y lo siguió, más para no quedarse junto a Pryrates que por deseos de ver al rey.

El noble cogió la silla que había frente a su hermano. Elías estaba sentado en una posición demasiado rígida para resultar normal, con los ojos brillantes como gemas incrustadas en su rostro aguileño y con el negro cabello y la pálida frente rodeados por la corona de hierro de Hayholt.

Apoyada entre sus piernas permanecía una espada, enfundada en cuero negro. Las poderosas manos del Supremo Rey descansaban sobre el pomo, por encima de la extraña empuñadura doble. Aunque la miró unos instantes, los ojos de Deornoth se negaron a posarse sobre el arma, pues le producía una incómoda sensación, como si mirase desde gran altura. En su lugar fijó la vista en el rey, pero no por ello mejoró su malestar. En la fría atmósfera del interior de la tienda, donde hacía tal frío que ante los ojos del capitán flotaba una voluta de vapor cada vez que respiraba, Elías tan sólo vestía un justillo sin mangas, mostrando descubiertos sus blancos brazos a excepción de los brazaletes que los adornaban. Sus tendones parecían latir como infundidos con vida propia.

—Veo, hermano —dijo el rey, mostrando los dientes al sonreír—, que tienes buen aspecto.

—No puede decirse lo mismo de ti —añadió Josua, pero Deornoth vio la preocupación que oscurecía sus ojos. Allí había algo terriblemente equívoco; cualquiera podía notarlo—. Pedisteis parlamentar, Elías. ¿Qué queréis?

El monarca entrecerró los ojos, ocultándolos en una sombra verde, y esperó un largo momentos antes de responder.

—A mi hija, quiero a mi hija. También hay otro…, un muchacho, pero no tiene tanta importancia. No, sobre todo es a Miriamele a quien quiero. Si me la entregas te daré un salvoconducto para todas las mujeres y niños de Naglimund. De otra forma, todos los que se escondan tras los muros y me estorben…, morirán.

Pronunció las últimas palabras con una ausencia de malicia tal que a Deornoth le sorprendió la suplicante mirada que aparecía en su rostro.

—Yo no la tengo —replicó el príncipe, lentamente.

—¿Dónde está?

—No lo sé.

—*¡Mentiroso!*

La voz del rey estalló tan furiosa que el capitán casi desenvainó su espada, esperando que Elías saltase de su silla. El lugar de ello, el soberano permaneció casi sin moverse, y sólo hizo un gesto para que Pryrates le llenase la copa de un jarro repleto de un líquido negruzco.

—No me consideres un mal anfitrión por no ofrecerte —se excusó después de beber un largo trago, y sonrió con tristeza—. Me temo que este licor no iba a gustarte. —Alargó la copa hacia el sacerdote, que la recogió cuidadosamente con la punta de los dedos y la depositó sobre la mesa—. Bien —continuó Elías, que había recuperado un tono de voz casi aceptable—, ¿podemos ahorrarnos esta escena sin sentido? Quiero a mi hija, y la tendré. —Su tono se volvió grotesco, lleno de súplica—. ¿Acaso un padre no tiene ningún derecho sobre la hija a la que ama y a la que ha educado?

Josua respiró profundamente.

—Los derechos que podáis tener es algo que os incumben a vos y a ella. Yo no la tengo, y si la tuviera no te la entregaría contra su voluntad —se apresuró a añadir, antes de que el rey pudiera responder—. Por favor, Elías..., una vez fuiste mi hermano, en todo. Nuestro padre nos amaba a ambos, a ti más que a mí, pero sobre todo amaba esta tierra. ¿Es que no te das cuenta de lo que estás haciendo? No sólo me refiero a esta lucha, y Aedón sabe que esta tierra ha visto ya demasiada. Pero hay algo más. Pryrates sabe a lo que me refiero. ¡No tengo duda alguna de que él ha sido quien ha guiado tus primeros pasos por ese camino!

Deornoth vio que el sacerdote se daba la vuelta, arrojando una sorprendente nubecilla de vapor al respirar.

—Por favor, Elías —prosiguió el príncipe, con su severo rostro lleno de aflicción—. Da marcha atrás, abandona esa trayectoria, envía esa maldita espada devuelta con las que te han envenenado a ti y a Osten Ard… y pondré mi vida en tus manos. Abriré las puertas de Naglimund ante ti como una doncella abre su ventana para un amante. ¡Revolveré cielo y tierra hasta dar con Miriamele! ¡Tira esa espada, Elías! ¡Deshazte de ella! ¡No sin motivo se llama *Dolor*!

El rey miró a Josua como si estuviese aturdido. Pryrates murmuró algo y dio un paso en dirección al monarca, pero Deornoth saltó y lo cogió. El sacerdote se revolvió como una serpiente y, aunque el contacto resultó muy desagradable, el capitán lo sujetó con más fuerza.

—¡No os mováis! —le siseó al oído—. ¡Aunque me maldigáis con un encantamiento, sacaré fuerzas para dejaros sin vida antes de morir! —apretó el costado del ropaje escarlata con su daga desenvainada con la suficiente presión como para tocar carne—. ¡No formáis parte de esto, al igual que yo! Se trata de algo entre hermanos.

Pryrates se mantuvo inmóvil. Josua se inclinó hacia el Supremo Rey y éste lo miró, como si tuviera dificultades para distinguir lo que veía ante sí.

—Qué hermosa es mi Miriamele —susurró—. En ella a veces puedo ver a su madre, Hylissa, pobre muchacha. Murió. —El rostro del monarca, un momento antes paralizado en una mueca de malicia, ahora mostraba auténtica confusión—. ¿Cómo pudo mi hermano dejar que sucediese? Era tan joven…

Su mano se adelantó, a tientas. Josua levantó la suya demasiado tarde y, en lugar de cogérsela, los largos y fríos dedos del rey se posaron sobre el muñón forrado de cuero de la muñeca derecha del príncipe. Sus ojos parecieron volver a la vida y su rostro se convirtió en una máscara de ira.

—¡Regresa a tu agujero, traidor! —rugió mientras Josua apartaba el brazo—. ¡Mentiroso! *¡Mentiroso!* ¡Te lo repetiré hasta que se te caigan las orejas!

Tanto odio salía de su boca que Deornoth dio un paso atrás y Pryrates pudo liberarse.

—*¡Te arruinaré tan completamente que Dios Todopoderoso buscará mil años y ni siquiera podrá encontrar tu alma!* —bramó Elías, temblando en su silla mientras el príncipe se dirigía a la puerta de la tienda.

El joven soldado Ostrael se encontraba tan aterrorizado por los rostros de Deornoth y del príncipe que lloró en silencio durante todo el camino de regreso hacia las murallas de Naglimund.

41

FUEGO FRÍO Y PIEDRA RESISTENTE

E l sueño se retiró de forma progresiva, se deshizo como la niebla, un terrorífico sueño en el que estaba rodeado por una asfixiante mar verde.

No había ni arriba ni abajo; sólo una luz que parecía no venir de parte alguna y que lo llenaba todo, y una multitud de sombras agitándose. Tiburones. Todos ellos poseían los negros ojos, vacíos de toda vida, de Pryrates.

Cuando el mar se retiró, Deornoth salió a la superficie del sueño para quedarse despierto a medias, con una amarga sensación. Las paredes del cuartel de la guardia aparecían débilmente iluminadas por la fría luz de la luna, y la respiración regular de los demás hombres se asemejaba al viento abriéndose camino entre hojas secas.

Aunque el corazón le latía muy apresurado, sintió que el sueño regresaba para reclamar su alma exhausta, y lo tranquilizaba con suaves dedos, murmurando con una dulce voz en sus oídos. Empezó a dejarse llevar, sintiendo su llamada con más suavidad que antes. Esta vez lo llevó a un lugar más brillante, a un lugar de húmedas mañanas y de suave sol de mediodía, al feudo franco de su padre, en Hewenshire, donde había crecido trabajando en los campos junto a sus hermanas y a su hermano mayor. Una parte de su ser todavía no había abandonado el cuartel —sabía que estaba en el noveno día de junen, y que todavía no había amanecido—, pero otra parte había regresado al pasado. Volvió a sentir el olor de la tierra revuelta, y oyó el paciente avanzar del arado y el chirrido de las ruedas del carro mientras el buey tiraba de la carreta, camino abajo, hacia el mercado.

El rechinar se hizo más agudo, a la vez que desaparecía el aroma de los surcos hechos en la tierra. El arado se acercaba cada vez más; el carro ya parecía estar tras él. ¿Acaso se había dormido el conductor? ¿Había dejado alguien sueltos a los bueyes para que vagasen a su antojo por los campos? Sintió un horror infantil.

«Mi padre se pondrá furioso… ¿Era yo? ¿Era yo quien tenía que vigilarlos?» Sabía cómo lo miraría su padre: el arrugado y furioso rostro que no querría saber de excusas, el rostro que el joven Deornoth había asociado con el de Dios al enviar a un pecador al infierno. «¡Madre Elysia! Papá va a coger el atizador para darme, seguro…»

Se sentó en el jergón, respirando con dificultad. El corazón le latía a trompicones, tras el sueño de los tiburones, pero empezó a recuperar la normalidad mientras miraba los barracones.

«¿Cuánto tiempo llevas muerto, padre? —se preguntó, secándose con la muñeca el sudor frío que perlaba su frente—. ¿Por qué me persigues todavía? ¿Es que los años y las oraciones no…?»

Sintió un escalofrío que le recorría la espalda. Ahora estaba despierto, ¿no? Entonces, ¿por qué el implacable crujido del carro no había desaparecido con el sueño?

Se puso en pie en un momento, gritando, y el fantasma paterno desapareció como la llama de una vela apagada por un fuerte viento.

—¡Todos arriba, en pie! ¡A las armas! ¡El asedio ha comenzado!

Luchaba por ponerse la cota de malla mientras recorría la hilera de camas, dando patadas a los dormidos y atontados hombres, y dando instrucciones a los que su primer grito había devuelto a la vida. Se oyeron chillidos de alarma provenientes de la puerta, y el rasgado quejido de una trompeta.

El casco reposaba sin abrochar sobre la cabeza de Deornoth, y el escudo se balanceaba a su lado cuando salió corriendo por la puerta, tratando de ponerse el tahalí con la espada. Asomó la cabeza por los otros barracones y vio que sus moradores ya estaban en pie y recogían rápidamente sus armas.

—¡Naglimundos! —llamó, enarbolando un puño mientras con el otro sostenía el escudo—. ¡Es nuestra prueba! ¡Dios nos ama, ahora tenemos que demostrarlo!

Sonrió al escuchar el ronco grito que le respondió y se dirigió hacia las escaleras, acabando de ponerse el casco.

La parte superior del bastión de la puerta, situado en la muralla oriental, parecía extrañamente deformada por la luz proveniente de la media luna que brillaba por encima. Los refuerzos habían sido acabados tan sólo días atrás y constaban de paredes de madera y de techos que protegerían de las flechas a los defensores. El lugar ya se encontraba parcialmente repleto de guardias a medio vestir y cuyas formas parecían desproporcionadas a causa de los rayos de la luna que se filtraban a través de las rendijas de las fortificaciones.

Las antorchas iluminaron toda la muralla cuando los arqueros y lanceros tomaron posiciones. Otra trompeta rasgó el aire de la noche reuniendo a más soldados en el patio, como un gallo que hubiese perdido la esperanza sobre la llegada del amanecer.

El chirrido de ruedas de madera se hizo más audible. Deornoth miró a través de la desnuda vertiente que se extendía ante los muros del pueblo, buscando la fuente del ruido, aunque sabía de qué se trataba, pero no por ello se encontraba más dispuesto a verlo.

—¡Por el Árbol Sagrado! —exclamó, y oyó que los hombres a su alrededor repetían el juramento.

Moviéndose hacia ellos, con tanta lentitud como gigantes renqueantes, tomando forma entre las sombras inmediatamente anteriores al amanecer, aparecieron seis grandes torres de asedio, tan altas como las murallas de Naglimund y con forma de gigantescos osos. Avanzaban como árboles altísimos. Los gruñidos y gritos de los hombres ocultos que las empujaban y el chirrido de las ruedas, grandes como casas, daban la impresión de ser las voces de monstruos que habían dejado de ser vistos desde tiempos muy remotos.

Deornoth se vio invadido por una desagradable oleada de miedo. Por fin había llegado el rey, y ahora su ejército avanzaba hacia las puertas de la fortificación. ¡Fuera cual fuese el resultado de todo aquello, la gente cantaría sobre ello algún día!

—¡No malgastéis las flechas! —gritó, al ver que unos cuantos defensores empezaban a lanzar dardos en la oscuridad, y que éstos se quedaban cortos pues los atacantes todavía se encontraban fuera de su alcance.

El ejército de Elías, como respuesta al parpadeo de las antorchas sobre las murallas de Naglimund, hicieron tronar sus tambores en medio de la oscuridad, como un rugido que fuera elevando su volumen y convirtiéndolo en un monótono redoble en dos tiempos; daba la impresión de tratarse del eco de los pasos de un gigante. Los defensores, a su vez, hicieron sonar los cuernos de guerra desde cada torreón, un débil sonido que quedaba parcialmente oculto bajo el estrépito de los tambores, pero que, no obstante, anunciaba vida y resistencia.

Deornoth sintió un contacto en el hombro, levantó la vista y vio dos sombras con armadura junto a él: se trataba de Isorn y de Einskaldir, que llevaba un casco de acero sin adornos pero con una protección nasal. Los ojos del barbudo rimmerio brillaban como antorchas cuando posó una firme mano sobre el hijo de su señor Isgrimnur y lo apartó con suavidad, pero firmemente, para alcanzar el parapeto. Miró hacia la oscuridad y gruñó como un perro.

—Allí —rezongó, señalando la base de las torres de asedio—, a los pies de los grandes osos, mirad las cuñas de piedra y el ariete —dijo, indicando otras grandes máquinas que se movían junto a las torres. Algunas de ellas eran catapultas muy grandes, con sus fuertes brazos amartillados como si fueran cabezas de asustadas serpientes. Otras parecían ser estructuras de parapeto, cubiertas de planchas metálicas y diseñadas como cangrejos de duros caparazones para avanzar a salvo bajo la lluvia de flechas de los defensores y llegar al pie de la muralla, donde cumplirían las tareas que les habían sido asignadas.

—¿Dónde está el príncipe? —preguntó el capitán, incapaz de apartar sus ojos de los artefactos que se acercaban.

—Ahora viene —respondió Isorn, de puntillas para tratar de ver algo por encima de Einskaldir—. Ha estado con Jarnauga y el archivador desde que volvisteis de parlamentar. Espero que hayan preparado alguna maravillosa estratagema que nos dé dureza o que detenga al rey. Míralos, Deornoth. —Señaló hacia las difusas y hormigueantes formas que conformaban el ejército real—. Son demasiados.

—¡Por las Llagas de Aedón! —gruñó Einskaldir, y volvió sus ojos para mirar a su compañero—. Dejad que se acerquen. Nos los comeremos y después escupiremos lo que quede de ellos.

—Entonces —dijo Deornoth, y esperó conseguir que aflorase una sonrisa en su rostro—, con la ayuda de Dios, el príncipe y Einskaldir, ¿qué podemos temer?

El ejército del rey apareció en la llanura tras los ingenios de asedio y se extendió por entre los campos todavía inundados por la niebla como moscas sobre una piel de manzana. Las tiendas, que surgían por todas partes, parecían brotar de la tierra como setas.

El amanecer llegó lentamente, acompañando el movimiento de los sitiadores. El oculto sol sólo asomaba una pequeña parte de sí tras el manto de la oscuridad de la noche.

Las grandes torres de asedio, que se habían detenido durante al menos una hora, como centinelas soñolientos, volvieron a avanzar sin previo aviso. Los soldados correteaban de aquí para allá por entre las grandes ruedas, esforzándose en tirar de las cuerdas para empujar las torres por la vertiente. Cuando al fin entraron en la línea de alcance de los defensores, los arqueros situados en las murallas dispararon con terrorífica alegría cientos de siseantes dardos, como si junto a las flechas se despojasen de las angustias de sus corazones. Después de la primera e insegura andanada, empezaron a mejorar la puntería y muchos de los hombres del rey cayeron muertos o heridos, mientras las ruedas de sus propias máquinas de guerra los aplastaban contra el suelo en medio de sus terroríficos aullidos. Cada vez que caía uno de ellos atravesado por una flecha, otro aparecía inmediatamente y ocupaba su lugar para tirar de la cuerda. Las torres de asedio rodaban hacia las murallas, sin poder ser detenidas. Los arqueros reales ya estaban lo suficientemente cercanos como para poder contestar a los disparos de los defensores. Las flechas volaron en ambos sentidos como abejas enloquecidas. Mientras las máquinas crujían y traqueteaban hacia las murallas, el sol salió por entre las nubes y las almenas aparecieron teñidas de rojo en algunos puntos.

—¡Deornoth! —El blanco rostro del soldado brillaba como la luna llena en el interior de su casco—. ¡Grimstede os pide que vengáis, y rápidamente! ¡Han emplazado escalas de asalto contra la muralla, bajo la torre Densinis!

—¡Dios mío!

El capitán apretó los dientes lleno de frustración y se dio la vuelta para mirar a Isorn. El rimmerio había tomado el arco de un herido y ayudaba a mantener despejadas las últimas anas de terreno que separaban las murallas de las torres de asalto, perforando a cualquier soldado lo suficientemente loco como para salir de los parapetos de los ingenios y tratar de agarrar las cuerdas sueltas al viento.

—¡Isorn! —gritó—. ¡Mientras hemos tratado de mantener alejadas las torres han colocado escalas en la muralla sureña!

—¡Entonces id allá! —El hijo de Isgrimnur no levantó la vista de la punta de la flecha que estaba a punto de ser disparada—. ¡Me reuniré con vos en cuanto pueda!

—¿Dónde está Einskaldir? —preguntó, y por el rabillo del ojo vio que el soldado que le había traído el mensaje se agitaba lleno de temerosa impaciencia.

—¡Sabrá Dios!

Volviendo a maldecir entre dientes, Deornoth bajó la cabeza y corrió tras el mensajero de sir Grimstede. En su camino fue reuniendo a una media docena de guardias, hombres cansados que se habían dejado caer durante un instante al abrigo de las almenas para recuperar el aliento. Al verse requeridos, sacudieron la cabeza con pesar, pero se abrocharon los cascos y lo siguieron. El capitán era un hombre en quien confiaban; muchos lo llamaban «la mano derecha del príncipe».

«Pero Josua tuvo mala suerte con su primera mano derecha —pensó Deornoth, con amargura, mientras corría por la plataforma de las murallas, sudando a pesar del frío—. Espero que esta nueva mano le dure más. A propósito, ¿dónde andará el príncipe? De todas las ocasiones en que habría que verlo...»

Rodeó la torre Dendinis y quedó sorprendido al ver retroceder a los hombres de sir Grimstede y subir por las almenas a los cellodshirenos vestidos de rojo y azul del barón Godwig, que se desparramaban por los muros cercanos.

—¡Por Josua! —vociferó, y se lanzó hacia adelante.

Los hombres que los seguían respondieron a su grito al unísono y se lanzaron contra los sitiadores con el resonar de espada contra espada, y por un instante consiguieron detener a los shirenos. Uno de ellos cayó, gritando, desde lo alto de las almenas, y agitó los brazos como si eso lo pudiera mantener en el frío aire. Los hombres de Grimstede recuperaron la moral y consiguieron hacer retroceder a los atacantes. Deornoth cogió una lanza junto a un cuerpo caído y, apoyando un extremo sobre su hombro, empujó una de las altas escalas que trepaban hasta lo alto de las murallas.

Poco después se le unieron dos de sus hombres, y juntos consiguieron echar la escala abajo; se balanceó hacia el otro lado y los sitiadores que por ella subían chillaron y maldijeron con bocas tan abiertas como agujeros vacíos. Por un instante la escalera se mantuvo en equilibrio, sin inclinarse hacia adelante ni hacia atrás, perpendicular al cielo y la tierra; pero finalmente se ladeó hacia atrás, hacia el suelo, y dejó caer como fruta madura a los hombres subidos a ella.

Poco tiempo después sólo quedaban vivos un par de atacantes sobre la pasarela de las almenas. Los defensores empujaron las restantes tres escalas y Grimstede ordenó que sus hombres hicieran rodar una de las grandes piedras que no habían tenido tiempo de lanzar cuando el asalto comenzó. La tiraron por encima de las murallas y cayó por la parte más baja del muro: aplastó las escalas en él apoyadas convirtiéndolas en astillas y mató a uno de los hombres que se había sentado donde había caído y permanecía mirando, con expresión idiotizada, la gran piedra que rodaba hacia él.

Uno de los defensores —un joven barbudo que una vez había jugado a los dados con Deornoth— aparecía tendido, muerto, con el cuello

245

partido por el canto de un escudo. También habían caído cuatro de los hombres de sir Grimstede y aparecían desplomados como espantapájaros derribados por el viento entre otros siete hombres de Cellodshire, que tampoco habían sobrevivido al fallido asalto.

—Siete aquí y media docena más en la escalera —contó el caballero, mirando con satisfacción hacia los cuerpos retorcidos y al destrozo de abajo—. Ahí, bajo el muro, parece que también han tenido más pérdidas que nosotros, unas cuantas más.

Deornoth se sintió mal; el hombro herido le dolía como si le hubiesen clavado un puñal.

—El rey *tiene...* muchos más hombres que nosotros —replicó—. Puede... permitirse perderlos o tirarlos como si fuesen pieles de manzana.

Ahora supo que acabaría poniéndose enfermo y se dirigió al borde de la muralla.

—Pieles de manzana... —volvió a decir, y se inclinó por encima del parapeto, demasiado dolorido como para sentir vergüenza.

—Volved a leerlo —dijo Jarnauga, mirando sus dedos unidos.

El padre Strangyeard lo miró con la boca abierta como para formular una pregunta, pero se oyó un impacto que hizo temblar el edificio y el rostro del sacerdote tuerto reflejó una mirada de pánico. Inmediatamente se apresuró a trazar un Árbol sobre la pechera de su hábito negro.

—¡Piedras! —exclamó, con voz estridente—. ¡Están..., están tirando piedras por encima de la muralla! ¿No deberíamos..., no es allí...?

—Los hombres que luchan sobre las almenas también están en peligro —declaró el viejo rimmerio, con rostro severo—. Nosotros estamos aquí, porque es donde mejor servimos. Nuestros camaradas buscan una espada en el blanco norte, enfrentándose a peligros mortales. Otra de ellas ya está en manos de nuestro enemigo, que nos ha puesto cerco. Cualquier pequeña esperanza que pueda existir sobre el paradero de la espada de Fingil es nuestra responsabilidad encontrarla. —Su expresión se ablandó al mirar al preocupado Strangyeard—. Las piedras que alcancen el bastión interior deben venir por encima de las murallas que hay tras esta habitación. Corremos muy poco riesgo. Ahora, por favor, volved a leer el pasaje. Hay algo en él que no llego a comprender, pero que parece importante.

El alto sacerdote miró la página durante unos instantes. Cuando la habitación quedó en silencio, una oleada de gritos y exhortaciones ahogadas por la lejanía se introdujo a través de la ventana como una niebla. Strangyeard torció la boca.

—Leed —sugirió Jarnauga.

El sacerdote se aclaró la garganta.

...Así que Juan bajó por los túneles que existían bajo Hay-
holt —humeantes y húmedos pasillos a causa del aliento de
Shurakai—, desarmado a excepción de una lanza y un escudo,
y se acercó a la guarida del dragón. Estaba, sin duda, tan asus-
tado como seguiría estando durante el resto de su larga vida...

De repente dejó de leer.

—¿Y eso de qué nos sirve, Jarnauga? —Algo impactó contra el suelo, a no demasiada distancia de donde se encontraban, como si fuese el martillo de un gigante. Strangyeard no le hizo caso, estoicamente.

—¿Queréis..., queréis que continúe, que lea la batalla del rey Juan contra el dragón?

—No. —El anciano agitó una huesuda mano—. Leed el pasaje final. —El sacerdote pasó varias páginas.

...Así fue como volvió a salir a la luz de forma inesperada,
pues nadie contaba con su regreso. Los que se habían quedado
en la boca de la cueva —lo que en sí ya era una muestra de gran
valor, pues, ¿quién sabe lo que puede ocurrir al permanecer a la
puerta del túnel de un dragón furioso?— se entregaron a loas y
alabanzas cuando vieron que Juan de Warinsten salía vivo de
la morada del dragón y se sorprendieron grandemente cuando
vieron la inmensa garra, llena de escamas, que cargaba sobre su
hombro ensangrentado. Marcharon por delante de él gritando
y condujeron su caballo con aire triunfal a través de la entrada
de Erchester. Sus habitantes se asomaron por puertas y venta-
nas. Algunos dicen que todos aquellos que profetizaron la horri-
ble muerte de Juan y las funestas consecuencias de la acción del
caballero sobre sus propias existencias, ahora eran los que lo
aclamaban más vivamente por su gran hazaña. La noticia co-
rrió rápidamente y se formaron grandes concentraciones de ciu-
dadanos que tiraban flores al paso de Juan; éste llevaba a Clavo
Brillante alzada ante él, como una antorcha, a través de la
ciudad que ahora era suya...

Strangyeard suspiró y volvió a depositar el manuscrito en el interior de la caja de madera de cedro que había buscado expresamente para él.

—Tengo que decir que es una hermosa y apasionante historia, Jarnauga. Y Morgenes, hummm, sí, la ha escrito muy bien; pero ¿de qué nos sirve?

El anciano miró los prominentes nudillos de sus manos y frunció el entrecejo.

—No lo sé. Pero hay algo, ahí hay *algo*. Consciente o inconscientemente, el doctor puso algo ahí. ¡Cielos y nubes y piedras! ¡Casi puedo tocarlo! ¡Me siento ciego!

Otra oleada de ruido les llegó a través de la ventana; gritos de preocupación y el pesado entrechocar de las armaduras de una compañía de guardias que corrían por el patio.

—Creo que no tenemos demasiado tiempo para pensar en ello, Jarnauga —dijo Strangyeard.

—No, creo que no —respondió el viejo rimmerio, y se frotó los ojos.

A lo largo de toda la tarde las oleadas lanzadas por el ejército del rey Elías embistieron contra los acantilados de las murallas de Naglimund. El débil sol reflejaba los pulidos metales de los cascos y mallas de los soldados que subían por las escalas, sólo para ser repelidos por los defensores del castillo. De vez en cuando las fuerzas del rey abrían una brecha en el anillo de hombres combativos y resistente piedra, pero acababan siendo rechazadas. El gordo Ordmaer, barón de Utersall, cubrió una de esas aberturas durante largos minutos, y se batió cuerpo a cuerpo con los soldados que subían por las escalas. Mató a cuatro de ellos y mantuvo al resto alejado hasta que le llegó ayuda, aunque ya lo habían herido de muerte durante la escaramuza.

Fue el príncipe Josua el que acudió con la tropa de guardias para asegurar la defensa del aquel trozo de muralla y destruir la escalera. La espada de Josua, Naidel, parecía un rayo de sol parpadeando entre las hojas, cortando aquí y allá, matando hombres mientras sus atacantes empuñaban pesadas espadas o inadecuadas dagas.

El príncipe lloró cuando fue encontrado el cuerpo de Ordmaer. Aunque no había existido un vínculo de intimidad entre el barón y él, su muerte había sido heroica, y en el clímax de la batalla su caída le pareció que era representativa de todas las demás: la de los lanceros, arqueros e infantes de ambas partes que morían en un baño de sangre bajo los fríos y nublados cielos. Josua ordenó que los voluminosos restos del barón fueran llevados a la capilla del castillo. Los guardias, aunque maldijeron en silencio, cumplieron la orden.

Cuando el rojizo sol empezó a desaparecer por el horizonte occidental, el ejército del rey Elías pareció empezar a ceder, a abandonar. Sus tentativas dirigidas a empujar los ingenios de guerra contra los muros se estrellaban contra una cortina de flechas y los intentos fueron menores; igualmente, los que pretendían subir por las escalas empezaron a abandonarlas a la primera resistencia que encontraban por parte de los defensores. A los erkynos les resultaba difícil luchar contra erkynos, aun bajo las órdenes del Supremo Rey. Y todavía les resultaba más difícil cuando sus hermanos luchaban como fieras acorraladas en su madriguera.

A la puesta de sol se oyó la llamada de un cuerno que flotó a través del terreno, proveniente del campo de tiendas, y las fuerzas de Elías empezaron a retroceder, llevándose a rastras a los heridos e incluso a muchos de los muertos. Dejaron tras ellos las torres de sitio y las pantallas bajo las que se resguardarían a la mañana siguiente, antes del asalto. El cuerno volvió a sonar, y esta vez lo hizo acompañado del redoble de tambores, como para recordar a los defensores que el gran ejército del rey, al igual que el verde océano, podía seguir enviando oleadas continuamente. Daba la impresión de que los tambores anunciasen que incluso las más firmes piedras acabarían por caer.

Las torres de asedio, plantadas como silenciosos obeliscos ante las murallas, recordaban que Elías tenía la intención de regresar. Las habían dejado cubiertas con pellejos mojados para impedir que ardiesen a causa de alguna flecha incendiaria, pero Eadgram, el jefe de la guarnición, había pensado en ello durante todo el día. Después de pedir consejo a Jarnauga y a Strangyeard, pareció que al fin había elaborado algún tipo de plan.

En silencio, mientras las últimas tropas del rey acababan de descender la pendiente que las conducía a su campamento, Eadgram mandó a sus hombres que cargasen de aceite las barricas de vino y que las dispusieran sobre las dos pequeñas catapultas de Naglimund. Cuando fueron lanzadas, las barricas fueron dando vueltas por el aire hasta más allá de las murallas para ir a chocar contra los mantos de cuero que cubrían las torres. Una vez realizada la primera parte del plan, sólo era cuestión de enviar algunas flechas embreadas y pocos minutos más tarde las cuatro inmensas torres se habían convertido en gigantescas antorchas.

No hubo nada que los hombres de Elías pudieran hacer para aplacar el incendio. Los defensores que se habían arracimado sobre las murallas aplaudieron y gritaron, cansados pero animosos, mientras las anaranjadas llamas crepitaban frente a ellos, iluminando las almenas.

Cuando el rey llegó montado a caballo desde el campamento, envuelto en su gran capa negra, como un hombre proveniente de las sombras, los defensores de Naglimund lo abuchearon. El monarca levantó su extraña espada gris y gritó como un poseso para que la lluvia cayese y apagase las hogueras en que se habían convertido las torres, ante lo cual los hombres de Josua sonrieron incómodos. Sólo al cabo de un rato, mientras el rey iba de aquí para allá con su capa negra como ala de cuervo ondeando al frío viento, empezaron a entender, a través de la horrible cólera que podía percibirse en su voz, que verdaderamente *esperaba* que la lluvia hiciese acto de presencia ante su requisitoria, y que se sentía ultrajado al no ser así. Las risas se apagaron y dieron paso a un temeroso silencio. Uno tras otro, los defensores de Naglimund abandonaron su júbilo y descendieron de las almenas para atender sus heridas. Después de todo, el asedio apenas había comenzado. No parecía que fuese a haber tregua ni descanso a este lado del cielo.

—He vuelto a tener extraños sueños, Binabik.

Simón había conducido su caballo hasta cabalgar junto a Qantaqa, a algunas yardas por delante del resto del grupo. Era un día despejado, pero hacía un frío terrible. Se trataba de su sexto día a través de la blanca tierra Baldía.

—¿Qué clase de sueños?

El muchacho se ajustó la máscara que le había confeccionado el gnomo, una tira de piel con un corte alargado en ella, para resguardarse del reflejo de la nieve.

—He soñado con la Torre del Ángel Verde... o una torre similar. Ayer por la noche soñé que se teñía de sangre.

Binabik lo miró tras su propia máscara y después señaló una pequeña extensión gris que corría paralela al horizonte, en la base de las montañas.

—Ahí, estoy seguro, está la linde de Dimmerskog, o *Qilakitsoq*, como apropiadamente lo llama mi gente: el Bosque Sombrío. Tendríamos que llegar en aproximadamente un día.

Simón miró la tenebrosa franja y se sintió lleno de frustración.

—Ese maldito bosque no me preocupa en absoluto —dijo, con brusquedad—, estoy harto de hielo y nieve, hielo y nieve. ¡Nos vamos a congelar en esta maldita nada! ¡¿Qué te parecen mis sueños?!

El gnomo se meneó mientras Qantaqa pasaba por encima de unos montones de nieve. A través del viento se podía oír a Haestan que le gritaba algo a uno de sus compañeros.

—Yo también estoy lleno de pesar —añadió Binabik, en tono comedido, como para ajustar su charla a la cadencia del avance—. En Naglimund permanecí dos noches sin poder dormir, sin dejar de pensar en si te iba a perjudicar el acompañarme en este viaje. No tengo conocimientos para saber lo que pueden significar tus sueños, y la única forma en que podemos descubrirlo es caminando por el Sendero de los Sueños.

—¿Como hicimos en casa de Geloë?

—No tengo demasiada confianza en mis poderes para hacerlo, al menos no aquí, ni ahora. Es posible que tus sueños nos pudieran ayudar, pero no me encuentro preparado para andar por el Sendero en este momento. Ahora nos encontramos aquí, y éste era nuestro destino. Sólo puedo decir que he hecho lo que me parecía mejor.

Simón pensó en ello y gruñó.

«Sí, aquí estamos. Binabik tiene razón; ya hemos llegado hasta aquí y es demasiado tarde para dar marcha atrás.»

—¿Inelu…? —Hizo la señal del Árbol con dedos que temblaban a causa no sólo del frío—. ¿El Rey de la Tormenta es… el Diablo? —preguntó, al fin.

—¿El Diablo? ¿El Enemigo de vuestro Dios? ¿Por qué lo preguntas? Ya oíste lo que dijo Jarnauga…, y ya sabes lo que es Ineluki.

—Creo que sí. —Se estremeció—. Es que… lo veo en mis sueños. Bueno, al menos creo que es él. Tiene ojos rojos, eso es todo lo que vi, de verdad, y lo demás es negro… como las ramas quemadas, y en algunos lugares se puede ver a través de él. —El chico se sintió enfermo al recordarlo.

El gnomo se encogió de hombros y se agarró el largo pelo del cuello de la loba.

—No es vuestro Diablo, amigo Simón. *Es* el mal, o al menos creo que las cosas que quiere resultarían dañinas para nosotros, y eso ya es el mal.

—¿Y… el dragón? —preguntó el joven, dudando.

Binabik volvió el rostro para mirarlo a través de su máscara.

—¿Dragón?

—El que vive en la montaña. Ese cuyo nombre no puedo decir.

El gnomo rió a carcajadas, expeliendo nubecillas de vapor.

—¡Se llama *Igjarjuk*! ¡Hija de las Montañas, tienes muchas preocupaciones, joven amigo! ¡Demonios, dragones! —Recogió una de sus propias lágrimas con un dedo enguantado y se la mostró a Simón—. ¡Mira! —sonrió—. Como si hubiera necesidad de hacer más hielo.

—¡Pero *había* un dragón! —exclamó el muchacho con fiereza—. ¡Lo dice todo el mundo!

—Hace ya mucho tiempo, Simón. Es un lugar de mal agüero, pero se debe más a su lejanía que ninguna otra cosa; así lo creo. Las leyendas qanuc cuentan que un gran gusano de hielo vivió allí una vez, y mi pueblo no se acerca a ese lugar, pero ahora opino que debe de tratarse de un sitio frecuentado por leopardos y criaturas similares. No creo que existan cosas realmente peligrosas. Los Hunën, como ya sabemos por propia experiencia, se mueven estos días por otras zonas.

—Así pues, ¿no hay nada que temer? Hay cosas terribles que me han estado dando vueltas por la cabeza durante toda la noche.

—No he dicho que no tuviéramos nada que temer, Simón. Nunca debemos olvidar que tenemos enemigos; algunos de ellos, por lo que parece, son muy poderosos.

Pasaron otra noche en la fría Tierra Baldía y encendieron una hoguera en la oscura vacuidad de los campos nevados. Lo que más le hubiera gustado en el mundo a Simón hubiera sido poder arrebujarse en una cama, en Naglimund, cubierto de mantas, aunque a sus puertas se hubiera desencadenado la más terrible y sangrienta batalla de la historia de Osten Ard. Estaba convencido de que si ahora mismo alguien le ofrecía un cálido y seco lugar en que dormir, mentiría, mataría o tomaría el nombre de Jesuris en vano con tal de conseguirlo. Mientras se envolvía en la manta de montar y trataba de que sus dientes dejasen de castañetear, estaba seguro de que las pestañas se le estaban helando.

Los lobos aullaban quejumbrosos en la oscuridad sin fin que se extendía más allá de las débiles llamas, enzarzados en una apagada e intrincada conversación. Dos noches antes, cuando los compañeros habían empezado a oír sus quejidos, Qantaqa se pasó toda la noche caminando nerviosa alrededor de la hoguera del campamento. Desde entonces parecía haberse acostumbrado a los aullidos nocturnos de sus congéneres, y sólo les respondía de vez en cuando con algún gemido.

—¿Por qué no les contesta? —preguntó Haestan, preocupado.

El erkyno procedía de las llanuras del norte, y sentía por los lobos el mismo aprecio que Sludig, aunque casi había llegado a sentir simpatía por la montura de Binabik.

—¿Por qué no les dice que's vayan' rondar a otros?

—Al igual que ocurre entre los hombres, no todas las tribus de la especie de Qantaqa conviven en paz —replicó el gnomo, haciendo que todavía estuvieran más intranquilos.

Aquella noche el animal hacía todo lo que era posible para desoír los aullidos: fingía dormir, pero se descubría al erguir las orejas en la dirección de los ladridos. Mientras Simón se arrebujaba aún más en la manta, pensó que la serenata de los lobos era el sonido más solitario que jamás había escuchado.

«¿Por qué estoy aquí? —se preguntó—. ¿Por qué estamos aquí todos nosotros? Buscando una espada a través de la horrible nieve. Una espada en la que nadie ha pensado desde hace muchos años. ¡Mientras tanto, la princesa y todos los demás permanecen en el castillo esperando el ataque del rey! ¡Qué estupidez! Binabik creció en las montañas, entre la nieve; Grimmric, Haestan y Sludig son soldados; y sólo Aedón puede saber qué es lo que quieren los sitha. ¿Por qué estoy yo aquí? ¡Menuda estupidez!»

Los aullidos fueron desapareciendo. Un largo dedo índice tocó la mano de Simón y le hizo dar un respingo.

—¿Escuchas a los lobos, Seomán? —le preguntó Jiriki.

—Es difícil no hacerlo.

—Cantan fieras canciones. —El príncipe sacudió la cabeza—. Son como tu especie mortal. Cantan sobre los lugares en los que han estado, y sobre lo que han visto y olfateado. Se dicen unos a otros por dónde anda el reno, y quién ha tomado a quién por compañero, pero sobre todo gritan: *¡Estoy aquí! ¡Estoy aquí!* —Sonrió, con los ojos empañados, mientras miraba las llamas de la hoguera.

—¿Y e-eso es lo que pensáis que… decimos los m-m-mortales?

—Mediante palabras y sin ellas —respondió Jiriki—. Debes tratar de ver las cosas con nuestros ojos. Para los *Zida'ya*, vuestras gentes dan a menudo la impresión de ser niños. Creéis que los longevos sitha no duermen, creéis que permanecemos despiertos a través de la larga noche de la historia. Vosotros, los hombres, como los niños, deseáis permanecer ante la chimenea con vuestros mayores, y escuchar canciones e historias y observar el baile.

El príncipe hizo un gesto señalando lo que los rodeaba, como si la oscuridad estuviese poblada de invisibles juerguistas.

—Pero Simón, no podéis —continuó en tono amable—, no debéis. A vuestro pueblo os ha sido concedido dormir el sueño final, así como a nosotros se nos ha concedido caminar y cantar bajo las estrellas a lo largo de toda la noche. Tal vez hay más riqueza en vuestros sueños de lo que nosotros, los *Zida'ya*, podamos llegar a comprender.

Las estrellas que pendían del oscuro cielo parecieron apartarse, hundirse más profundamente en la vasta noche. El muchacho pensó en los sitha y en una vida que no tuviera fin, y no pudo imaginarse cómo sería eso. Helado hasta los huesos —incluso hasta el alma—, se echó hacia adelante para acercarse al fuego y se quitó los húmedos mitones para calentarse las manos.

—Pero los sitha *pueden* morir, ¿no…, no…, no es así? —preguntó con preocupación y maldiciendo su tartamudez.

Jiriki se acercó más a él y entrecerró los ojos. Por un instante el muchacho pensó que iba a golpearlo a causa de su temeridad. Pero, en vez de eso, cogió su temblorosa mano y la ladeó.

—Tu anillo —dijo, mirando el elaborado diseño—. No lo había visto antes. ¿Quién te lo ha dado?

—Mi…, mi maestro. Bueno…, supongo que lo era —añadió Simón—. El doctor Morgenes de Hayholt. Se lo dio a Bi…, Binabik para que me lo entregase.

El frío y fuerte apretón de la mano del príncipe resultaba intranquilizador, pero no se atrevió a liberarse.

—¿Así que eres uno de los que conocen el Secreto? —preguntó el sitha, mirándolo con intensidad. Sus ojos dorados, llenos del reflejo de las llamas, resultaban pavorosos.

—¿Se…, secreto? ¡N… n… no! ¡No, yo no conozco ningún secreto!

Jiriki lo siguió observando durante algunos instantes con tanta seguridad como si lo hubiese agarrado con ambas manos.

—Entonces, ¿por qué te dio el anillo? —inquirió, más para sí mismo, sacudiendo la cabeza mientras liberaba a Simón—. ¡Y yo te di una Flecha Blanca! Los Antepasados han construido, en verdad, un extraño camino para nuestro encuentro.

El príncipe se volvió para mirar la hoguera, y el chico estaba seguro de que no respondería a sus preguntas.

«Secretos —pensó Simón, con amargura—. ¡Más secretos! ¡Binabik los tiene, Morgenes también los tuvo y los sitha parecen estar llenos de ellos! ¡No quiero saber nada de ningún otro secreto! ¿Por qué he tenido que ser escogido para este castigo? ¿Por qué todo el mundo parece tener que esconder sus horribles secretos lejos de mí?»

Estuvo gritando en silencio durante un rato, con las rodillas apretadas y estremeciéndose, deseando cosas imposibles.

Alcanzaron las estribaciones orientales de Dimmerskog al atardecer del día siguiente. Aunque el bosque parecía encontrarse cubierto de un espeso manto de blanca nieve, no tenía el aspecto de ser, como lo había llamado Binabik, un lugar de sombras. El grupo no pasó a través de él, y no lo hubieran hecho ni siquiera para acortar su camino, pues la atmósfera del bosque parecía cargada de presagios. Los árboles, a pesar de su tamaño —algunos de ellos eran muy grandes—, parecían empequeñecidos y retorcidos, como si se hubiesen combado amargamente bajo su carga de ramas y nieve. Los espacios abiertos entre los contorsionados troncos serpenteaban a lo largo de la frondosidad, como si fuesen túneles excavados por algún gran topo borracho, que seguramente conducirían a peligrosas y secretas profundidades.

Pasaron casi en silencio; los cascos de los caballos se hundían suavemente en la blanda nieve. Simón se imaginó siguiendo los senderos por entre los pilares de corteza y los blancos techos de las salas de Dimmerskog, para finalmente llegar—¿quién podría saberlo?— hasta el oscuro y maligno corazón del bosque, un lugar en el que los árboles hablaban y compartían inagotables rumores a través del roce de rama contra rama o de la maliciosa exhalación del viento a través de los tallos y las hojas.

Aquella noche acamparon al aire libre, aunque Dimmerskog se agazapaba a poca distancia, como un animal dormido. Ninguno de ellos quiso dormir bajo las ramas del bosque, en especial Sludig, que había crecido entre historias sobre seres fantasmales que caminaban por los pálidos corredores del bosque. Los sitha no parecían preocupados, pero Jiriki se pasó la mayor parte de la noche engrasando su oscura espada de madera. Otra vez volvía a estar el grupo arracimado en torno a un fuego. El cortante viento del este pasó entre ellos durante todo el tiempo, enviando grandes polvaredas de nieve que giraban a su alrededor y por encima de las copas de los árboles de Dimmerskog. Cuando se tendieron a dormir, lo hicieron en compañía del crujir de los árboles y de las ramas que entrechocaban unas con otras.

Dar la vuelta a una parte del bosque y cruzar la última extensión de desierta y helada tierra hasta llegar al pie de las montañas les llevó dos días más de lento cabalgar. El paisaje era desolador y la luz del día hacía que la nieve reflejada los hiciera parpadear, pero el tiempo parecía ser más cálido. Todavía nevaba, pero el viento no se metía entre los pliegues de sus capas como lo había hecho cuando no estaban al abrigo de las montañas.

—¡Mirad! —gritó Sludig, señalando la falda de las montañas.

Al principio, Simón no vio nada más que las familiares rocas cubiertas de nieve y de más árboles. Después, cuando su ojo recorría el relieve de las colinas bajas que se extendían hacia el este, advirtió movimiento. Dos figuras de extrañas formas —¿o eran cuatro, mezcladas unas con otras?— aparecían recortadas sobre la cima del risco, a un estadio de distancia.

—¿Lobos? —preguntó, nervioso.

Binabik se adelantó al grupo sobre Qantaqa hasta que pudo ver con más claridad; después juntó sus manos enguantadas a la altura de la boca.

—*Yah aqonik mij-ayah nu tutusiq, henimaatuq!* —vociferó. Sus palabras parecieron ser respondidas brevemente por el eco y murieron entre las veladas colinas—. La verdad es que no debería chillar —susurró a un perplejo Simón—. Allí arriba podría provocar deslizamientos.

—Pero ¿quiénes…?

—Chist —musitó el gnomo, agitando una mano.

Un momento después las dos figuras empezaron a descender por el risco y a cubrir la corta distancia que las separaba del grupo. El muchacho ya vio que la pareja que se acercaba eran hombrecillos; cada uno iba a horcajadas sobre un peludo carnero de retorcida ornamenta. ¡Gnomos!

Uno de ellos gritó y Binabik, después de escuchar con atención, se volvió hacia sus compañeros con una sonrisa.

—Quisieran saber adónde nos dirigimos, si no es un comedor de carne rimmerio lo que llevamos y si nos acompaña en calidad de prisionero.

—¡Que el Diablo se los lleve! —gruñó Sludig.

El hombrecillo rió con ganas y se volvió hacia el risco.

—*Binbiniqegabenik ea sikka!* —gritó—. *Ve sikkan mo-hinaq da Yijarjuk!*

Las dos cabezas embutidas en capuchas de pelo los miraron durante unos instantes sin reflejar emoción alguna, como búhos cegados por el sol. Un instante después, uno de ellos se dio un golpecito en el pecho con la mano y el otro movió el brazo formando un amplio círculo, mientras hacían dar la vuelta a sus monturas y regresaban al risco levantando a su paso una nube de polvo de nieve.

—¿Qué significa todo eso? —preguntó Sludig.

La sonrisa de Binabik pareció apagarse.

—Les dije que nos dirigíamos a Urmsheim —explicó—. Uno hizo la señal para ampararnos de todo peligro, y el otro usó un encantamiento a fin de protegerse de los locos.

Tras dirigirse a las montañas, el grupo acampó en un vallecito rocoso al socaire de Urmsheim.

—Aquí es donde deberemos dejar los caballos y todo lo que no necesitaremos llevar —dijo Binabik mientras inspeccionaba el lugar escogido.

Jiriki se adentró en el valle y miró hacia la escarpada cima de Urmsheim, que aparecía cubierta de nieve y bañada en luz rosada en su lado occidental a causa de la puesta de sol. El viento agitaba la capa del príncipe y hacía revolotear el cabello del sitha por delante de su rostro como si fuesen mechones de espliego.

—Ha pasado mucho tiempo desde la última vez que estuve en este lugar —puntualizó.

—¿Habéis escalado la montaña? —preguntó Simón, que trataba de quitarle la cincha a su caballo.

—Nunca he visto la otra cara del pico —respondió el sitha—. Eso será algo nuevo para mí, ver el reino más oriental de *Hikeda'ya*.

—¿Las nornas?

—Todo lo que está al norte de las montañas les fue cedido hace mucho tiempo, cuando la Separación. —Jiriki regresó por el barranco—. Ki'ushapo, tú y Sijandi debéis preparar un refugio para los caballos. Mira, por aquí crece algo de maleza, bajo las rocas: eso puede ser de mucha ayuda si necesitáis más heno.

El príncipe cambió a la lengua sitha, y An'nai y el otro empezaron a preparar un campamento más permanente que cualquier otro que hubiese podido disfrutar el grupo desde que habían dejado el albergue de caza.

—¡Mira lo que he traído, Simón! —llamó Binabik.

El joven pasó junto a los tres soldados, que amontonaban la leña en que habían convertido los arbolitos que habían derribado. El gnomo estaba en cuclillas sobre el suelo, donde depositaba las bolsitas de piel que sacaba de las alforjas.

—El herrero de Naglimund pensó que estaba loco —sonrió mientras el muchacho se acercaba—, pero me hizo todo lo que le pedí.

Una vez deshechos los nudos, las bolsitas mostraron todo tipo de extraños objetos: chapas de metal con correas y hebillas llenas de clavos, extraños martillos con cabezas puntiagudas y arneses que daban la impresión de haber sido construidos para caballos pequeños.

—¿Qué es todo esto?

—Para cortejar y ganar las montañas —sonrió de nuevo Binabik—. Incluso los qanuc, con toda nuestra agilidad, no nos dirigimos a escalar sin ir preparados. Mira, esto es para ponérselo en las botas —indicó las planchas claveteadas—, y éstas son hachas de hielo, de mucha utilidad. Sludig ya las habrá visto, sin duda.

—¿Y los arneses?

—Son para que podamos ir unidos por la misma cuerda. Así, si cae aguanieve o encontramos hielo demasiado fino, cuando uno caiga los otros podrán izar su peso. Si hubiera habido tiempo habría preparado un arnés para Qantaqa. No le agradará la idea de quedarse atrás, y tendremos una triste despedida. —El gnomo empezó a cantar entre dientes una cancioncilla mientras limpiaba todo aquello.

Simón miró las herramientas de Binabik sin decir nada. Por alguna razón había creído que escalar una montaña era algo parecido a subir por las escaleras de la Torre del Ángel Verde, con mucha inclinación, pero no mucho más difícil. En cambio, todo eso que habían hablado sobre gente que cae y hielo fino…

—¡Simón, muchacho! —Era Grimmric—. Ven y haz algo d'utilidad. Coj'algunas astillas. Tendremos una buena hoguera antes d'irnos a matar a la montaña.

Aquella noche, la torre blanca volvió a hacerse presente en sus sueños. El chico se abrazaba a sus costados manchados de sangre, mientras los lobos aullaban por debajo de él y una oscura forma de ojos enrojecidos hacía sonar, por encima, las funestas campanas.

El mesonero levantó la mirada, abrió la boca para hablar y se detuvo antes de empezar a hacerlo. Parpadeó y tragó, como una rana.

El extraño era un monje, vestido y encapuchado de negro, con el hábito manchado de barro del camino en algunas partes. Lo más impresionante era su tamaño: bastante alto, pero ancho como un barril de cerveza, lo suficientemente ancho como para que la habitación de la taberna se oscureciera a ojos vista cuando entró por la puerta.

—Lo…, lo siento, padre —sonrió sin gracia el posadero. Allí llegaba un hombre del Dios aedonita que tenía el aspecto de ir a exprimirte de tus pecados dondequiera que te encontrase.

—¿Qué deseáis?

—Dije que he estado en todos los albergues que hay en cada calle del distrito portuario, y que no he tenido suerte. Me duele la espalda. Dadme una jarra de la mejor cerveza que tengáis. —Se dirigió tambaleante hacia una mesa y se dejó caer sobre un banco que crujió bajo su peso—. Este maldito Abaingeat tiene más mesones que calles.

Su acento, notó el mesonero, era rimmerio. Eso explicaba el aspecto sonrosado y áspero de su rostro. El posadero había oído que los hombres de Rimmersgardia poseían barbas tan recias que se las tenían que afeitar tres veces al día, al menos los que no se las dejaban crecer.

—Este es un pueblo portuario, padre —explicó el hombre del hostal, dejando sobre la mesa, y ante el ceñudo monje, una gran jarra—. Y con todo lo que ocurre en estos días... —se encogió de hombros e hizo una mueca—, bueno, hay muchos extranjeros que buscan habitación.

El extraño se relamió la espuma del labio superior y frunció el entrecejo.

—Lo sé. Es una vergüenza. Pobre Lluth...

El mesonero echó una nerviosa mirada alrededor, pero el guardia erkyno del rincón no parecía estar escuchando.

—Dijisteis que no habíais tenido suerte, padre —dijo, cambiando de tema—. ¿Puedo preguntaros qué es lo que buscáis?

—A un monje —gruñó el individuo—, a un *hermano* monje, eso es..., y a un muchacho. He registrado todos los muelles sin encontrarlos.

El mesonero sonrió mientras limpiaba una jarra metálica con el delantal.

—¿Y habéis venido aquí al final? Os pido perdón, padre, pero creo que vuestro Dios os probaba.

El monje rezongó, y después levantó los ojos de la cerveza.

—¿A qué os referís?

—Estuvieron aquí..., si es que se trata de la misma pareja.

La sonrisa de satisfacción del posadero se heló en sus labios cuando vio que el religioso se levantaba del banco. El rostro enrojecido apenas estaba a unas pulgadas del suyo.

—¿Cuándo?

—Ha..., hace dos o tres días... No estoy seguro...

—¿No estáis seguro —preguntó amenazadoramente— o es que queréis dinero? —y metió las manos en el interior del hábito.

El dueño del hostal no sabía si el extraño hombre de Dios buscaba un cuchillo o la bolsa del dinero; nunca había confiado demasiado en los seguidores de Jesuris, y el hecho de vivir en la población más cosmopolita de Hernystir no había contribuido a tener una mejor opinión sobre ellos.

—¡Oh, no, padre, de verdad! Fue..., fue hace unos cuantos días. Preguntaron sobre un barco que fuese costeando hasta Perdruin. ¿El monje era bajo y calvo, y el muchacho, de finas facciones y cabello oscuro? Si es así, eran ellos.

—¿Qué les dijisteis?

—¡Que fuesen a buscar a Gealsgiath *el Viejo*! Seguro que lo encontrarían en Eirgid Ramh; es la taberna que tiene un remo pintado en la puerta, cerca de donde acaba la tierra.

El posadero perdió el control cuando los enormes brazos del monje rodearon sus hombros. El hombre, relativamente fuerte, se sintió estrechado y apretado como si fuese un niño. Un instante después era liberado de aquel abrazo que amenazaba con romperle las costillas, y lo único que pudo hacer fue tratar de recuperar el resuello mientras el extraño le aplastaba un emperador de oro en la mano.

—¡Que el misericordioso Jesuris Bendiga vuestro albergue, hernystiro! —bramó el hombretón, haciendo que los rostros de algunos paseantes se volvieran desde la calle—. ¡Ésta es la primera ocasión en que tengo suerte desde que comenzó esta maldita búsqueda! —exclamó, y se lanzó hacia la puerta como si huyese de una casa en llamas.

El mesonero respiró pesadamente y apretó la dorada moneda en su mano, que todavía parecía arder después de haber sido estrujada por la gran zarpa del monje.

—Esos aedonitas están locos como cabras —se dijo—. Están tocados.

Estaba apoyada en la pasarela y observaba cómo Abaingeat iba desapareciendo, tragada por la niebla. El viento despeinaba su corto cabello negro.

—¡Hermano Cadrach! —llamó—. Venid aquí. ¿Hay algo más hermoso que esto? —y señaló la franja de verde océano que los separaba de la costa llena de neblina. Las gaviotas revoloteaban y parecían chillar por encima de la estela de espuma del barco.

El monje agitó la mano desde donde permanecía agachado, junto a un montón de barriles atados, sobre cubierta.

—Me alegro de que te diviertas…, Malaquías. Yo nunca he sido muy marinero. Y Dios sabe que este viaje no me hará cambiar de opinión.

Cadrach se secó unas gotas de agua —o de sudor— de la frente. No había bebido ni un vasito de vino desde que puso el pie en la cubierta del barco.

Miriamele levantó la mirada y vio a un par de marineros hernystiros que la observaban llenos de curiosidad desde la cubierta del castillo de proa. Hundió la cabeza y se alejó de la pasarela para sentarse junto al monje.

—¿Por qué vinisteis conmigo? —preguntó la muchacha al cabo de unos instantes—. Es algo que todavía no he llegado a entender. Él no la miró.

—Vine porque lady Vorzheva me pagó para hacerlo.

La princesa se puso la capucha.

—No hay nada como el océano para recordarte lo que es importante —dijo, y sonrió.

Cadrach le devolvió una débil sonrisa.

—Ah, por el Buen Dios que tenéis razón —rezongó—. A mí me recuerda que la vida es dulce y que el mar es traicionero. Y que soy un loco.

Miriamele asintió con gravedad, levantando la mirada para ver las velas hinchadas al viento.

—Esas son cosas importantes —asintió.

42

BAJO EL ÁRBOL DE UDÚN

No hay prisa, Elías —gruñó Guthwulf—. No hay ninguna prisa. Naglimund es como una nuez madura…, muy madura; sabéis que así es…

Guthwulf podía escuchar cómo arrastraba sus propias palabras; había necesitado emborracharse para poder enfrentarse a su viejo amigo. El conde de Utanyeat ya no se hallaba cómodo en compañía del rey, y todavía lo hacía sentirse peor el ser portador de malas noticias.

—Has tenido una semana, ¡le he proporcionado de todo, tropas, máquinas de asedio, de todo! —El monarca frunció el entrecejo. Se sentía enfermo y todavía no había mirado al conde a los ojos—. No puedo esperar más. ¡Mañana es el Solsticio de Verano!

—¿Y qué importancia tiene eso? —Guthwulf, que se sentía helado y enfermo, torció el rostro y escupió el trozo, ya sin sabor, de raíz de citril que había estado masticando. La tienda real estaba tan fría y oscura como el fondo de un pozo—. Nunca nadie ha tomado en quince días una gran casa, excepto por traición, aunque estuviera mal defendida. Los naglimundos luchan como animales acorralados. Sed paciente, alteza; paciencia es todo lo que necesitamos. Podemos hacerlos morir de hambre en cuestión de meses.

—¡Meses! —La carcajada de Elías sonó hueca—. ¡Pryrates, dice meses!

El sacerdote escarlata compuso una cadavérica sonrisa.

La risa del rey cesó de forma abrupta, y bajó la barbilla hasta casi tocar la empuñadura de la larga espada gris que apoyaba entre sus piernas. Aquella arma tenía algo que hacía que a Guthwulf no le acabase de gustar, aunque sabía que tener tales pensamientos sobre las cosas era pura tontería. Allí donde se dirigiese Elías iba acompañado por la espada, como si fuera una especie de mimado perro faldero.

—Hoy es nuestra última oportunidad, Utanyeat —dijo el Supremo Rey con voz recia y pesada—. O abrís la puerta, o tendré que hacer… algunos cambios.

El conde se levantó, balanceándose.

—¿Acaso os habéis vuelto loco, Elías? ¿Cómo podemos…? ¡Los mineros apenas han excavado la mitad…! —Dejó de hablar, lleno de vértigo, preguntándose si no habría ido demasiado lejos—. ¿Por qué tiene que preocuparnos que mañana sea el Solsticio de Verano? —Volvió a dejarse caer sobre una rodilla, implorante—. Decídmelo, señor.

El noble temió una explosiva respuesta de su enfurecido rey, pero, en algún profundo lugar en su interior, esperaba un súbito regreso de su antigua camaradería. No ocurrió ninguna de ambas cosas.

—No podéis entenderlo, Utanyeat —replicó el monarca, y sus ojos enrojecidos aparecían fijos sobre la pared de la tienda, en el aire—. Tengo… otras obligaciones. Mañana cambiará todo.

Simón creía que había llegado a adquirir algún conocimiento sobre el invierno. Tras el largo y cansado viaje a través de la desolada Tierra Baldía y de los inacabables y blancos días llenos de viento, estaba seguro de que ya no tenía nada más que aprender sobre aquella estación del año. Después de unos cuantos días en Urmsheim se quedó sorprendido ante su anterior inocencia y desconocimiento.

Viajaron por los estrechos senderos de hielo en fila india, tanteando cuidadosamente con pies y manos antes de dar cada paso. A veces el fuerte viento los hacía combarse como débiles ramas, y tenían que apoyarse contra la pared de hielo hasta que aquél amainaba. El hecho de caminar también le reservaba ciertas sorpresas; Simón, que se consideraba un consumado escalador de los lugares altos de Hayholt, ahora resbalaba y se agarraba como podía por los estrechos senderos helados de la montaña, de apenas dos codos de ancho entre la pared y el precipicio. Una nube de polvo de nieve era lo único que podía verse entre el camino y la lejana tierra a sus pies. Mirar abajo desde la Torre del Ángel Verde, que una vez le pareció la cumbre del mundo, ahora lo consideraba tan infantil como subirse a un taburete de la cocina del castillo.

Desde el sendero de la montaña se veían las cumbres nevadas de otros picos y las nubes que se arremolinaban sobre ellos. El nordeste de Osten Ard se extendía bajo él, pero a tanta distancia que tuvo que dejar de mirar. No era aconsejable otear desde alturas tales, pues su corazón se desbocaba y el estómago se le subía a la garganta. Simón deseó con todo su ser haberse quedado atrás, pero ahora su única posibilidad de llegar abajo de nuevo era seguir escalando.

A menudo se sorprendió rezando, y con la esperanza de que, a la altura que se encontraba, sus palabras ascendiesen con más rapidez hacia el cielo.

Las alturas y la poca confianza que le quedaba lo aterrorizaban, pero el muchacho también estaba conectado, a través de la cuerda que rodeaba su cintura, al resto del grupo, menos a los sitha, que seguían desatados. Así pues, no sólo tenía que preocuparse de sus propios errores: un paso en falso de cualquiera de los otros y todos podrían caer, como si fuesen ristras de chorizo, de cabeza a las vertiginosas y vacías profundidades. Su avance resultaba muy lento, pero ninguno, y Simón el último de ellos, deseaba que fuese de otra forma.

No todas las lecciones que le enseñaba la montaña resultaban tan dolorosas. Aunque el aire era tan ligero y frío que en ocasiones creía que si volvía a respirar se convertiría en hielo, la gélida atmósfera lo condujo a una extraña exaltación, a una sensación de franqueza e insustancialidad, como si un fuerte viento soplase a través de su persona.

La cara de la helada montaña era en sí algo de gran belleza. Simón ni siquiera se había imaginado que el hielo pudiera tener color; la variedad doméstica que él conocía, la que se amontonaba sobre los tejados de Hayholt durante la fiesta de Aedón y cubría los pozos en eneror, era de un blanco lechoso. Por el contrario, la coraza de Urmsheim, retorcida, deformada y modelada por el viento y el distante sol, era multicolor y de extrañas formas. Se destacaban grandes torres de hielo en cuyo interior podían apreciarse como venas de color verde mar y violeta que pendían sobre las cabezas del fatigado grupo. Por todas partes se veía que los acantilados se habían resquebrajado y habían caído formando cristalinas crestas teñidas de azul, las cuales conformaban una especie de confuso mosaico, como si se tratase de bloques abandonados por algún gigantesco arquitecto.

Había un lugar en el que permanecían los negros esqueletos de dos árboles muertos, como abandonados centinelas al borde de una blanca grieta. El helado manto que se extendía entre ellos había sido derretido por el sol hasta convertirlo en una capa tan delgada como un pergamino; los troncos momificados parecían ser las puertas de entrada al Cielo, y el hielo que había entre ellos era un abanico evanescente convertido por la luz del sol en un brillante arco iris de luz de color rubí y nectarina, con retazos dorados, lavanda y rosado pálido. Simón estaba seguro de que aquellos tonos hubieran hecho palidecer de envidia a las famosas vidrieras de Sancellan Aedonitis, a las que la comparación había conferido un pobre aspecto.

Aunque la brillante coraza sedujese sus ojos, el frío corazón de la montaña trabajaba contra los indeseados huéspedes. Al final de la tarde del primer día, mientras Simón y sus camaradas mortales trataban de acomodarse al extraño y deliberado paso a que los forzaban los zapatos de clavos de Binabik —los sitha desdeñaban tales artilugios, pero a pesar de ello ascendían casi tan despacio y pesadamente como los demás—, la oscuridad se adueñó del cielo tan de repente como si alguien hubiese derramado un tintero sobre su superficie.

—¡Tumbaos! —aulló el gnomo.

Simón y los dos soldados erkynos miraron hacia arriba llenos de curiosidad, con la vista puesta en el lugar en que momentos antes el sol aparecía sobre el cielo. Tras Haestan y Grimmric, Sludig se tiró sobre el hielo.

—¡Echaos al suelo! —volvió a gritar el hombrecillo.

Haestan empujó a Simón.

Mientras se preguntaba si Binabik había visto algo peligroso en el camino —y si era así, qué era lo que hacían los sitha, ya que habían desaparecido donde el sendero torcía alrededor del flanco sudeste de Urmsheim—, el muchacho escuchó el chillido del viento, que hasta el momento, y durante las últimas horas, había sido un silbido. Sintió un tirón, luego un fuerte golpe, y hundió los dedos en la nieve en polvo hasta alcanzar el hielo que había debajo. Un momento después el estrépito de un trueno le estalló en los oídos. Cuando todavía se oía el eco de aquel primer estallido en el lejano valle que se extendía en las profundidades del abismo, lo sacudió otro, como haría Qantaqa con una presa capturada. Gimió y se agarró al suelo cuando el viento tiró de él mediante huesudos dedos, y el trueno volvió a estallar una y otra vez, como si la montaña hubiese sido utilizada como yunque por un terrible herrero.

La tormenta se detuvo de forma tan precipitada como había empezado. Simón se mantuvo en la misma posición durante mucho rato después de que el aullido del viento volviese a descender de intensidad, con la frente apretada contra el helado suelo. Cuando volvió a sentarse, con los oídos retumbando en su interior, el sol emergía de nuevo del tintero de las nubes. Tras él estaba Haestan, sentado como un niño desconcertado, con la nariz llena de sangre y la barba nevada.

—¡Por Aedón! —juró—. ¡Por l'apenado y sufriente Aedón y l'Altísimo! —Se restregó la nariz con el dorso de la mano y miró con expresión estúpida la mancha rojiza que apareció en su guante—. ¿Qué...?

—Suerte tenemos de haber estado en la parte más ancha del sendero —dijo Binabik, poniéndose en pie. Aunque también él aparecía cubierto de nieve, caso podía decirse que tenía un aspecto alegre—. Aquí las tormentas llegan muy deprisa.

—Deprisa... —murmuró Simón, mirando hacia abajo.

Se había golpeado el tobillo de su bota izquierda con los clavos que sobresalían de la suela de la otra, y, por el modo en que le dolía, estaba seguro de que se había hecho sangre.

La delgada silueta de Jiriki apareció momentos después por el recodo del camino.

—¿Habéis perdido a alguien? —gritó.

Cuando Binabik le respondió que todos se encontraban a salvo, el sitha los saludó con un gesto de burla y volvió a desaparecer.

—No veo nada de nieve sobre *él* —comentó Sludig con amargura.

—Las tormentas de las montañas se mueven deprisa —respondió el gnomo—, pero los sitha también.

Los siete viajeros pasaron juntos la primera noche apretados contra la pared de una cueva de hielo que encontraron en el lado este de la montaña, justo en el borde del estrecho camino, a sólo cinco o seis codos, más allá del cual los esperaba el negro abismo. Se sentaron estremecidos a causa del penetrante frío, consolados aunque no calentados por el tranquilo cantar de Jiriki y An'nai. Simón recordó algo que el doctor Morgenes le había comentado en una ocasión en una tarde soñolienta, cuando el muchacho se quejaba de tener que vivir en las atestadas y poco privadas estancias de la servidumbre.

«Nunca hagas de un lugar tu hogar —le había dicho el anciano, demasiado adormilado bajo el sol de primavera como para hacer algo más que mover un dedo—. Construye tu hogar en el interior de tu propia cabeza. Encontrarás todo lo que necesites para amueblarla: recuerdos, amigos en los que puedes confiar, pasión por el conocimiento y otras cosas por el estilo. —Morgenes sonrió tras aconsejarle—. De esa forma podrá ir a donde tú vayas. Nunca te faltará un hogar..., a menos que pierdas la cabeza, claro...»

Todavía no estaba seguro de lo que el doctor había querido decir; más que nada deseaba un lugar al que poder llamar hogar. La desnuda habitación del padre Strangyeard, en Naglimund, había empezado a parecérselo en sólo una semana. Pero había algo de romántico en la idea de vivir libre para recorrer los caminos, construyendo tu hogar allí donde te detuvieses, como un comerciante de caballos hyrka. Estaba preparado para otras cosas. Le empezaba a parecer que llevaba años viajando. A propósito, ¿cuánto tiempo llevaba?

Cuando contó los días a través de las fases de la luna, con la ayuda de Binabik en el momento en que dudaba de sus propios cálculos, se quedó pasmado al darse cuenta de que habían sido... ¡menos de dos meses! Era sorprendente, pero cierto. El gnomo le confirmó que, como había pensado, habían transcurrido tres semanas del mes de junen, y Simón sabía que su viaje había dado comienzo la Noche Empedrada, durante las últimas horas de avrel. ¡Cómo había cambiado el mundo en siete semanas! Y —reflexionó mientras caía en el sueño— casi siempre para peor.

A últimas horas de la mañana, el grupo trepaba por un gran bloque de hielo que había caído por la montaña para ir a parar sobre el camino, en donde se había detenido y quedado atravesado. En esos momentos, Urmsheim volvió a atacarlos. Con un horrible y desgarrador ruido, un gran pedazo del helado bloque empezó a crujir y se partió bajo los pies de Grimmric, para caer precipicio abajo dando tumbos. El erkyno sólo tuvo tiempo de lanzar un grito de sorpresa; un instante más tarde caía por la grieta que había abierto el pedazo partido. Antes de que pudiera pensar en nada, Simón se vio tirado bruscamente por la caída de Grimmric. Trastabilló, mientras alargaba una mano desesperada con la que trató de agarrarse a la pared de hielo; la negra hendidura se acercaba cada vez más. Horrorizado, vio la brecha y el vacío que se extendía bajo la grieta que había en el sendero y, más allá, la apenas visible forma de los riscos que sobresalían a una media legua, montaña abajo. Gritó y siguió resbalando hacia la abertura, mientras con los dedos trataba de agarrarse desesperadamente al resbaladizo suelo.

Binabik era el primero de la cordada y su experiencia le permitió apartarse cuando oyó partirse el hielo; se tumbó boca abajo, agarrándose al suelo con una mano enguantada, y hundió el hacha y los zapatos de clavos tan profundamente como pudo. La enorme mano de Haestan cogió a Simón por el cinturón, pero incluso la corpulencia del barbado soldado era incapaz de detener la inexorable caída. El peso muerto de Grimmric los arrastraba a todos hacia el vacío; el erkyno gritaba bajo el borde de la grieta, balanceándose de lado a lado, suspendido de la cuerda por encima de la nada nevada. Al final de la cordada estaba Sludig, fuertemente cogido; por el momento parecía detener el movimiento de Haestan y Simón. El rimmerio llamaba ansiosamente a los sitha.

An'nai y el príncipe Jiriki llegaron corriendo por el sendero y parecía que apenas tocasen la superficie helada del camino, como si fuesen liebres de nieve. Rápidamente hundieron sus hachas en el hielo y a ellas amarraron el extremo de la cuerda de Binabik, mediante rápidos nudos. El gnomo quedó libre para actuar y se dirigió al borde de la grieta junto a los dos sitha, y al final de la cordada, para ayudar a Sludig.

Simón sintió que tiraban con más fuerza del cinturón y que la grieta empezaba a alejarse lentamente. Estaba siendo izado. ¡No iba a morir! Al menos, no ahora. Volvió a estar de pie y se agachó para recoger uno de sus caídos mitones. La cabeza parecía darle vueltas.

Todo el grupo empezó a tirar de la cuerda y al final consiguieron izar al erkyno, que había perdido el conocimiento, a través de la hendidura de hielo. Transcurrieron largos minutos antes de que un ya despierto Grimmric pudiera reconocer a sus compañeros; éstos vieron que tenía fiebre muy alta. Sludig y Haestan formaron una especie de camilla, mediante dos capas forradas de pelo, para llevarlo hasta que se detuviesen para acampar.

Cuando encontraron una profunda abertura que recorría la montaña hasta llegar a la piedra, el sol sólo había traspasado ligeramente el mediodía, pero no tenían más opción que acampar. Encendieron un pequeño fuego, que apenas llegaba a dos palmos de altura, con leña que habían recogido al pie de Urmsheim y cargado hacia las alturas por esa razón. Grimmric reposaba estremecido junto al fuego, con los dientes castañeteando de frío, esperando el brebaje que Binabik le preparaba con hierbas y polvos que llevaba en el bolso y que mezclaba con agua de nieve. Ciertamente, nadie envidiaba el calor de Grimmric.

A medida que iba pasando la tarde y la delgada franja de sol se iba poniendo por la hendidura de paredes azules para llegar a desaparecer, hizo acto de presencia un frío más fiero. Simón, al que le temblaban los músculos como cuerdas de laúd y le dolían las orejas a pesar de su capucha forrada de pelo, sintió que se hundía —al igual que se había precipitado hacia la nada de la grieta— en el sueño. En lugar del frío que esperaba, su sueño le salió al paso con calurosos y fragantes brazos.

Volvía a ser verano... ¿Cuánto tiempo habría pasado? Ya no tenía importancia, y el caso es que las estaciones habían vuelto a cambiar y la cálida

atmósfera estaba llena de los zumbidos de las abejas. Las flores de primave-
ra colgaban infladas y demasiado maduras, quebradizas en los bordes como
los pasteles de cordero que Judit cocinaba en los hornos del castillo. En los
campos que se extendían bajo las murallas de Hayholt, la hierba se iba
poniendo amarilla, y daba comienzo la transformación alquímica que fi-
nalizaría en otoño, cuando aparecería amontonada en dorados y fragantes
almiares, salpicando la tierra como pequeñas cabañas.

Simón oía cantar perezosamente a los pastores, mientras conducían a las
ovejas a través de los campos. ¡Verano! Pronto llegarían las fiestas... San
Sutrino, Hlafmansa...; pero primero su favorita, el Solsticio de Verano...

El Solsticio de Verano, cuando todo era diferente y todo aparecía disfra-
zado, cuando los amigos enmascarados y los enemigos se mezclaban sin sa-
berlo..., cuando la música se oía a través de toda una noche sin dormir y el
Jardín de los Setos aparecía engalanado de cintas doradas, y de risas, y de
sombras que llenaban las Horas de la Luna...

—¿Seomán? —Una mano se había posado sobre su hombro y lo sacudía con suavidad—. Seomán, estás llorando. Despierta.

—Los bailarines..., las máscaras...

—¡Despierta!

La mano volvió a sacudirlo, esta vez con más rigor. Abrió los ojos y
vio el alargado rostro de Jiriki, que en aquella débil luz daba la impresión de tener sólo frente y pómulos.

—Parecías tener una pesadilla —dijo el sitha cuando se sentó junto
a él.

—Pero..., pero no era así —se estremeció—. Era ve..., verano...,
estábamos en el Solsticio de Verano.

—Ah. —Jiriki enarcó una ceja, y después se encogió de hombros—.
Creo que tal vez has estado vagando por reinos a los que no deberías
acercarte.

—¿Qué tiene de malo el verano?

El príncipe de los sitha volvió a encogerse de hombros, y extrajo del
interior de su manto —mediante un gesto propio del tío favorito que
saca un juguete para distraer a un niño— un objeto brillante enmarcado en un delicado grabado de madera.

—¿Sabes qué es esto? —inquirió.

—Un..., un espejo... —Simón desconocía el motivo de aquella
pregunta. ¿Sabría que lo había cogido cuando estaban en la caverna?

Jiriki sonrió.

—Sí. Es un espejo muy especial, pues posee una historia muy larga.

¿Sabes lo que se puede hacer con una cosa así, además de afeitarse el rostro como hacen los hombres? —levantó una mano y pasó un frío dedo por la peluda mejilla del muchacho—. ¿Te lo imaginas?

—¿V-v-ver cosas que están le-lejos? —replicó tras unos instantes de duda; después esperó una regañina, que estaba seguro de que le caería encima.

El sitha lo miró.

—¿Has oído hablar de los espejos del Pueblo Encantado? —preguntó, sorprendido—. ¿Todavía son motivo de historias y canciones?

Ahora Simón tenía la oportunidad de apartarse de la verdad, pero se sorprendió.

—No. Lo descubrí cuando estábamos en el refugio de caza.

Todavía más asombroso fue el hecho de que Jiriki sólo abriera mucho los ojos.

—¿Viste otros lugares a través de él? ¿Viste algo más que reflejos?

—Vi…, vi a la princesa Mi…, Miriamele, mi amiga —asintió, y se tocó la bufanda azul que llevaba alrededor del cuello—. Fue como un sueño.

El sitha miró ceñudo, aunque no enfadado, al espejo, como si fuese la superficie de un estanque bajo la que se escondiese un pez esquivo al que desease localizar.

—Eres un joven de fuerte voluntad —dijo, lentamente—, más fuerte de lo que imaginas… O eso o estás dotado de otros poderes, de alguna manera… —Volvió a posar su mirada sobre el espejo y se quedó en silencio durante unos instantes—. Este espejo es muy antiguo —añadió, al cabo de un rato—. Se dice que es una escama del Gran Gusano.

—¿Eso qué quiere decir?

—El Gran Gusano es aquel del que tantas historias hablan, y en las que se explica que rodea al mundo. Nosotros, los sitha, sin embargo, lo vemos como si rodease todos los mundos a la vez, los de los despiertos y los de los dormidos…, los de los que fueron y los de los que serán. Se muerde la cola, así que no tiene ni principio ni fin.

—¿Un gusano? ¿Queréis decir un dra…, dra…, dragón?

Jiriki asintió una vez con la cabeza, con un movimiento repentino, como el de un pájaro picoteando grano.

—También se dice que todos los dragones descienden del Gran Gusano, y que cada uno de ellos es menor que los que le precedieron. *Igjarjuk* y *Shurakai* eran más pequeños que su madre, *Hidohebhi*, así como ella, a su vez, no era tan grande como su padre, *Khaerukama'o el Dorado*. Algún día si todo eso resulta ser cierto, los dragones desaparecerán del todo…, si no lo han hecho ya.

—Eso est... estaría bien —dijo Simón.

—¿Tú crees? —volvió a sonreír el príncipe, pero sus ojos aparecían fríos como brillantes piedras—. Los hombres crecen mientras que los grandes gusanos... y otros... disminuyen. Así parece que son las cosas. —Se estiró, sacudiéndose con la gracia de un gato que se acabase de despertar—. Así parece que son las cosas —repitió—. Bien, pero saqué la escama del Gran Gusano para enseñarte algo, ¿le gustaría verlo, joven?

El muchacho asintió.

—Este es un viaje difícil para ti. —Jiriki echó una mirada por encima del hombro hacia donde estaban los otros, reunidos alrededor de Grimmric y del pequeño fuego. Sólo An'nai: levantó la vista, y algún tipo de inexplicable vínculo comunicativo se estableció entre ambos sitha—. Mira —indicó el príncipe, instantes después.

El espejo, metido en el cuenco de las manos como si se tratase de brillante agua, casi parecía rizarse como el líquido elemento. La oscuridad que en él se reflejaba —agrietada por una especie de corte de luz gris: el reflejo del cielo que habían por encima de la cresta— se iluminó lentamente a través de verdes puntos de luz, como extrañas estrellas vegetales que germinasen en el cielo del anochecer.

—Le mostraré un *verdadero* verano —susurró, en voz baja—; más verdadero que cualquiera de los que hayas conocido.

Los puntos de un verde brillante empezaron a agitarse y a unirse, como chispeantes peces de color esmeralda que emergieran a la superficie de un estanque. Simón sintió que se hundía en el espejo, aunque no se movió ni un ápice de donde se encontraba inclinado sobre él. El verde se convirtió en muchos verdes, y dio paso a más formas y matices de los que hubiera antes. En pocos segundos empezaron a revolverse y a convertirse en una confusa masa de puentes, torres y árboles; una ciudad y un bosque crecían juntos, brotando de la llanura como una sola cosa. No se trataba de una ciudad sobre la que hubiese crecido un bosque, como en Da'ai Chikiza, sino de una floreciente y viva amalgama de plantas y piedras pulidas, jade y viridiano.

—*Enki-e-Sha'osaye* —musitó Jiriki.

La hierba de la llanura se inclinó ante el viento; escarlatas, verdes y blancos gallardetes ondeaban como flores entre los chapiteles de la ciudad: la última y más grande ciudad de verano.

—¿Dónde... está... eso? —preguntó Simón, con la respiración contenida, asombrado y embrujado por la belleza.

—No se trata de *dónde*, joven, sino de *cuándo*. El mundo no sólo es más vasto de lo que tú crees, Simón, también es más lejano, más viejo.

Enki-e-Sha'osaye hace muchísimo tiempo que se desmoronó. Está al este del gran bosque.

—¿Desmoronó?

—Fue el último lugar en que *Zida'ya* y *Hikeda'ya* vivieron juntos, antes de la Separación. Era una ciudad de mucho arte y de aún mayor belleza; el viento producía música al pasar junto a las torres, y las lámparas brillaban por la noche con la misma intensidad que las estrellas. Nenais'u bailaba a la luz de la luna junto al estanque del bosque y los admirados árboles se inclinaban para verla. —Sacudió la cabeza con lentitud—. Todo ha desaparecido. Estos fueron los días de verano para mi pueblo. Ahora estamos en pleno otoño…

—¿Desaparecido…?

Simón todavía no podía llegar a percibir la amplitud de la tragedia. Le daba la impresión de que podía meterse en el espejo, llegar allí y tocar una de las agujas de las torres con el dedo. Sintió que las lágrimas luchaban por salir de sus ojos. Sin hogar. Los sitha habían perdido sus hogares…, estaban solos y sin hogar en el mundo.

Jiriki pasó la mano sobre la superficie de cristal, que se oscureció.

—Desaparecido —respondió—. Pero mientras existan los recuerdos, el verano permanecerá. Incluso el invierno deja su lugar a la siguiente estación.

El príncipe se volvió para mirar al muchacho, y la agónica expresión en el rostro del joven consiguió arrancarle una débil sonrisa.

—No te entristezcas —le dijo, dándole unas palmadas sobre el brazo—. La luz no ha sido del todo borrada de la faz del mundo…, todavía no. Y no todos los lugares hermosos se han convertido en ruinas, todavía queda Jao é-Tinuka'i, la morada de mi familia y de mi pueblo. Tal vez algún día, y si ambos bajamos sanos y salvos de la montaña, podrás verla. —Sonrió con una mueca extraña, como si pensase en algo—. Tal vez puedas…

El resto de la ascensión de Urmsheim —tres días más sobre estrechos y peligrosos senderos que apenas eran algo más que tiras de hielo, sobre escarpadas y resbaladizas superficies y agarrándose de pies y manos; dos noches de maligno frío que les helaba hasta los dientes— pasó para Simón como un rápido aunque doloroso sueño. A pesar del terrible cansancio que sentía, se aferró al verano que le regaló Jiriki —pues sabía que de un regalo se trataba— y eso lo reconfortó. Incluso cuando sus entumecidos dedos luchaban por agarrarse y los insensibles pies trataban de mantenerse en el camino, pensó que en algún lugar debía de existir el calor y algo parecido a una cama y ropa limpia. ¡Incluso agradecería un baño! Todas aquellas cosas permanecían en algún lugar, fuera de allí, y podría conseguirlas si tan sólo mantenía despierta la cabeza y salía vivo de la montaña.

Cuando uno se paraba a pensar en ello, reflexionó, la verdad es que no existían demasiadas cosas en la vida que fueran verdaderamente *necesarias*. Querer demasiado era peor que la codicia: era pura estupidez, una pérdida de valioso tiempo y esfuerzo.

El grupo andaba con lentitud alrededor de la montaña hasta que el sol se levantaba cada mañana para brillar por encima de sus hombros. El aire se hacía cada vez más difícil de respirar y los forzaba a realizar constantes paradas para recuperar el aliento; incluso el resistente Jiriki y el sumiso An'nai se movían con más lentitud y los miembros parecían pesarles como si vistiesen pesados ropajes. Sus compañeros humanos, excepto el gnomo, se arrastraban. Grimmric había revivido gracias a la potencia de la poción qanuc de Binabik, pero se estremecía y tosía al escalar.

De vez en cuando, el viento soplaba con más fuerza y enviaba nubes que se agolpaban sobre los hombros de Urmsheim, volando como fantasmas hechos jirones. Los silenciosos vecinos de la montaña se iban materializado poco a poco: desiguales picos que se elevaban por encima de la superficie de Osten Ard, indiferentes a la sordidez y al minúsculo paisaje que se extendía a sus pies. Binabik, que respiraba tranquilamente el insustancial aire del lecho del mundo como si estuviese sentado en la despensa de Naglimund, señaló la gran cordillera escarpada de Mintahoq, al este de sus cansados compañeros, así como otras montañas que conformaban las tierras de Yiqanuc.

Llegaron de repente, cuando por encima de ellos todavía se extendía la mitad de la montaña, que se elevaba hasta casi el cielo. Subían por un saliente rocoso y la cuerda estaba tan tensa como la de un arco; cada vez que respiraban les daba la impresión de que se les quemaban los pulmones. De súbito oyeron que uno de los sitha —que había trepado por encima de los demás y había desaparecido de la vista— emitía un extraño silbido de llamada. El grupo trepó en aquella dirección con toda la prisa de que fueron capaces; la pregunta de hacia qué se precipitaban permaneció sin respuesta. Binabik, que iba a la cabeza de la cordada, se detuvo en la cresta y se inclinó un poco para mantenerse en equilibrio.

—¡Hija de las Montañas! —exclamó, y de su boca se elevó una columna de vapor.

Permaneció allí, sin moverse durante un rato. Simón trepó los últimos pasos con extremo cuidado.

Al principio no vio nada frente a él, excepto otro ancho valle de nieve, con una blanca pared que se elevaba desde él, abierta a la derecha al aire y al cielo en una sucesión de riscos que se desparramaban por una de las caras de Urmsheim. El muchacho se volvió hacia Binabik para preguntarle qué era lo que lo había hecho gritar, pero la pregunta murió en sus labios antes de ser formulada.

A la izquierda del valle excavado en la cara de la montaña, el suelo se precipitaba hacia arriba a la vez que sus altas paredes se angulaban. En el vértice, saliendo del suelo y hacia el triángulo de cielo de color gris azulado, surgía el Árbol de Udún.

—¡Elysia, Madre de Dios! —dijo Simón, con un estremecimiento en la voz—. ¡Madre de Dios! —repitió.

Al principio, enfrentado con la grandeza y la delirante imposibilidad de aquella cosa, pensó que *era* un árbol, un titánico árbol de mil pies de altura, con una miríada de ramas que brillaban y chispeaban con el sol de mediodía, oscurecido en su imposible copa por un halo de niebla. Fue cuando finalmente pudo convencerse de que era real —de que una cosa así podía existir en un universo que contenía cosas tan mundanas como cerdos, vallas y morteros—, cuando empezó a entender de qué se trataba: una cascada helada. Era la acumulación, durante años y años, de helada nieve derretida reunida en un millón de carámbanos, una cristalina tracería que se desparramaba por la piedra que conformaba el tronco del Árbol de Udún.

Jiriki y An'nai permanecían como transfigurados a unas pocas anas por debajo del suelo del valle, mirando hacia el árbol. Simón siguió a Binabik y empezó a descender por la pendiente hacia ellos, sintiendo que la cuerda que llevaba atada a su cintura volvía a tensarse al tiempo que Grimmric llegaba a la cumbre y se quedaba sin habla y sin poder moverse. El muchacho esperó lleno de paciencia a que Haestan y Sludig repitieran el proceso. Al final, todos juntos, emprendieron la tambaleante marcha hacia el valle. Los sitha se hallaban cantando en voz baja, y no parecieron darse cuenta de la llegada de sus compañeros humanos.

Nadie habló durante un buen rato. La majestuosidad del Árbol de Udún casi les vació el cuerpo, y durante un largo lapso los compañeros se mantuvieron quietos mirando el árbol y sintiéndose huecos.

—Vayamos hacia allí —dijo Binabik, rompiendo el silencio. Simón lo miró enfadado. La voz del gnomo parecía una intrusión.

—Es la más ma… maldita visión qu'han visto mis o… ojos —tartamudeó Grimmric.

—Desde aquí el viejo Un-Ojo trepó hasta las estrellas —explicó Sludig, lentamente—. Que Dios me perdone la blasfemia, pero casi puedo sentir su presencia.

Binabik empezó a andar por el valle. Los demás lo siguieron al cabo de escasos instantes, estirado por la cuerda de su arnés. Había una espesa capa de nieve y el avance fue lento. Antes de que hubieran recorrido treinta pasos, Simón pudo apartar sus ojos del espectáculo y mirar atrás. An'nai y Jiriki no se habían unido a ellos; los dos sitha todavía permanecían juntos, como si esperasen algo.

Siguieron avanzando. Las paredes del valle se inclinaban por encima de sus cabezas como fascinadas por tan extraños visitantes. El muchacho vio que la base del árbol de hielo era una gran masa de piedras amontonadas ocultas bajo las arqueadas ramas interiores. De hecho, no se trataba de verdaderas ramas: eran más bien capas sobre capas de carámbanos derretidos y vueltos a helar, cada uno de ellos más ancho que el inferior, por lo que las ramas más bajas conformaban un techo sobre las piedras la mitad de grande que un campo de torneo.

Se habían acercado lo suficiente como para tener la impresión, al mirar hacia arriba, de que el pilar se extendía hasta el techo del cielo. Cuando Simón dobló el cuello para echar un último vistazo al casi invisible final del árbol, lo inundó una oleada de sorpresa y miedo, y la visión se le oscureció durante unos instantes.

«¡La torre! ¡La torre con ramas que aparecía en mis sueños!» Sorprendido, tropezó y cayó en la nieve. Haestan alargó una ancha mano y lo levantó sin decir nada. El chico trató de echar otro vistazo, y una pavorosa sensación, que era algo más que perplejidad, se abrió paso en su interior.

—¡Binabik! —gritó.

El gnomo, que entraba en la oscuridad violeta de la sombra del Árbol de Udún, se volvió rápidamente.

—¡Tranquilízate, Simón! —siseó—. No sabemos si podemos partir el hielo, para desgracia nuestra.

El muchacho se acercó a él con tanta rapidez como fue capaz, saltando sobre la blanda nieve.

—¡Binabik, es la torre con la que soñé; una blanca torre con ramas como las de los árboles! ¡Es ésta!

El hombrecillo inspeccionó las grandes piedras de la parte baja del árbol.

—Creía que pensabas que se trataba de la Torre del Ángel Verde, en Hayholt.

—Sí, así lo suponía, pero como nunca había visto ésta, no creía que pudiera ser algo exactamente así. ¿Entiendes?

Binabik enarcó una poblada y negra ceja.

—Cuando tengamos tiempo volveré a consultar las tabas, ahora todavía tenemos una misión que cumplir.

El gnomo esperó hasta que los demás llegaron para continuar hablando.

—Soy de la opinión de que deberíamos acampar aquí —continuó—. Así podríamos pasar las últimas horas que quedan de sol buscando alguna pista sobre el paradero del grupo de Colmund, o de la espada *Espina*.

—¿Nos van… —preguntó Haestan, señalando a los distantes sitha— a'yudar?

Antes de que el hombrecillo pudiera expresar su opinión, Grimmric silbó y señaló las rocas amontonadas.

—¡Mirad! —exclamó—. Creo que aquí ha estado alguien antes que nosotros. ¡Mirad hacia aquellas piedras!

Simón siguió con la mirada la dirección en la que señalaba el dedo del soldado, hacia un lugar más allá del montón de piedras, en donde algunas hileras de rocas parecían haber sido colocadas a la entrada de uno de los agujeros que había allí y que tenía el aspecto de contener una cueva en su interior.

—¡Tienes razón! —asintió Haestan—. ¡Tienes razón! Tan cierto como que lo'huesos de Tunath descansan bajo tierra, ahí hub'alguien qu'acampó.

—¡Con cuidado! —gritó Binabik.

Su aviso llegó demasiado tarde, pues Simón ya se había desembarazado del arnés y caminaba hacia la ladera, llena de cantos rodados, haciendo que cayesen pequeñas avalanchas por donde iba pisando. Llegó a la cueva en pocos instantes y se detuvo oscilando sobre una piedra suelta.

—¡Este muro fue construido por la mano del hombre, de eso no hay duda! —vociferó hacia sus compañeros, lleno de excitación—. La gruta parece tener unas tres anas de ancho y alguien debió de apresurarse a tapar el frente colocando piedras sobre piedras, aunque no lo hizo demasiado bien. ¿Tal vez para mantenerse caliente en el interior o para mantener alejados a los animales?

—Por favor, no grites, Simón —le indicó Binabik—. Vamos hacia donde estás.

Esperó lleno de impaciencia, tratando de soportar el frío mientras observaba cómo sus compañeros trepaban hacia donde se encontraba. Cuando Haestan empezó a subir por la ladera, los dos sitha aparecieron bajo los aleros del Árbol de Udún. Tras observar con atención la escena que se desarrollaba, ascendieron hacia la gruta con tanta agilidad como ardillas moviéndose por una rama.

Al chico le costó un poco acostumbrar sus ojos a la profunda oscuridad que se extendía por la caverna. Cuando al fin empezó a ver algo, se quedó sorprendido ante lo que apareció ante él.

—¡Binabik! Es…, están…

El gnomo, que se hallaba erguido donde Simón tenía que agacharse, se llevó la palma de la mano al esternón.

—¡Qinkipa…! —exclamó—. Deben de haber esperado a que llegásemos.

En el interior de la cueva se veían huesos de origen humano. Los esqueletos, desnudos excepto por los anillos y brazaletes de corroído metal negro y verde, aparecían sentados contra los muros de la cueva. Una fina capa de hielo parecía cubrirlo todo, como si estuviesen guardados en vidrio.

—¿Es Colmund? —preguntó Simón.

—Loado sea Jesuris —dijo Sludig, tras él—, ¡salid, el aire debe de estar envenenado!

—Aquí no hay veneno —le contestó Binabik—. Y en cuanto a si se trata del grupo de sir Colmund…, creo que los indicios así lo apuntan.

—Resulta interesante preguntarse por la causa de su muerte. —La voz de Jiriki resonó en el interior de la pequeña caverna—. Si se helaban, ¿por qué no se amontonaron en busca de calor? —Señaló los cuerpos diseminados por la caverna—. Y si fueron muertos por algún animal, o si se mataron unos a otros, ¿por qué están los huesos dispuestos de esa manera tan precisa, como si se hubiesen colocado expresamente?

—Existen misterios aquí de los que habría que hablar más adelante —respondió el gnomo—, pero tenemos otros deberes y la luz desaparecerá dentro de poco.

—¡Eh, vosotros! —llamó Sludig, con la voz llena de una extraña urgencia—. ¡Venid! ¡Aquí!

El rimmerio estaba mirando por encima de uno de los esqueletos. Aunque los huesos habían caído formando un pequeño montículo, todavía tenían el aspecto de alguien que estuviese en posición de orar, arrodillado con los brazos extendidos. Entre sus manos, que permanecían medio sumergidas en hielo como piedras en un tazón de leche, se veía un largo bulto envuelto en tela helada y podrida.

El aire pareció desaparecer de la caverna. Un tenso y amortiguado silencio cayó sobre el grupo. El gnomo y el rimmerio se arrodillaron, como si fuesen una imitación de los viejos huesos, y empezaron a romper con sus hachas la capa de hielo que cubría el bulto. El tejido se astilló como si fuese corteza. Una larga tira cayó a un lado dejando entrever una profunda negritud por debajo de ella.

—No es metal —dijo Simón, desilusionado.

—*Espina* no estaba hecha de metal —gruñó Binabik—, por lo menos no de un metal que tú hayas conocido.

Sludig pudo hacer palanca con la punta de su hacha bajo el petrificado tejido y con la ayuda de Haestan consiguió arrancar otro pedazo. El muchacho boqueó. Binabik tenía razón: el objeto que emergió a la luz como una mariposa negra que saliera de la aprisionante crisálida no era tan sólo una espada, no era una espada como cualquiera de las demás que había visto. Tenía la longitud de los brazos extendidos de un hombre, de lado a lado, y era negra. La pureza de su negritud no podía ser desfigurada por los colores que brillaban en su filo, como si la hoja estuviese tan afilada que cortase la tenue luz de la caverna y la convirtiese en arco iris. Si no hubiera sido por el cordón dorado que envolvía la empuñadura a modo de mango —dejando la guarda y el pomo tan desnudo como el resto—, habría dado la impresión de no guardar relación alguna con la humanidad. Más bien, a pesar de su simetría, habría dado la impresión de haber crecido de forma natural, como alguna esencia pura de negritud que hubiera emergido a la superficie en la caprichosa forma de una espada.

—*Espina* —susurró Binabik, con una especie de tono reverente.

—*Espina* —repitió Jiriki.

Simón no pudo ni llegar a imaginarse los pensamientos que se ocultaban tras el nombre del objeto.

—¿Así que *es* ésta? —dijo Sludig—. Es un hermoso objeto. ¿Qué podría matarlos poseyendo una espada de ese tipo?

—¿Quién puede saber lo que le ocurrió a Colmund? —respondió el hombrecillo—. Pero ni siquiera puedes comerte una espada como ésta cuando no tienes comida.

Todos continuaron mirando la hoja.

Grimmric, que era quien más cerca estaba de la entrada de la cueva, se incorporó, pues estaba en cuclillas, y se abrazó como para protegerse del frío.

—Como dice'l gnomo, no te puedes comer un'espada. Voy a'ncender una hoguera par'esta noche.

El erkyno salió de la caverna y se incorporó para estirarse. Empezó a silbar, y la tonada sonó cada vez más alta.

—¡Hay maleza entre las grietas de las paredes que puede arder muy bien con nuestras astillas! —le gritó Sludig a su espalda.

Haestan se inclinó y tocó la negra espada con un dedo, lleno de precaución.

—Está fría —sonrió—. No es ninguna sorpresa, ¿verdad? —Se volvió hacia Binabik, con una extraña falta de confianza—. ¿Puedo cogerla?

El gnomo asintió.

—Con cuidado.

Haestan deslizó sus dedos bajo la empuñadura y tiró, pero la espada no se movió.

—Helada —aventuró.

Volvió a intentarlo, esta vez con más fuerza, aunque sin obtener resultados.

—Tá muy congelada —respiró agitado, tirando ahora con toda su fuerza.

Sludig se inclinó para ayudarlo. Grimmric, que permanecía en el exterior de la caverna, dejó de silbar y dijo algo ininteligible.

El rimmerio y el erkyno tiraron con todas sus fuerzas y pareció que la espada se movía ligeramente, pero, en vez de quedar liberada del hielo, la hoja sólo resbaló un ápice hacia uno de los lados y se detuvo.

—No está helada —dijo Sludig, tratando de recuperar el aliento—. Es pesada como una piedra de molino. ¡Apenas hemos podido moverla!

—¿Cómo la bajaremos de la montaña, Binabik? —preguntó Simón.

Quiso reír. Todo resultaba tan tonto y extraño; ¡encontrar una espada mágica y no ser capaces de cargar con ella! Estiró la mano y sintió el pesado y frío contacto de la hoja, y algo más. ¿Una cálida sensación? Sí, algo indefinible y vivo que parecía latir bajo la fría superficie, como una serpiente dormida que empezase a recuperar la conciencia. ¿O acaso se lo estaba imaginando?

El gnomo miró la inmóvil espada y se rascó el revuelto cabello, tratando de pensar. Un momento después apareció Grimmric en el interior de la caverna, agitando los brazos. Cuando se volvieron para mirarlo, el erkyno cayó de rodillas y rodó por el suelo, como un saco de trigo.

En su espada llevaba clavada una flecha negra, otra clase de espina...

Una luz azulada bañaba la máscara plateada y le confería a sus contornos un pálido fulgor. El rostro que se ocultaba debajo había sido el modelo sobre el que fue copiada aquella inhumana belleza, pero lo que ahora cubría no había criatura viva que pudiera saberlo. El mundo había dado incontables vueltas alrededor de sí mismo desde que el rostro de Utuk'ku había desaparecido para siempre bajo sus brillantes contornos.

La azulada máscara se volvió y miró la gigantesca y sombría sala de piedra, viendo cómo sus sirvientes trabajaban para realizar todo lo que ella les pidiera. Sus voces se elevaban en canciones de plegaria y recuerdo; el blanco cabello ondeaba en los eternos vientos de la Cámara del Arpa. Escuchó y aprobó el repicar de los martillos y su eco, que viajaba a través de los laberínticos corredores que perforaban la helada Nakkiga, la montaña que los nornos llamaban *Máscara de Lágrimas*. Los mortales llamaban Pico de las Tormentas a su hogar, y Utuk'ku sabía que inundaba sus sueños… como debía ser. El rostro plateado asintió, satisfecho. Todo estaba a punto.

Suspendida en la niebla que coronaba el Gran Pozo, el Arpa pareció quejarse, con un desolado sonido como el que producía el viento al atravesar los altos pasos de las montañas. La reina de los nornos supo que no era la voz de él: no de él, el viento, que hacía que el Arpa cantase y aullase; no de él, cuyas coléricas canciones hacían que toda la cámara temblase con músicas imposibles. Una voz menor se había introducido entre las cuerdas del Arpa, atrapada en sus infinitas complejidades como un insecto en un laberinto.

Levantó un dedo enguantado en plata y blanco por encima de unas pocas pulgadas de la negra piedra de su trono y realizó un pequeño gesto. El quejido se hizo más alto, y algo pareció materializarse entre la niebla que reposaba sobre el Pozo. Se trataba de la espada gris, de *jingizu*, que brillaba con una fuerte luz. Algo la sostenía, una figura sombría, y su mano era un nudo sin forma concreta alrededor de la empuñadura de *jingizu*.

Utuk'ku lo comprendió. No tenía ni que ver al suplicante; la espada estaba allí, mucho más real que cualquier mortal al que le fuese permitido tenerla de forma temporal.

—¿*Quién se presenta ante la reina de los* Hikeda'ya? —preguntó, aunque ya conocía la respuesta.

—*Elías, Supremo Rey de Osten Ard* —replicó la sombría figura—. *He decidido aceptar los términos de vuestro amo.*

La palabra «amo» le molestó.

—*Mortal* —dijo con languidez de reina—, *lo que deseas te será concedido. Pero has de esperar mucho…, casi demasiado.*

—*Hubo…* —La figura que sujetaba la espada se balanceó, como si estuviese cansada.

¡Qué carnales y débiles eran todos esos mortales! ¿Cómo podían haber causado tanto daño?

—*Esperaba…* —continuó— *que las cosas fuesen… de otra manera. Ahora acepto.*

—*Claro que aceptas. Y recibirás lo que se te prometió.*

—*Gracias, oh reina. Y yo os daré lo que os prometí a cambio...*

—*Desde luego que lo harás.*

La reina bajó los dedos enguantados y la aparición se esfumó. Una luz roja hizo acto de presencia en el Pozo cuando él llegó. Al tomar posesión del Arpa, el instrumento vibró con una nota de triunfo.

—¡No..., no quiero morir...! —gimoteó Grimmric.

Con espuma sanguinolenta sobre la barbilla y las mejillas y la boca abierta, mostrando una maltrecha dentadura, tenía el aspecto de un gamo que hubiera sido atrapado y atacado por fieros mastines.

—Hace..., ¡hace tanto frío!

—¿Quién lo ha hecho? —chilló Simón, perdiendo el control de su voz a causa del pánico.

—Quienquiera que haya sido —murmuró Haestan, con el rostro ceniciento mientras se inclinaba sobre su paisano— nos ha atrapado como a conejos.

—¡Tenemos que salir! —gritó Sludig.

—Envolveos las capas en los brazos —dijo Binabik, mientras montaba la cerbatana con piezas del bastón—. No tenemos escudos que nos protejan de las flechas, pero eso nos servirá de ayuda.

Sin decir palabra Jiriki saltó por encima de Haestan y del caído Grimmric, dirigiéndose a la entrada de la gruta. An'nai lo siguió con los labios apretados.

—¿Príncipe Jiriki? —empezó a decir el gnomo, pero el sitha no se detuvo.

—Vamos —indicó Sludig—, no podemos dejar que vayan solos.

El rimmerio extrajo su espada del manto en que la había envuelto.

Cuando los demás siguieron a los sitha hacia la entrada de la caverna, Simón miró a *Espina*, la negra espada. Habían recorrido un largo camino hasta encontrarla: ¿es que iban ahora a perderla? ¿Qué ocurriría si lograban escapar, pero les obstruían el regreso a la caverna y no podían regresar? El muchacho puso las manos sobre la empuñadura y volvió a sentir la extraña y palpitante sensación. Tiró hacia él, y para su sorpresa la espada se movió. El peso era tremendo, pero usando ambas manos pudo levantarla contra el helado techo de la cueva.

¿Qué había sucedido? Estaba perplejo. ¿Dos hombres muy fuertes no habían podido levantarla y él sí? ¿Era cosa de *magia*?

Simón llevó la larga y pesada espada hacia donde se encontraban sus compañeros. Haestan se desabrochó la capa, pero, en lugar de enrollarla en su brazo para protegerse, la tendió sobre Grimmric. El herido tosió, y de su boca salió más sangre. Ambos erkynos lloraban.

Antes de que Simón pudiera decir una sola palabra acerca del arma, Jiriki salió de la cueva.

—¡Deteneos! —gritó, y las heladas paredes del valle le devolvieron el eco de su propia voz—. ¿Quién ataca al grupo del príncipe Jiriki i-Sa'onserei, hijo de Shima'onari y vástago del linaje de Año de Baile? ¿Quién quiere guerra con los *Zida'ya*?

Como respuesta, una docena de figuras saltaron desde lo alto de las paredes del vallecito y se mantuvieron a unas cien anas de la base del Árbol de Udún. Todas iban armadas y llevaban máscaras y blancas capas con capucha; cada una de ellas portaba en su pecho la marca triangular del Pico de las Tormentas.

—¿Nornas? —preguntó el joven, olvidándose durante un instante del extraño objeto que sujetaba con sus manos.

—No son *Hikeda'ya* —respondió An'nai—. Son mortales que están bajo las órdenes de Utuk'ku.

Una de las figuras de capa blanca se adelantó un paso. Simón reconoció la piel atezada y la pálida barba.

—Lárgate, *Zida'ya* —dijo Ingen Jegger. Su voz se oía lenta y fría—. El Cazador de la Reina no tiene nada contra ti. Son esos mortales a los que proteges los que me estorban, y a los que no permitiré abandonar este lugar.

—Están bajo mi protección, mortal. —El príncipe Jiriki acarició su espada—. Regresa por donde has venido y siéntate bajo la mesa de Utuk'ku; aquí no vas a conseguir ninguna sobra.

Jegger asintió.

—Tú lo has querido.

Movió una mano con gesto negligente y uno de los cazadores levantó su arco y disparó. El sitha se echó a un lado, empujando a Sludig, que estaba tras él. La flecha se estrelló contra una roca que había junto a la entrada de la cueva.

—¡Al suelo! —gritó el príncipe.

An'nai disparó su arco en respuesta.

Los cazadores se diseminaron por el valle, dejando a uno de los suyos tendido sobre la nieve. Simón y sus compañeros gatearon por las resbaladizas piedras hasta llegar a la base del árbol de hielo con las flechas silbando a su alrededor.

En pocos minutos se acabaron los dardos de ambas partes, pero no antes de que Jiriki hubiera atravesado a otro de los rastreadores de Ingen, acertándole en el ojo con tanta limpieza como si disparase contra una manzana colocada sobre una piedra. A su lado, Sludig se apretaba el muslo, pero la flecha había rebotado primero contra una roca y el rimmerio pudo arrancarse la cabeza del dardo y arrastrarse en busca de refugio.

Simón estaba hecho un ovillo bajo un promontorio de piedras, que formaba parte del tronco del Árbol de Udún, y se maldecía por haber dejado el arco y sus preciosas flechas en el interior de la cueva. Observó cómo An'nai, que tenía el carcaj vacío, dejaba el arco y sacaba de la funda una oscura y delgada espada; el rostro del sitha era implacable. El muchacho tuvo la seguridad de que el suyo propio reflejaría el miedo que lo inundaba. Miró a *Espina*, y sintió un latido de vida proveniente de la espada. La pesadez que había notado antes se había convertido en otra cosa, en algo animado, como si estuviese rellena de abejas enfurecidas; parecía un animal encerrado que se empezase a poner nervioso al olfatear la proximidad de la liberación.

Un poco más a su izquierda, al otro lado del tronco de piedra, Haestan y Sludig se arrastraban hacia adelante utilizando las grandes y torcidas ramas de hielo como cobertura. A salvo ahora de posibles disparos de flechas, Ingen reunía a sus cazadores para iniciar la carga contra el grupo de Simón.

—¡Simón! —siseó una voz.

El muchacho, sorprendido, se volvió y vio a Binabik, acurrucado tras una roca, por encima de su cabeza.

—¿Qué vamos a hacer? —preguntó el muchacho, tratando de controlar la voz, aunque sin conseguirlo.

El gnomo, sin embargo, miraba la hoja negra que el chico llevaba entre sus brazos como si se tratase de un niño.

—¿Cómo...? —inquirió Binabik, y en su redonda faz apareció una expresión de sorpresa.

—¡No lo sé, sólo la levanté! ¡No sé cómo lo hice! *¿Qué vamos a hacer?*

El hombrecillo sacudió la cabeza.

—Te vas a quedar ahí donde estás. Voy a ayudar en lo que me sea posible. Desearía tener una lanza.

El pie del gnomo dejó caer algo de gravilla sobre Simón cuando se alejó.

—¡Por Josua *el Manco*! —gritó Haestan, y salió de debajo de las blancas ramas del Árbol de Udún para cargar sobre el grupo de Ingen, con Sludig a sus talones.

Tan pronto como ambos llegaron a la zona del valle más cubierta de nieve empezaron a avanzar con más dificultades. Los rastreadores también se dirigieron contra ellos, con la misma lentitud en su avance.

Haestan lanzó una estocada con su pesada espada, pero, antes de que alcanzase al primero de los atacantes, la figura blanca cayó, agarrándose la garganta.

—¡Yiqanuc! —gritó, victorioso, Binabik, y después se agachó para volver a cargar la cerbatana.

El entrechocar de las espadas resonó cuando el primero de los hombres de Ingen llegó hasta donde se encontraban Haestan y Sludig. Los sitha vinieron un instante después, moviéndose con agilidad sobre la nieve, pero aun así los compañeros eran muy inferiores en número. Poco después, el alto Haestan recibió un golpe plano de espada sobre su cabeza encapuchada y cayó con un sonido apagado sobre la nieve. Sólo el salto que dio An'nai para situarse por delante de él salvó al erkyno de ser rematado allí mismo.

Las espadas brillaban en la débil luz, y los gritos de rabia y dolor casi ahogaban el ruido de las armas. A Simón le dio un vuelco el corazón cuando vio que Binabik, cuyos dardos se habían mostrado inservibles contra las gruesas capas de los cazadores, desenvainaba su largo cuchillo del cinturón.

«¿Cómo puede ser tan valiente? Es demasiado pequeño... ¡Lo matarán antes de que pueda acercarse lo suficiente como para usar la espada!»

—¡Binabik! —gritó el muchacho, y se puso en pie. Levantó la pesada espada negra por encima de la cabeza, sintiendo que el enorme peso lo hundía en la nieve mientras avanzaba tambaleándose.

De repente el suelo empezó a inclinarse bajo sus pies. Simón se tambaleó, con las piernas muy separadas, y le pareció que toda la montaña oscilaba. Un chirrido espeluznante le agujereó los oídos, como si fuese el sonido de una pesada piedra arrastrada sobre una cantera. Los combatientes se detuvieron, mudos de asombro, y miraron el suelo que había bajo sus pies. Este empezó a abultarse, mientras se oía otro horrible chirrido de hielo torturado. En el medio del valle, a sólo unos cuantos codos de donde permanecía Ingen Jegger con la boca abierta a causa de la terrible confusión, se elevó una gran plancha de hielo, crujiendo y doblándose, esparciendo una gran cantidad de polvo de nieve.

Sacudido por el súbito movimiento del suelo, Simón tropezó y fue tambaleándose, con *Espina* en sus brazos, hasta llegar justo en medio de los combatientes. Nadie pareció darse cuenta de su presencia: todos se habían quedado helados como si el hielo del Árbol de Udún hubiese convertido su sangre en escarcha, con los ojos desorbitados ante la imposibilidad de lo que iba apareciendo por debajo de la nieve.

El dragón de hielo.

Una cabeza como de serpiente, tan larga como un hombre, apareció por la grieta recién formada, llena de escamas blancas sobre una boca dentada. Los ojos eran azules y parpadeaban. La cabeza se movió de lado a lado sobre el largo cuello, como si observara llena de curiosidad a las diminutas criaturas que la habían despertado de largos años de sueño. Entonces, con una increíble rapidez se inclinó y atrapó a uno de los rastreadores entre sus dientes, lo partió por la mitad y se tragó las piernas. El roto y sanguinolento torso cayó en la nieve como un trapo destrozado.

—¡*Igjarjuk*!... Es ¡*Igjarjuk*! —se oyó que decía Binabik.

La brillante cabeza atrapó a otro encapuchado blanco que chilló de terror. El resto se dispersó, con los rostros vacíos a causa de tanto horror. Unas garras de color blanco aparecieron por el borde de la cornisa y el inmenso cuerpo del dragón, cuya espalda aparecía cubierta por un extraño y pálido pelo, amarillento como pergamino viejo, empezó a hacerse visible. Una cola semejante a un látigo, larga como un campo de torneo, barrió a dos de los cazadores, que cayeron al vacío.

Simón se desplomó sobre la nieve a causa de la impresión, incapaz de creer en el ser horroroso que se asomaba por el borde de la grieta como un gato por el respaldo de una silla. La inmensa cabeza se inclinó para mirarlo, y los lóbregos y azules ojos lo observaron con tranquila y perenne malicia. La cabeza se estremeció, como si tratase de mirar a través del agua con aquellos ojos vacíos como grietas glaciales. Los ojos lo vieron y parecieron reconocerlo. El dragón era tan viejo como los cimientos de la montaña, y tan sabio, cruel y despreocupado como el mismo tiempo.

Las mandíbulas se separaron y una lengua negra se abrió camino hacia el exterior, como saboreando el aire. La cabeza se acercó más al muchacho.

—¡*Ske'i*, engendro de *Hidohebhi*! —gritó una voz.

Un instante después, An'nai había saltado sobre los cuartos traseros de la criatura, donde se agarró al espeso pelo para sostenerse. Mientras cantaba, el sitha levantó su espada y la hundió en una escamosa pierna. Simón se puso en pie y retrocedió tambaleándose, a la vez que el dragón se desembarazaba del sitha con un golpe de cola; An'nai voló unos cincuenta codos antes de estrellarse contra la nieve del borde del valle, a poca distancia de la nada. Jiriki se lanzó hacia su compañero con un grito de rabia y desesperación.

—¡Simón! —llamó el gnomo—. ¡*Corre*! ¡Ya no podemos hacer nada!

Al oír el grito de Binabik, la niebla que había empañado el entendimiento del muchacho empezó a disiparse. Instantes después se incorporó y corrió tras el príncipe. Binabik, que se encontraba en el extremo más alejado de la grieta, corrió hacia atrás al mismo tiempo que el dragón empezaba a repartir golpes a diestro y siniestro con su larga cola y sus mandíbulas se cerraban sobre la nada produciendo un sonido parecido al de una puerta de hierro. El hombrecillo cayó en una hendidura del hielo y desapareció.

Jiriki se inclinó sobre el cuerpo de An'nai, que continuaba inmóvil como una estatua. Corriendo todo lo que podía hacia donde estaban los sitha, Simón echó una mirada por encima del hombro y vio que *Igjarjuk* bajaba de las rotas almenas de hielo y se movía por el pequeño valle. Sus cortas patas agrietaban el suelo mientras andaba. Así fue acortando la distancia que lo separaba de su presa.

El chico trató de gritar el nombre de Jiriki, pero la garganta no le respondió; todo lo que salió de ella fue un extraño gruñido. El sitha se dio la vuelta. Sus ambarinos ojos brillaban. Se levantó y se puso en pie junto al cuerpo de su camarada, con la larga espada de madera embrujada, llena de grabados rúnicos, ante él.

—¡Acércate, viejo! —gritó—. Ven y prueba a Indreju. ¡Hijo bastardo de *Hidohebhi*!

Simón hizo una mueca mientras trataba de llegar hasta el príncipe y pensó que éste no tenía necesidad de gritar pues el dragón se acercaba por propia voluntad.

—Ponte detrás… —empezó a decir el sitha cuando el chico llegó junto a él; después dio un repentino salto hacia adelante: la nieve que tenía bajo los pies había caído al vacío. Jiriki resbaló hacia atrás, acercándose al borde del valle y a la nada que se extendía más allá. Desesperado, trató de agarrarse a la nieve del límite del precipicio y se detuvo, colgando en el vacío. An'nai, un retorcido cuerpo ensangrentado, permanecía a un codo de distancia.

—¡Jiriki…! —empezó a decir Simón, pero se detuvo.

Detrás de él oyó un ruido como un trueno. Se dio la vuelta y vio la inmensa mole de *Igjarjuk* que se acercaba a él, balanceando la cabeza a causa del movimiento de las piernas. Se lanzó hacia un lado, alejándose de Jiriki y de An'nai, rodó por el suelo y volvió a levantarse. Los azules ojos lo siguieron en su desplazamiento, y la criatura, ahora a tan sólo cien pasos de distancia, se desvió para seguirlo.

Simón se dio cuenta de que todavía cargaba con *Espina*. La levantó y notó que, de repente, se le hacía tan ligera como una vara de sauce, y parecía cantar en sus manos, como si fuese afilada por el viento. Volvió a lanzar otra mirada por encima del hombro: tras él sólo tenía unos cuantos pasos de terreno y, más allá, el aire vacío. Uno de los distantes picos apareció entre la niebla que se dispersaba, a través del abismo: blanco, tranquilo, sereno.

«Que Jesuris me proteja —pensó—, ¿por qué el dragón no hace ruido alguno?» —Su cerebro parecía flotar suelto por el interior del cuerpo. Una de sus manos se levantó para tocar la bufanda de Miriamele, que colgaba en su cuello, y después volvió a coger la empuñadura envuelta en cordón plateado. La cabeza de *Igjarjuk* se inclinó; la garganta le pareció un pozo negro y el ojo, una linterna azul. El mundo parecía haber sido construido en el silencio.

¿Qué podría gritar en aquellos momentos finales?

—¡Aquí estoy! —chilló, y balanceó *Espina* ante el siniestro ojo—. *¡Soy... Simón!*

Algo se clavó en la espada, y el muchacho se vio salpicado de negra sangre, que quemaba como fuego, como hielo, le abrasaba el rostro a la vez que una gran cosa blanca se venía abajo y lo arrastraba hacia la oscuridad.

43

LA DESTRUCCIÓN

El petirrojo, cuya pechuga anaranjada brillaba como un ascua, estaba posado sobre una de las ramas bajas del olmo. Volvió la cabeza de lado a lado observando el jardín de hierba y gorjeó impaciente, como disgustado al ver todo tan desordenado.

Josua lo siguió con la mirada cuando se alejó volando, primero por encima del muro del jardín y después describiendo un arco para superar velozmente las almenas del bastión interior. Un momento después se había convertido en un punto negro sobre el gris amanecer.

—El primer petirrojo que he visto en mucho tiempo. Tal vez sea un signo de esperanza en este oscuro junen.

El príncipe se giró, sorprendido, y vio a Jarnauga en el sendero, con los ojos fijos en el lugar por donde el pájaro había desaparecido. El anciano, que en apariencia no sentía el frío, únicamente llevaba puestos unos calzones y una fina camisa; sus blancos pies estaban desnudos.

—Buenos días, Jarnauga —saludó Josua, subiéndose el cuello de la capa, como si la insensibilidad del rimmerio incrementase su propio frío—. ¿Qué os trae al jardín a tan prontas horas?

—Este viejo cuerpo necesita muy poco sueño, príncipe —sonrió—. Y debo, pues, preguntaros lo mismo a vos, pero creo que conozco la respuesta.

Josua asintió, taciturno.

—No he podido dormir bien desde que entré por primera vez en los calabozos de mi hermano. Aunque me he sentido mejor a medida que pasaba el tiempo, la preocupación ha ocupado el lugar de las cadenas como impedimento para dormir.

—Existen muchas clases de prisiones —añadió Jarnauga.

Ambos caminaron en silencio durante un rato por entre los setos de los caminos. El jardín había sido en un tiempo el orgullo de lady Vorzheva, y había sido trazado y cuidado bajo sus meticulosas instrucciones —para ser una muchacha criada en una carreta, murmuraban los cortesanos del príncipe, era muy rigurosa en su elegancia—, pero ahora se había deteriorado debido al tiempo, así como a la abundancia de otras preocupaciones.

—Algo en todo esto no tiene sentido, Jarnauga —dijo Josua, rompiendo el silencio—. Lo noto, casi puedo sentirlo, al igual que un pescador puede presentir el tiempo. ¿Qué es lo que está haciendo mi hermano?

—Me parece que hace todo lo que puede para matarnos —replicó el anciano, con una amarga sonrisa en su arrugado rostro—. ¿Es eso lo que «no tiene sentido»?

—No —respondió el príncipe, con seriedad—. No. Ese es el problema. Lo hemos mantenido fuera durante un mes, con grandes pérdidas por nuestra parte: el barón Ordmaer, sir Grimstede, Wuldorcene de Caldsae, así como cientos de fuertes soldados. Pero ya hace casi quince días que intentó un asalto en serio. Desde entonces los ataques han sido... superficiales. No sigue las reglas para mantener un asedio. ¿Por qué? —Se sentó en un banco bajo, y Jarnauga lo hizo junto a él—. ¿Por qué? —repitió.

—Un asedio no siempre se gana por la fuerza de las armas. Tal vez planea hacernos pasar hambre.

—Entonces, ¿por qué molestarse en atacar? Les estamos infligiendo terribles pérdidas. ¿Por qué no se limitan a esperar? Es como si sólo buscase tenernos aquí dentro y mantenerse él fuera. ¿Qué es lo que intenta?

El anciano se encogió de hombros.

—Como ya os he dicho, puedo ver muy lejos, pero el interior del corazón de un hombre está más allá de mi visión. Hemos resistido durante mucho tiempo. Demos las gracias por ello.

—Ya lo hago, pero conozco a mi hermano. No es de los que se sientan armados de paciencia y esperan. Hay algo en el viento, algún plan...

El príncipe dejó de hablar y se quedó sentado, mirando un crecido seto de margaritas. Las flores nunca habían llegado a abrirse y las malas hierbas se erguían insolentes entre los tallos como aves de presa mezcladas entre un rebaño moribundo.

—¿Sabéis?, podía haber sido un magnífico rey —dijo Josua, de repente, como en respuesta a alguna pregunta realizada en silencio—. Hubo un tiempo en que era fuerte y no sólo un matón. Aunque hay que puntualizar que cuando era más joven, en ocasiones se mostró cruel, pero era ese tipo de malicia inocente que demuestran los chicos mayores hacia los pequeños. Me enseñó algunas cosas, como esgrima, lucha. Yo nunca pude enseñarle nada. No se interesaba demasiado por lo que yo sabía.

El príncipe sonrió con tristeza, y durante un instante dio la impresión de que en sus pálidas facciones brillaba la mirada de un niño muy frágil.

—Incluso podíamos haber sido amigos... —Juntó sus largos dedos y se los calentó con la respiración—. Si viviera Hylissa...

—¿La madre de Miriamele? —preguntó Jarnauga.

—Era muy hermosa, una belleza sureña de negro cabello y blancos dientes. Era muy tímida, pero cuando sonreía parecía como si se hubiera encendido una lámpara. Y amó a mi hermano tanto como pudo; pero él la asustaba, tan alto, tan fuerte, y ella tan pequeña..., delgada como un sauce. Daba un salto si alguien la tocaba en el hombro...

El príncipe no dijo nada más, pero siguió sentado, perdido en sus pensamientos. Un apagado sol se abrió paso por entre las nubes del horizonte, llevando un poco de color al entristecido jardín.

—Da la impresión de que pensáis mucho en ella —dijo el anciano, en un tono amable.

—Oh, yo la amaba. —La voz de Josua así lo atestiguaba, y sus ojos permanecieron todavía fijos en las margaritas—. Yo ardía de amor por ella. Le rogué a Dios que me apartase de aquel amor, pero, aunque yo sabía que trataba de hacerlo, seguía permaneciendo en lo más profundo de mi corazón. Mis plegarias no consiguieron nada, y creo que ella también me amaba; yo era su único amigo, me decía a menudo. Nadie la llegó a conocer como yo.

—¿Sospechaba Elías?

—Desde luego. Sospechaba de cualquiera que permaneciese junto a ella en las pompas de la corte, y yo estaba con ella a todas horas. Pero siempre de una forma honorable —añadió precipitadamente, y después se detuvo—. ¿Por qué me preocupa tanto todo eso, incluso ahora? ¡Que Jesuris me perdone, pero desearía *haberlo* traicionado! —Josua apretó los dientes—. Desearía que hubiera sido mi amante, en lugar de ser la difunta mujer de mi hermano. —Miró acusador el muñón de cicatrizada carne que sobresalía de su manga derecha—. Su muerte pesa sobre mi conciencia como una gran piedra. ¡Fue culpa mía! Dios mío, somos una familia atormentada.

El príncipe se calló al oír los pasos que llegaban por el sendero.

—¡Príncipe Josua! Príncipe Josua, ¿dónde estáis?

—Aquí —respondió con aire distraído.

Un momento después uno de sus guardias se hizo visible al dar la vuelta al muro de setos.

—Mi señor —jadeó, inclinando la rodilla—, ¡sir Deornoth pide que vayáis de inmediato!

—¿Vuelven a atacar las murallas? —preguntó Josua, poniéndose en pie y sacudiendo el rocío de la capa de lana. Su voz sonó muy distante.

—No, sire —contestó el guardia, que abría y cerraba la boca, lleno de excitación, como si fuese un pez—. Se trata de vuestro hermano, quiero decir el rey, sire. Se retira. El asedio ha terminado.

El príncipe dirigió a Jarnauga una perpleja y preocupante mirada mientras corría por el sendero tras el excitado guardia.

—¡El Supremo Rey ha abandonado! —gritó Deornoth cuando Josua subía las escaleras, con el manto hinchándose al viento—. ¡Mirad! ¡Da media vuelta y se va con el rabo entre las piernas!

El capitán se volvió y dio a Isorn una palmada de camaradería en el hombro. El hijo del duque sonrió, pero Einskaldir, que estaba junto a él, miró con fiereza al joven erkyno, por si pensaba repetir algo tan tonto con él.

—Y ahora, ¿qué? —dijo el príncipe, asomándose a las almenas junto a Deornoth.

Justo por debajo de ellos se encontraban los destrozados restos de una parrilla de mineros, evidencia del fútil intento de echar abajo la muralla excavando un túnel bajo ella. El muro se había hundido algunos pies, pero se mantuvo firme. Dendinis lo había construido para que durase años. Los mineros, que habían pegado fuego a los pilares de madera que aguantaban el túnel, habían quedado atrapados a causa de las piedras que ellos mismos habían removido.

A lo lejos se veía el campamento de Elías, un hormiguero de actividad. Las máquinas de asedio que quedaban habían sido amontonadas y destrozadas para que no pudieran ser utilizadas por nadie; las hileras e hileras de tiendas habían desaparecido, como barridas por vientos huracanados. Sonidos apenas audibles —el lejano grito de pastores y el crujir de las ruedas— flotaban en el aire mientras eran cargados los carromatos del Supremo Rey.

—¡Se retira! —exclamó Deornoth con alegría—. ¡Lo hemos conseguido!

Josua movió la cabeza.

—¿Por qué? ¿Por qué lo hace? Apenas ha perdido una ínfima parte de sus tropas.

—Tal vez se haya dado cuenta de lo fuerte que es Naglimund —respondió Isorn.

—Entonces, ¿por qué no espera a que salgamos? —se preguntó el príncipe—. ¡Aedón! ¿Qué es lo que ocurre? No puedo creer que Elías regrese a Hayholt, ¿pero por qué no ha dejado ni siquiera una pequeña fuerza para mantener el asedio?

—Para persuadirnos a salir —dijo Einskaldir, con lentitud—. Para que salgamos a campo descubierto. —Frunció el entrecejo y frotó un grueso pulgar sobre el filo de su espada.

—Podría ser —musitó el príncipe—, pero debería conocerme mejor.

—Josua... —Jarnauga miraba más allá del ejército que se retiraba, hacia la neblina de la mañana que cubría el horizonte del norte—. Hay unas extrañas nubes que se aproximan por el norte.

Los demás miraron en aquella dirección, pero no pudieron ver nada a excepción de la distante linde en donde daba comienzo la Marca Helada.

—¿Qué clase de nubes? —preguntó el noble.

—Nubes de tormenta. Esto resulta muy extraño: no son como ninguna de las que haya podido ver al sur de las montañas.

El príncipe estaba junto a la ventana escuchando el murmullo del viento, con la frente apoyada contra el frío marco de piedra. El desierto patio de abajo aparecía bañado en la luz de la luna y los árboles se mecían al viento.

Vorzheva extendió un blanco brazo por debajo de la colcha forrada de piel.

—¿Qué haces, Josua? Hace frío. Cierra la ventana y regresa a la cama.

El hombre no se volvió.

—El viento va a todas partes —explicó, en voz baja—. No hay nada que pueda mantenerlo fuera, y nada que lo haga quedarse cuando quiere partir.

—Es muy tarde para andar con enigmas, Josua —dijo la mujer, bostezando y mesándose el negro cabello, para extenderlo sobre la almohada como negras alas.

—Tal vez sea demasiado tarde para muchas cosas —replicó el príncipe, y se sentó en el borde de la cama, junto a ella. Su mano acarició el largo cuello, pero siguió mirando hacia la ventana—. Lo siento, Vorzheva. Soy… confuso, ya lo sé. Nunca he sido el hombre adecuado, ni para mis tutores, ni para mi hermano, o mi padre…, ni siquiera para ti. A veces me pregunto si nací en un tiempo al que no pertenezco. —Levantó un dedo para acariciar la mejilla, y la cálida respiración de ella se posó sobre su mano—. Cuando veo el mundo que me ha tocado vivir, sólo siento una profunda soledad.

—¡¿Te sientes solo?! —Vorzheva se sentó en el lecho—. ¡Por mi clan, Josua, eres un hombre cruel! Todavía me castigas por el error que cometí al tratar de ayudar a la princesa. ¿Cómo puedes compartir mi lecho y decir que te sientes solo? Vete, muchachito deprimido, vete a dormir con una de esas jóvenes norteñas, o a la guarida de algún monje. ¡Vete!

La mujer lo golpeó y él atrapó el brazo. Vorzheva era fuerte a pesar de su delgadez, y lo abofeteó dos veces con la otra mano antes de que Josua pudiera sujetarla y echarse sobre ella.

—¡Paz, señora, paz! —exclamó y entonces rió, aunque le ardía el rostro.

La dama frunció el entrecejo y se debatió.

—Tienes razón —dijo el príncipe—. Te he insultado y te pido disculpas. Te pido paz —acabó y se inclinó sobre su cuello para besarla; después volvió a hacerlo sobre la mejilla enrojecida a causa de la furia.

—Acércate lo suficiente y te morderé —siseó la mujer. Su cuerpo temblaba contra el del hombre—. Temía por ti cuando estabas en la batalla, Josua. Temía que murieses.

—Yo también pasé miedo, mi señora. Hay mucho que temer en este nuestro mundo.

—Y ahora te sientes solo.

—Uno puede sentirse solo —respondió el príncipe, ofreciendo su labio para que se lo mordiera— en la mejor de las compañías.

El brazo de Vorzheva, ahora liberado, se cerró alrededor del cuello de Josua para atraerlo más hacia sí. La luz de la luna iluminaba con luz de plata sus cuerpos entrelazados.

Josua dejó caer su cuchara de hueso en el interior del tazón de sopa y observó furioso los pequeños remolinos que se formaron en la superficie del líquido. El comedor hervía de comentarios y voces.

—Así no puedo comer. ¡Debo saber!

Vorzheva comía en silencio, con su habitual buen apetito, y le dirigió una mirada de desasosiego a través de la mesa.

—Sea lo que sea lo que ocurra, mi príncipe —dijo Deornoth, con timidez—, debéis recuperar vuestra fortaleza.

—Necesitaréis hablar a vuestro pueblo, señor —comentó Isorn mientras se introducía un trozo de pan en la boca—. Está intranquilo y perplejo. El rey se ha ido. ¿Por qué no celebrarlo?

—¡Sabéis demasiado bien por qué no! —contestó Josua, y levantó la mano para llevársela a la dolorida sien—. Con toda seguridad podéis creer que todo esto es una especie de trampa. ¿Pensáis acaso que Elías abandonaría tan fácilmente?

—Supongo —manifestó Isorn, aunque no parecía muy convencido— que eso no es lo que cree la gente que ha invadido el bastión interior como ganado... —y señaló con una larga mano a los hombres apiñados que se agolpaban alrededor de la mesa del príncipe, la mayor parte de ellos sentados en el suelo o apoyados contra la pared del comedor, asientos buenos para cualquiera menos para los nobles—, y no lo entenderán así. Probad con uno que haya pasado un infernal invierno en Elvritshalla. —Isorn dio otro gran bocado al pan.

Josua suspiró y se volvió a Jarnauga. El anciano, cuyos extraños tatuajes de serpientes parecían moverse a causa de la luz de las lámparas, se encontraba inmerso en una conversación con el padre Strangyeard.

—Jarnauga —dijo el príncipe—, dijisteis que deseabais hablarme sobre el sueño que habíais tenido.

El viejo rimmerio se excusó con el sacerdote.

—Sí, mi señor —respondió, acercándose más a él—, pero tal vez deberíamos esperar hasta que podamos hablar en privado. —Inclinó la cabeza como escuchando el barullo existente en el comedor—. Nadie puede hablar aquí con tranquilidad aunque se meta bajo la mesa. —El rimmerio compuso una sonrisa helada.

»He vuelto a tener sueños —anunció, finalmente, con ojos que brillaban como gemas bajo las cejas—. No tengo poder para convocarlos, pero a veces se manifiestan. Algo le ha ocurrido al grupo que enviamos a Urmsheim.

—¿Algo? —El rostro de Josua se ensombreció.

—Sólo fue un sueño —insistió Jarnauga, a la defensiva—, pero sentí una gran ruptura, dolor y terror, y oí que el muchacho Simón gritaba..., gritaba de miedo y furor..., y algo más...

—¿La tormenta que visteis esta mañana puede haber sido la causa de lo que les haya sucedido? —preguntó el príncipe con tristeza, como si escuchase malas noticias largo tiempo esperadas.

—No lo creo. Urmsheim se encuentra situado en una cordillera más hacia el este, detrás del lago Drorshull y al otro lado de la Tierra Baldía.

—¿Están vivos?

—No tengo manera de saberlo. Sólo fue un sueño, uno muy extraño.

Más tarde caminaban en silencio por las altas murallas del castillo. El viento había hecho desaparecer las nubes y la luna teñía el desierto pueblo con colores de hueso y pergamino.

Miró al negro cielo norteño y Josua exhaló una voluta de vapor.

—Así pues, incluso la débil esperanza de *Espina* se ha desvanecido.

—Yo no dije eso.

—No tuvisteis que decirlo. Supongo que tanto vos como Strangyeard no habéis descubierto lo que le ocurrió a *Minneyar*, la espada de Fingil.

—Debo contestaros negativamente y con tristeza.

—Entonces no hace falta nada más para asegurar nuestra caída. Dios nos ha jugado una mala pasada... —El príncipe dejó de hablar cuando el anciano lo cogió del brazo.

—Mi señor —dijo Jarnauga, mirando con los ojos entrecerrados hacia el horizonte—, me convencisteis de que no había que burlarse de los dioses, incluso de los que no eran los propios. —Su voz le parecía vieja y cansada por primera vez.

—¿Qué queréis decir?

—¿Os preguntáis qué más se puede hacer contra nosotros? —rezongó con amargo humor el anciano—. Las nubes de tormenta, esas nubes negras que se ven al norte, se dirigen hacia nosotros, y con mucha rapidez.

El joven Ostrael de Runchester permanecía estremeciéndose en la muralla y reflexionaba sobre lo que en una ocasión le había dicho su padre:

«Está bien servir al príncipe. Podrás ver'n poco de mundo como soldado, muchacho —le había dicho Firsfram, depositando su rugosa mano de labrador sobre el hombro del chico, mientras su madre, con los ojos enrojecidos, los observaba en silencio—. Tal vez puedas ir'las islas del sur, o'nel camino de Nabban, y librarte d'este maldito viento de la Marca Helada.»

Su padre ya no estaba. Desapareció durante el último invierno, devorado por los lobos durante el terrible y frío decimbre..., por los lobos o alguna otra cosa, ya que nunca se encontraron sus restos. El hijo de Firsfram, sin haber probado todavía las delicias de la vida sureña, estaba sobre la muralla, expuesto al viento helado, y sintió que el frío le penetraba hasta el corazón.

La madre y las hermanas de Ostrael también se encontraban refugiadas abajo, entre otros cientos de desposeídos, en barracones construidos rápidamente en el interior de los fuertes bastiones de Naglimund. Los muros de la fortaleza resultaban una protección contra el viento mucho más adecuada que el lugar en que estaba encaramado Ostrael, pero ni siquiera las paredes de piedra, por muy espesas que fueran, podrían detener la horrible música de la tormenta que se aproximaba.

Sus ojos se dirigían, llenos de miedo, pero sin poder resistirlo, hacia el oscuro borrón que se aproximaba por el horizonte, extendiéndose como si fuese tinta gris mezclada con agua. Era una mancha, un espacio vacío, como si alguien hubiese borrado la realidad. Había un lugar en el que el cielo parecía inclinarse, de donde salían las nubes como humo de una chimenea en una lenta espiral similar a la cola de un torbellino. De vez en cuando se observaban brillantes chisporroteos de luz que recorrían la parte superior de la tormenta. Y siempre, siempre, se escuchaba el horrible sonido de tambores, distante como el salpicar de la lluvia sobre un grueso tejado, insistente como el castañear de los dientes de Ostrael.

El aire caliente y las colinas de Nabban moteadas por la escasa luz del sol le recordaban al hijo de Firsfram las historias del Libro que contaban los sacerdotes, un retazo de imaginario consuelo por el que dejarse arrastrar para esconder el terror de la muerte ineludible.

La tormenta se acercaba, acompañada de tambores, como un avispero enloquecido.

La linterna de Deornoth parpadeó al ser expuesta al viento, que parecía arreciar, y casi llegó a apagarse; la protegió con su capa hasta que la llama volvió a arder de forma continua. Tras él, Isorn, hijo de Isgrimnur, miraba hacia la fría oscuridad entrecruzada de relámpagos.

—¡Por Dios! Está tan oscuro como si fuese de noche —gruñó el capitán—. Apenas es un poco más tarde del mediodía y no puedo ver casi nada.

Isorn abrió la boca, con el rostro súbitamente iluminado, pero no dijo nada. Su mandíbula se cerró.

—Todo irá bien —musitó Deornoth, asustado por el miedo que reflejaba el rostro del joven rimmerio—. Sólo se trata de una tormenta, algún sucio truco de Pryrates... —añadió, pero ni él mismo lo creía.

Las negras nubes que ocultaban el sol, inundando en la oscuridad al mundo, traían con ellas una amenaza que presionaba todo su ser, como la tapa de piedra de un ataúd. ¿Qué clase de hechizo de mago podía ser ése? ¿Qué mera brujería podía llegar a tirar una lanza de hielo y clavarla en su interior de aquella manera?

La tormenta se abría paso hacia ellos como un grumo de oscuridad que se extendía más allá de las murallas del castillo, amenazando las más altas almenas e iluminada con el chisporroteo azulado de los relámpagos. El pueblo y los campos parecieron dar un salto en busca de alivio, pero enseguida se vieron inmersos en las sombras. El retumbar de los tambores lanzaba sus ecos contra las murallas.

Cuando un relámpago cruzó el cielo, tratando de imitar la desaparecida luz del sol, Deornoth vio algo que lo hizo volverse y agarrar el ancho brazo de Isorn con tanta fuerza que el rimmerio hizo una mueca de dolor.

—Dile al príncipe que venga —ordenó el joven capitán, y su voz sonó hueca.

El muchacho miró hacia el cielo y el miedo supersticioso que le inspiraba la tormenta se vio sobrepasado por las extrañas maneras de Deornoth. El rostro del joven caballero se había aflojado y vaciado como un saco vacío y las uñas de sus manos hicieron manar la sangre del brazo de Isorn.

—¿Qué..., qué ocurre?

—Dile al príncipe que venga —repitió—. ¡Ahora!

El rimmerio dirigió una última mirada a su amigo, hizo la señal del Árbol y se lanzó a la carrera por las almenas en dirección a las escaleras.

Entumecido y pesado como el plomo, Deornoth se quedó mirando a la lejanía y deseó haber muerto en la colina de Lomo de Toro —incluso sin honor— antes que ver lo que había ante él.

Cuando Isorn volvió con el príncipe y con Jarnauga, el capitán todavía mantenía fija la mirada en el exterior. No hubo necesidad de preguntarle por lo que había visto, ya que los relámpagos lo iluminaban todo.

Un gran ejército se acercaba a Naglimund. Entre la niebla creada por la tormenta se veía un gran bosque erizado de lanzas. Una galaxia de brillantes ojos refulgía en la oscuridad. Los tambores volvieron a hacerse oír, como truenos, y la tormenta se aposentó sobre el castillo y el pueblo, como una gran tienda hinchada de lluvia, negras nubes y espesa niebla.

Los ojos miraban hacia las murallas, miles de ellos, y todos llenos de fiera determinación. Blancos cabellos eran mecidos por el viento, estrechos rostros blancos miraban hacia arriba desde sus oscuros yelmos, hacia las murallas de Naglimund. Las puntas de las lanzas volvieron a refulgir en el siguiente relámpago. Los invasores miraron hacia arriba en silencio, como un ejército de espíritus, pálidos y cegadores, etéreos como el brillo de la luna. Los tambores latieron. En la niebla aparecían otras sombras aun más grandes: formas gigantescas que vestían armadura y que llevaban grandes palos curvados. Los tambores volvieron a repicar y después quedaron silenciados.

—*Misericordioso Aedón, concédeme el descanso eterno* —rogó Isorn—. *En vuestros brazos dormiré, sobre vuestro seno...*

—¿Quiénes son, Josua? —preguntó Deornoth, con tranquilidad, como si tan sólo sintiese curiosidad.

—Las Zorras Blancas..., las nornas —respondió el príncipe—. Son los refuerzos de Elías. —Levantó la mano con cansancio, como para apartar de su vista la espectral legión—. Son las criaturas del Señor de Tormenta.

—¡Eminencia, por favor! —El padre Strangyeard tiró del brazo del anciano, al principio sin brusquedad, después con más fuerza.

El obispo estaba arrodillado en el banco como un caracol, como una pequeña forma en la oscuridad del jardín.

—Debemos rezar, Strangyeard —repitió con tozudez Anodis—. Arrodillaos.

El martilleante sonido de la tormenta se intensificaba. El archivador sintió la necesidad de correr hacia alguna parte, hacia cualquier sitio.

—Esta no es..., no es una penumbra natural, obispo. Debéis entrar, por favor.

—Sé que no debería estar aquí. Le *dije* al príncipe Josua que no se resistiese al legítimo rey —añadió Anodis, en tono de queja—. Dios está furioso con nosotros y debemos rezar para que nos sea mostrado el verdadero camino..., debemos recordar su martirio en el Árbol... —concluyó y sacudió la mano, como para espantar moscas.

—¿Esto? Esto no es obra de Dios —replicó Strangyeard, con una mueca en su rostro normalmente amable—. Esto es obra de vuestro «legítimo rey», de él y de su hechicero personal.

El obispo no le hizo ningún caso.

—Bendito sea Jesuris —balbuceó, arrastrándose lejos del sacerdote, hacia el sombrío seto de mafoilas—. Vuestros humildes siervos se arrepienten de sus pecados. Hemos desobedecido vuestra voluntad y al hacerlo hemos desencadenado vuestra justa ira...

—¡Obispo Anodis! —gritó Strangyeard, con nerviosa exasperación, dando un paso para seguirlo; luego se detuvo, lleno de sorpresa.

Un denso frío pareció descender de repente sobre el jardín. Un instante después, mientras el encargado de los archivos se estremecía, cesaron los tambores.

—Algo...

El viento helado sacudió la capucha de Strangyeard en su rostro.

—¡Oh, sí, hemos pecado mucho con nuestra arrogancia, somos merecedores de castigo! —exclamó Anodis, gatcando a través del seto de mafoilas—. Os pedimos..., os... pedimos... —Dejó de hablar, y sus últimas sílabas fueron pronunciadas en un tono extrañamente agudo.

—¿Obispo?

Un súbito movimiento empezó a apreciarse en lo profundo del seto. Strangyeard vio aparecer el rostro del anciano, con la boca abierta. Algo lo agarró y la tierra dio la impresión de saltar a su alrededor, oscureciendo lo que ocurría en la vegetación. El anciano gritó.

—¡Anodis! —llamó Strangyeard, adentrándose en los setos—. ¡Obispo!

El grito dejó de oírse y el sacerdote se detuvo un instante después, junto a la forma retorcida de su interlocutor. Lentamente, como si mostrase el fin de algún elaborado truco, el obispo rodó a un lado.

Una parte de su rostro aparecía bañada en sangre. Una negra cabeza salía del suelo junto al cuerpo inerte, como una muñeca que hubiera sido tirada por una niña. La cabeza, que masticaba con rapidez, se volvió hacia Strangyeard. Los diminutos ojos eran tan claros como pasas blanqueadas y los pelos de la cara brillaban con la sangre del obispo. Sacó una mano de largos dedos del agujero para tirar del cuerpo y acercárselo, y entonces dos cabezas más surgieron junto a la ya visible. El archivador retrocedió un paso. Un grito se había alojado en su garganta y le pesaba como una losa. El suelo volvió a sufrir una convulsión, ahora generalizada por todas partes. Pequeñas cabezas se meneaban aquí y allá como hocicos de topos que hubiesen perforado el suelo.

Strangyeard tropezó cuando retrocedía y cayó al suelo. Trató de arrastrarse hasta el sendero, con la certeza de que en cualquier momento una pegajosa mano lo agarraría por el tobillo. Tenía la boca torcida en un rictus de horror, pero no podía gritar. Había perdido las sandalias entre los arbustos, y, una vez alcanzado el camino y puesto en pie, corrió por él hacia la capilla sobre unos silenciosos y descalzos pies. El mundo parecía hundido en el silencio; aquello lo ahogaba y le estrujaba el corazón. Incluso el portazo que dio una vez en el interior de la capilla sonó apagado. Mientras buscaba a tientas el cerrojo, una cortina de color gris apareció ante sus ojos y el sacerdote cayó ante ella como en un blando lecho.

Las llamas de incontables antorchas brillaban entre las nornas como flores en un campo de amapolas, convirtiendo los horribles rostros en siluetas escarlatas y añadiendo un elemento grotesco a la estatura de los Hunën con armadura que se erguían tras ellas. Los soldados que se encontraban en las murallas del castillo sólo miraban hacia abajo con un espantoso silencio.

Cinco fantasmales figuras montadas en caballos de una palidez extrema, como si fuesen transparentes, se abrieron paso por el corredor que se abría entre los atacantes y las murallas de la fortaleza. La luz de las antorchas formaba caprichosas sombras sobre sus blancas capuchas, y la roja pirámide del Pico de las Tormentas brillaba en los grandes y rectangulares escudos. El miedo parecía rodear a aquellos encapuchados como una nube que cubría a todos los que los miraban. Los observadores que permanecían en la muralla sintieron que una terrible debilidad se abría camino en ellos.

El jefe de los jinetes levantó su lanza; los cuatro que permanecían tras él hicieron lo mismo. Los tambores redoblaron tres veces.

—*¿Dónde está el señor de Ujin e-d'a Sikhunae, «La Trampa que atrapa al cazador»?* —La voz del primer jinete fue un gemido burlón, como el del viento al atravesar un largo desfiladero—. *¿Dónde está el señor de la Casa de los Mil Clavos?*

La tormenta que pendía sobre ellos pareció reposar durante unos instantes antes de que se oyese la contestación.

—Aquí estoy —se adelantó Josua, que era una delgada sombra en lo alto del torreón de la entrada—. ¿Qué busca en mi puerta una tan extraña banda de viajeros? —preguntó con voz pausada, pero en la que podía apreciarse un ligero temblor.

—*Hemos..., hemos venido para ver cómo se habían oxidado los clavos mientras nosotros nos hemos hecho fuertes.* —Las palabras llegaron lentamente, forzadas, como si el jinete no estuviera acostumbrado a hablar—. *Hemos venido, mortal, para tomar lo que es nuestro. Esta vez será la sangre de los hombres la que será vertida en el suelo de Osten Ard. Hemos venido a hundir tu casa ante tus propios ojos.*

El impecable poder y el odio que se apreciaban en la voz hueca eran tales que muchos soldados gritaron y empezaron a abandonar las murallas para descender hacia el patio. Mientras Josua permanecía en lo alto de la puerta, sin decir nada, un grito sobresalió por encima de los asustados murmullos y gruñidos de los naglimundos.

—¡Excavadores! ¡Hay excavadores en el interior de las murallas! El príncipe se dio la vuelta al observar un movimiento a su lado. Era Deornoth, que llegaba junto a él sobre temblorosas piernas.

—Los jardines de la fortaleza están llenos de bukken —dijo el caballero.

Sus ojos se abrieron todavía más cuando miró hacia abajo, a los jinetes blancos.

Josua dio un paso hacia adelante.

—Habláis de venganza —le gritó a la pálida multitud de abajo—, ¡pero eso es una mentira! Habéis venido por petición del Supremo Rey, de Elías…, un mortal. Servís a un mortal como si fueseis una paloma amaestrada. Venid, pues, ya que así lo queréis. ¡Os daréis cuenta de que no todos los clavos de Naglimund están oxidados y de que todavía resta una clase de hierro que puede matar a los sitha!

Un rasgado grito de apoyo se elevó de los soldados que todavía permanecían en las murallas. El primer jinete hizo que su caballo diese un paso.

—*¡Somos la Mano Roja!* —Su voz era tan fría como el granizo—. *¡No servimos a nadie más que a Ineluki, el Señor de las Tormentas! ¡Nuestras razones son asunto nuestro…, como tu muerte lo será tuyo!*

Agitó la lanza por encima de la cabeza y los tambores volvieron a redoblar. Unos cuernos estridentes se dejaron oír junto al martillear de los instrumentos.

—¡Traed los carromatos! —gritó Josua desde el techo del torreón de la entrada—. ¡Obstruid el paso! ¡Van a tratar de tirar la puerta abajo!

Pero en lugar de traer un ariete para destrozar el acero y la madera de la puerta, las nornas permanecieron en silencio, observando cómo los cinco jinetes cabalgaban hacia adelante. Uno de los guardias que estaba sobre las almenas disparó una flecha, que fue seguida de una veintena más, pero al alcanzar a los jinetes pasaron a través de sus cuerpos, sin que aquéllos titubearan ni un instante.

Los tambores redoblaron con furia, gaitas y extrañas trompetas rugieron y rechinaron. Los jinetes desmontaron y aparecían y desaparecían en medio de relámpagos mientras daban las últimas zancadas que los separaban de la puerta. Con una pavorosa intencionalidad, el líder se quitó la capa encapuchada. Una luz escarlata pareció derramarse sobre él. Mientras la apartaba de sí, fue como si se volviese del revés; de pronto todo su cuerpo se convirtió en una inmaterial y ardiente llama roja. Los otros hicieron lo mismo. Cinco seres de movedizas y parpadeantes formas se revelaron ante ellos, más grandes que antes, con la altura de dos hombres, sin rostro y ondeando como una ardiente y rojiza seda.

Una negra boca se abrió en el rostro carente de ojos del cabecilla cuando levantó los brazos hacia la puerta y descansó sus manos en llamas sobre ella.

—*¡Muerte!* —bramó, y su voz pareció sacudir los cimientos de las murallas.

Los goznes de hierro empezaron a iluminarse con una apagada luz anaranjada.

—*Hei ma'akajao-zha!*

Las inmensas puertas ennegrecieron y empezaron a humear. Josua cogió al enmudecido Deornoth del brazo y descendió del torreón de la entrada.

—*T'si anh pra INELUKI!*

Cuando los soldados del príncipe volaron, gritando, escaleras abajo, surgió un estallido de luz, acompañado de un ensordecedor crujido que sobresalió por encima del redoblar de los tambores; la poderosa puerta estalló y sus restos humeantes se esparcieron alrededor. Los fragmentos cayeron como una mortífera lluvia al tiempo que la muralla se venía abajo a ambos lados y aplastaba a los hombres que habían tratado de huir.

Las acorazadas nornas penetraron por la humeante brecha abierta en los muros. Algunas de ellas llevaban largos tubos de madera o hueso de cuyos extremos salía fuego. Horribles llamaradas provenientes de los tubos convertían a los soldados que huían en aullantes antorchas. Gigantescas y oscuras formas se abrieron camino entre los escombros: los Hunën, agitando largos palos tachonados de clavos aullaban como osos enloquecidos aplastando todo lo que encontraban a su paso. Los cuerpos destrozados de los hombres volaban ante ellos como en un juego de bolos.

Algunos de los soldados de Josua, que habían hecho acopio de valor para resistir todo aquel horror, se dieron la vuelta y lucharon. Un gigante cayó al suelo con dos lanzas clavadas en el abdomen, pero un momento después los lanceros fueron abatidos por las flechas de blanca pluma de las arqueras nornas. Las pálidas atacantes entraban por la brecha del muro como gusanos, llenando la noche de gritos.

Deornoth arrastró a un tambaleante Josua hacia el bastión interior. La cenicienta cara del príncipe estaba humedecida a causa de las lágrimas y la sangre.

—Elías ha afilado los dientes del dragón… —Se quedó sin habla mientras Deornoth tiraba de él por encima de un gorgoteante soldado.

El capitán creyó reconocer al joven lancero Ostrael, que había estado de centinela cuando fueron a parlamentar con el rey, enterrado bajo los cuerpos retorcidos de una veintena de excavadores.

—¡Mi hermano ha plantado las semillas para la destrucción y muerte de todos los hombres! —despotricó Josua—. ¡Está loco!

Antes de que Deornoth pudiera replicar —¿y qué réplica, se preguntó, podría hacer?—, dos soldados nornas, con los ojos ardiendo como brasas en el interior de las rendijas de los yelmos, dieron la vuelta a la esquina del bastión inferior arrastrando a una muchacha que chillaba. Al ver a Deornoth, una de ellas siseó algo, después cogió su delgada y negra espada y hundió el filo en la garganta de la muchacha, que cayó, retorciéndose, tras ellas.

El capitán sintió que la bilis le subía a la boca y se lanzó contra ellas, con la espada en las manos. El príncipe llegó antes que él. Naidel, su espada, brilló como los relámpagos que iluminaban el negro cielo de la tarde, ¡aunque había pasado muy poco tiempo desde el mediodía!

«Ha llegado la hora —pensó, con rabia. El acero entrechocó contra la madera embrujada—. Debemos batirnos con honor. Aunque no haya nadie para verlo… Dios lo verá…»

Los blancos rostros, odiosos y llenos de odio a su vez, giraron ante sus ojos llenos de gotas de sudor.

Ningún sueño sobre el Infierno, ningún pasaje en sus libros, ni las advertencias de sus maestros aedonitas podían preparar al padre Strangyeard para el averno de locura en que se había convertido Naglimund. Los relámpagos chisporroteaban a través del aire, los truenos rugían y las voces unidas de asesinos y víctimas se elevaban hacia los cielos como el balbuceo de los condenados. A pesar del viento y de las torrenciales lluvias, los incendios se abrían paso en la oscuridad, matando a muchos que se habían escondido, tras recias puertas, de la locura que imperaba en el exterior.

Cojeando por las sombras de los pasillos interiores, vio a nornas que saltaban a través de las destrozadas ventanas de la capilla. Se quedó paralizado, sin poder hacer nada, cuando cogieron al pobre hermano Eglaf, que permanecía arrodillado, sumido en sus plegarias, ante el altar. Strangyeard no pudo quedarse a observar el horror que le sobrevendría ni ayudar a su compañero ante Dios. Se deslizó hacia el exterior con los ojos llenos de lágrimas y con el corazón destrozado, y se dirigió hacia el bastión interior, a las habitaciones del príncipe.

Escondido entre los oscuros setos vio cómo el recio Ethelferth de Tinsett y dos de sus guardias eran aplastados hasta convertirse en pulpa bajo la porra de un gigante.

Observó, lleno de temblores, cómo se desangraba hasta morir, erguido, el jefe de la guarnición, lord Eadgram, rodeado de los viscosos excavadores.

Vio a una de las damas de la corte mientras era descuartizada miembro a miembro por otro de los peludos Hunën mientras otra mujer se acurrucaba en el suelo, a no mucha distancia, con una mirada impregnada de locura.

Por todo el castillo podían verse reflejadas miles de veces esas tragedias; era una pesadilla que parecía no tener fin.

Elevó una quejumbrosa plegaria a Jesuris, con la certeza de que el rostro de Dios se había apartado de los dolores agónicos de Naglimund; pero a pesar de todo oró, desesperado y apasionado, mientras se escabullía por la parte delantera del bastión interior. Dos chamuscados caballeros sin yelmo permanecían allí, ante la puerta, entre un revoltijo de cuerpos, con los ojos blancos. Le costó unos instantes reconocer a Deornoth y al príncipe. Todavía le costó más convencerlos para que lo siguiesen.

Había más calma en el laberinto de pasillos de la residencia del príncipe. Sin embargo, las nornas ya habían penetrado en él; unos cuantos cuerpos destrozados aparecieron junto a las paredes o diseminados por el suelo. Pero la mayoría de la gente había huido hacia la capilla o al refectorio, y las nornas no se habían quedado para buscarlos. Eso llegaría más tarde.

Isorn quitó la barra que cerraba la puerta al oír la voz de Josua, que así se lo pidió. El hijo de Isgrimnur, junto con Einskaldir y un puñado de soldados erkynos y rimmerios conformaban la guardia de lady Vorzheva y la duquesa Gutrun. También se habían refugiado allí algunos cortesanos, Towser y Sangfugol entre ellos.

Mientras el príncipe se deshacía fríamente del sollozante abrazo de Vorzheva, Strangyeard descubrió a Jarnauga tendido en el camastro que había en un rincón; un vendaje empapado de sangre le rodeaba la cabeza.

—El techo de la biblioteca se cayó —explicó el viejo rimmerio, sonriendo con amargura—. Me temo que las llamas han acabado con todo.

Para el padre Strangyeard eso fue, en cierto modo, lo peor de todo. Explotó en lágrimas, las cuales caían incluso por debajo de su negro parche.

—Peor..., podía haber sido peor —pudo decir, entre sollozos—. Podíais haber desaparecido con todo ello, amigo mío. Jarnauga sacudió su blanca cabeza y se quejó.

—No. Todavía no, aunque la hora está cerca. Sólo salvé una cosa —añadió, y sacó de sus ropajes el maltrecho rollo de escritos de Morgenes, con la página superior manchada de sangre—. Pude salvarlo. Espero que nos sirva de algo.

Strangyeard cogió los escritos con extremo cuidado y los ató con una cuerda que encontró sobre la mesa de Josua; luego los deslizó en el bolsillo interior de su hábito.

—¿Podéis poneros en pie? —le preguntó.

El anciano asintió, y el sacerdote lo ayudó a incorporarse.

—Príncipe Josua —dijo Strangyeard, sujetando a Jarnauga por el codo—. He pensado en algo.

El noble se volvió, abandonando la conversación que mantenía con Deornoth y los demás para mirar con impaciencia al encargado de la biblioteca.

—¿Qué es ello?

Con las cejas parcialmente quemadas, la frente de Josua parecía más prominente que nunca, como un pálido promontorio bajo el desordenado cabello.

—¿Deseáis que os construya una biblioteca? —inquirió; después se apoyó cansinamente contra la pared mientras aumentaba el estrépito proveniente del exterior—. Lo siento, Strangyeard, perdonadme. Acabo de decir una tontería. ¿Qué es lo que se os ha ocurrido?

—Existe una salida.

Al oír aquellas palabras, algunos de los sucios y desesperados rostros se volvieron hacia él.

—¿Qué? —preguntó el príncipe, echándose hacia adelante para mirarlo con fijeza—. ¿Debemos salir por la puerta? He oído que la abrieron para nosotros.

El sentido de la urgencia que tenía Strangyeard le dio suficiente fuerza como para pasar por alto aquellas palabras.

—Hay un pasadizo secreto que conduce fuera del cuarto de guardia, por la puerta oriental —explicó—. Lo sé porque durante meses me habéis visto mirando los planos de Dendinis, preparando el asedio. —Pensó en los irreemplazables rollos de pergamino marrón, cubiertos por la borrosa tinta de los cuidadosos apuntes de Dendinis, ahora convertidos en ceniza, achicharrados entre los escombros de la biblioteca, y eso le hizo derramar más lágrimas—. Si..., si pudiéramos llegar ahí conseguiríamos escapar por la Escalera, hacia las colinas Wealdhelm.

—¿Y una vez allí, qué? —inquirió Towser, en tono quejumbroso—. ¿Moriremos de hambre en las montañas? ¿Ser devorados por los lobos del Viejo Bosque?

—¿Acaso preferirías ser devorado aquí y ahora por seres más desagradables? —le replicó Deornoth.

El corazón del caballero se había acelerado al escuchar las palabras del monje; el débil regreso de un hálito de esperanza se le hacía incluso doloroso, pero lo arrastraría todo con tal de salvar al príncipe.

—Tendremos que luchar para abrirnos camino —intervino Isorn—.

Ya puedo oír cómo las nornas han invadido la residencia, y con nosotros hay mujeres y algunas criaturas.

Josua miró alrededor de la habitación a una veintena de cansadas y asustadas faces.

—Es mejor morir en el exterior que ser quemados vivos aquí —dijo al fin. Levantó la mano en un gesto que podía significar una bendición o resignación—. Hagámoslo con rapidez.

—Una cosa más, mi señor —al oírlo, el príncipe se dirigió hacia donde se encontraba el sacerdote, ayudando al herido Jarnauga—. Si podemos llegar hasta la puerta del túnel —murmuró Strangyeard, en voz baja—, todavía tendremos que resolver otro problema. Fue construido para la defensa, no para escapar. Se puede abrir o cerrar desde el interior, con la misma facilidad.

Josua se limpió la ceniza de la ceja.

—¿Tratáis de decir que debemos encontrar la forma de cerrarlo tras nosotros?

—Sí, si queremos tener alguna esperanza de escapar con vida.

El príncipe suspiró. De un corte que le cruzaba el labio brotó sangre sobre la barbilla.

—Dirijámonos hacia la puerta ahora mismo; después ya haremos lo que tengamos que hacer.

Salieron a través de la puerta súbitamente y sorprendieron a dos nornas que esperaban en el pasillo. Einskaldir hundió su hacha en el casco de la más cercana, lo que provocó que el oscuro corredor se llenase de chispazos. Antes de que la otra pudiera hacer algo más que levantar su corta espada, fue atravesada por Isorn y por uno de los soldados de Naglimund. Deornoth y el príncipe dieron prisa a los cortesanos para que avanzasen hacia afuera.

La mayor parte del estruendo había disminuido. Sólo se oían algunos gritos de dolor o cantos de triunfo que flotaban a través de los vacíos pasillos. El humo, que irritaba los ojos, las llamas y las canciones de las nornas conferían a la residencia el aspecto de algún terrible inframundo, de algún laberinto al borde del Gran Pozo.

En las desoladas ruinas de los jardines del castillo fueron asaltados por los diminutos excavadores. Uno de los soldados cayó muerto con un cuchillo bukken clavado en su espalda. El resto del grupo, sin embargo, logró desembarazarse de los demás, aunque una de las sirvientas de Vorzheva fue arrastrada, entre chillidos, hacia una hendedura abierta en la negra tierra. Deornoth se lanzó hacia aquel lugar para intentar salvarla y empaló a un cuerpo que se retorció en el extremo de su espada, pero la muchacha ya había desaparecido. Únicamente su delicada zapatilla, tirada sobre el fango, mostraba que había existido.

Dos de los gigantescos Hunën habían descubierto las bodegas del castillo y luchaban, ebrios, por la posesión del último barril ante el barracón de la guardia del bastión interior, golpeándose con furia. El brazo de uno de los gigantes colgaba a un lado y el otro tenía una herida tan terrible en la cabeza que una parte de la piel colgaba, deshecha, y su rostro estaba bañado en sangre. Aun así seguían peleando, gruñendo en su incomprensible lenguaje entre los restos de destrozados barriles y los cuerpos de los defensores de Naglimund.

Agachados sobre el fango, en la orilla del jardín, Josua y Strangyeard trataban de ver algo a través de la lluvia torrencial.

—El barracón de la guardia está cerrado —dijo el príncipe—. Tenemos que conseguir llegar allí a través del patio, pero si está cerrado desde dentro nos encontraremos atrapados. Nunca conseguiríamos abrirlo a tiempo.

Strangyeard se estremeció.

—Aunque lo hiciésemos, después no…, no conseguiríamos cerrarlo tras de nosotros.

Josua miró a Deornoth, que no dijo nada.

—Pero —siseó el primero— es por lo que hemos venido. Debemos correr.

Cuando hubieron reunido al pequeño grupo, empezaron a avanzar. Los dos Hunën, uno de los cuales tenía sus grandes dientes hundidos en la garganta de su congénere, rodaban por el suelo, todavía enzarzados en una pelea, a imitación de los dioses más primitivos. Ajenos a los humanos que pasaban junto a ellos, uno de los monstruos estiró una pierna en un paroxismo de dolor y golpeó al arpista Sangfugol, que rodó por los suelos. Isorn y el viejo Towser retrocedieron a todo correr y lo ayudaron a incorporarse, oyendo un chillido proveniente del otro lado del patio.

Una docena de nornas, dos de ellas montadas en altos caballos blancos, se volvieron al oír la llamada de su compañero. Vieron el grupo del príncipe y dieron un grito inmediatamente; picaron espuelas hacia ellos y galoparon junto a los ahora inconscientes gigantes.

Isorn llegó a la puerta y la abrió. Cuando la aterrorizada comitiva empezó a entrar, el primer jinete ya estaba sobre ellos, con un gran yelmo sobre la cabeza y una lanza en las manos.

El barbado Einskaldir se lanzó hacia el jinete con un aullido propio de un perro acorralado; logró esquivar la lanza para, a continuación, saltar sobre el costado de la norna. Agarró su abultada capa con las manos y tiró de ella; la echó al suelo y a su enemigo tras ella. El caballo, por su parte, resbaló sobre los guijarros mojados. Arrodillándose sobre la norna caída, Einskaldir hundió su hacha con fuerza en dos ocasiones. Ciego a todo lo que ocurría a su alrededor, hubiera sido atravesado por la lanza de la segunda norna, pero Deornoth levantó y lanzó la tapa de un barril despedazado, con lo que golpeó al jinete y lo hizo caer del caballo sobre uno de los setos. Las tropas que llegaban a pie casi estaban sobre ellos cuando el capitán arrastró a un enloquecido Einskaldir, alejándolo del cuerpo lleno de hachazos.

Consiguieron entrar por la puerta apenas unos instantes antes de la llegada de sus perseguidores, e Isorn y dos de los perseguidos la cerraron de un golpe. Las lanzas se estrellaron contra la gruesa madera; un segundo después una de las nornas lanzaba una llamada con aguda y estridente voz.

—¡Hachas! —exclamó Jarnauga—. Conozco lo suficiente de la lengua *Hikeda'ya* como para saber lo que ha dicho. Han ido a buscar hachas.

—¡Strangyeard! —gritó Josua—. ¿Dónde está el maldito pasadizo?

—Está… está muy oscuro —tartamudeó el sacerdote.

La verdad es que la habitación sólo se hallaba iluminada por la inconstante luz proveniente de las anaranjadas llamas que empezaban a quemar a través de las vigas del techo. El humo se iba filtrando por la baja cubierta.

—Creo…, creo que estaba en el lado sur… —empezó a decir.

Einskaldir y algunos otros se lanzaron sobre la pared y empezaron a echar al suelo los pesados tapices.

—¡La puerta! —aulló Einskaldir—. Está cerrada —añadió después.

El agujero de la cerradura estaba vacío. Josua se mantuvo quieto durante unos segundos, incluso cuando las hachas de las nornas empezaron a hundirse en la puerta del patio.

—Echadla abajo —ordenó el príncipe—. Los demás amontonad lo que podáis sobre la otra puerta.

En breves momentos, Einskaldir e Isorn habían separado la cerradura de la jamba, mientras Deornoth elevaba una antorcha apagada hacia el techo que seguía ardiendo lentamente. Poco después la hoja saltó de sus goznes y todos entraron a través de ella, para huir por el inclinado pasadizo. Otro trozo de la puerta del patio saltó hecho astillas.

Corrieron durante algunos estadios, el más fuerte ayudando al débil. Uno de los cortesanos cayó al suelo entre sollozos, incapaz de seguir avanzando. Isorn regresó para recogerlo, pero su madre, Gutrun, que renqueaba cansada, lo empujó, alejándolo del hombre.

—Deja que se quede ahí —dijo la mujer—. Puede seguir solo.

El joven dirigió una dura mirada a su madre y se encogió de hombros. Al continuar por el inclinado suelo del pasadizo, oyeron que el hombre se levantaba, maldiciéndolos, y que los seguía.

Las puertas se alzaban ante ellos, oscuras y sólidas a la luz de la solitaria antorcha, desde el suelo hasta el techo del pasadizo. El ruido de la persecución les llegó como un eco. Temiendo lo peor, Josua extendió la mano hacia una de las anillas de hierro y estiró. La puerta se abrió con un ligero chirrido de goznes.

—Que Jesuris sea loado —murmuró Isorn.

—Elevad a las mujeres y a los demás —ordenó el príncipe.

Momentos después dos soldados condujeron al grupo pasadizo adelante, más allá de las pesadas puertas.

—Ahora ya estamos aquí —dijo Josua—. O encontramos alguna manera de sellar la puerta o deberemos dejar a los hombres suficientes para que consigan entretener y retrasar a nuestros perseguidores.

—Yo me quedaré —rezongó Einskaldir—. Esta noche he probado la sangre de los seres mágicos. No me importaría derramar más —añadió, dando una palmada sobre la empuñadura de su hacha.

—No. Me quedaré yo, y nadie más. —Jarnauga tosió y flaqueó sobre el brazo de Strangyeard; después se enderezó.

El alto sacerdote se volvió para mirar al anciano, y de repente comprendió.

—Me muero —confesó Jarnauga—. No estaba destinado a abandonar Naglimund. Siempre lo supe. Sólo necesitáis dejarme una espada.

—¡No tenéis fuerzas suficientes para hacerlo! —exclamó Einskaldir, furioso y decepcionado.

—Tengo las suficientes como para cerrar *esta* puerta —respondió el otro, con suavidad—. ¿Ves? —señaló hacia los grandes goznes—. Han sido muy bien forjados. Una vez que se cierre la puerta, la hoja de una espada rota entre la hendedura de los goznes detendrá al más recio de los perseguidores. Marchad.

El príncipe se volvió como para objetar algo, pero un sonido metálico resonó, proveniente del fondo del pasadizo.

—Muy bien —dijo, en voz baja—. Que Dios os bendiga, anciano.

—No es necesario —contestó Jarnauga. Se quitó un objeto brillante que pendía de su cuello y lo puso en la mano de Strangyeard—. Es extraño hacer un amigo cuando llega el final —añadió el rimmerio.

El ojo del sacerdote estaba inundado de lágrimas, y Strangyeard besó al archivador en la mejilla.

—Amigo mío —susurró, y cruzó la puerta.

Lo último que vieron fue la brillante mirada de Jarnauga mientras empujaba la puerta con el hombro. La hoja se cerró, ahogando los sonidos de los perseguidores. Las baldas del interior se corrieron.

Después de ascender por una larga escalera, emergieron a un anochecer ventoso y anegado por la lluvia. La tormenta había menguado, y desde la desnuda colina, bajo la arbolada Escalera, vieron parpadear el fuego que se abatía sobre las ruinas de Naglimund, así como negras e inhumanas formas que bailaban entre las llamas.

Josua permaneció en silencio y con la mirada puesta allí abajo durante largo tiempo, con el ceniciento rostro mojado por la lluvia. El pequeño grupo se amontonaba, tembloroso, tras él, esperando para volver a reemprender el camino.

El príncipe levantó el puño izquierdo.

—¡Elías! —gritó, y el viento se llevó el eco de su voz—. ¡Has traído la muerte y la destrucción al reino de nuestro padre! ¡Has despertado a un viejo demonio y has despedazado la Tutela del Supremo Rey! ¡Me has privado de mi hogar, y destruido todo lo que amaba! —Se detuvo y trató de contener las lágrimas—. ¡Ahora ya *no* eres rey! ¡Te arrebataré la corona, *lo haré*, lo juro!

Deornoth lo tomó del brazo y lo alejó del borde del camino. Los súbditos lo aguardaban, llenos de frío, asustados y desprovistos de hogar, en el salvaje Wealdhelm. Josua inclinó la cabeza durante unos instantes, a causa del cansancio o como elevando una plegaria, y los condujo hacia la oscuridad.

44

La sangre y el mundo que gira

*L*a negra sangre del dragón se había derramado sobre él, ardiente como fuego. En el instante en que lo tocó sintió que su propia vida se le escapaba. La horrorosa esencia penetró en su interior, hizo hervir su propio espíritu y lo llenó únicamente de vida de dragón. Fue así como se convirtió —en el instante en que caía, antes de hacerse la oscuridad— en el corazón secreto del dragón.

La ardiente e intrincada vida de Igjarjuk lo capturó. Creció, cambió y el cambio resultó tan doloroso como la vida y la muerte a la vez.

Le pesaron los huesos, se le hicieron tan sólidos como piedra. La piel se endureció y se convirtió en escamas brillantes como piedras preciosas, y sintió que la piel resbalaba por su espalda como una cota de malla hecha de diamantes.

La sangre del dragón se movía por su pecho sin encontrar ningún obstáculo, con lentitud, como una oscura estrella en un firmamento vacío, poderosa y caliente como las forjas del interior de la tierra. Sus garras se hundieron en la piel de piedra del mundo, y su corazón, tan viejo como todas las eras, latió…, latió…, y latió. Creció en la frágil y arcaica inteligencia de los dragones, primero sintiendo el nacimiento de su antigua raza en los primigenios días del mundo; después sintiendo los incontables años que le sobrevinieron, los oscuros milenios que corrían por su interior como torrentes de montaña. Era uno de los más viejos de todas las razas, uno de *los cimientos de la tierra que se enfriaba, y permaneció enrollado sobre sí mismo bajo la superficie de la tierra mientras el resto de los gusanos tenía que esconderse en el corazón de una manzana...*

La vieja sangre negra corrió por su interior. Todavía crecía, y percibió y dio un nombre a todas las cosas del mundo que giraba. Su piel, la piel de la tierra, se convirtió en la suya propia; la superficie sobre la que nacían todos los seres vivos, en donde luchaban y caían, se rindió para convertirse en una parte de sí mismo. Sus huesos eran los del universo, los pilares rocosos sobre los que todo se sostenía y en los que sentía cada temblor y suspiro.

Era Simón. Ahora también era la serpiente. Y por ello también era la tierra con toda su infinitud y detalle. Y siguió creciendo y creciendo, mientras sentía que su vida mortal lo abandonaba...

En aquella repentina soledad que le otorgaba su majestad, temió perderlo todo, y se levantó para tocar a los que había conocido. Sintió sus cálidas vidas, las sintió como chispas entre una inmensa y agitada oscuridad. Demasiadas vidas..., tan importantes..., tan pequeñas...

Vio a Raquel, encorvada y vieja. La mujer se había sentado en un taburete en el interior de una sala vacía, con las manos sujetándose la cabeza. ¿Cuándo se había hecho tan pequeña? Una escoba permanecía a sus pies, y junto a ella, un ordenado montón de polvo. La habitación del castillo se oscurecía con mucha rapidez.

El príncipe Josua estaba de pie en la vertiente de una colina y miraba hacia abajo. Una débil llama iluminaba su rostro. Vio la duda y el dolor reflejados en la faz del príncipe; trató de llegar allí y de conferirle algo de seguridad, pero esas vidas eran sólo para ver, no para tocar.

Un hombre pequeño, moreno, al que no conocía, empujaba su bote de quilla plana corriente arriba, ayudándose de una pértiga. Grandes árboles hundían sus ramas en el agua, y sobre ésta pendían nubes de moscas. El hombrecillo dio unas palmadas protectoras a un rollo de pergaminos que llevaba escondido en el cinturón. Una ligera brisa mecía las ramas de los árboles, y el individuo sonrió agradecido.

Un hombretón —¿Isgrimnur? ¿Dónde estaba su barba?— caminaba sobre un embarcadero y miraba hacia el cielo oscurecido, al océano batido por el viento.

Un hermoso anciano, con el blanco cabello enredado, se encontraba sentado jugando con un grupo de niños medio desnudos. Sus ojos azules aparecían mansos, distantes, entrecerrados en una mueca de felicidad.

Miriamele, con el pelo corto, miraba desde la cubierta de un barco hacia las pesadas nubes que se agrupaban en el horizonte. Las velas se rizaban y chasqueaban por encima de su cabeza. Quiso observarla durante largo tiempo, pero la visión desapareció como una hoja caída.

Un alto hernystiro, vestido de negro, se arrodillaba ante dos túmulos de piedras situados en un bosquecillo de delgados álamos, en lo alto de una montaña barrida por el viento.

El rey Elías miraba el fondo de una copa de vino, con los ojos enrojecidos. Dolor descansaba sobre sus rodillas. La espada gris era algo salvaje que aparentaba dormir...

De repente, Morgenes apareció ante él, envuelto en llamas; y la visión fue como si una lanza de hielo hubiera penetrado en su corazón de dragón. El anciano sostenía un gran libro, y sus labios se movían en angustiosos y silenciosos gritos, como si tratara de avisarle sobre algo..., ten cuidado con el falso mensajero..., ten cuidado.

Los rostros desaparecieron y surgió un último fantasma.

Un muchacho, delgado y desgarbado, recorría un camino a través de oscuros túneles situados bajo la tierra, llorando y arrastrándose por un laberinto, como un insecto atrapado. Cada detalle, cada giro y vuelta que daba, le causaba más dolor.

El chico estaba en la cima de una colina, bajo la luna, mirando lleno de horror a unas figuras de blanco rostro y a una espada gris, pero una oscura nube lo cubrió y lo hundió en las sombras.

El mismo muchacho, ahora mayor, estaba delante de una gran torre blanca. Una luz dorada brillaba en su dedo, aunque él permanecía en una profunda y oscura sombra. Unas campanas repicaban y el techo había ardido...

La oscuridad lo engullía, arrastrándolo hacia otros extraños lugares a los que no quería ir: no hasta que no recordase el nombre de aquella criatura, de aquel desgarbado joven que obraba en la ignorancia. No seguiría adelante; tenía que recordar...

El nombre del muchacho era..., el nombre del muchacho era... ¡Simón! Simón.

Y entonces se oscureció su visión.

—Seomán —dijo la voz, ahora en voz baja; se dio cuenta de que lo había llamado durante algún tiempo.

Abrió los ojos.

Los colores eran tan intensos que tuvo que volver a cerrarlos de inmediato, cegado por la luz. Unas ruedas plateadas y rojas daban vueltas y giraban ante la oscuridad de sus párpados cerrados.

—Vuelve, Seomán, vuelve y únete a tus compañeros. Te necesitamos.

Medio abrió los ojos, acostumbrándose a la luminosidad. Ahora no había colores, todo era blanco. Gruñó, tratando de moverse, y sintió una terrible debilidad, como si alguna cosa pesada lo mantuviese echado sobre la tierra; al mismo tiempo se sentía tan transparente y frágil como si estuviera hecho de puro cristal. Incluso con los ojos cerrados pensó que sentía la luz atravesándolo y llenándolo de un resplandor que no lo calentaba.

Una sombra cruzó su sensible rostro, como si tuviera un peso tangible. Algo húmedo y frío le tocó los labios. Tragó, sintió un poco de dolor, tosió y volvió a beber. Le parecía que podía notar todos los sabores de los lugares por los que había pasado el agua: el helado pico, la nube de lluvia, la esclusa de la montaña de piedra…

Abrió los ojos un poco más. Todo era blanco de una forma arrolladora, excepto el dorado rostro de Jiriki, que se inclinaba a corta distancia del suyo. Estaba en el interior de una cueva, cuyas pálidas paredes estaban llenas de ceniza excepto en algunos lugares; pieles, grabados de madera y tazones decorados se veían amontonados a lo largo del suelo de piedra. Las pesadas manos de Simón, torpes pero extraordinariamente sensibles, se agarraron a la cobertura de piel y se cerraron sobre la cama de madera en la que estaba tendido. ¿Cómo…?

—Yo… —dijo y volvió a toser.

—Estás dolorido y cansado. Eso era de esperar. —El sitha frunció el entrecejo, pero sus ojos luminosos no cambiaron de expresión—. Hiciste algo terrible, Simón, ¿lo sabes? Has salvado mi vida por segunda vez.

—Mmmmm —la cabeza le respondía tan lentamente como los músculos.

¿Qué era lo que había sucedido? Había una montaña…, la cueva…, y el…

—¡El dragón! —exclamó el muchacho, sobresaltado, y trató de sentarse.

Cuando el cobertor cayó a un lado sintió el frío que hacía en la habitación. La luz pasaba a través de una piel que colgaba al otro extremo de la pieza. Una oleada de vértigo lo dejó sin fuerzas, y empezó a sentir palpitaciones en las sienes. Simón volvió a tumbarse.

—Se ha ido —respondió Jiriki, con parquedad—. Si está vivo o muerto no lo sé, pero se ha ido. Cuando lo atravesaste cayó por encima de ti, hacia el abismo. No pude ver dónde fue a parar entre las nieves y el hielo de allá abajo. Manejaste la espada como un verdadero guerrero, Seomán cabellonevado.

314

—Yo… —Dio un respingo y volvió a intentarlo, aunque al hablar le dolía el rostro—. No creo… que fuera yo. *Espina* me *utilizó…* Creo que *quería* ser salvada. Puede parecer una tontería, pero…

—No. Debes de tener razón. Mira. —Jiriki señaló la pared de la cueva que estaba a poca distancia.

Espina descansaba sobre el manto del príncipe, negra y remota como el fondo de un pozo. ¿Podía una cosa así tener vida en sus manos?

—Fue muy fácil traerla hasta aquí —explicó el sitha—. Tal vez era ésta la dirección en que quería ir.

Sus palabras pusieron en movimiento una lenta rueda en el interior del cerebro de Simón.

«La espada quería venir aquí…, pero ¿dónde es aquí? Y cómo conseguimos… ¡Oh, Madre de Dios, el dragón…!»

—¡Jiriki! —boqueó—. ¡Los demás! ¿Dónde están los demás? El príncipe asintió con calma.

—Ah, sí. Hubiera deseado esperar algo más, pero ya veo que no tengo opción. —Cerró sus grandes y brillantes ojos durante unos instantes.

—An'nai y Grimmric murieron. Fueron enterrados en Urmsheim —suspiró e hizo un complicado gesto con las manos—. No sabes lo que significa enterrar juntos a un mortal y a un sitha, Seomán. Se ha hecho en contadas ocasiones, y nunca en los últimos cinco siglos. Las hazañas de An'nai pervivirán hasta el fin del mundo en la Danza de los Años, los anales de nuestro pueblo, y el nombre de Grimmric podrá vivir en ellos. Permanecerán para siempre bajo el Árbol de Udún. —Jiriki cerró los ojos y permaneció en silencio—. Los demás…, bueno, todos han sobrevivido.

Simón sintió que se le atenazaba el corazón, pero apartó los pensamientos de los dos caídos. Miró hacia el techo de la cueva y vio que las líneas que aparecían sobre él eran débiles y borrosos dibujos de grandes serpientes y de bestias de enormes colmillos, que estaban esparcidos por el techo y las paredes. Los vacíos ojos de las criaturas lo turbaron: cuando los observaba con fijeza, parecían moverse.

Volvió a mirar al sitha.

—¿Dónde está Binabik? —preguntó—. Quiero hablar con él. Tuve un sueño muy extraño…, un sueño muy extraño…

Antes de que el príncipe pudiese responder, Haestan asomó la cabeza por la boca de la cueva.

—'Lrey no quiere hablar —dijo, y entonces vio a Simón—. ¡T'as despertado, muchacho! —gritó—. ¡Eso'stupendo!

—¿Qué rey? —inquirió el chico, lleno de confusión—. Espero que no sea Elías.

—No, muchacho —respondió Haestan, moviendo la cabeza—. Después…, después de lo que pasó en la montaña, los gnomos nos encontraron. Has'tado durmiendo algunos días. 'Tamos en Mintahoq…, en la montaña de los gnomos.

—¿Binabik está con su familia?

—No exactamente. —El hombretón miró a Jiriki, y el sitha asintió—. Binabik y Sludig, los dos, han sido encerrados po'l rey. Algunos dicen que bajo sentencia de muerte.

—¿Qué? ¿Prisioneros? —explotó Simón, después tuvo que volver a echarse hacia atrás cuando una oleada de dolor pareció hacerle estallar la cabeza—. ¿Por qué?

—Sludig, porque es un odiado rimmerio —explicó el príncipe—. Y dicen que Binabik cometió algún terrible crimen contra el rey gnomo. Todavía no sabemos de qué se trata, Seomán cabellonevado.

El joven sacudió la cabeza, lleno de perplejidad.

—Esto es una locura. O estoy loco o todavía estoy soñando. —Se volvió acusadoramente hacia Jiriki—. ¿Por qué me llamáis con ese nombre?

—No… —empezó a decir Haestan, pero el sitha hizo caso omiso de él y sacó de su chaqueta el espejo.

Simón se sentó y lo cogió; los delicados grabados del marco de madera arañaron sus sensibles dedos. El viento aulló en el exterior de la cueva, y el aire frío entró bajo la piel de la entrada.

¿Acaso estaba todo el mundo cubierto de nieve? ¿Podrían escapar alguna vez del invierno?

En otras circunstancias su atención se hubiera dirigido a los rojizos pelos que empezaban a espesarse sobre su rostro, pero ahora fue capturada por la larga cicatriz que empezaba en la mandíbula y le recorría la mejilla hasta su ojo izquierdo. La piel que la rodeaba era lisa y nueva. Se la tocó e hizo un gesto de dolor; después se pasó la mano por la cabellera.

Una larga guedeja de su pelo se había vuelto tan blanca como las nieves de Urmsheim.

—Has sido marcado, Seomán —le dijo Jiriki; levantó una mano y tocó la cicatriz con su largo dedo—. Para bien o para mal, pero has sido marcado.

El muchacho dejó caer el espejo y se cubrió el rostro con ambas manos.

APÉNDICE

PERSONAJES

Erkynos

Barnabás—. Sacristán de la capilla de Hayholt.

Beornoth—. Uno de los componentes de la mítica banda de Mundwode.

Breyugar—. Conde de Westfold; jefe de la guarnición de Hayholt bajo el reinado de Elías.

Caleb—. Aprendiz de Shem Horsegroom.

Colmund—. Escudero de Camaris y último barón de Rodstanby.

Deorhelm—. Soldado en la posada El Dragón y el Pescador.

Deornoth, sir—. Caballero de Josua, a veces llamado «la mano derecha del príncipe».

Dreosan, padre—. Capellán de Hayholt.

Eadgram, sir—. Jefe de la guarnición de Naglimund.

Eahlferend—. Pescador, padre de Simón y esposo de Susana.

Eahlstan Fiskerne—. Rey Pescador, primer erkyno dueño de Hayholt.

Eglaf, hermano—. Monje de Naglimund, amigo de Strangyeard.

Elías—. Príncipe, hijo mayor del Preste Juan, último Supremo Rey.

Elispeth—. Comadrona de Hayholt.

Ethelbearn—. Soldado, compañero de Simón en el viaje desde Naglimund.

Ethelferth—. Lord de Tinsett.

Fengbald—. Conde de Falshire.

Freawaru—. Mesonero, dueño de El Dragón y el Pescador en Flett.

Godstan—. Soldado de El Dragón y el Pescador.

Godwig—. Barón de Cellodshire.

Grimmric—. Soldado, compañero de Simón en el viaje desde Naglimund.

Grimstede, sir—. Noble erkyno, seguidor de Josua.

Guthwulf—. Conde de Utanyeat, Heraldo del Supremo Rey.

Haestan—. Soldado de Naglimund, compañero de Simón.

Heahferth—. Barón de Woodsall.

Heanfax—. Ayudante de mesonero.

Helfcene, padre—. Canciller de Hayholt.

Hepzibah—. Sirvienta del castillo.

Hruse—. La mujer de Jack Mundwode en la canción.

Inch—. Ayudante del doctor, último capataz de la fundición.

Isaak—. Paje.

Jack Mundwode—. Mítico bandido del bosque.

Jael—. Doncella del castillo.

Jakob—. Candelero del castillo.

Jeremías—. Aprendiz del candelero.

Josua—. Príncipe, hijo menor de Juan, señor de Naglimund, llamado
el Manco.

Juan—. Rey Juan *el Presbítero,* Supremo Rey.

Judit—. Cocinera y encargada de las cocinas.

Langrian—. Monje de la orden Hoderundiana.

Leleth—. Doncella de Miriamele.

Lofsunu—. Soldado, pretendiente de Hepzibah.

Lucuman—. Mozo de cuadra en Naglimund.

Malaquías—. Chico del castillo.

Marya—. Sirvienta de Miriamele.

Miriamele—. Princesa, única hija de Elías.

Morgenes, doctor—. Portador del pergamino, doctor del castillo del
rey Juan, amigo de Simón.

Noah—. Escudero del rey Juan.

Ordmaer—. Barón de Utersall.

Osgal—. Uno de los componentes de la mítica banda de Mundwode.

Ostrael—. Lancero, hijo de Firsfram de Runchester.

Peter *Tazón-Dorado*—. Senescal de Hayholt.

Raquel—. Encargada de las sirvientas.

Rebah—. Doncella de la cocina del castillo.

Rubén *el Oso*—. Herrero del castillo.

Sangfugol—. Arpista de Josua.

Sara—. Doncella del castillo.

Scenesefa—. Monje de la orden Hoderundiana.

Shem Horsegroom—. Mozo de la cuadra del castillo.

Simón (Seomán)—. Pinche de las cocinas del castillo.

Sofrona—. Encargada de la ropa.

Strangyeard, padre—. Archivador de Naglimund.

Susana—. Doncella, madre de Simón.

Tobas—. Encargado de las perreras del castillo.

Towser—. Bufón (nombre original: Cruinh).

Wuldorcene—. Barón de Caldsae.

Hernystiros

Arthpreas—. Conde de Cuimhne.

Bagba—. Dios del ganado.

Brynioch de los Cielos—. Dios del Cielo.

Cadrach-ec-Crannhyr—. Monje de una orden indeterminada.

Cifgha—. Joven dama de Taig.

Craobhan—. Anciano caballero, consejero del rey Lluth.

Cryunnos—. Un dios.

Dochais—. Monje de la orden Hoderundiana.

Efiathe—. Nombre original de la reina Ebekah de Erkynlandia, llamada Rosa de Hernysadharc.

Eoin-ec-Cluias—. Poeta legendario.

Eolair—. Conde de Nad Mullach, emisario del rey Lluth.

Fiathna—. Madre de Gwythinn, segunda esposa de Lluth.

Gealsgiath—. Capitán de barco, llamado *el Viejo.*

Gormhbata—. Caudillo legendario.

Gwelan—. Joven dama de Taig.

Gwythinn—. Príncipe, hijo de Lluth, hermanastro de Maegwin.

Hathrayhinn *el Rojo*—. Personaje en una historia de Cadrach.

Hern—. Fundador de Hernystir.

Inahwen—. Tercera esposa de Lluth.

Lluthubh-Llythinn—. Rey de Hernystir.

Maegwin—. Princesa, hija de Lluth, hermanastra de Gwythinn.

Mircha—. Diosa de la lluvia, esposa de Brynioch.

Murhagh *el Manco*—. Un dios.

Penemhwye—. Madre de Maegwin, primera esposa de Lluth.

Rhynn—. Un dios.

Sinnach—. Príncipe, caudillo de guerra en la batalla del Knock.

Tethtain—. Rey, único hernystiro que poseyó Hayholt, llamado Rey Santo.

Tuilleth—. Joven caballero hernystiro.

Bindesekk—. Espía de Isgrimnur.
Dror—. Antiguo dios de la guerra.
Einskaldir—. Caudillo rimmerio.
Elvrit—. Primer rey de los rimmerios en Osten Ard.
Fingil—. Rey, antiguo señor de Hayholt, Rey Sanguinario.
Frayja—. Antigua diosa de la cosecha.
Frekke—. Viejo soldado.
Gutrun—. Duquesa de Elvritshalla.
Hani—. Joven soldado asesinado por los bukken.
Hengfisk—. Monje de la orden Hoderundiana.
Hjeldin—. Rey, hijo de Fingil, Rey Loco.
Hoderund, san—. Sacerdote de la batalla del Knock.
Hove—. Joven soldado, pariente de Isgrimnur.
Ikferdig—. Rey, lugarteniente de Hjeldin, Rey Quemado.
Ingen Jegger—. Rimmerio negro, amo de los mastines.
Isbeorn—. Padre de Isgrimnur, primer rimmerio.
Isgrimnur—. Duque de Elvritshalla.
Isorn—. Hijo de Isgrimnur y Gutrun.
Ithineg *el Arpista*—. Personaje de una historia de Cadrach.
Jarnauga—. Portador del pergamino de Tungoldyr.
Jormgrun—. Rey de Rimmersgardia, muerto por Juan en Naarved.
Löken—. Antiguo dios del Fuego.
Memur—. Antiguo dios del Conocimiento.
Nisse (Nisses)—. Sacerdote ayudante de Hjeldin, escritor de *Du Svardenvyrd*.
Sigmar—. Joven mujer rimmeria cortejada por Towser.
Skali—. Jefe del clan de Kaldskryke, llamado *Nariz afilada*.
Skendi—. Santo, fundador de abadías.
Sludig—. Joven soldado, compañero de Simón.
Storfort—. Señor feudal de Vestvennby.
Thrinin—. Soldado muerto por los bukken.
Tonnrud—. Señor feudal de Skoggey, tío de la duquesa Gutrun.
Udún—. Antiguo dios del Cielo.
Utë—. De Saegard, muerto por los bukken.

Aeswides (probable nabbanización de un nombre erkyno)—. Primer señor de Naglimund.

Anitulles—. Antiguo Emperador.

Antippa, lady—. Hija de Leobardis y Nessalanta.

Ardrivis—. Último Emperador, tío de Camaris.

Aspitis Prevés—. Conde de Eadne, señor de la Casa de Prevan, amigo de Benigaris.

Benidrivine—. Noble linaje de Nabban, blasón del martín pescador.

Benidrivis—. Primer duque bajo Juan, padre de Leobardis y de Camaris.

Benigaris—. Hijo del duque Leobardis y Nessalanta.

Camaris-sá-Vinitta—. Hermano de Leobardis, amigo del Preste Juan.

Clavean—. Noble linaje de Nabban, blasón del pelícano.

Claves—. Antiguo Emperador.

Crexis *el Chivo*—. Antiguo Emperador.

Dendinis—. Arquitecto de Naglimund.

Devasalles—. Barón, pretendiente de lady Antippa.

Dinivan—. Secretario del lector Ranessin.

Domitis—. Obispo de la catedral de San Sutrino, en Erchester.

Elysia—. Madre de Jesuris.

Emettin—. Caballero legendario.

Enfortis—. Emperador en los tiempos de la caída de Asu'a.

Fluiren, sir—. Famoso caballero de Juan, perteneciente al desgraciado linaje de Sulian.

Gelles—. Soldado en el mercado.

Hylissa—. Madre de Miriamele, esposa de Elías, hermana de Nessalanta.

Ingadarine—. Noble linaje de Nabban, blasón del albatros.

Jesuris Aedón—. Hijo de Dios en la religión aedonita.

Leobardis—. Duque de Nabban, padre de Benigaris, Varellán y Antippa.

Mylin-sá-Ingadaris—. Conde, señor de la Casa de Ingadarine, hermano de Nessalanta.

Nessalanta—. Duquesa de Nabban, madre de Benigaris, tía de Miriamele.

Nin Reisu—. Nisky a bordo *del Joya de Emettin*.

Nuanni (Nuannis)—. Antiguo dios del mar de Nabban.

Pelippa—. Noble dama del Libro de Aedón, santa, llamada de la Isla.

Plesinnen Myrmenis (Plesinnen de Myrme)—. Filósofo.

Prevan—. Noble linaje, blasón del águila pescadora.

Pryrates, padre—. Sacerdote, alquimista, brujo, consejero de Elías.

Quincines—. Abad de la abadía de San Hoderund.

Ranessin, lector—. (Nacido Oswine de Stanshire, un erkyno) Cabeza de la Iglesia.

Rhiappa—. Santa, llamada Rhiap en Erkynlandia.

Sulis—. Noble, primer señor de Hayholt, Rey Garza.

Tiyagaris—. Primer Emperador.

Turis—. Soldado en el mercado.

Varellán—. Hijo menor del duque Leobardis.

Velligis—. Escritor.

Vilderivis—. Santo.

Yuvenis—. Antiguo dios supremo de Nabban.

Sitha

Amerasu—. Reina, madre de Ineluki y de Hakatri.

An'nai—. Lugarteniente de Jiriki, compañero de caza.

Finaju—. Mujer sitha en una historia de Cadrach.

Hakatri—. Hermano mayor de Ineluki, gravemente herido por *Hidohebhi*.

Ineluki—. Príncipe, ahora Rey de la Tormenta.

Isiki—. Kikkasut sitha (Dios Pájaro).

Iyu'unigato—. Rey, padre de Ineluki.

Jiriki, (i-Sa'onserei)—. Príncipe, hijo de Shima'onari.

Kendraja'aro—. Tío de Jiriki.

Ki'ushapo—. Compañero de caza de Jiriki.

Mezumiiru—. Sedda sitha (diosa de la Luna).

Nenais'u—. Mujer sitha en una canción de An'nai; vivía en Enki-e-Sha'osaye.

Shima'onari—. Rey de los sitha, padre de Jiriki, hijo de Hakatri.

Sijandi—. Compañero de caza de Jiriki.

Utuk'ku—. Reina de las nornas, señora de Nakkiga.

Vindaomeyo *el Flechero*—. Antiguo constructor de flechas sitha de Tumet'ai.

Otros

Binabik (QANUC)—. (Binbiniqegabenik) Aprendiz de Ookequk. Amigo de Simón.

Chukku (QANUC)—. Legendario héroe gnomo.

El Que Siempre Camina sobre Arena (WRAN)—. Dios.

Ella Que dio a Luz a la Humanidad (WRAN)—. Diosa.

Kikkasut (QANUC)—. Rey de los pájaros.

Lingit (QANUC)—. Legendario hijo de Sedda, padre del pueblo qanuc y de los hombres.

Middastri (PERDRUIN)—. Mercader, amigo de Tiamak.

Ookequk (QANUC)—. Hombre cantor de la tribu Mintahoq, maestro de Binabik.

Perdido Piqipeg (QANUC)—. Legendario héroe gnomo.

Qinkipa de las Nieves (QANUC)—. Diosa de la nieve y el frío.

Roahog (WRAN)—. Alfarero.

Sedda (QANUC)—. Diosa de la Luna.

Stréawe (PERDRUIN)—. Conde de Ansis Pelippe.

Tallistro, sir (PERDRUIN)—. Famoso caballero de la Tabla de Juan.

Tiamak (WRAN)—. Estudioso, corresponsal de Morgenes.

Tohuq (QANUC)—. Dios del cielo.

Vorzheva (THRITHING)—. Compañera de Josua, hija de un jefe del clan de las Thrithings.

Yana (QANUC)—. Legendaria hija de Sedda, madre de los sitha.

LUGARES

Cellodshire—. Baronía erkyna al oeste de Gleniwent.

Da'ai Chikiza (Sitha: Árbol del Viento Cantor)—. Ciudad sitha abandonada al este de Wealdhelm, en Aldheorte.

Eirgid Ramh (Hernystira)—. Taberna de Abaingeat, guarida de Gealsgiath *el Viejo*.

Enki-e-Sha'osaye (Sitha)—. «Ciudad de Verano» al este de Aldheorte, en ruinas desde mucho tiempo atrás.

Ereb Irigú (Sitha: Puerta Occidental)—. El Knock; en idioma rimmerspakk: Du Knokkegard.

Hewenshire—. Población erkyna norteña al este de Naglimund.

Hullnir—. Población rimmeria oriental en el extremo noreste de Drorshullven.

Jao é-Tinuka'i (Sitha: Barco en [el] Océano [de] Arboles)—. Único asentamiento sitha que permanece en Aldheorte.

Jhiná-T'senei (Sitha)—. Ciudad de la canción de An'nai, ahora bajo el mar.

Moir Brach (Hernistira)—. Gran risco en forma de dedo en las montañas Grianspog.

Nakkiga (Sitha: Máscara de Lágrimas)—. Pico de las Tormentas, Sturmrspeik (Rimmerspakk).

Nariz Pequeña—. Montaña situada en Yiqanuc en donde murieron los padres de Binabik.

Qilakitsoq (Qanuc: Bosque Sombrío)—. Nombre qanuc para Dimmerskog.

Runchester—. Población norteña erkyna en la Marca Helada.

Sení Anzi'in (Sitha: Torre del Amanecer Caminante)—. La Torre principal de Tumet'ai.

Sení Ojhisá (Sitha)—. Citada en la canción de An'nai.

Skoggey—. Feudo rimmerio al este de Elvritshalla.

Tan'ja, Escaleras—. Gran escalinata de Asu'a, antiguo centro neurálgico de Asu'a.

T'si Suhyasei (Sitha: Su Sangre es Fría)—. Río que fluye a través de Da'ai Chikiza; en idioma erkyno: Aelfwent.

Tumet'ai (Sitha)—. Ciudad norteña enterrada bajo el hielo al este de Yiqanuc.

Ujin e-d'a Sikhunae (Sitha: Trampa que caza al cazador)—. Nombre sitha de Naglimund.

Woodsall—. Baronía situada entre Hayholt y el sudeste de Aldheorte.

CRITURAS

Aeghonwye—. Lechona de Maegwin.

Atarin—. Caballo de Camaris.

Croich-ma-Feareg—. Legendario gigante hernystiro.

Gran Gusano—. Mito sitha, dragón primigenio del que descienden todos los demás.

Hidohebhi—. Dragón negro, madre de *Shirakai* y de *Igjarjuk*, muerto por Ineluki; en lengua hernystira: *Drochnathair*.

Igjarjuk—. Dragón de hielo de Urmsheim.

Khaerukama'o el Dorado—. Dragón, padre de *Hidohebhi*.

Niku'a—. Mastín de Ingen Jegger.

Qantaqa—. Loba compañera de Binabik.

Rim—. Caballo de tiro.

Shurakai—. Dragón de fuego muerto bajo Hayholt, cuyos huesos conforman el Trono del Dragón.

Un-Ojo—. Carnero de Ookequk.

COSAS

Árbol—. El Árbol de la Ejecución en que Jesuris fue colgado cabeza abajo ante el templo de Yuvenis, en Nabban. Ahora es el símbolo sagrado de la religión aedonita.

Calderón de Rhynn—. Instrumento de percusión hernystiro para convocar a la batalla.

Citril—. Raíz aromática de gusto amargo para mascar.

Ciyan—. Fruto de arbusto nabbano.

Clavo Brillante—. Espada del Preste Juan que contiene un clavo del Árbol y un hueso de un dedo de san Eahlstan Fiskerne.

Columna y Árbol—. Emblema de la Madre Iglesia.

Dolor—. Espada de hierro y madera embrujada forjada por Ineluki y regalada a Elías. (En lengua sitha: *Jingizu*)

Dragón de Fuego y Árbol—. Emblema del rey Juan.

Espina—. Espada hecha de piedra de estrella perteneciente a Camaris.

Hierbaya—. Una especia.

Ilenita—. Un brillante y costoso metal.

Indreju—. Espada de Jiriki.

Jabalí sobre Lanzas—. Emblema de Guthwulf de Utanyeat.

Kvalnir—. Espada de Isgrimnur.

Lu'yasa—. Formación en línea de tres estrellas en el cuadrante noreste del cielo a principios de junen.

Mafoilas—. Hierba que da flores.

Mantinga—. Una especia.

Minneyar—. Espada de hierro del rey Fingil, heredada a través de la dinastía de Elvrit.

Naidel—. Espada de Josua.

Oinduth—. Lanza negra de Hern.

Sotfengsel—. Navío de Elvrit enterrado en Skipphavven.

Tabas—. Herramientas de consulta de Binabik.

Pájaro sin Alas
Pez Espada
El Camino de las Sombras
Antorcha a la Entrada de la Cueva
Carnero
Nubes en el Paso
La Grieta Negra
Flecha Deshecha

Festividades.

2 de ferruero—. Candelmansa.
25 de marzis—. Elysiamansa.
1 de avrel—. Todos los Locos.
30 de avrel—. Noche Empedrada.
1 de maya—. Belthainn.
23 de junen—. Solsticio de Verano.
15 de tiyagar—. San Sutrino.
1 de anitul—. Hlafmansa.
20 de setiendre—. San Grenis.
30 de octundre—. Todos los Santos.
1 de novendre—. Festividad del Alma.
21 de decimbre—. San Tunath.
24 de decimbre—. Aedonmansa.

Meses

Eneror, ferruero, marzis, avrel, maya, junen, tiyagar, anitul, setiendre, octundre, novendre, decimbre.

Días de la semana

Lunen, mardis, místoles, jueses, veirnes, sátedo, domingo.

GUÍA PARA LA PRONUNCIACIÓN

Erkynos

Los nombres erkynos se dividen en dos clases: Erkyno Antiguo (E. A.) y Warinstenio. Los procedentes de Warinsten, la isla nativa del Preste Juan (la mayor parte de los nombres de los servidores del castillo o de la familia de Juan) han sido representados como variantes de nombres bíblicos, por ejemplo: Elías-Eliyah, Ebekah-Rebeca, etc. Los nombres en erkyno antiguo deben pronunciarse como en castellano moderno, con las siguientes excepciones:

ae—. ay, como en «¡Ay!».

c—. *k*, como en «casa».

e—. en los finales de los nombres se pronunciará apagada.

ea—. sonará como *a* en «marca», excepto al principio de palabra o nombre, en donde adquirirá la pronunciación de *ae*.

g—. siempre suave, como en «gusano».

h—. siempre *j*.

i—. corta, apenas audible.

j—. fuerte, como en «jergón».

o—. larga pero suave, como en «oolito».

Hernystiros

Los nombres hernystiros, así como las palabras, pueden ser pronunciados en la misma forma que E. A., con algunas excepciones:

th—. siempre como *d* en «odre».

ch—. siempre como *g*.

y—. pronunciada *ir*, como en «partir».

331

h—. muda, excepto a principio de palabra o después de *t* o *c*.

e—. pronunciada *ay* ,como en «hay».

ll—. siempre como *l* simple: Lluth-Luth.

Rimmerios

Los nombres y palabras en rimmerspakk difieren de la pronunciación E. A. en lo siguiente:

j—. se pronuncia *y*. Jarnauga-Yarnauga; Hjeldin-Hyeldin, aquí con la *h* casi muda.

ei—. se pronuncia *ai*, como en «maitines».

ë—. se pronuncia *i*, como en «satinado».

ö—. se pronuncia *u*, como en «pues».

au—. se pronuncia *ou*, como en «COU».

Nabbaneo

El lenguaje nabbaneo se rige básicamente por las reglas de una lengua romance; se pronuncian todas las vocales y las consonantes. Hay, sin embargo, algunas excepciones:

i—. la mayor parte de los nombres llevan el acento en la penúltima sílaba: Ben-i-GAR-is.

e—. al final de un nombre suena muy larga: Gelles-Gel-lees.

y—. se pronuncia como una *i* larga.

Qanuc

El lenguaje de los gnomos es muy diferente del resto de las lenguas humanas. Existen tres clases de sonido *k* reflejados en las letras *c*, *q*, y *k*. La única diferencia inteligible para la mayoría de los que no son qanuc es el ligero cloqueo que se infiere a la *q*, aunque no se recomienda su utilización a los principiantes. En nuestro caso, los tres sonidos serán *k*, como en «kilo». Las demás interpretaciones se dejan a elección del lector, pues no tendrá grandes dificultades para pronunciar fonéticamente.

Sitha

El lenguaje de los *Zida'ya* es incluso más difícil de pronunciar para lenguas no entrenadas que el de Yiqanuc. La perspectiva de hacer un paralelismo fonético es casi nula, pues tendríamos pocas o incluso ninguna posibilidad ante un experto, como bien se dio cuenta Binabik. Sin embargo existen algunas reglas que deben ser aplicadas.

i—. cuando es la primera vocal se pronuncia *ih*. Cuando se encuentra en cualquier otra posición, especialmente al final, se pronuncia *ii*, por ejemplo: Jiriki-Ji-RII-kii.

ai—. pronunciada como una *i*, como en «tiempo».

' (apóstrofo)—. representa un chasquido, y no debe ser pronunciado por los lectores mortales.

Nombres excepcionales

Geloë—. Se desconoce su procedencia, al igual que el origen de su nombre. Se pronuncia *Ye-LO-ii* o *Ye-LOY*. Ambas pronunciaciones son correctas.

Ingen Jegger—. Es un rimmerio negro, y la *J* de Jegger se pronuncia *y*, como en «yegua».

Miriamele—. Aunque nacida en la corte erkyna, el suyo es un nombre nabbano que ha desarrollado una extraña pronunciación —tal vez debido a la influencia familiar o a la confusión de su doble origen—, y suena algo así como *Mirii-a-MEL*.

Vorzheva—. Mujer thrithinga, su nombre se pronuncia *Vor-SHE-va*, con la *zh* parecida a la *zs* húngara.

PALABRAS Y FRASES

Nabbanos

Aedonis Fiyellis extulanin mei—. Que Aedón me conceda la gracia.
Cansim Felis—. Canción de Alegría.
Cenit—. Perro, mastín.
Cuelos—. Muerte.
Duos wulstei—. La Voluntad de Dios.
Escritor—. «Escritor»: uno de los que forman parte del grupo de consejeros del lector.
Hué fauge?—. ¿Qué pasa?
Lector—. «Portavoz»: cabeza de la Iglesia.
Mansa-sea-Cuelossan—. Misa de Difuntos.
Mulveiz-nei cenit drenisend—. Deja que duerman los perros.
Oveiz mei—. Escúchame.
Sa Asdridan Condiquilles—. La Estrella del Conquistador.
Tambana Leobardis eis—. Leobardis ha caído.
Timior cueles exaltat mei—. Que me abandone el miedo a la muerte.
Vasir Sombris, feata concordin—. Padre de las Sombras, acepta esta ofrenda.

Hernystiro

Brynioch na ferth ub strocinh…—. Brynioch nos ha dado la espalda…
E gundhain sluith, ma connalbehn…—. Luchamos bien, querido mío…
Feir—. Hermano o camarada.

Goirach—. Loco o salvaje.
Sitha—. Los pacíficos.

Rimmerspakk

Im todsten-grukker—. Ladrón de tumbas.
Vaer—. Cuidado.
¿Vawer es do kunde?—. ¿Quién es ese chiquillo?

Qanuc

Aia—. Atrás (Hinik Aia—. Regresar).
Bhojujik mo qunquc—. (Expresión). Si los osos no te comen, es que estás en casa.
Binbiniqegabenik ea sikka! Uc sikkan mo-hinaq da Yijarjuk!—. ¡Soy (Binabik)! ¡Vamos hacia Urmsheim!
Boghanik—. Bukken.
Chash—. Verdad, correcto.
Chok—. Corre.
Croohok—. Rimmerio.
Hinik—. Vete, márchate.
Ko muhuhok na mik aqa nop—. Sabes que es una piedra cuando te ha caído en la cabeza.
Mikmok hanno so gijiq—. (Expresión). Si quieres llevar una comadreja hambrienta en el bolsillo, es asunto tuyo.
Nihut—. Ataca.
Ninit—. Ven.
Sosa—. ¡Ven! (más enérgico que «Ninit»).
Ummu—. Ahora.
Yah aqonik mij-ayah nu tutusiq, henimaatuq!—. Eh, hermanos, deteneos y charlemos.

Sitha

Aí Samu'sithech'a—. Hola, Samu'sithech'a.
Asu'a—. Mirando hacia oriente.
Hei ma'akajao-zha—. Echad abajo (el castillo).
Hikeda'ya—. Hijos de la Nube: nornas.

335

Hikka—. Portador.

Im sheyis t'si-keo'su d'a Yana o Lingit—. Por la sangre compartida por nuestros antepasados (Yana y Lingit).

Ine—. Es.

Isi-isi'ye—. En verdad así es.

Ras—. Término que indica respeto, «señor», «noble señor».

Ruakha—. Moribundo.

S'hue—. Señor.

Ske'i—. Alto.

Staja Ame—. Flecha Blanca.

Sudhoda'ya—. Hijos del sol poniente: mortales.

T'si anh pra Ineluki!—. ¡Por la sangre de Ineluki!

T'si e-isi'ha as-irigú!—. ¡Hay sangre en la puerta oriental!

T'si im t'si—. Sangre por sangre.

Ua'kiza Tumet'ai nei-R'i'anis—. Canción de la caída de Tumet'ai.

Zida'ya—. Hijos del Amanecer: sitha.